KB068218

수호지

9

수호지 9

이문열 편역 — 시내암 지음

피 흘려 닦아가는 충의의 길

水滸誌

RHK
알에이치코리아

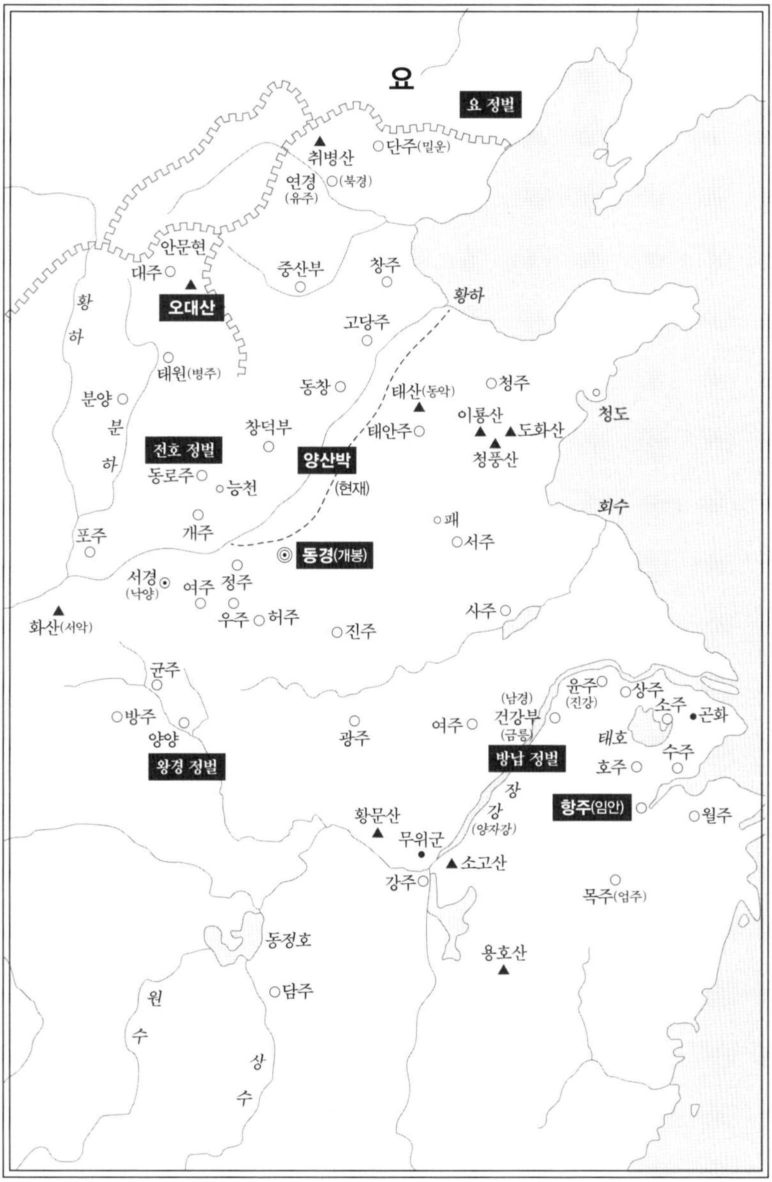

『수호지』의 배경이 된 송나라 지도

차례

9 피 흘려 닦아가는 충의의 길

水滸誌

적의 소혈을 찾아서

사자들이 송강에게 절을 올린 뒤 성을 지키고 있는 두령들의 말을 전했다.

"선봉의 장령을 받들고 군사를 거느리고 있는지라 직접 와서 세배를 드리지 못합니다. 너그럽게 보아주십시오."

"기별을 들으니 형제들을 만나 본 거나 다름없는 느낌이라고 전해 주게."

송강은 흐뭇해서 그렇게 대답하며 사자들에게 두둑히 상을 내렸다. 그리고 이번에는 정말로 흥겹게 그곳에 있는 형제들과 마음껏 마시고 즐겼다. 그 바람에 형제들은 모두 술이 꼭뒤까지 취한 뒤에야 헤어져 쉬었다.

이튿날 자시 사각(四刻)에는 입춘이 들게 되어 있었다. 송강은 성 동쪽 교외로 봄맞이를 하러 나갈 채비를 하였다. 그런데 그날 밤에 동북풍이 불고 검은 구름이 두껍게 덮이더니 밤새껏 큰 눈이 내렸다. 두령들이 모두 눈 구경을 나와 섰는데 지문성(地文星) 소양이 여럿을 보고 말했다.

"눈송이는 그 모양이 여러 가지인데 거기에 따라 이름이 있소. 한 잎짜리는 봉아(蜂兒)라 하고, 두 잎짜리는 아모(鵝毛), 세 잎짜리는 찬삼(攢三)이라 하고, 네 잎짜리는 취사(聚四)라 하며, 다섯 잎짜리는 매화(梅花)라 하고, 여섯 잎짜리는 육출(六出)이라 합니다. 눈은 원래 음기가 모여 굳은 것인데, 육출은 바로 음수(陰數)가 뭉친 것이지요. 입춘이 지나면 모두가 매화 아래이고 육출은 내리지 않습니다. 하지만 오늘은 입춘이라도 겨울과 봄이 바뀌는 때여서인지 아직 다섯 잎짜리도 있고 여섯 잎짜리도 있군요."

그 말을 들은 악화가 처마 밖으로 나가더니 검은 소매에 떨어지는 눈송이들을 받아 자세히 들여다보았다. 정말로 작은 눈송이에는 여섯 개의 잎이 나 있었고, 다른 눈송이들 가운데는 다섯 잎짜리도 있었다.

"정말로 그렇구나. 정말로 그래!"

악화가 그러면서 신기해하자 다른 사람들도 몰려와서 모두 눈송이를 살폈다. 그런데 그만 그 눈송이가 이규의 더운 콧김에 녹아 버려 더 볼 수가 없었다. 다른 사람들이 하도 우스워 큰 소리로 웃어 댔다.

"아우들은 무슨 일로 그렇게 재미나게 웃나?"

두령들의 웃음소리에 궁금해하며 나온 송강이 물었다.

"눈송이를 구경하는데 흑선풍의 콧김에 그만 녹아 버려 모두 웃고 있습니다."

누군가 그렇게 대답하자 송강도 껄껄거리며 웃었다.

"내 의춘포(宜春圃)에다 이미 술자리를 마련케 해 두었소. 아우들은 모두 그리로 가서 함께 즐기도록 합시다."

의춘포란 곳은 개주성 동쪽에 있는 땅 이름이었다. 그곳에는 우향정(雨香亭)이란 정자가 있고 정자 앞에는 전나무, 잣나무, 소나무, 매화나무 몇 그루가 서 있었다. 그날 저녁 여러 두령들은 우향정에 몰려 앉아 웃고 떠들며 서로 즐겁게 술잔을 나누었다. 어느덧 날이 저물어 정자에는 등불이 밝혀졌다.

술이 얼큰해진 송강이 이런저런 이야기 끝에 지난날의 어려움에 이르자 숙연히 말했다.

"나는 원래 운성현의 하찮은 벼슬아치로서 큰 죄를 짓고 창칼 아래서 헤매었는데 여러 형제들이 죽음을 두려워 않고 구해 주어 겨우 살아난 몸이오. 강주에서 대종 아우와 함께 사형장에 끌려갔을 때는 거지반 황천객이 된 셈이었소. 그런데 지금은 이렇게 신하 된 몸으로 나라를 위해 애쓰고 있으니 어찌 감격스럽지 않겠소. 돌이켜 보면 지나간 일이 모두가 다 꿈만 같구려."

송강은 그 말과 함께 주르르 눈물을 흘렸다. 대종과 화영을 비롯해 전에 그와 함께 어려움을 겪은 몇몇 두령들도 모두 눈물을 흘렸다.

그때 이규는 남보다 여러 잔을 더 마신지라 취하기도 훨씬 더 취해 있었다. 여럿과 되는 소리 안 되는 소리 떠들어 대다 차차

눈시울이 무거워져 두 팔을 베고 잠이 들었다.

'밖에는 눈이 아직 그치지 않았구나.'

그런 생각으로 잠이 드는데 홀연 자신의 몸이 정자 밖으로 나가는 것처럼 느껴졌다. 그런데 밖으로 나가 보니 이상하였다.

'원래는 눈이 없었는데 정자 안에만 틀어박혀 있었구나. 어디 저쪽으로 가 봐야겠다.'

바깥에는 눈의 흔적이 하나도 없는 걸 보고 이규는 그렇게 중얼거리며 의춘포를 떠났다. 얼마 안 돼 성 밖에 나온 이규는 문득 생각나는 게 있어 혼자 후회했다.

"아이고 도끼를 가져오지 않았구나."

그런데 알 수 없는 것은 손으로 허리춤을 만져 보니 도끼가 그곳에 꽂혀 있는 것이었다.

이어 이규는 남북도 알지 못하고 그저 하염없이 걸어갔다. 얼마나 갔을까, 문득 눈앞에 높은 산이 나타났다. 이규가 그 산기슭에 도착하니 어떤 후미진 골짜기에서 한 사내가 걸어 나오고 있었다. 묘한 두건에 누런 도포를 입은 사람이었다.

"장군께서 산보를 하고 싶으시다면 이 산을 한번 돌아보시지요. 마음에 드시는 곳이 있을 겁니다."

사내가 이규를 맞아 웃음 지으며 그렇게 말했다. 이규가 그에게 물었다.

"형씨, 이 산 이름이 무어유?"

"이 산은 천지령(天池嶺)이라 합니다. 장군께서 한번 돌아보고 나오실 때 다시 뵙도록 하지요."

사내가 그렇게 말하고 가 버렸다. 이규는 그의 말대로 산허리를 돌아 앞으로 나아갔다. 문득 이규의 눈앞에 한 군데 장원이 나타났다.

이규는 그 장원에서 나는 소란스러운 소리 때문에 그쪽으로 가 보았다. 여남은 명의 사람들이 저마다 손에 몽둥이와 창칼을 들고 집 안을 들부수고 있었다. 그들 중에서 한 몸집 큰 사내가 안에다 대고 욕설을 퍼부었다.

"이 쇠 같은 늙은 놈아, 빨리 딸을 내놓아라. 이 어르신네의 아낙으로 내주면 아무 일 없을 것이지만 듣지 않으면 네놈들을 모두 죽일 테다!"

장원 안으로 들어가다 그 소리를 들은 이규는 불같이 성이 났다. 입에서 연기라도 내뿜듯이 그 사내를 향해 소리쳤다.

"야, 이 나쁜 놈들아, 왜 남의 딸을 억지로 빼앗으려느냐?"

그러자 그 사내가 맞받아 소리쳤다.

"나는 저 늙은것에게 딸을 달라고 했는데 네놈이 무슨 간섭이냐?"

그 말에 참지 못한 이규는 다짜고짜 도끼를 꺼내 들고 그 무리를 덮쳐 갔다. 이상하게도 도끼질 한번에 두세 놈씩 쓰러지고 나머지는 모두 달아나 버렸다.

이규는 달아나는 놈들을 뒤쫓아가며 도끼질을 해 댔다. 잇따라 예닐곱 번 찍으니 쓰러진 놈들의 시체가 땅바닥을 허옇게 덮었다.

어느 사이에 그중에서 살아 도망치는 놈은 하나밖에 남지 않게 되었다. 이규는 집 안으로 들어가 보려고 대문께로 갔다. 그러나 대문이 꽉 잠겨 있어 들어갈 수가 없었다. 이규는 한 발길질로 대문을 걷어차 열고 안으로 들어갔다. 보니 머리가 하얗게 센 늙은이와 그 비슷한 나이의 할멈 하나가 함께 슬피 울고 있었다.

그들은 이규가 뛰어드는 걸 보고 놀라 소리쳤다.

"이젠 마지막이로구나. 저것들이 들어왔어."

이규가 그런 늙은이 내외에게 큰 소리로 알려 주었다.

"나는 길을 가다 억울한 일을 당하는 걸 보고 못 참아 왔소. 앞에 있던 나쁜 놈들은 모두 내가 죽여 없앴으니 어서 나와 보시오."

그 같은 이규의 말에 늙은 부부가 벌벌 떨며 밖으로 나왔다. 과연 도둑들이 모두 죽어 나자빠진 걸 본 늙은이가 이제는 이규를 잡아끌며 말했다.

"비록 나쁜 놈들을 없애기는 했지만 사람을 죽였으니 걱정이오. 이제 내가 관가에 잡혀가게 되었으니 어쩌면 좋겠소?"

"영감은 이 시커먼 어르신네가 누군지 모르시는구먼. 나는 양산박의 흑선풍 이규외다. 송공명 형님과 함께 조정의 명을 받들어 전호를 치고 있는 중이오. 방금 형님과 성안에서 술을 마시다가 마음이 뒤숭숭해 성을 나와 산보를 하는 중이외다. 그까짓 놈들 몇 놈이 아니라 천 명을 죽인들 안 될 게 무어겠소."

이규가 껄껄 웃으며 그렇게 대답했다. 그러자 그 늙은이가 눈물을 닦으며 말했다.

"그렇다면 됐습니다. 장군께서는 안으로 들어와 앉으시지요."

이규는 못 이기는 척 늙은이가 이끄는 대로 따라갔다. 안에는 이미 한 상 가득 술과 안주가 차려져 있었다. 이규를 윗자리에 앉힌 늙은이가 술을 한 사발 가득 따라 두 손으로 받쳐 올리며 말했다.

"장군께서는 제 딸을 구해 주셨습니다. 가득 부은 이 잔을 받아 주십시오."

이규가 그 잔을 받아 마시자 노인이 다시 한 잔을 따라 권했다. 잇따라 네댓 잔을 마시고 있는데 그 늙은이와 함께 울고 있던 할멈이 한 젊은 여자를 데리고 나타나 손을 모아 쥐고 절을 하며 복을 빌어 주었다.

"장군께서는 송 선봉 아래에 계시고 또 이토록 훌륭하신 분이시라 감히 바랍니다. 제 딸이 못생겼다 버리지 않으신다면 배필로 드리고 싶은데 어떠신지요?"

이윽고 할멈이 그렇게 말했다. 이규가 그 말을 듣자 길길이 뛰며 소리쳤다.

"이 더러운 것아, 내가 네 딸년이 탐이 나서 저놈들을 죽인 줄 아느냐? 되잖은 수작 말고 아가리 닥치거라."

그러고는 한 발길질로 상을 차 엎은 뒤 집 밖으로 나와 버렸다. 할멈은 좋은 뜻으로 말했다가 뜻밖에 이규가 성을 내는 바람에 벌벌 떨며 바라보기만 했다.

그런데 문밖으로 나온 이규는 몇 발짝을 가지 않아 표범같이 날래게 생긴 덩치 큰 사내와 맞닥뜨렸다. 사내가 한 자루 박도를 들고 이규를 뒤쫓으며 큰 소리로 외쳤다.

"이 시커먼 놈아, 달아나지 마라. 내가 보낸 우리 형제들을 무엇 때문에 죽였느냐? 나는 다만 저 집 딸을 원했을 뿐인데 왜 네가 간섭하느냐?"

그러잖아도 성이 나 있던 이규는 그 말을 듣자 때마침 좋은 분풀잇감을 만났다는 듯 도끼를 휘두르며 맞섰다. 한 스무 합이나 싸웠을까? 마침내 당해 내지 못한 사내가 힘써 이규의 도끼를 밀어낸 뒤 칼을 끌고 달아나기 시작했다. 이규는 그를 놓치지 않으려고 급하게 뒤쫓았다. 쫓기거니 뒤쫓거니 하며 그들이 한 개의 숲을 지났을 때 문득 눈앞에 수많은 궁전이 나타났다. 사내가 궁전 앞에 이르자 칼을 내버리고 그 앞에 있는 사람들 틈에 섞여 버렸다. 그 바람에 사내를 놓쳐 버린 이규가 두리번거리고 있는데 궁궐 안에서 꾸짖는 소리가 들려왔다.

"이규는 무례하게 굴지 말고 어서 들어와 천자를 뵈어라."

그제야 이규는 문득 깨달았다.

'이곳이 바로 문덕전이구나. 전날 송공명 형님을 따라 들어와 본 적이 있지. 바로 황제께서 계시는 곳이군.'

그러고는 속으로 어찌할까를 생각하고 있는데 다시 전상에서 말소리가 들렸다.

"이규는 어서 절하고 엎드릴지어다."

이규는 얼른 도끼를 허리춤에 감춘 뒤 앞쪽을 우러러보았다. 전각 위에 황제가 수많은 벼슬아치들을 거느리고 앉아 있는 게 보였다. 이규는 그답지 않게 공손히 세 번 머리를 조아렸다. 그래 놓고 나니 문득 생각나는 게 있었다.

'아이쿠, 절 한 번을 덜했구나.'

이규가 그러면서 송구해하고 있는데 천자가 물었다.

"너는 어찌하여 그토록 많은 사람을 죽였느냐?"

"그놈들은 남의 딸을 억지로 빼앗아 가려 했습니다. 그래서 화가 난 신이 모두 죽여 버리게 되었습지요."

이규가 무릎을 꿇은 채 천자의 물음에 대답했다. 천자가 흐뭇해하며 말했다.

"이규는 억울한 일을 당한 사람을 보고 그를 위해 나쁜 놈들을 죽여 없앴다. 그의 의기와 용맹은 가히 상 줄 만하다. 네 죄를 용서하고 너를 치전(値殿)장군으로 삼는다."

이규는 그 말에 마음속으로 기뻐 어찌할 줄을 몰랐다.

'황제란 이는 원래가 저렇게 사리가 밝으신 분이로구나.'

이규는 그렇게 감탄하며 열 번도 넘게 머리를 조아리다 몸을 일으켜 대전 아래 시립하였다.

오래잖아 채경과 동관, 양전, 고구 네 사람이 줄줄이 나와 엎드리며 천자께 아뢰었다.

"요사이 송강은 병마를 이끌고 역적 전호를 치러 나가 있습니다. 그러나 앞으로 밀고 나가지는 못하고 매일같이 술판을 벌이고 있으니 바라건대 폐하께서는 그자를 벌주도록 하옵소서."

이규는 그 말을 듣자 가슴속에서 불길이 삼천 길이나 솟는 것 같았다. 그곳이 천자 앞이라는 것도 잊고 쌍도끼를 들고 뛰쳐나갔다. 눈 깜짝할 사이에 한 도끼질에 한 놈씩 다 목을 잘라 버린 이규가 큰 소리로 외쳤다.

"황제께서는 이런 간신들의 말을 듣지 마십시오. 우리 송공명 형님은 적으로부터 잇따라 세 개의 성을 되찾고 지금 개주에 머물고 있습니다. 곧 군사를 내어 적을 쓸어버리려는데 그따위 모함이 당키나 하겠습니까?"

그때 대전에 있던 여러 문무의 벼슬아치들은 네 명의 대신이 죽는 걸 보고 모두 덤벼 이규를 붙잡으려 하였다. 이규가 쌍도끼를 걸머메며 소리쳤다.

"나를 잡으려 들다간 저 네 놈처럼 될 줄 알아라!"

그러자 그 사나운 기세에 눌린 관원들은 아무도 함부로 손을 쓰지 못했다. 이규가 껄껄 웃으며 말했다.

"잘했구나. 시원하다! 간신 네 놈을 오늘 모두 죽였으니 이보다 더 신나는 일이 어디 있겠느냐? 어서 송공명 형님에게 알려야겠다!"

그러고는 성큼성큼 걸어 궁궐을 나왔다. 얼마 가지 않아 앞에 산이 하나 나타났다. 살펴보니 얼마 전에 수사(秀士) 차림의 사내를 만났던 곳이었다. 그 수사가 아직도 산 앞에서 기다리다가 이규를 맞으며 빙그레 웃고 물었다.

"장군께서는 마음껏 놀다가 오셨습니까?"

"형의 가르침 덕분에 방금 네 간신 놈을 죽이고 오는 길이오."

이규가 기분 좋게 대답했다.

수사가 그 말을 듣고 한바탕 웃더니 문득 정색을 하고 일러 주었다.

"일이 그렇게 되었군요. 나는 원래 분주(汾州)와 심주(深州) 어간에 사는 사람입니다. 요사이 이곳에 놀러 왔다가 장군을 비롯한 여러 장수들이 충의를 품고 있음을 알고 꼭 드릴 말씀이 있어

왔습니다. 송 선봉께서 전호를 쳐 없애는 데 필요한 일을 열 자로 줄여 말씀드리지요. 장군은 내 말을 머릿속에 새겨 두었다가 송 선봉에게 전해 드리도록 하시오."

그러고는 이규에게 열 자로 된 글귀를 읽어 주었다.

'전호의 무리를 쳐 없애려면 반드시 경시족(瓊矢鏃, 경화살촉)과 맺어야 하리[要夷田虎族 須諧瓊矢鏃].'라는 내용이었다. 수사는 주문을 외듯 대여섯 번이나 그 구절을 읊었다. 이규도 왠지 그럴듯하게 여겨져 그가 일러 주는 구절을 머릿속에 새겼다. 이규가 다 윈 걸 본 수사가 숲속을 가리키며 말했다.

"저쪽 숲속에 나이 든 노파가 앉아 있습니다."

그 말에 이규가 몸을 돌려 바라보는데 그사이 수사는 자취를 감추었다.

"참 빠르기도 하구나. 어쨌든 숲속에 사람이 있다니 누군지 가 봐야지."

이규가 그렇게 중얼거리며 숲속으로 들어가 보았다. 정말로 한 늙은 할멈이 앉아 있었다. 이규가 가까이 다가가 보니 할멈은 다름 아닌 이규의 어머니였다. 어머니는 눈을 감은 채 말없이 청석 위에 앉아 있었다. 이규가 다가가 부둥켜안으며 말했다.

"어머니, 이제까지 얼마나 고생이 심하셨습니까? 이 철우(鐵牛)는 호랑이에게 잡아먹히신 줄로만 알았는데 이제 보니 여기 살아 계셨군요!"

"얘야, 나는 범에게 잡아먹히지 않았다."

어머니가 그렇게 대답했다. 이규가 눈물을 흘리며 그간의 변화를 간략하게 들려주었다.

"저는 이제 조정의 부르심을 받아 벼슬아치가 되었습니다. 송공명 형님은 대군을 거느리고 지금 북성(北城) 안에 계시니 어머니는 제게 업혀 성안으로 들어가도록 하십시다."

이규가 그러면서 어머니를 업으려 할 때였다. 갑자기 한소리 좋지 못한 으르렁거림이 들리더니 숲속에서 얼룩얼룩한 호랑이 한 마리가 나타났다. 호랑이는 꼬리를 치며 커다란 울부짖음과 함께 이규의 어머니를 덮쳤다. 놀란 이규가 도끼를 뽑아 덤벼드는 호랑이를 찍었다. 가진 힘을 다해 내려찍었으나 도끼 두 자루가 모두 빗나가 이규는 앞으로 꼬꾸라졌다. 그런데 그 꼬꾸라진 곳이 바로 의춘포의 우향정이었다. 바로 말하자면 그동안 이규는 긴 꿈을 꾼 셈이었다.

그때 송강은 여러 형제들과 지난 이야기에 정신이 팔려 있었다. 처음 이규가 탁자에 기대 끄덕끄덕 조는 걸 보았을 때만 해도 별로 마음을 쓰지 않았으나 이규 쪽에서 쿵 소리가 나자 비로소 그쪽을 눈여겨보았다. 자다가 두 손으로 술상을 내리쳐 사발과 접시가 엎어지고 국물이 옷깃을 적시는데도 이규는 마냥 잠꼬대만 계속하고 있었다.

"어머니, 호랑이가 달아났습니다."

그렇게 소리친 이규가 비로소 눈을 떠 보니 방 안은 등불이 환한데 여러 형제가 둘러앉아 아직도 술을 마시고 있었다.

"쳇, 모든 게 꿈이었구나. 하지만 어쨌든 시원하다!"

잠에서 깨어난 이규가 그렇게 중얼거렸다. 듣고 있던 사람들이 한바탕 웃은 뒤에 물었다.

"무슨 꿈이오? 무엇이 그리 시원하오?"

이규는 먼저 꿈속에서 그의 어머니를 본 이야기부터 했다. 어머니가 호랑이에게 죽은 것이 아니라는 이야기를 하는데 다시 호랑이가 덤벼드는 바람에 꿈이 깨고 말았다는 내용을 말하자 듣는 사람들은 탄식을 금하지 못했다.

이규는 또 못된 놈들을 죽여 버리고 술상을 발로 차 엎은 이야기도 했다. 듣고 난 노지심과 무송과 석수가 박수를 치며 소리쳤다.

"거, 정말 시원한 것이군."

그러자 이규가 껄껄 웃으며 다시 이었다.

"정말로 시원한 이야기는 따로 있소."

이규는 마지막으로 채경과 동관과 양전과 고구 네 간신을 죽인 일을 이야기했다. 그러자 모두가 박수를 치며 한목소리가 되어 말했다.

"정말 시원하다, 정말로 시원해. 그런 거라면 꿈이라도 꿀 만하네!"

그때 송강이 끼어들었다.

"여러 형제들, 이제 그만들 하시오. 그건 꿈속의 이야기니 너무 그리 대단하게 여길 건 없소."

그러나 이야기에 신이 난 이규는 거기서 멈추지 않았다. 소매를 걷고 주먹을 쥐었다 폈다 하면서 이야기를 계속했다.

"어떤 놈이 공연히 이리 떠들겠소. 정말로 내 평생 이렇게 시원한 일은 아직 겪어 보지 못했다오. 하지만 이상한 꿈도 있소. 꿈속에서 한 수사가 내게 말하기를 '전호의 무리를 쳐 없애려면 반드시 경시족과 맺어야 하리.'라는 구절을 일러 주었소. 그게 전호를 쳐 없애는 비결이라며 내게 외워 뒀다 송 선봉에게 전하라 합디다."

하지만 송강은 말할 것도 없고 머리가 잘 돌아간다는 오용도 이규가 전한 구절의 참뜻을 얼른 알지 못했다. 그런데 알 수 없는 것은 안도전과 장청이었다. '경시족' 석 자를 듣자 안도전이 무어라고 말하려 하는데 장청이 눈짓을 했다. 그러자 안도전은 가만히 웃을 뿐 입을 열지 않는 것이었다.

"어쨌든 그 꿈이 매우 괴이하니 나쁘진 않을 듯싶소. 눈이 걷히는 대로 군사를 내는 게 좋겠습니다."

오용이 그렇게 말해 꿈 이야기는 그쯤에서 끝났다. 오래잖아 술자리가 다하고 호걸들은 흩어져 돌아가 쉬었다.

다음 날 눈이 걷히자 송강은 장막을 걷고 노준의, 오학구와 함께 군사를 두 길로 나누어 동과 서로 나갈 것을 의논했다. 동쪽 길은 호관(壺關)을 건너 소덕으로 해서 노성, 유사로 나아가는 길이었다. 그런 다음 곧바로 적의 소혈 뒤편 대곡을 거쳐 임현에서 서쪽 길로 온 군사들과 합치기로 했다. 또 서쪽 길은 진령을 빼앗고 곽산을 지나 다시 분양을 빼앗은 다음 분휴, 평요, 기현을 거치는 길이었다. 그 뒤 다시 위승 서북쪽을 지나서 임현에서 동쪽 길로 온 군마와 만나기로 했다. 그런 다음 힘을 합쳐 위승을 빼앗고 전호를 사로잡는다는 계획이었다.

거기 따라 장수들도 두 길로 나누어졌다. 정선봉 송강은 정장과 아장 마흔일곱 명을 거느리게 되었다. 군사 오용, 임충, 삭초, 서령, 손립, 장청, 대종, 주동, 번서, 이규, 노지심, 무송, 포욱, 항충, 이곤, 선정규, 위정국, 마린, 연순, 해진, 해보, 송청, 왕영, 호삼랑, 손신, 고대수, 능진, 탕륭, 이운, 유당, 연청, 맹강, 왕정륙, 채복, 채경, 주귀, 배선, 소양, 장경, 악화, 김대견, 안도전, 욱보사, 황보단, 후건, 단경주, 시천에 이번에 새로이 항복한 경공이었다.

부선봉 노준의는 정장과 아장 사십 명을 거느렸다. 군사 주무에 진명, 양지, 황신, 구붕, 등비, 뇌횡, 여방, 곽성, 선찬, 학사문, 한도, 팽기, 목춘, 초정, 정천수, 양웅, 석수, 추연, 추윤, 장청, 손이랑, 이립, 진달, 양춘, 이충, 공명, 공량, 양림, 주통, 석용, 두천, 송만, 정득손, 공왕, 도종왕, 조정, 설영, 주부, 백승이 그들이었다. 장졸을 나눈 송강은 다시 노준의와 함께 의논했다.

"이제부터 군사를 나누어 동서로 나아가는데 아우는 어느 길로 나아갔으면 좋겠는가?"

"군사를 쪼개고 장수를 나누어 주는 일은 모두 형님의 엄하신 분부에 따를 뿐입니다. 제가 어떻게 고르고 자시고 하겠습니까?"

노준의가 그렇게 대답했다. 송강이 그런 노준의에게 말했다.

"일은 그러하지만 천명을 한번 살펴봐야겠네. 군사를 두 갈래로 나누는 것은 이미 결정이 났으니 제비를 만들어 누가 어느 길로 가야 할지를 뽑아 봐야겠네."

그러고는 배선을 시켜 동서 두 길을 나타내는 제비를 만들게 했다.

송강과 노준의는 향을 사르고 정성을 들인 뒤 송강이 먼저 제비 하나를 뽑았다. 보니 동쪽 길이었다. 그렇게 되면 노준의가 서쪽 길을 맡아야 함은 당연했다.

송강의 대병은 눈이 그치기를 기다려 움직이기 시작했다. 화영과 동평, 시은, 두흥 네 장수는 군사 이만과 함께 남아 개주를 지키기로 되었다. 초엿샛날이 좋은 날이라 하여 송강과 노준의가 막 군사를 거느리고 떠나려는데 개주에 속한 양성과 심수 두 곳에서 급한 전갈이 왔다. 그곳 군민들이 전호의 행악질을 못 이겨 그를 섬겼으나 이제 조정의 대병이 온다는 것을 알고 함께 들고 일어나 양성을 지키는 구부와 심수를 지키는 진개 두 적장을 잡아끌고 귀순해 온다는 내용이었다. 그 두 고을의 어른들도 백성들에게 양고기와 술을 지워 성을 바치러 온다는 말에 송 선봉은 몹시 기뻐했다. 두 곳 군민들에게 크게 상을 내리고 방문을 붙여 그들을 안심시킨 뒤 양민으로 돌아가게 하였다.

송강은 군민들을 대할 때와는 달리 잡혀 온 적장에게는 몹시 엄했다. 구부와 진개에게 천병이 이르렀음에도 얼른 와서 귀순하지 않은 죄를 엄하게 물었다. 그들의 목을 잘라 군기(軍旗)에 제사 지내고 역적들에게는 본보기가 되게 하였다. 두 갈래의 대군이 떠나는 날 화영을 비롯한 남은 장수들은 북문까지 나아가 술잔을 올리며 배웅했다. 송강이 잔을 받아 들고 화영에게 일렀다.

"아우의 위세는 역적들도 잘 알고 있으니 이 성을 지키기에는 넉넉할 것이네. 이 성은 오직 북쪽으로만 적이 침입할 수 있게 되어 있으니 혹시 역적들이 덤벼들면 마땅히 나아가 들이쳐 그

간담이 서늘하게 해야 하네. 그러면 역적들은 감히 남쪽을 엿보지 못할 것이야."

화영은 그 같은 송강의 말을 귀담아들었다. 송강은 또 잔을 들고 노준의에게 말했다.

"오늘 우리가 군사를 내지마는 조금 달라진 게 있네. 양성과 심수에서 백성들이 적장들을 붙잡아 왔으니 그 두 곳은 벌써 평정된 셈이지. 그러니 아우는 곧바로 진령으로 쳐들어가도록 하게. 하루빨리 전호를 사로잡아 큰 공을 이루기를 빌겠네. 조정에 그 공을 아뢰어 함께 부귀를 누리게 된다면 그 또한 기쁜 일이 아니겠는가?"

"형님의 위엄에 질리어 그 두 곳이 싸움도 하지 않고 복속해 왔습니다. 저도 이미 엄한 명을 받았으니 힘을 다해 싸우겠습니다."

노준의가 그렇게 다짐했다.

송강은 이어 며칠 전 소양을 시켜 마련해 둔 지도를 가져오게 해 노준의에게 주었다. 허관충이 준 지도를 소양이 그대로 베낀 것이었다.

먼저 길을 떠난 것은 정선봉 송강이 거느린 군사들이었다. 송강은 군사를 세 갈래로 나누었다. 임충과 삭초, 서령, 장청은 일만의 군사를 거느리고 선봉에 섰다. 손립, 주동, 연순, 마린, 선정규, 위정국, 탕륭, 이운은 일만 군사를 거느리고 뒤를 맡았으며 송강과 오용은 나머지 장수와 삼만 군사를 거느리고 중군이 되었다.

합쳐 오만이나 되는 송강의 군사가 동북쪽을 바라보고 떠난 뒤 부선봉 노준의도 사십 명의 장수와 오만의 군사를 거느리고 서북쪽으로 떠났다. 화영, 동평, 시은, 두흥도 송강과 노준의와 작별한 뒤 성안으로 돌아갔다.

화영은 주장이 되어 개주를 지킬 배치를 새롭게 했다. 시은과 두흥에게 각기 오천 군사를 거느리고 성 오 리 밖에 나가 영채를 세우게 했다. 강한 활과 쇠뇌에 여러 가지 화기를 갖추고 있다가 적의 선봉을 막게 하고 동서 양쪽으로는 따로이 군사를 감춰 두어 복병으로 삼았다.

한편 송강이 거느린 세 갈래 인마는 어느새 개주를 떠나 삼십 리나 갔다. 송강이 말 위에서 보니 문득 눈앞에 산줄기 하나가 나타났다. 한참 뒤에 그 산기슭에 이르러 오른편에 치솟은 산을 바라보니 그 산의 산세가 여느 산과 달랐다. 송강이 그런 산세를 살피고 있을 때 이규가 불쑥 나서서 말하였다.

"형님, 이 산 모양이 전날 꿈에서 본 그 산과 똑같소."

그 말을 들은 송강은 이번에 새로 항복해 온 적장 경공을 불러 놓고 물었다.

"자네가 여기 오래 있었다니 이 산을 잘 알겠지. 허관충이 그려준 지도로 보면 방산(房山)은 성 동쪽에 있으니 이 산은 틀림없이 천지령(天池嶺)일 거네."

그러자 이규가 또 나섰다.

"맞소. 꿈속에서 그 선비가 천지령이라고 했다우. 내가 깜빡 잊었소."

"그렇습니다. 이 산이 바로 천지령이올시다. 산 위의 바위 벼랑이 마치 성벽과 같아 옛날부터 사람들이 피난처로 삼던 곳이지요. 요사이 들으니 이 산에는 이상한 일이 있다고 합니다. 밤중에 바위 벼랑에서 붉은빛이 뿜어 나온다더군요. 또 어떤 나무꾼은 벼랑길에서 기이한 향내를 맡았다고도 합니다."

경공이 곁에서 이규의 말을 뒷받침해 주었다.

"그렇다면 이규의 꿈이 맞지 않은가?"

송강은 그렇게 중얼거리며 고개를 끄덕였다.

그날 송강이 거느린 군사는 육십 리를 가서 영채를 얽고 쉬었다. 이어 하루도 안 돼 호관 남쪽에 이른 송나라 군사는 관에서 오 리 떨어진 곳에 영채를 세웠다.

호관은 원래 산 동쪽 기슭에 세워진 관이었다. 산 모습이 마치 항아리 같아 한나라 초기에 그곳에 관을 세우면서 호관이라 이름했다고 한다. 산 동쪽으로 포독산이라는 산이 있어 그 산이 호관 기슭에 있었다. 호관은 바로 그 두 산 사이에 자리 잡고 있는 격으로 소덕성에서 남쪽으로 팔십 리 떨어진 곳이라 저절로 소덕의 목줄기 같은 곳이 되었다.

호관은 전호를 섬기는 장수 여덟 명이 날랜 군사 삼만을 거느리고 지키고 있었다.

그 여덟 장수는 산사기(山士奇), 육휘(陸輝), 사정(史定), 오성(吳成), 중량(仲良), 운종무(雲宗武), 오숙(伍肅), 축경(竺敬)이었다.

산사기는 원래 심주의 부잣집 아들이었다. 힘이 남달리 뛰어나고 창봉을 잘 다루었는데, 사람을 죽이고 그 벌이 무서워 전호의 밑에 들어가게 되었다. 뒤에 전호가 역적질하는 데 많은 공을 세워 저희끼리 주고받는 병부도감의 자리에 올랐다. 그가 늘 쓰는 병기는 마흔 근이나 나가는 한 자루의 쇠몽둥이로 무예 솜씨가 매우 좋았다.

전호는 조정에서 송강을 비롯한 양산박의 호걸들을 보냈다는 말을 듣자 특히 산사기를 불러 소덕으로 보냈다. 날랜 병사 일만을 딸려 주며 육휘를 비롯한 여러 장수들과 힘을 합쳐 호관을 지키라 한 것이었다. 그것도 호관으로 간 뒤에는 무엇이든 왕인 자신에게 알릴 필요도 없이 산사기 마음대로 해도 좋다는 특권과 함께였다.

호관에 이른 산사기는 이미 개주가 무너졌으므로 송나라 군사들이 반드시 그 관으로 밀려들 것이라 짐작했다. 날마다 군사들을 조련시키고 말을 잘 먹여 싸울 채비를 단단히 하고 있었다. 그러던 어느 날 송나라 군사들이 이미 관 남쪽 오 리 밖에 영채를 얽었다는 소식이 들어왔다. 산사기는 군사 일만을 점고한 뒤 사정, 축경, 중량 세 장수와 함께 갑옷, 투구를 걸치고 말에 올랐다. 관 밖으로 나가 적을 맞을 셈이었다. 산사기가 송강의 군사와 마주 진을 치자 양쪽 진채에서는 먼저 활과 화살이 서로 날고 북과 징 소리를 높여 서로를 위압하려 들었다. 울긋불긋한 깃발 뒤로 서로의 위세를 뽐내었다.

이윽고 반군의 진채에서 문기가 열리더니 한 장수가 말을 타고 나왔다. 위엄을 돋보이게 하는 갑옷, 투구에 사십 근짜리 쇠몽둥이를 꼬나든 산사기였다.

"물가에 있던 좀도둑놈들아, 어찌 감히 남의 영토를 침범하려

드느냐!"

산사기가 송강의 진채를 향해 기세 좋게 외쳤다. 그러자 송강의 진채에서는 표자두 임충이 나가 맞받아쳤다.

"역적의 못된 짓을 도와주는 이 멍청아. 천병이 이미 이곳까지 이르렀거늘 그래도 감히 맞서려느냐?"

임충은 그 같은 호통에 이어 창을 비껴들고 말 배를 찼다. 곧 산사기와 임충 간에 싸움이 벌어졌다. 양쪽 군사들이 지르는 함성 속에 두 말이 얽히고 네 팔과 여덟 발굽이 어지럽게 치고받았다.

싸움은 쉰 합을 넘겼으나 승패는 좀체 가려지지 않았다. 임충은 속으로 산사기의 놀라운 무예 솜씨에 갈채를 보냈다.

그때 반군의 장수 축경이 칼을 휘두르며 말을 박차 달려 나왔다. 산사기가 임충을 이기지 못하는 걸 보고 도와주기 위함이었다. 송나라 군사 쪽에서는 몰우전 장청이 말을 달려 나가 그런 축경과 맞섰다.

그 바람에 싸움은 두 갈래로 이루어졌다. 네 필의 말이 서로 엇갈리고 부딪치며 더운 김을 뿜어 댔다. 그러다가 먼저 결정이 난 것은 장청과 축경의 싸움이었다.

두 사람의 싸움이 스무 합을 넘겼을 무렵 장청이 힘이 달린 체하며 말 배를 걷어차고 달아나기 시작했다. 축경이 그런 장청을 놓아주지 않으려고 급히 뒤쫓았다. 달아나던 장청은 쓰던 창을 가만히 안장에 걸고 비단 주머니에서 돌멩이 하나를 꺼내 들었다.

"받아라!"

장청이 갑자기 몸을 돌리며 그런 소리와 함께 돌멩이를 축경의 얼굴을 향해 내던졌다.

호관의 싸움

돌멩이는 어김없이 축경의 콧등을 맞혀 축경은 그대로 몸을 뒤집으며 말에서 떨어졌다. 장청이 말 머리를 돌려 피 칠갑을 하고 땅에 쓰러진 축경을 창으로 찌르려 했다. 반군 쪽에서 사정과 중량 두 장수가 한꺼번에 뛰어나와 그런 축경을 구해 갔다.

관 위에서 저희 편 장수 하나가 쓰러지는 걸 본 반군의 장수들은 산사기마저 잘못될까 걱정이 되었다. 얼른 징을 울려 군사를 거두어들였다. 송강 또한 징을 울려 군사를 거두어 원래의 영채로 돌아갔다.

"오늘 적장 하나를 쓰러뜨렸으니 적의 날카로운 기세는 적잖이 꺾였을 것이오. 하지만 산세가 험한 데다 관은 높고 단단해 쉽게 깨뜨릴 수 있을 것 같지가 않네. 어떤 계책을 써야 이 관을 빼을 수 있겠는가?"

송강이 오용에게 그렇게 묻자 임충이 나와 말했다.

"내일 다시 관 앞에 나가 싸움을 걸도록 합시다. 먼저 그 적장부터 죽인 다음 여러 형제들이 힘을 합해 치고 들면 안 될 것도 없습니다."

하지만 오용은 임충과 생각이 달랐다.

"장군은 너무 서두르지 마시오. 손무자(孫武子)가 말하기를 '이길 수 없으면 지키고 이길 수 있으면 치라.'고 했소. 곧 적을 이기기 어려우면 우리는 마땅히 지켜야 하고 꼭 이길 수 있을 때만 나가서 쳐야 한다는 뜻이외다."

그 같은 오용의 말에 송강도 가만히 생각에 잠겼다가 고개를 끄덕였다.

"군사의 말씀이 옳은 듯하오."

이에 힘을 모아 한꺼번에 관을 치는 일은 미뤄졌다.

다음 날이었다. 임충과 장청이 송강을 찾아가 싸움을 걸겠다고 나왔다. 송강이 마지못해 허락하면서도 당부를 잊지 않았다.

"설령 싸움에 이긴다 하더라도 가볍게 관으로 올라가지는 말게. 나는 따로이 서령과 삭초에게 군사를 주어 아우들과 호응하게 하겠네."

이에 임충과 장청은 오천의 군마를 이끌고 호관 아래로 가서 깃발을 흔들고 북을 울리며 욕설을 퍼부어 싸움을 걸었다. 그러나 어찌 된 셈인지 한낮이 되도록 관 안에서는 아무런 움직임도 보이지 않았다.

임충과 장청은 별수 없이 군사를 돌려 영채로 돌아가려 했다. 그때 갑자기 관 위에서 한소리 포향이 울리더니 관문이 활짝 열렸다. 보니 산사기와 오숙, 사정, 오성, 중량 네 장수가 군사 이만을 이끌고 물밀듯이 쏟아져 나오고 있었다.

"역적들이 우리가 지친 틈을 타 밀려드는 듯하오. 힘을 다해 맞받아쳐야겠소."

임충이 장청을 보고 그렇게 말했다. 그들을 뒤따라오던 삭초와 서령의 군사들도 한 덩이가 되어 앞으로 밀고 나아갔다. 양쪽 군사들은 말 한마디 건네는 법도 없이 곧바로 뒤엉켰다.

임충은 적장 오숙과 맞붙어 싸우고, 산사기가 나오자 장청이 창을 비껴들고 그를 맞았다. 오성과 사정은 삭초가 도끼를 휘두르며 달려 나가 혼자서 둘을 맡았다. 양쪽 군사들이 일제히 함성을 지르는 가운데 일곱 마리 말이 흙먼지에 싸여 이리 번쩍 저리 번쩍하며 살기 띤 싸움판을 벌였다.

싸움이 한창 무르익었을 무렵 표자두 임충이 갑자기 벽력같은 소리를 지르며 창을 내질렀다. 적장 오숙이 그 창을 피하지 못하고 말에서 떨어졌다.

오성과 사정은 삭초를 당해 낼 수 없는 데다 저희 편 장수 오숙이 말에서 떨어져 죽자 싸울 마음이 없어졌다. 사정이 먼저 실수한 척하며 말 머리를 돌려 달아나고 이어 오성도 날아오는 삭초의 도끼를 퉁겨 낸 뒤 사정을 따라 달아나려 했다. 그러나 워낙 삭초의 도끼가 매서워 뜻 같지가 못했다. 오성은 삭초의 도끼를 맞아 두 동강이 나고 말았다.

산사기는 저희 편 두 장수가 나란히 목숨을 잃자 더럭 겁이 났다. 갑자기 말 머리를 돌려 저희 편 진채로 달아나기 시작했다. 그런 산사기를 향해 장청이 돌멩이를 날렸다.

돌멩이는 산사기의 투구 뒤통수에 맞아 쨍그랑 하는 소리를 냈다. 놀란 산사기는 안장에 납작 엎드린 채 내처 달아났다. 중량도 급히 군사를 몰아 관 쪽으로 돌아가려 했으나 임충이 가로막는 바람에 반군은 크게 패하고 말았다.

산사기는 어지러운 졸개들을 이끌고 관 안으로 들어간 뒤 굳게 관문을 닫아걸었다. 임충을 비롯한 송나라 군사의 장수들이 관 아래까지 밀고 들어갔지만 관 위에서 화살과 돌이 쏟아지는 바람에 안으로는 들어갈 수 없었다. 거기다가 임충이 왼팔에 화살을 맞아 하는 수 없이 송나라 군사는 영채로 돌아갔다.

송강은 안도전에게 다친 임충을 치료하게 했다. 다행히도 임충이 입고 있던 갑옷이 두꺼워 상처는 깊지 않았다.

한편 산사기는 관 안에서 군사를 점고해 보았다. 꺾인 병졸이 이천이 넘고 장수도 두 명이나 없어진 채였다. 산사기는 여럿과 의논한 끝에 먼저 위승에 있는 진왕(晉王)에게 사람을 보내 구원병을 청했다. 송강의 군사들은 억세고 장수들은 용맹스러워 당해 낼 수 없으므로 좋은 장수를 뽑아 보내 관을 지킬 수 있게 해 달라는 내용이었다.

산사기는 또 한편으로는 포독산을 지키는 저희 편 장수 당빈, 문중용, 최야에게도 사람을 보내 도움을 구했다.

날랜 군사들을 거느리고 몰래 포독산 동쪽으로 해서 송병의 뒤를 치되, 날짜를 정해 포를 울려 신호하고 서로 호응하기로 했다. 그때 자신도 군사를 이끌고 관을 나가 송나라 군사를 들이치면 반드시 이길 것이라는 생각에서였다.

계책이 그렇게 정해지자 산사기는 다만 호관을 단단하게 지키기만 하면서 당빈에게서 소식이 오기만을 기다렸다. 그렇게 되니 싸움은 지지부진할 수밖에 없었다. 송강은 보름이 넘도록 호관을 깨뜨리지 못하자 속이 울적해졌다. 그런데 어느 날 갑자기 위주로부터 관승이 보낸 사자가 밀서를 가지고 왔다. 송강이 오용과 함께 급히 밀서를 뜯어보니 거기에는 이렇게 쓰여 있었다.

> 포독산 산채의 주인인 당빈은 원래가 포동의 군관으로서 사람됨이 용맹스럽고 강직하며 이 관(關) 아무개와는 형제의 의를 맺은 자입니다. 하오나 세력 있는 자의 모함을 받자 성이 나서 그 원수를 죽이는 바람에 관가의 쫓김을 받게 되었지요. 이에 하는 수 없이 포동을 떠나 남쪽으로 양산박을 향해 떠났는데 도중에 포독산을 지나다가 도둑 떼에게 걸려들게 되었습니다.
>
> 그때 도둑의 우두머리인 문중용과 최야가 함께 당빈에게 덤볐는데, 그래도 이기지 못하자 오히려 그를 모셔 산채의 우두머리로 앉혔습니다.
>
> 그러다가 작년에 전호가 호관을 빼앗고 당빈에게 항복을 강요하니 그 혼자서는 어찌할 수가 없어 전호의 밑으로 들어가게 된 듯합니다. 전호는 그로 하여금 포독산에 머물면서 호관

과 함께 의각지세를 이루어 남쪽에서부터 올라오는 적을 막게 하였습니다. 하지만 얼마 전 당빈은 제가 위주를 지키고 있다는 소문을 듣고 설날 아침에 몰래 홀몸으로 저를 만나러 온 적이 있습니다. 그때 속마음을 털어놓기로 오래전부터 형님의 충의를 사모해 왔으므로 곧 조정에 귀순하고 형님 아래에서 공을 세워 그동안의 죄를 씻겠다 했습니다. 저도 당빈과 함께 포독산에서 문중용과 최야를 만나 봤는데, 두 사람 모두 헌칠하고 좀스러운 데가 없었습니다. 둘 다 당빈과 함께 틈을 보아 호관을 바쳐 형님을 찾아뵙는 인사로 삼겠다고 하니 형님께서는 헤아려 써 주십시오.

송강은 그 글을 자세히 읽고 난 뒤 오용과 함께 의논했다. 의논한 결과는 군사를 움직이지 않고 호관 밖에서 적의 움직임을 살피다가 그때그때 알아서 호응하기로 했다.

그 무렵 산사기가 당빈에게 보냈던 사람이 돌아와 산사기에게 당빈의 말을 전했다.

"요즘은 달이 대낮같이 밝은 때라 얼른 움직일 수 없다고 합니다. 달이 없는 틈을 타서 아무도 모르게 쳐들어가야만 된다는 게 장군의 말씀이셨습니다."

"그것도 옳은 말이군."

산사기는 아무런 의심 없이 당빈의 말을 받아들이고 고개를 끄덕였다.

그 뒤 여남은 날이 지났다. 송나라 군사가 관을 치러 오지 않아 상당히 이상히 여기고 있는데 문득 당빈이 마군 몇 기를 거느리고 포독산으로부터 호관으로 온다는 기별이 왔다. 오래잖아 당빈이 이르러 산사기에게 말하였다.

"오늘 밤 삼경 무렵 하여 문중용과 최야가 일만의 군사를 거느리고 몰래 포독산 동쪽으로 올 것입니다. 사람은 가벼운 차림을 하고 말은 방울을 뗀 채 날 밝을 무렵 해서 송나라 군사의 영채 뒤에 이를 것이니 여기서도 얼른 준비하고 있다가 나가 싸우는 게 좋겠습니다."

산사기는 그 말을 듣자 몹시 기뻤다.

"양쪽에서 들이친다면 송나라 군사는 반드시 지고 말 것이오!"

그러면서 술을 내 당빈을 대접했다.

저녁 무렵 하여 당빈이 관에 올라 아래를 내려다보며 말하였다.

"기괴한 일이 있소. 별빛 아래 보니 관 밖에서 우리 쪽을 염탐하는 자가 있는 것 같구려."

그러고는 뒤따르는 졸개의 전통에서 화살 두 대를 뽑아 관 밖으로 쏘아붙였다.

관이 깨뜨려지게 되어 있어선지 마침 관 밖에는 정말로 몇 명의 송나라 군졸들이 있었다. 송강의 명에 따라 어둔 밤을 틈타 염탐을 하고 있다가 당빈의 화살을 받게 되었다.

당빈이 쏜 화살은 그들 중 한 군졸의 넓적다리에 와서 맞았다. 맞은 자리가 아프기는 해도 촉이 없는 화살 같아 자세히 집어 들고 보니 화살촉에 엷은 비단이 여러 겹 감겨 있었다. 그 군졸은 반드시 무슨 까닭이 있으리라 여기고 나는 듯 영채로 돌아가 송강에게 그 일을 알렸다.

송강이 촛불 아래서 그 화살촉을 풀어 보니 안에는 작은 글씨가 몇 줄 적혀 있었다. 바로 당빈이 보낸 밀약이었다.

내일 새벽에 관을 바치겠습니다. 문중용과 최야가 군사를 거느리고 몰래 선봉의 영채 뒤에 이르러 호포를 쏘면 관 안의 산사기도 뛰쳐나가 호응하기로 되어 있습니다. 그때 이 당빈이 기회를 보아 관을 빼앗을 테니 송 선봉께서도 얼른 밀고 드십시오.

송강은 그 글을 읽고 오용과 의논했다. 오용이 말했다.

"관 장군은 허투루 일을 하는 분이 아니지만 적군이 우리 영채 뒤에 나타나는 데 대해서는 준비를 않을 수가 없습니다. 손립, 주동, 선정규, 위정국, 연순 다섯 장수에게 군사 일만을 주고 가만히 영채 뒤로 가서 뜻밖의 일에 대비케 하십시오. 문중용과 최야의 군사가 이르더라도 우리 영채 가까이는 오지 못하게 하다가 우리 군사가 관을 차지한 뒤 굉천자호포를 놓기를 기다려 다가오게 해야 합니다. 또 서령과 삭초는 오천 군사를 거느리고 진채 동쪽에 매복하고 임충과 장청은 또 다른 군사 오천으로 진채 서쪽에 매복하게 하십시오. 그러다가 영채 안에서 포향이 울리거든 두 길로 뛰쳐나와 군사를 합친 뒤 관 안으로 밀고 들게 하는 게 좋겠습니다. 만약 우리 군사가 적의 간계에 떨어진 것이면 그들이 와서 우리를 구하게 될 것입니다."

오용의 꼼꼼한 헤아림에 송강도 마다할 까닭이 없었다.

"군사의 계책이 매우 옳소."

그러면서 오용의 말대로 준비하게 했다.

한편 산사기는 당빈의 말을 듣고 송나라 군사의 영채 뒤에서 포향이 울리기만을 기다렸다. 날이 밝을 무렵 하여 문득 관 남쪽에서 연주포 소리가 들렸다. 당빈은 산사기와 함께 관 위로 올라가 살펴보았다. 송나라 군사의 진채 뒤로 티끌이 일고 깃발이 어지럽게 뒤얽히고 있었다.

"이는 틀림없이 문중용과 최야 두 장수가 군사를 이끌고 온 것입니다. 어서 관을 나가 호응하도록 합시다!"

이에 산사기는 사정과 함께 일만의 군사를 거느리고 먼저 관 밖으로 치고 나갔다. 당빈과 육휘에게는 일만의 군사와 더불어 뒤따라 나오며 그때그때 형편을 보아 호응하게 하고 축경과 중량은 관 안에 머물면서 관을 지키게 했다. 송나라 군사는 관 안에서 군사들이 쏟아져 나오자 급히 뒤로 물러났다. 산사기는 앞장서서 군사를 휘몰아 치고 들었다. 그때 문득 한소리 포향이 울리더니 송나라 군사가 좌우에서 뛰쳐나와 길을 막았다.

당빈은 송나라 군사가 양쪽에서 뛰쳐나온 걸 보고 급히 군사를 돌려 관으로 돌아갔다. 관문 앞에 이른 당빈은 거기서 멈추고 창을 비껴든 채 형편을 살폈다.

그때 산사기와 사정은 서로 군사를 나누어 싸우고 있는데, 송나라 군사의 영채에서 또 포향이 울렸다. 이번에는 이규와 포욱, 항충, 이곤이 창과 방패를 든 보군을 이끌고 뛰쳐나왔다.

그제야 산사기는 송나라 군사에게 이미 준비가 있음을 알게 되었다. 얼른 군사를 돌려 관으로 되돌아가려 했다. 산사기가 관문 앞에 이르렀을 때 한 장수가 말을 타고 앞을 가로막으며 소리쳤다.

"당빈이 여기 있다! 호관이 이미 송조로 넘어갔으니 산사기는 얼른 말에서 내려 항복하라!"

당빈은 그런 외침과 함께 창을 번쩍 들어 곁에 있던 축경을 찔러죽였다.

그걸 본 산사기는 깜짝 놀랐다. 어쩔 줄 몰라 허둥대다가 마군 수십 기와 함께 죽을힘을 다해 서쪽으로 달아났다. 장청과 임충은 관을 빼앗는 일이 급해 그런 산사기를 더 뒤쫓지 않았다. 그때 이규를 비롯한 보군 장수들이 거느린 군사가 어느새 관 위로 올라가 당빈과 더불어 관을 지키던 적군들을 죽이고 호관을 차지해 버렸다.

중량은 밀려드는 송나라 군사에게 죽고, 관 밖에서 싸우던 사정은 서령의 창에 찔려 죽었다. 장수들이 그렇게 죽거나 달아나자 반군들은 더 싸울 엄두를 못 냈다. 창칼을 내던지고 뿔뿔이 흩어져 제 한목숨 구하기에 바빴다. 그리되니 반군이 버리고 간 갑옷과 말은 헤아릴 수가 없을 정도였고 죽은 군사는 이천 명이 넘었으며 사로잡힌 군사가 오백이요, 항복한 자들도 많았다.

오래잖아 송강의 대군이 차례로 관 안에 들어섰다. 당빈이 말에서 내려 송강에게 절을 하며 말했다.

"이 당 아무개는 나라에 죄를 짓고 진작부터 선봉께 가려고 했습니다만 연줄이 없어 찾아뵙지 못했습니다. 이제 하늘이 제게 좋은 기회를 주어 선봉의 말 시중이나마 들게 되었으니 실로 평생의 바라던 바를 얻은 듯합니다."

그러고는 다시 절을 올렸다. 송강이 급히 답례를 하고 그를 부축해 일으키며 말했다.

"장군께서는 이미 조정에 귀순하시고 이 송 아무개와 더불어 반역의 무리를 치셨소이다. 조정으로 돌아가면 천자께 장군의 공을 아뢰어 반드시 높이 쓰게 하겠소."

그때 다시 손립을 비롯한 여러 장수들이 문중용과 최야가 이끌고 온 두 갈래 인마와 더불어 관 밖에 머물면서 명을 기다리고 있다는 소식이 들어왔다.

송강은 문중용과 최야를 관 안으로 불러들이고 손립을 비롯한 장수들은 인마와 함께 잠시 관 밖에 머물러 있게 했다.

문중용과 최야는 관 안으로 들어와 송강에게 절을 올리며 말하였다.

"다행히 이 문 아무개와 최 아무개에게 복이 있어 선봉 밑에서 일하게 되었습니다. 개나 말의 수고로움도 마다 않고 힘을 다하겠습니다."

"이 관을 빼앗는 데는 장군들의 공로가 적지 않았소. 장부에 그 공을 하나하나 적어 두겠소."

송강이 기쁨을 감추지 못하고 그렇게 말하고 곧 명을 내려 크게 잔치를 열게 하였다. 당빈과 문중용과 최야가 귀순해 온 것을 치하하며 관 안팎의 군사를 점고해 보니 새로 투항한 군사가 이만이 넘었고 싸움 말도 천 필을 헤아렸다.

이어 여러 장수들이 모두 들어와 자신의 공적을 아뢰었다. 송강은 공을 세운 모든 장수와 군졸들에게 상을 주어 사기를 돋우었다.

"소덕성 안에는 장졸이 얼마나 되오?"

관 안이 수습된 뒤 당빈에게 물었다.

"성안에는 원래 삼만의 병마가 있었습니다만 산사기가 그중 일만을 뽑아 이리로 데려왔으니 이제 그 성안에는 이만이 남아 있을 겁니다. 장수는 정장과 편장을 합쳐 열 명인데 손기(孫琪), 섭성(葉聲), 김정(金鼎), 황월(黃鉞), 냉령(冷寧), 대미(戴美), 옹규(翁奎), 양춘(楊春), 우경(牛庚), 채택(蔡澤)이 그들입니다."

당빈은 그렇게 말하고 몇 마디 덧붙였다.

"전호는 이 호관을 소덕의 울타리로 믿어 왔습니다. 그런데 이제 호관이 떨어졌으니 전호는 한 팔을 잃은 것이나 다름없습니다. 제가 비록 재주 없으나 선봉이 되어 소덕을 쳐 보겠습니다."

그러자 능천에서 투항한 경공이 당빈과 함께 선봉이 되겠다고 나섰다. 송강은 기꺼이 승낙하고 문중용과 최야를 불렀다.

"두 분 장군은 전부터 포독산에 계셨으니 그곳에 익숙하고 신망도 높을 것이오. 두 분께서 원래 이끌고 있던 인마를 데리고 포독산에 머물면서 그쪽을 맡아 주셨으면 하오. 나는 소덕을 깨뜨린 뒤에 장군들을 다시 부르려 하는데 두 분의 뜻은 어떠시오?"

송강이 그렇게 묻자 문중용과 최야가 입을 모아 대답했다.

"선봉의 명을 어찌 감히 어기겠습니까?"

이에 송강은 술과 안주를 내어 그들을 대접한 뒤 포독산으로 보냈다. 다음 날 송강은 대종을 불러 노 선봉이 있는 진영을 다녀오게 했다. 그곳 형편을 알아보고 속히 돌아와 알려 달라는 명과 함께였다.

이어 오용과 더불어 계책을 의논한 송강은 소덕을 치기로 결정을 보았다.

당빈과 경공에게는 군사 일만을 거느리고 동문을 치게 하고 삭초와 장청에게는 일만 군사와 더불어 남문을 치게 했다. 서문은 위승에서 적의 구원병이 오면 협공에 빠지게 될까 봐 남겨 두게 하였다. 또 이규와 포욱, 항충, 이곤은 보군 오백 명을 거느리고 여기저기를 오가면서 뒤를 받치게 하고 손립, 주동, 연순은 번서, 마린과 함께 호관을 지키게 했다. 모든 장졸들에게 할 일을 정해 준 뒤 송강과 오학구는 나머지 장졸들을 데리고 영채를 거두어 떠났다. 그리고 소덕성 남쪽에서 십 리 떨어진 곳에 영채를 세운 뒤 싸움을 총괄하여 이끌기로 했다.

한편 위승주에서는 반군의 벼슬아치들 간에 크게 혼란이 일어났다. 호관을 지키는 산사기와 진령을 지키는 전표가 보낸 급보가 잇따라 이른 까닭이었다. 그들은 전호에게 달려가 호관과 진령이 위급하다고 알렸다. 전호는 엉터리로 꾸민 어전에 높이 올라앉아 여러 벼슬아치들과 의논한 끝에 구원병을 보내기로 하였다. 그때 벼슬아치들 속에서 누런 관을 쓰고 흰 도포를 걸친 사람이 앞으로 나와 말했다.

요술과 법술

"대왕께 아뢰옵니다. 신이 호관으로 가서 적을 물리치면 어떻겠습니까?"

그는 교열(喬冽)이란 자로서 원래는 섬서 경원 땅 사람이었는데 그 어미가 그를 뱄을 때 승냥이가 집 안에 들어와 사슴으로 변하는 꿈을 꾸고 낳았다고 한다.

교열은 여덟 살 때부터 창봉 쓰기를 좋아했고 우연히 공동산(崆峒山)에 올랐다가 한 이인(異人)을 만나 요술을 배운 뒤로 놀라운 재주를 부릴 줄 알았다. 바람을 일으키고 비를 부르며 안개를 피워 올리고 구름을 타고 다닐 수 있는 재주였다.

교열은 또 한때 나 진인을 뵈러 구궁현 이선산으로 간 일도 있었다. 그때 나 진인은 웬일인지 그와 만나기를 꺼렸다. 대신 동자를 시켜 교열에게 한마디 전했을 뿐이었다.

"그대는 외도(外道)를 배워 깊고 오묘한 이치는 깨닫지 못했다. 뒷날 덕을 길러 사악한 기운을 씻은 뒤에 나를 찾아오도록 하라."

교열은 그 때문에 속이 틀어져 이선산을 떠났다. 그 뒤 자신의 요술만 믿고 제멋대로 굴며 세상을 떠돌아다녔는데, 사람들은 그가 요술을 잘 부린다 하여 환마군(幻魔君)이라 불렀다.

그러다가 그가 흘러든 곳이 안정주였다. 그때 안정주의 항양(亢陽) 고을에는 큰 가뭄이 들어 다섯 달이나 비가 내리지 않고 있었다. 관아에서는 비를 내리게 하는 자에게 상금 삼천 냥을 준다고 방문을 내붙였다.

교열은 그 방문을 떼어 놓고 제단에 올라 기도를 드려 단비가 내리게 했다. 관아에서는 비가 많이 오자 상금 줄 일을 잊고 말았다. 게다가 일이 꼬이려고 그랬던지 그곳에는 하재(何才)라고 하는 덜 돼먹은 선비가 있었는데 그자가 고을의 창고지기와 짜고 일을 꾸몄다. 곧 창고지기를 부추겨 교열이 받을 상금에서 절반은 관아의 벼슬아치에게 뇌물을 먹이고 절반은 창고지기가 가로채게 한 것이었다. 하재도 창고지기 편에 끼여 한몫을 보았다.

하재의 부추김에 넘어간 창고지기는 상금 삼천 냥을 꿀꺽하고는 겨우 세 냥만을 교열에게 내주며 말하였다.

"당신은 그토록 높은 법술을 가지고 있으니 이따위 상금이 무슨 소용이 있겠소? 지금 우리는 윗사람에게 바칠 곡식과 양식이 모자라 이리저리 뛰어다니며 억지로 꿰맞추고 있는 형편이외다. 당신의 상금은 잠시 창고 안에 두어두고 나중에 쓸데가 있으면 그때 와서 찾아가는 게 어떻소?"

그 말을 들은 교열은 몹시 성이 났다.

"그 상금은 원래 이 고을의 부호들이 모아서 내놓은 것인데 네 놈이 어찌 가운데서 들어먹으려 하느냐? 창고에 있는 곡식도 모두 백성들의 피땀이거늘 너는 그것을 훔쳐 너만 살찌게 하였다. 그걸로 계집의 웃음이나 사고 즐거움이나 뒤쫓으니 나라의 큰일이 어찌 성하겠느냐? 너같이 썩어 빠진 놈을 때려죽이는 것은 창고를 파먹는 좀벌레를 죽이는 것이나 다름없다."

그렇게 소리치며 주먹을 들어 창고지기의 낯짝을 쥐어박았다. 그 창고지기는 원래 주색으로 약해 빠진 데다 몸까지 뚱뚱해 미처 손을 써 보기도 전에 숨부터 차는 위인이었다. 교열의 주먹질, 발길질을 당해 내지 못하고 초주검이 되어 집으로 업혀 갔다. 그리고 네댓새 침상에 드러누워 앓다가 끝내는 죽고 말았다.

창고지기가 죽자 그 마누라는 관아로 달려가 교열을 고발했다. 고을 벼슬아치들도 그게 상금 때문에 생긴 일이라 짐작하고 공인들을 불러 범인을 잡게 하였다.

일이 그렇게 될 줄 미리 짐작한 교열은 밤새워 경원으로 돌아가 보따리를 싼 뒤 어머니와 함께 위승으로 달아났다.

교열은 위승에서 도사인 척하며 이름의 열 자를 청 자로 고치고 법호를 달아 스스로를 도청(道淸)이라 했다. 그러다가 오래잖아 전호가 모반을 일으키고 도청을 불렀다. 도청은 전호를 도와 요망한 말을 지어 퍼뜨리고 요술을 부려 어리석은 백성들을 홀렸다. 그 바람에 가까운 고을들을 힘들이지 않고 차지하게 된 전호는 모든 일을 다 도청에게 맡기고 호국영감진인(護國靈感眞人)에 군사좌승상(軍師左丞相)의 자리를 주었다.

도청은 그제야 자신의 성을 밝혀 사람들은 그를 국사(國師) 교도청이라 부르게 되었다. 그런 그가 인마를 이끌고 호관을 지키러 가겠다니 전호도 미덥지 않을 수가 없었다.

"국사께서는 부디 과인의 걱정을 덜어 주시오."

그렇게 허락을 하자 다시 전수(殿帥)인 손안(孫安)이 나와 말했다.

"신은 병마를 이끌고 가서 진령을 구원하겠습니다."

이에 전호는 교도청과 손안을 정남대원수(征南大元帥)로 삼은 뒤 각기 이만의 군사를 주어 떠나게 했다. 교도청이 다시 전호를 보고 말했다.

"호관이 위급하다 하니 신은 가벼운 차림의 마군을 뽑아 밤낮을 가리지 않고 달려가도록 하겠습니다. 그래야 호관을 구할 수 있을 것입니다."

전호는 그 말을 옳게 여겼다. 추밀원에 명을 내려 교도청과 손안이 원하는 대로 장졸과 말을 내주도록 했다. 이에 교도청과 손안은 그날로 인마를 점고해 위승을 떠났다.

손안 또한 경원 땅 사람으로서 교도청과는 고향이 같았다. 그는 키가 아홉 자요, 허리는 한 아름이 넘는데 팔심이 세고 계책을 쓰는 데도 뛰어났다. 게다가 무예도 남달라 두 자루의 빈철검을 아주 잘 썼다.

사람을 죽여 쫓긴 경력도 교도청과 같았다. 손안은 일찍이 아버지의 원수를 갚는다고 사람을 죽이고 관가에 쫓겨 집을 버리고 달아난 죄인이었다. 그리하여 이리저리 떠돌던 중 옛날부터 가깝게 지내던 교도청이 전호 밑에 있다는 소리를 듣고 위승에 와서 교도청과 함께 있게 되었다.

손안은 교도청이 힘을 다해 전호에게 천거해 주었을 뿐만 아니라 그 자신도 싸움에서 공을 많이 세워 전수의 자리에 앉을 수 있었다. 그때 그는 열 명의 편장에 군사 이만을 이끌고 진령으로 떠나게 되었는데, 그 열 명은 매옥(梅玉), 진영(秦英), 김정(金禎), 육청(陸清), 필승(畢勝), 반신(潘迅), 양방(楊芳), 풍승(馮昇), 호매(湖邁), 육방(陸芳)이었다. 저희들끼리는 통제라고 부르는 벼슬 자리에 있는 자들이다.

교도청은 단련사 섭신(聶新)과 풍기(馮玘)에게 이만 군사를 이끌고 오라 당부하고 자신은 편장 네 명과 함께 먼저 떠났다. 뇌진(雷震), 예린(倪麟), 비진(費珍), 설찬(薛燦)이 그 네 명의 편장인데, 그들 또한 저희끼리는 총관이라는 벼슬을 받고 있었다.

교도청은 그들 네 장수와 이천의 날랜 인마를 거느리고 밤낮없이 달려 소덕으로 갔다. 며칠 안 돼 교도청은 소덕성 북쪽 십 리 밖에 이르렀다. 거기서 염탐을 나갔던 마군들이 돌아와 교도청에게 알렸다.

“호관은 어제 이미 송나라 군사에게 깨뜨려졌습니다. 지금 송나라 군사는 세 갈래로 나누어 소덕성을 치고 있습니다.”

그 말을 들은 교도청이 성난 소리로 말하였다.

“그놈들이 어찌 이리 무례할 수 있단 말이냐. 저놈들에게 내

솜씨가 얼마나 매서운지를 맛보여야겠다."

그러고는 군사를 몰아 나는 듯 달려갔다.

그때 송나라 군사 쪽의 장수 당빈과 경공은 군사를 이끌고 북문을 들이치고 있었다. 문득 서북쪽에서 이천이 넘는 인마가 이르렀단 말을 듣고 당빈과 경공은 진세를 벌여 그들과 맞섰다.

교도청이 이끈 인마가 이르자 양군은 화살이 닿을 만한 거리를 두고 진을 쳤다. 북소리가 울리고 깃발이 마주 선 가운데 당빈과 경공이 바라보니 반군 쪽에서는 네 장수가 한 사람의 도인을 호위하고 나왔다. 그 도인은 붉은 비단 해가리개 아래 말을 타고 있었는데, 머리에는 보석 박은 도관(道冠)이요 몸에는 비단 학창의였다. 허리띠도 신발도 타고 있는 말도 하나같이 속되지 않아 보였다.

그 도인이 말 앞에 세운 검은 기에는 '호국영감진인 군사좌승상 정남대원수 교도청'이란 열아홉 자가 금박으로 크게 쓰여 있었다. 경공이 그 깃발을 바라보다가 놀라고 겁먹은 소리로 말했다.

"저 사람은 실로 무서운 자요."

그러나 아직 양군이 맞붙기 전에 다시 이규가 거느린 오백의 군사가 뛰어왔다. 상대를 모르는 이규는 무턱대고 도끼를 휘두르며 앞으로 달려 나가려 했다. 경공이 그런 이규를 잡으며 말했다.

"저자는 전호 밑에 있는 자 중에서 가장 뛰어난 자요. 요술을 부리는데 아주 무섭습니다."

그러나 이규는 조금도 겁먹지 않았다.

"내가 달려 나가 저놈을 찍어 버릴 것인데 요술은 무슨 놈의 요술이야."

"아닙니다. 장군께서는 결코 함부로 나아가서는 아니 됩니다."

곁에 있던 당빈도 경공을 거들어 그렇게 이규를 말렸다. 이규는 그래도 듣지 않고 넓적한 도끼를 휘두르며 뛰쳐나갔다. 포욱과 항충, 이곤은 혹시라도 이규가 잘못될까 봐 방패 든 보군 오백을 거느리고 한꺼번에 뒤따랐다.

도인 차림을 한 적장이 그들을 보며 껄껄 웃다가 소리쳤다.

"이놈들이 완전히 돌았구나."

그러고는 조금도 서두르거나 당황하는 기색 없이 보검을 들더니 공중을 가리키며 무어라고 웅얼웅얼 주문을 외웠다.

"빨리."

이윽고 그가 그렇게 나직이 소리치자 푸른 하늘에 갑자기 검은 안개가 끼고 미친 듯한 바람이 일며 흙먼지가 날았다. 이어 한 가닥 검은 기운이 이규를 비롯한 오백여 보군을 휩쌌다. 그들은 마치 검은 칠을 한 가죽 부대 안에 들어간 것처럼 밝은 빛이라고는 한 가닥도 볼 수 없었다.

뿐만 아니었다. 어찌 된 셈인지 몸도 손끝 하나 까딱할 수 없었으며 귓전에는 그저 비바람 소리만 요란해, 도대체 자신이 어디 있는지조차 알 수 없었다. 교도청의 요술로 이규를 비롯한 오백의 군사가 순식간에 적에게 사로잡혀 버린 것이었다.

적진으로 쳐들어간 이규와 그가 이끌던 장졸 오백이 한 사람도 빠져나오지 못하는 걸 보자 경공은 형세가 좋지 않음을 느꼈다. 문득 말 머리를 동쪽으로 돌려 연신 채찍질을 하며 앞장서 달아나기 시작했다. 불에 덴 아이가 불을 무서워한다고, 아마도 경공은 누구보다도 교도청의 무서움을 잘 아는 듯했다.

하지만 당빈은 달랐다. 그는 이규가 사로잡힌 데다 군사들은 어지러워지고 또 경공마저 달아나자 가만히 이를 악물었다.

'교도청은 요술이 대단한 놈이다. 달아나려 하다가 끝내 달아나지 못하고 놈에게 사로잡히게 되면 남의 웃음거리만 되고 만다. 내 듣기로 무사는 죽음보다도 이름이 더럽혀지는 걸 겁낸다고 했다. 이미 이 지경에 이르렀는데 목숨을 돌보아 무엇하겠는가!'

속으로 그렇게 중얼거리며 창을 꼬나들고 말을 박차 달려 나갔다. 교도청은 당빈이 무서운 기세로 덮쳐 오는 걸 보고 급하게 주문을 외다 소리쳤다.

"빨리."

그러자 갑자기 자기편 진 안에서 한바탕 누런 모래 바람이 일어 당빈의 얼굴을 후렸다. 눈에 모래가 들어간 당빈은 손도 써보지 못하고 허둥대다가 몰려온 적군의 창에 허벅지를 찔려 말 아래로 떨어졌다. 적군이 우르르 달려들어 그런 당빈을 사로잡아 버렸다.

반군들은 관군의 장수를 사로잡으면 상을 갑절로 받게 되어 있었다. 그 바람에 송나라 군사의 여러 장수는 죽지 않고 모두 산채로 묶여 가게 된 것이었다. 당빈이 이끌던 일만의 군사들은 누런 모래바람에 휘몰려 이리저리 헤매다가 사람은 죽고 말은 쓰러져 태반이 꺾이고 말았다.

한편 임충과 서령은 동문을 치다가 성 남쪽에서 잇따라 함성이 들리자 급히 군사를 몰아 도우러 달려갔다. 그때 성안에서 적장 손기가 교도청의 깃발을 알아보고 얼른 성문을 열었다. 그 바람에 이규를 비롯해 사로잡힌 송나라 군사의 장수들은 모두 성안으로 끌려 들어가고 말았다. 다만 경공만이 몇몇 군졸과 함께 정신없이 쫓기고 있었다. 안장은 기울고 굴레는 흐트러졌으며 투구는 한쪽으로 삐뚜름하게 된 채 숨이 차게 달아날 뿐이었다. 이충과 서령이 그런 경공을 멈춰 세우고 물었다.

"적병은 어디서 왔소?"

그러나 얼이 빠진 경공은 대답조차 두서가 없었다. 임충과 서령은 그런 경공을 데리고 급히 자기편 진채로 돌아갔다. 마침 왕영과 호삼랑이 인마 삼백을 거느리고 달려오다가 그들을 만나 함께 송강에게로 갔다.

경공이 이규를 비롯한 여러 장수가 교도청에게 사로잡힌 이야기를 하자 송강은 몹시 놀랐다.

"이규란 놈도 이제는 끝장이구나!"

송강이 눈물을 흘리며 그렇게 탄식하자 오용이 위로하며 말했다.

"형님은 너무 상심하지 마시고 어서 큰일부터 막으십시오. 그자가 요술을 부린다니 우리도 요술로 맞설 수밖에 없습니다. 급히 호관으로 사람을 보내 번서를 불러와 맞서게 해야겠습니다."

그러나 송강은 전에 없이 서둘렀다.

"한편으로는 군사를 몰아 나아가야겠네. 그래서 그 역적 놈들로부터 이규를 비롯한 장수들을 빼앗아 와야지."

오용이 번서가 온 뒤에 군사를 움직이자고 두 번 세 번 권했으나 송강은 기어이 듣지 않았다.

송강은 오용에게 몇몇 장수를 거느리고 영채를 지키라 이른 뒤 자신은 임충, 서령, 노지심, 무송, 유당, 탕륭, 이운, 욱보사 등 여덟 장수와 이만의 군사를 이끌고 진채를 나갔다. 곧바로 소덕성 남쪽으로 밀고 든 송강은 거기서 삭초와 장청을 만났다. 두 곳 군사를 합쳐 더욱 불어난 송나라 군사는 깃발을 휘두르고 북과 징을 치고 함성을 지르며 성 밑으로 밀고 들었다.

한편 성안으로 들어간 교도청은 원수부에 자리 잡았다. 손기를 비롯한 열 명의 장수가 교도청을 찾아와 예를 올린 뒤 크게 잔치를 열어 대접하려 했다. 그때 갑자기 망보던 군사가 들어와 송강의 군사가 다시 왔다고 알렸다.

"이런 겁 없는 놈들이 있나!"

교도청이 성난 소리를 내더니 손기에게 말했다.

"여기서 기다리게. 내 가서 송강을 사로잡아 오겠네."

그러고는 즉시 말에 올라 네 명의 장수와 삼천의 군마를 거느리고 성을 뛰쳐나갔다.

그때 송강은 진세를 벌이고 한창 싸움을 거는 중이었다. 갑자기 성문이 열리더니 적교가 내려지고 한 떼의 인마가 달려 나왔다. 앞선 말에는 도사 차림의 사람이 하나 타고 있었는데 그가 바로 환마군 교도청이었다. 교도청이 군사를 이끌고 적교를 건너자 곧 양군이 맞섰다. 깃발과 북이 서로 맞보는 가운데 강한 활과 쇠뇌의 살이 어지럽게 날고 나팔과 북소리가 요란하였다.

송나라 군사 쪽에서 문기가 열리며 송강이 말을 타고 나타났다. 욱보사가 장수기를 들고 송강의 말 앞에 나서고 여덟 명의 장수가 좌우에 늘어섰다. 왼쪽으로는 임충, 서령, 노지심, 유당이요, 오른쪽으로는 삭초, 장청, 무송, 탕륭이었다. 송강이 가슴 가득 노기를 품고 교도청에게 손가락질하며 꾸짖었다.

"역적을 도와 천명을 거스르는 놈아! 얼른 내 아우들과 오백의 군사를 놓아주어라. 머뭇거리다가는 네놈을 잡아 천 동가리 만 동가리 내놓겠다!"

교도청도 지지 않고 맞받았다.

"송강은 너무 예의 없이 굴지 마라. 나는 아무도 놓아줄 수 없으니 네 맘대로 해라. 네놈이 어떻게 나를 사로잡는지 구경이나 해 보자."

그 말에 송강은 몹시 성이 났다. 채찍을 들어 한번 휘젓자 임충과 서령, 삭초, 장청, 노지심, 무송, 유당 등 여러 장수가 한꺼번에 치고 들었다. 교도청이 이를 맞물고 술법을 일으켰다. 무언가 주문을 외다가 보검을 들어 서쪽을 가리키며 나직이 소리쳤다.

"빨리!"

그러자 서쪽에서 헤아릴 수 없을 만큼 많은 장졸이 나는 듯 달려와 송나라 군사를 들이쳤다. 교도청은 그걸로 그치지 않았다. 다시 보검을 들어 북쪽을 가리키며 무어라고 중얼중얼 주문을 외다가 소리쳤다.

"빨리!"

그러자 잠깐 사이에 해가 빛을 잃고 천지가 캄캄해지며 모래가 날리고 돌이 굴렀다.

임충을 비롯한 여러 장수들은 겁내지 않고 쳐들어갔으나 앞뒤를 분간할 수 없는 어둠 속에서 날리는 것은 누런 모래와 검은 기운뿐이고 적의 군사라고는 하나도 보이지 않았다. 그러자 군사들은 싸움도 하기 전에 겁을 먹어 진세가 어지러워졌다. 말들은 놀라서 울부짖고 군사들은 사방으로 흩어져 달아나기 시작했다.

임충을 비롯한 장수들도 그렇게 되니 어찌해 볼 수가 없었다. 급히 말 머리를 돌려 송강을 호위하며 북쪽으로 밀려났다. 그때를 놓치지 않고 교도청이 군사를 휘몰아 그 뒤를 덮쳤다. 송나라 군사는 사방으로 흩어져 서로 부르고 찾으며 살길을 찾아 달아났다.

하지만 괴이쩍은 일은 거기서 끝나지 않았다. 황망히 달아나던 송강의 인마가 미처 한 마장도 내닫기 전이었다. 기이하게도 올 때에는 넓은 들판이었던 앞쪽이 갑자기 물바다가 되어 있었다. 물결이 잇따라 솟구치고 끝없이 펼쳐져 있는 게 마치 동해 바다와도 같았다. 겨드랑이에 두 날개가 돋쳐도 날아 넘기 어려울 만한 물이었다. 거기다가 뒤에서는 적병이 뒤쫓아오니 남은 것은 죽는 일밖에 없어 보였다.

"손도 써 보지 못하고 묶일 수는 없어!"

노지심과 무송과 유당이 한목소리로 그렇게 외치더니 갑자기 몸을 돌렸다.

셋은 힘을 다해 북쪽으로 치고 나갔다. 그때 갑자기 벽력같은 소리가 들리더니 허공에서 스무남은 명의 황금 갑옷을 입은 신장(神將)이 나타나 병장기로 그들을 후려쳤다. 노지심과 무송과 유당은 피하지도 못하고 그들의 병장기에 맞아 쓰러졌다. 반군의 졸개들이 우르르 달려와 쓰러진 그들을 사로잡아 가 버렸다.

"송강은 어서 말에서 내려 밧줄을 받아라. 그러면 목숨은 살려 주겠다!"

기세가 오른 반군들이 목소리를 모아 그렇게 외쳤다. 송강이 하늘을 우러러 탄식했다.

"이 송강이 죽는 것은 아까울 게 없다. 그러나 아직 나라의 은혜에 보답하지 못했고, 늙으신 부모님을 받들 사람이 없으며, 이규를 비롯한 형제들을 구해 내지 못했으니 실로 한스럽구나. 이리되면 하는 수 없이 목숨을 걸고 싸워 사로잡히는 욕이나 면해야겠다."

임충과 서령, 삭초, 장청, 탕륭, 이운, 욱보사 일곱 사람도 그런 송강을 에워싸며 한목소리로 말했다.

"우리도 형님을 따라 귀신이 되더라도 역적을 치겠습니다!"

그때 욱보사는 이미 견디기 어려운 정도로 다친 데다 몸에는 화살이 두 대나 박혀 있었다. 그러나 장수기가 쓰러지지 않은 걸 보고 함부로 쳐들어오지 못했다.

그렇지만 어차피 오래 버틸 형편은 못 되었다. 송강을 비롯한 여러 장수들은 마침내 저마다 칼을 뽑아 들고 스스로의 목을 찌르려 했다. 그때 문득 한 사람이 달려오더니 여럿을 보고 말했다.

"이러지들 마라. 그대들은 걱정할 게 없다. 나는 위존무기(位尊戊己, 무기의 운세와 방위를 맡은 신)로서 그대들의 충의를 보고 특별히 구해 주러 왔다. 저 요사스러운 물을 없애 줄 테니 어서 영채로 돌아가라!"

송강을 비롯한 장수들이 보니 그 사람의 생김이 여간 기이하지 않았다. 머리에는 길쭉한 혹 두 개가 뿔처럼 솟았고 온몸은 검푸르렀으며 머리칼은 붉고 벗어졌는데 몸에는 누런 옷을 입고 왼손에는 방울을 들고 있었다.

그 사람이 흙을 한 줌 쥐어 흰 물결이 하늘로 솟구치는 바다 같은 물 위에 내던지자 원래의 들판이 나타났다.

"그대들은 앞으로도 며칠간은 재액을 입을 것이나 이번만은 걱정할 게 없다. 이제 요술을 흩어 버렸으니 되도록 빨리 영채로 돌아가라. 사람을 뽑아 위주로 보내면 그대들은 구함을 받을 수 있으리라. 부디 힘을 다해 나라의 은혜에 보답하라."

그 사람이 송강을 비롯한 여러 사람에게 그렇게 말하고 홀연 한 가닥 회오리바람이 되어 사라졌다. 사람들은 놀라고 신기해하면서도 한편으로는 송강을 보호해 앞으로 내달았다.

한 대여섯 마장이나 갔을까, 문득 앞에서 자욱한 먼지가 일더니 한 떼의 인마가 남쪽으로부터 달려왔다. 오용이 왕영, 호삼랑, 손신, 고대수, 해진, 해보와 군사 일만을 이끌고 달려오는 것이었다.

"아우의 말을 듣지 않았다가 하마터면 다시 서로 보지 못할 뻔했네."

송강이 오용을 보고 그렇게 후회 섞어 말했다.

"자세한 이야기는 영채로 돌아간 뒤에 하도록 하지요."

오용이 그러면서 장수들을 시켜 길을 열게 하였다. 영채로 돌아간 그들은 싸움에 지고 어려움에 빠졌다가 귀신을 만났던 일을 차례로 이야기했다.

"무기(戊己) 방위를 맡은 신은 토지신입니다. 형님의 충의가 토지신을 감동시킨 겁니다. 토(土)는 수(水)를 이길 수 있으니까요."

듣고 있던 오용이 이마를 치며 그렇게 말했다. 그제야 자신이 구함을 받은 연유를 깨달은 송강은 새삼 하늘을 우러러 절하며 감사했다. 저물 무렵 하여 싸움에 지고 쫓겨 온 군사 몇이 알려왔다.

"어지러운 틈을 타서 적장 손기, 섭성, 김정, 황월 등이 소덕성의 남문을 열고 우리 군사를 덮쳐 죽은 자가 매우 많고 그 나머지도 사방으로 흩어져 달아났다고 합니다."

그 말을 들은 송강이 얼른 군사를 점고해 보니 이래저래 꺾인 게 만 명이 넘었다. 오용이 걱정에 찬 송강을 보고 말했다.

"그 역적 놈이 요술을 부려 두 번이나 거듭 우리를 이겼습니다. 어서 계책을 세우고 준비를 해 저것들이 우리 진채로 치고 드는 것을 막아야겠습니다. 지금 우리 군사들은 놀라고 겁을 먹어 바람 소리며 풀잎 흔들리는 것조차도 적군으로 여겨 쫓겨 갈 판입니다. 이럴 때는 영채를 비우는 수밖에 없습니다. 양을 매달아 그 발굽으로 북을 울리게 함으로써 영채에 사람이 있는 것처럼 꾸며 놓고 우리 대군은 십 리쯤 물러나서 새로 영채를 얽도록 합시다."

송강도 달리 뾰족한 수가 없었다. 오용의 말에 따라 군사를 십 리나 물렸다. 오학구는 또 송강에게 말해 이약사(李藥師)의 육화진(六花陣)을 따라 영채를 얽게 했다. 큰 진채로 작은 진채를 둘러싸고 모퉁이를 서로 이어 마주 보게 하는 진법이었다.

송나라 군사가 겨우 영채를 얽었을 무렵 번서가 호관에서 명을 받고 왔다는 전갈이 들어왔다. 번서는 송강을 보러 와서 교도청에 관한 것을 이것저것 자세히 물은 뒤에 말했다.

"형님께서는 마음 놓으십시오. 그것은 틀림없이 요술일 겁니다. 내일 제가 법술을 써서 그놈을 사로잡겠습니다."

그러나 오용은 번서의 큰소리가 미덥지 않은 눈치였다.

"그자가 와서 싸움을 걸지 않으면 우리도 군사를 움직이지 않는 게 좋겠습니다. 공손일청이 온 뒤에 다시 계책을 의논하도록 하지요."

오용의 그 같은 말에 송강도 고개를 끄덕였다. 송강은 곧 장청, 왕영, 해진, 해보에게 가벼운 차림을 한 마군 오백을 주어 밤중에 가만히 관을 나가게 하였다. 위주로 가서 공손승을 데려와 적을 쳐부수고 이곳의 위급함을 구할 생각에서였다. 장청을 비롯한 네 장수는 송강의 명에 따라 군사를 이끌고 성을 나왔다.

송강은 남은 장졸을 움직여 싸우기보다는 지키기 위한 채비를 단단히 하게 했다. 울타리며 목책은 더욱 든든하게 하고 활에는 시위를 걸어 두게 하였으며, 군사들은 칼을 뽑아 들고 갑옷도 걸친 채 적의 갑작스러운 습격에 대비케 한 것이었다. 언제라도 신호하는 방울 소리만 나면 당장에 싸울 수 있는 태세였다. 송강을 비롯한 장수들도 촛불을 밝혀 놓고 앉아서 밤을 새웠다.

한편 교도청은 요술로 송강을 궁지에 몰아 놓고 그대로 밀고 나가 사로잡으려 하는데 뜻밖의 일이 벌어졌다. 자신이 펼쳐 둔 물은 한 방울 없이 마르고 송강은 어디론가 달아나 버린 것이었다.

'내 술법은 이만저만한 게 아닌데 그것들이 어찌 알고 깨쳐 버렸을까. 저것들 중에는 틀림없이 별난 재주를 지닌 자가 있는 모양이다.'

놀란 교도청은 그렇게 중얼거리면서 군사를 거두었다. 그를 따라나왔던 손기와 여러 장수들도 모두 성안으로 돌아갔다.

손기를 비롯한 적장들이 교도청을 모시고 잔치를 열어 싸움에 이긴 걸 경하하는데 군사들이 사로잡힌 송나라 군사의 장수들을 끌고 들어왔다. 노지심과 무송, 유당이 먼저 끌려 들어오고 다시 이규, 포욱, 항충, 이곤, 당빈 등이 줄줄이 엮여 장막 안으로 끌려 들어왔다. 손기가 교도청의 왼편에 서 있다가 당빈을 보고 꾸짖었다.

"이 반역자야, 진왕께서 언제 너를 저버린 적이 있었느냐!"

그러나 당빈은 조금도 겁먹은 기색이 없었다. 오히려 그들을 노려보며 맞받아 소리쳤다.

"네놈들이 죽을 날도 멀지 않았다."

그때 교도청이 둘의 시비를 멈추게 하고 여럿을 보며 하나하나 이름을 대도록 했다. 이규가 두 눈을 부릅뜨고 범 같은 수염을 곤두세우더니 가슴을 쑥 내밀며 큰 소리로 외쳤다.

"역적 놈은 들어라. 여기 이 시커먼 어르신네는 흑선풍 이규다!"

그러나 노지심과 무송은 아무리 물어도 얼굴에 성난 기색만 드러낼 뿐 입을 열지 않았다. 교도청은 붙잡아 둔 송나라 군사를 데려오게 해 그들에게 물어보았다. 그 군사들의 입을 통해 비로소 교도청은 거기 잡혀 온 장수들이 모두가 송나라 군사 중에서도 용맹한 장수들임을 알 수 있었다.

"너희들이 만약 우리에게 항복한다면 나는 진왕께 아뢰어 모두 높은 벼슬을 내리게 해 주겠다. 어떠냐?"

교도청이 그렇게 묻자 이규가 벽력같은 소리로 꾸짖었다.

"네놈은 이 어르신네들을 도대체 어떻게 보는 거냐? 어디서 그 따위 돼먹잖은 수작이냐? 이 시커먼 어르신네를 베어 죽이고 싶으면 끌고 가 죽여라. 몇백 번 칼질을 한다고 해도 눈썹 하나 까딱하지 않을 것이다. 호걸이란 소리를 그저 듣게 되는 줄 아느냐?"

노지심과 무송과 유당도 목소리를 함께해 욕을 퍼부었다.

"이 요망한 도사 놈아, 그런 거라면 꿈도 꾸지 마라. 우리 형제는 목은 자를 수 있어도 무릎 꿇게 할 수는 없을 것이다!"

그러자 교도청은 몹시 성이 났다. 그들을 끌고 나가 목을 자르라고 소리소리 질렀다. 노지심이 껄껄 웃으며 말했다.

"나는 죽음을 원래 온 곳으로 돌아가는 것쯤으로 여긴다. 오늘 죽는다 해도 바른길을 가는 것이니 무얼 두려워하겠는가."

칼과 도끼를 든 군사들이 이런 이규와 노지심 등을 끌고 내려갔다. 그때 교도청은 문득 생각이 바뀌었다.

'내 아직 저렇게 꿋꿋한 호걸들을 본 적이 없다. 잠시 살려 두고 보다가 다시 생각해 결정해야겠다.'

그렇게 중얼거린 뒤 그들의 목을 자르지 말고 당분간 가둬 두게 하였다.

"이 더러운 역적 놈아, 죽이려면 어서 깨끗이 죽여다오."

무송이 그렇게 욕을 퍼부었으나 교도청은 머리를 수그린 채 아무 말도 하지 않았다. 군사들도 교도청이 시킨 대로 이규와 노지심, 무송 등을 감옥으로 끌고 갔다.

교도청은 비록 싸움에는 크게 이겼으나 자신의 삼매신수법(三昧神水法)이 제대로 듣지를 않자 마음속으로 의심과 걱정이 생겼다. 잠시 군사를 성안에 머물게 하고 사람을 풀어 송나라 군사의 움직임을 살펴보게 했다. 그 바람에 한동안 양쪽 다 군사를 움직이지 않아 절로 싸움이 멎었다. 그렇게 대엿새 지나가는 사이에 섭신과 풍기가 대군을 거느리고 성안으로 들어왔다.

새로 이만의 군사가 더해지자 반군의 사기는 더욱 높아졌다. 교도청도 송나라 군사가 영채를 굳게 지킬 뿐 나와서 싸움을 걸지 않는 것을 보자 별다른 계교가 없어서라고 여겼다.

이에 교도청은 다시 한번 싸워 볼 마음이 생겼다. 인마를 점고한 뒤 손기, 대미, 섭신, 풍기 등과 함께 이만 군사를 거느리고 오경에 성을 나갔다. 교도청은 성 남쪽 오룡산(五龍山)에 진채를 세우고 날이 밝으면 송나라 군사를 치기로 하였다.

"오늘은 반드시 송강을 사로잡고 호관을 되찾을 것이다."

교도청이 그렇게 다짐하자 손기가 아첨하듯 받았다.

"그저 국사의 법술만을 믿을 뿐입니다."

이윽고 때가 되자 교도청은 일만의 인마를 휘몰아 송강의 영채로 치고 들었다. 송강의 탐마가 급하게 송강에게 그 일을 알렸다. 송강은 벌써 선정규, 위정국에게 인마를 점고하고 말을 끌어내 적을 막을 채비를 하게 했다.

교도청은 높은 언덕에 올라 송나라 군사의 영채를 살펴보았다. 진채를 벌여 둔 게 사방으로 법식에 맞고 전후좌우가 서로를 돕게 되어 있었다.

교도청이 속으로 감탄하고 있는데 송나라 군사의 영채에서 포향이 울리더니 문기가 열리며 한 떼의 인마가 달려 나왔다. 양쪽에서 깃발이 나부끼고 북소리, 징 소리가 요란하였다. 교도청도 언덕에서 내려가 진 앞으로 나가섰다. 뇌진, 예린, 비진, 설찬이 그런 교도청을 호위했다.

송나라 군사의 진채에서 깃발이 열리며 한 장수가 말을 달리며 나왔다. 그는 바로 혼세마왕 번서였다. 번서는 손에 든 보검으로 교도청을 가리키며 꾸짖었다.

"역적을 돕는 요망한 도사 놈아, 네 감히 어디서 이따위 행악질이냐?"

번서가 그렇게 기세 좋게 나오자 교도청은 속으로 생각했다.

'저놈이 법술을 약간 아는 모양이다. 어디 한번 떠보기나 하자.'

그러고는 목소리를 가다듬어 번서를 꾸짖었다.

"아는 게 모자라 싸움에 진 놈이 무슨 더러운 소리를 하는 거냐. 나와 함께 무예를 겨루어 볼 셈이냐?"

"무예를 겨루고 싶거든 어서 나오너라. 내 칼맛을 보여 주겠다!"

번서가 그렇게 맞받아 소리치고는 말 배를 걷어찼다. 양군의 함성이 크게 이는 가운데 번서는 칼을 휘두르며 똑바로 교도청을 덮쳐 갔다. 교도청도 칼을 휘두르며 말을 달려 나왔다.

칼과 칼이 부딪치며 두 술사(術士) 간에 싸움이 벌어졌다. 처음에는 사람과 사람, 말과 말이 한데 어울려 싸우는 것 같았으나 둘 모두가 요술을 부리는지라 곧 두 가닥 검은 기운이 뒤엉키는 형국으로 변해 갔다. 그들이 좌우로 어지럽게 치고받으며 맴을 돌자 양편 군사들은 그저 멍하니 바라볼 뿐이었다.

싸움이 한창 무르익었을 무렵 번서가 문득 한 곳의 빈틈을 보고 칼을 들어 교도청을 내려찍었다. 그러나 칼은 허공을 베고 번서는 하마터면 말에서 굴러떨어질 뻔하였다.

기실 교도청은 일부러 빈틈을 보여 번서를 헛칼질하게 했다. 그리고 자신은 어느새 오룡태골지법(烏龍蛻骨之法)을 써서 자기 진채 앞으로 돌아간 뒤 허둥거리는 번서를 큰 소리로 비웃었다. 그 수법에 넘어간 번서도 놀라 자기 진채로 돌아갔다.

그때 송나라 군사의 진채에서 좌우로 문기가 열리더니 두 장수가 각기 오백의 군사를 이끌고 뛰쳐나왔다. 왼편은 성수장군 선정규로서 그가 이끈 군사는 모두 검은 깃발, 검은 갑옷에 손에는 방패와 표창, 쇠 작살에 꼬챙이, 칼 같은 것들을 들고 있었다. 오른편은 신화장군 위정국으로서 그가 이끈 군사들은 모두 붉은 옷에 손에는 저마다 화기(火器)를 들었고 앞뒤로는 쉰 대의 수레를 끌고 있었다.

위정국의 군사들이 끌고 있는 수레에는 마른 갈잎과 장작 따위의 불붙기 좋은 것들이 가득 실려 있었고 군사들은 저마다 등에 무쇠 호리병을 졌는데, 그 안에는 유황, 염초, 다섯 가지 연기가 나는 화약 따위가 들어 있었다.

그 군사들이 화약을 써서 수레에 불을 붙이자 으스스한 광경이 벌어졌다.

왼편에서는 검은 구름이 땅을 휩싼 듯하고 오른쪽에서는 뜨거운 불길이 하늘을 찌르는데 송나라 군사가 한꺼번에 밀고 드니 반군은 겁을 먹지 않을 수 없었다.

"물러서는 놈은 모두 목을 베어 버리겠다!"

멈칫거리며 물러나려는 반군들을 향해 교도청이 그렇게 소리쳤다. 그러고는 오른손에 보검을 들고 무어라 주문을 외자 갑자기 검은 구름이 땅을 뒤덮고 미친 듯한 바람과 천둥이 일며 주먹만 한 우박이 송나라 군사 위로 마구 쏟아졌다.

그렇게 되자 이번에는 성수장군과 신화장군이 거느린 송나라 군사 쪽에서 혼란이 일었다. 세찬 빗줄기에 불길은 꺼지고 군사들은 우박에 얻어맞아 머리통을 싸매고 흩어져 달아났다. 선정규와 위정국도 깜짝 놀라 어찌해 볼 수도 없어 목숨만을 건져 진채로 돌아갔다. 두 번의 싸움이 모두 송나라 군사에게 불리하게 끝나 버린 것이었다.

이윽고 비바람과 우박이 멎고 구름이 걷혔다. 날씨는 다시 전처럼 맑게 갰는데 땅에는 달걀만 한 우박이 덮여 있었다. 교도청이 바라보니 송나라 군사는 머리와 얼굴이 터지고 눈이 멀고 코가 비뚤어진 채 우박에 미끄러져 허둥대고 있었다.

"보다 솜씨 좋고 신통력 높은 자는 없느냐? 어디 한번 있는 대로 재주를 부려 보아라!"

기세가 오른 교도청이 송나라 군사 쪽을 향해 그렇게 소리쳤다. 번서는 부끄럽기도 하고 분하기도 해서 그냥 있을 수가 없었다. 말 위에서 머리를 풀어헤치고 보검을 집어 들더니 평생 배운 재주를 부려 주문을 외웠다. 그러자 사방에서 미친 듯한 바람이 불며 모래가 흩날리고 돌이 굴렀다. 천지가 컴컴해져서 하늘의 해도 알아볼 수 없을 지경이었다.

번서가 그 기세를 타고 군사를 휘몰아 밀고 나갔다. 교도청이 그런 번서를 비웃었다.

"그따위 재주로는 어림도 없다!"

그러고는 보검을 들더니 무어라고 중얼중얼 주문을 외웠다. 갑자기 바람의 방향이 송나라 군사 쪽으로 바뀌며 허공에서 벼락 치는 소리와 함께 수많은 신병(神兵)과 천장(天將)들이 쏟아져 내려왔다. 그렇게 되자 송나라 군사 쪽에서는 사람과 말이 함께 울부짖으며 어찌할 바를 몰랐다.

그걸 본 교도청이 네 편장과 더불어 군사를 휘몰아 치고 들었다. 번서는 자신의 법술이 교도청보다 못해 밀려드는 적을 당해 낼 수가 없었다. 그대로 말 머리를 돌려 달아나기 시작했다.

그런 송나라 군사를 반군이 바짝 뒤쫓으니 금세라도 송나라 군사는 끝장이 날 것 같았다.

그때 갑자기 송나라 군사 진채에서 누른 빛이 비쳐 오더니 모래바람을 흩고 쏟아져 내리던 신병과 천장들도 힘없이 땅으로 떨어졌다. 여럿이 보니 천장과 신병들은 모두 여러 가지 색종이를 오려 만든 것이었다.

교도청은 자신의 법술이 다시 깨지자 머리를 풀어헤치더니 보검을 비껴들고 또 다른 신통력을 부렸다.

"빨리!"

그가 무어라고 중얼중얼 주문을 외다가 그렇게 소리쳐 삼매신수 술법을 썼다. 금세 천 갈래 만 갈래 검은 기운이 임계(壬癸) 방위로부터 몰려왔다.

환마군을 꺾다

그때 송나라 군사의 진중에서 한 도사가 말을 몰아 달려 나왔다. 그가 송문고정검을 들고 주문을 외다가 나직이 외쳤다.

"빨리!"

그러자 허공에서 누른 전포를 입은 수많은 신장들이 북쪽으로 날아가 그 검은 기운을 흩어 버렸다.

그걸 본 교도청은 놀란 나머지 손발을 어디다 두어야 할지 모를 지경이었다. 송나라 군사는 자기편 도사가 요술을 깨뜨린 것을 보자 목소리를 모아 욕을 퍼부었다.

"교도청 이 요망한 역적 놈아, 어떠냐? 이제 수단 높은 선생님께서 오셨다."

그 말을 들은 교도청은 부끄러움으로 귓불까지 벌겋게 되어 저희 편 진채로 물러갔다.

송나라 군사의 진중에 갑자기 나타나 교도청의 요술을 깨뜨린 사람은 다름 아닌 입운룡 공손승이었다. 그는 위주에서 송공명의 부름을 받자 왕영, 장청, 해진, 해보와 함께 밤낮을 가리지 않고 달려왔다. 그리하여 송강의 영채로 들어가 예를 드리다가 때마침 교도청이 요술로 번서를 꺾는 것을 보고 달려 나온 것이었다.

그날은 이월 초여드레라 간지(干支)로 보면 무오요, 오행으로는 토(土)에 속했다. 이에 공손승은 천간신장(天干神將)을 불러내 북쪽의 임계수(壬癸水)를 물리치게 하고 요사스러운 기운을 쓸어버림으로써 하늘을 말끔히 개게 하였다.

송강과 공손승이 말을 타고 진 앞에 나가 보니 교도청은 부끄러워 어쩔 줄 몰라 하며 인마를 이끌고 남쪽으로 달아나는 중이었다. 공손승이 송강을 보며 말했다.

"교도청은 지금 저의 법술에 져서 달아나고 있지만 성안으로 들어가게 내버려 두어서는 아니 됩니다. 그리되면 다시 둥지를 튼튼히 하고 깊이 뿌리를 내리게 될 것이기 때문입니다. 형님께서는 얼른 영을 내려 그걸 막으십시오. 서령과 삭초는 오천의 군사를 이끌고 동쪽으로 앞질러 가서 남문을 막게 하고 왕영과 손신은 오천의 인마로 달려가 소덕성 서문을 막게 하십시오. 그러하되 교도청의 군사들이 이르더라도 성안으로 들어가는 것만 막을 뿐 싸우지는 말라고 이르시는 게 좋을 것입니다."

송강은 공손승의 말에 따라 그대로 명을 내렸다. 명을 받은 장수들이 각기 지정된 곳으로 흩어져 갔다. 그때는 사시 무렵이었다. 교도청이 성안으로 돌아갈 길을 끊어 버린 송강은 그제야 공손승과 함께 임충, 장청, 탕륭, 이운, 호삼랑, 고대수 일곱 명의 두령에 이만의 군마를 이끌고 적을 쫓아 움직이기 시작했다.

뇌진을 비롯한 반군의 장수들이 교도청을 호위해 한편으로는 싸우고 한편으로는 달아나는데, 그 앞으로 또 한 떼의 인마가 달려왔다. 저희 편인 손기와 섭신이 군사를 거느리고 도우러 온 것이었다. 그들은 두 곳의 군사를 합쳐 오룡산(五龍山)에 있는 영채에 이르렀다. 등 뒤에서는 송나라 군사가 북과 징을 울리고 함성을 지르며 뒤쫓아 오고 있었다.

"국사께서는 영채 안으로 들어가 지키고 계십시오. 저희들은 저놈들과 한판 죽기로 싸워 보겠습니다."

반군의 장수 손기가 교도청을 돌아보며 결연하게 말했다. 교도청은 그때까지 여러 장수 앞에 나서서 늘 큰소리를 쳐 왔고 또 그전까지는 자신의 법술에 상대가 없었던 터라 그렇게 송강에게 쫓기는 것이 더욱 부끄럽고도 분했다. 곱게 손기의 말을 받아들이지 못하고 오히려 꾸짖어 물리쳤다.

"너희들은 잠시 물러나 있거라. 내가 나가서 적을 막아 보겠다!"

그러고는 채찍을 휘둘러 진세를 벌이게 한 뒤 말에 올라 진 앞으로 나섰다.

뇌진을 비롯한 장수들이 머쓱해서 그런 교도청을 호위했다. 교도청이 송나라 군사 쪽을 향해 큰 소리로 외쳤다.

"물가의 좀도둑들아, 네놈들이 어찌 이렇게 사람을 업신여기느냐? 내 이제 다시 한번 네놈들과 승패를 가려보겠다!"

교도청은 경원에서 자랐는데 그곳은 서북쪽에 있는 땅이었다. 산동과는 반대편에 있는 먼 곳이라 송강의 여러 형제들을 자세히 알지 못하고 있었다.

그때 송나라 군사의 진채에서도 깃발을 좌우로 움직여 진세를 벌였다. 양군의 진세가 맞서자 피리 소리, 북소리가 요란하게 울렸다. 남쪽 진에서 누른 깃발이 나부끼며 문기가 열리더니 두 사람이 말을 타고 나왔다. 오른쪽은 산동 호보의 급시우 송강이었고 왼쪽은 입운룡 공손일청이었다.

공손일청이 보검으로 교도청을 가리키며 타일렀다.

"네가 배운 법술이란 것은 모두가 외도(外道)에 지나지 않는다. 정법(正法)을 배우지 못한 주제에 어떻게 나와 맞서겠느냐? 어서 말에서 내려 귀순하도록 하라."

교도청이 자세히 그를 바라보니 바로 자신의 요술을 깨뜨린 사람이었다.

옷차림부터 손에 든 송문고정검이며 타고 있는 황총마까지가 하나같이 속되지 않았다. 하지만 교도청은 그대로 굽히고 들기는 싫었다.

"내 법술이 오늘 듣지 않는 것은 실로 우연이다. 그런데 뭣 때문에 너에게 항복해야 한다는 것이냐?"

그렇게 빳빳이 맞서자 공손승이 비웃듯이 받았다.

"그렇다면 그 되잖은 요술로 다시 한번 맞서 보겠다는 뜻이냐?"

"네가 나를 너무 작게 보는구나. 어디 다시 한번 내 법술을 맛봐라!"

교도청이 그렇게 말하면서 정신을 가다듬고 입으로 무어라고 중얼중얼 주문을 외웠다. 그러다가 문득 저희 편 장수 비진의 손에 쥐여 있는 점강창을 가리키자 그 창은 누구에게 빼앗기기라도 한 듯 비진의 손을 떠나 나는 뱀처럼 허공을 가로질러 공손승을 찌르러 왔다.

공손승도 가만히 보고만 있지는 않았다. 역시 보검을 들어 진명을 가리키니 어느새 진명의 손에 있던 가시 방망이가 허공을 떠서 날아오는 점강창을 맞받았다.

주인 없는 두 병장기가 공중을 오락가락하며 빠른 바람처럼 치고받았다.

양편의 군사들이 그걸 보며 감탄을 금하지 못하는데 갑자기 공중에서 요란한 소리가 났다. 양쪽 군사들이 놀라움으로 아우성을 치며 보니, 가시 방망이가 점강창을 쳐서 떨어뜨려 반군의 싸움 북에 꽂히게 했다.

갑작스레 떨어진 창에 북이 찢어지자 북을 치던 반군 쪽의 군사는 깜짝 놀라 얼굴이 흙빛이 되었다. 그러나 가시 방망이는 전처럼 진명의 손에 쥐여 있는 것이 언제 그의 손을 떠났는지 의심스러울 지경이었다.

그 광경에 송나라 군사는 마음껏 웃어 댔다. 공손승이 큰 소리로 교도청을 꾸짖었다.

"너는 대목 앞에서 대패질 자랑을 하는 것이냐?"

그러자 교도청은 다시 손가락을 짚어 가며 주문을 외다가 북쪽을 가리키며 나직하게 외쳤다.

"빨리!"

그 외침이 끝나기 바쁘게 반군의 영채 뒤 오룡산 깊숙한 골짜기 안에서 갑자기 한 조각 검은 구름이 일더니 그 구름 안에서 한 마리 검은 용이 비늘을 빳빳이 세우고 날아왔다.

공손승이 껄껄 웃다가 오룡산을 향해 손을 한번 휘저었다. 역시 오룡산 깊숙한 골짜기에서 누런 용 한 마리가 번개같이 날아 나와 구름과 안개 속에서 교도청이 이끌어 낸 흑룡과 맞섰다. 그걸 본 교도청이 다시 소리쳤다.

"청룡은 빨리 나오라!"

그러자 그 산꼭대기에서 청룡 한 마리가 날아 나왔다. 하지만 다시 백룡 한 마리가 그 뒤를 날아 나와 청룡과 맞서니 교도청의 흑룡에게는 아무런 도움이 되지 못했다. 양쪽 군사들이 놀란 눈으로 쳐다보고 있는데 교도청이 다시 보검을 비껴들고 다시 큰 소리쳤다.

"적룡은 어서 나와 싸움을 도우라!"

그러자 이번에는 산골짜기로부터 한 마리 적룡이 날아 나왔다.

잇따라 불려 나온 다섯 마리의 용은 어지러이 공중을 날며 서로 얽혀 싸웠다. 금(金), 목(木), 수(水), 화(火), 토(土) 오행을 따라 상생상극하며 뒤엉키니 미친 듯한 바람이 일어 깃발을 든 군사들이 수십 명이나 자빠졌다.

가만히 보고 있던 공손승이 보검을 왼손으로 옮겨 들고 오른손으로 먼지떨이를 꺼내 공중에 내던졌다. 먼지떨이는 허공을 날다가 기러기만 한 새로 변하더니 다시 순식간에 커져 하늘 높이 떠올랐다. 이어 대붕(大鵬)으로 변한 그 새는 날개로 구름을 뒤덮으며 그 다섯 마리 용을 향해 내리 덮쳤다. 갑자기 벽력같은 소리가 나더니 온 하늘에 용의 비늘이 흩어져 날렸다.

원래 오룡산은 영험한 기운이 있어 산 위에는 늘 다섯 색깔의 구름이 떠돌았다. 게다가 용신이 근처 백성들의 꿈에 자주 나타나 사람들은 거기에다 사당을 세우고 용왕의 위패를 모셨다. 또 흙으로 빚어 금박을 입힌 청황적흑백 다섯 마리의 용을 방위에 따라 기둥에 새기어 놓고 단청을 해 두었다. 공손승과 교도청이 법술을 써서 불러내 서로 싸우게 한 것은 바로 그 다섯 마리의 용이었다. 그 끝에 공손승이 먼지떨이를 내던져 대붕을 만들고 그 대붕으로 하여금 흙으로 빚은 다섯 마리 용을 덮치게 하니 그 용들이 부서져 흙덩이가 어지럽게 반군의 머리 위로 떨어진 것이었다.

반군들은 그 흙덩이를 피하느라 아우성이었다. 그러나 오랜 세월 동안 단단하게 굳은 흙덩이들이라 맞으면 얼굴이 찢어지고 이마도 터져 피가 흘렀다. 잠깐 동안에 다친 사람이 이백을 넘자 반군들은 뿔뿔이 흩어져 달아나기 시작했다.

그때 이미 교도청은 법술이 다하여 어찌할 줄을 모르고 있었다. 저희 졸개들을 구할 수 없을 뿐만 아니라 허공에서 떨어지는 황룡의 꼬리에 얻어맞아 하마터면 머리통이 부서질 뻔했다. 겨우 어찌어찌 피했으나 머리에 쓴 두건은 납작하게 짜부라져 있었다.

다섯 마리 용이 산산이 부서져 떨어져 내리는 걸 보고 공손승이 다시 한번 손짓을 했다. 그러자 대붕은 온데간데없어지고 먼지떨이는 전처럼 그의 손에 돌아와 있었다. 교도청이 어떻게든 이겨 보려고 한 번 더 요술을 펼치려는데 공손승이 먼저 오뢰정법(五雷正法)을 썼다. 그러자 교도청의 머리 위로 금박을 입은 신장이 나타나 큰 소리로 호령했다.

“교열은 어서 말에서 내려 밧줄을 받아라.”

교도청은 입 안으로 중얼중얼 주문을 외워 보았으나 아무런 소용이 없었다.

어쩔 줄 모르고 허둥대다가 말 배를 차고 저희 진채로 달아날 뿐이었다. 임충이 창을 꼬나들고 말을 달려 뒤쫓았다.

“요망한 도사 놈은 달아나지 마라!”

그때 반군의 진중에서 예린이 칼을 휘두르며 달려 나와 임충을 막았다. 뇌진이 뒤따라 화극을 잡고 말을 달려 나와 예린을 도우려 하니 송나라 군사 쪽에서는 탕륭이 쇠몽둥이를 들고 달려 나가 맞붙었다.

양쪽 군사들의 요란한 함성 속에 네 장수가 두 패로 나뉘어 불꽃 튀는 싸움을 벌였다. 예린과 임충은 스무 합을 넘게 싸웠으나 얼른 승부가 나지 않았다. 그대로는 쉽게 적장을 꺾을 수 없다고 헤아린 임충이 거짓으로 빈틈을 보인 뒤에 창을 들어 예린의 말 다리를 찔렀다. 말이 쓰러지고 예린은 말 등에서 굴러떨어졌다. 임충이 때를 놓치지 않고 그런 예린의 가슴을 한 창에 찔러 죽였다.

탕륭과 싸우던 뇌진은 예린이 말에서 굴러떨어지는 것을 보자 번쩍 정신이 들었다. 일부러 빈틈을 보인 뒤 말 머리를 돌려 달아나기 시작했다. 그러나 탕륭이 그런 뇌진을 놓아주지 않았다. 말을 재촉해 뒤쫓아 가더니 쇠몽둥이로 그의 머리통을 후려쳤다. 뇌진은 투구와 머리가 한꺼번에 부서지며 말에서 굴러떨어져 죽었다.

그때 송강이 채찍을 들어 신호를 했다. 장청, 이운, 호삼랑, 고대수가 일제히 군사를 휘몰아 앞으로 치고 나갔다. 반군은 크게 어지러워져 사방으로 흩어져 달아나는데 죽은 자만 해도 그 수를 헤아리기 어려울 정도였다.

손기와 섭신, 비진, 설찬은 오룡산의 영채를 버리고 교도청을 호위하며 소덕으로 향했다. 그들이 한 군데 산굽이를 돌아 성에서 예닐곱 마장 떨어진 곳에 이르렀을 때였다. 갑자기 앞쪽에서 북소리가 하늘을 가득 채우며 함성이 크게 일었다. 놀라 보니 동쪽 샛길로 한 떼의 인마가 달려 나오는데 앞장선 장수는 금창수 서령과 급선봉 삭초였다.

그런데 양군이 미처 맞붙기도 전에 뜻밖의 변화가 일어났다. 소덕성 안에 있던 반군의 장수 대미와 옹규가 성 밖에서 싸우는 소리를 듣고 군사 오천과 함께 남문으로 뛰쳐나온 것이었다.

서령과 삭초는 군사를 나누어 그들과 맞섰다.

삭초는 이천의 군사를 나누어 받아 북쪽에서 내려오는 적과 맞섰다. 적장 대미가 삭초와 맞붙었으나 애초부터 적수가 되지 못했다. 싸운 지 여남은 합에 삭초의 도끼를 맞고 두 토막이 나서 죽고 말았다.

대미가 죽는 걸 본 옹규는 더럭 겁이 났다. 얼른 군사를 이끌고 성안으로 되돌아가려는 것을 삭초가 뒤쫓았다.

삭초는 반군 백여 명을 죽이고 소덕성 남문 앞까지 짓쳐들었다. 그러나 성안으로 들어간 옹규의 인마가 급히 적교를 들어 올리고 성문을 굳게 닫아 성안으로는 들어갈 수가 없었다. 거기다가 성벽 위에서 통나무와 바위가 빗발치듯 떨어지니 하는 수 없이 군사를 물렸다.

한편 서령은 삼천의 군사를 거느리고 반군이 성으로 되돌아가는 것을 막고 있었다. 반군은 비록 싸움에 지기는 하였으나 아직도 이만이 넘는 군사가 남아 있었다. 손기와 섭신 두 장수는 서령의 군사를 맡기로 하고 비진과 설찬은 오천의 군사를 거느린 채 교도청을 호위해 서쪽으로 달아났다.

서령은 있는 힘을 다하여 손기, 섭신과 싸웠다. 하지만 장수는 그 혼자뿐이요, 군사도 적어 그만 반군에게 사방으로 에워싸이고 말았다.

서령이 그렇게 어려움에 빠져 있을 무렵 삭초와 송강의 인마가 양쪽에서 그곳에 이르렀다. 세 방향에서 공격을 받게 된 손기와 섭신은 막아 낼 길이 없었다. 섭신은 서령의 금창에 왼쪽 어깨를 찔려 말에서 굴러떨어지고 손기는 길을 앗아 달아나다가 뒤쫓아온 장청의 창에 잔등을 찔려 역시 말에서 떨어져 죽었다.

싸움은 반군 쪽의 대패로 끝이 났다. 삼만이 넘던 인마 중에서 태반이 죽으니 시체는 들을 덮고 피는 내를 이루었다. 내버린 북과 징이며 깃발, 갑옷은 일일이 다 헤아릴 수 없을 지경이었고 살아남은 인마는 사방으로 흩어져 버렸다.

송강, 공손승, 임충, 장청, 탕륭, 이운, 호삼랑, 고대수와 서령, 삭초가 거느리고 있던 인마를 합치니 모두 이만 오천 명이나 되었다. 그들은 교도청이 비진, 설찬과 함께 오천의 졸개를 거느리고 서쪽으로 달아났다는 말을 듣자 뒤쫓으려 하였다. 하지만 그때는 이미 날이 저물었고 군사들도 하루 종일 싸움에 시달려 지치고 목말라했다. 이에 송강은 군사를 거두어 영채로 돌아가 쉬려 하는데 갑자기 전갈이 왔다.

오용이 송강을 비롯한 여러 장수들의 군사가 하루 종일 싸우고 있다는 소식을 듣고 번서와 선정규, 위정국에게 일만 군사를 딸려 보냈다는 내용이었다. 그 군사들은 지쳐 있지 않을 뿐 아니라 횃불까지 마련해 싸움을 도우러 오고 있다고 하자 송강은 몹시 기뻐했다.

"그들이 온다니 형님은 이곳 여러 두령들과 함께 영채로 돌아가 쉬십시오. 제가 번서와 선정규, 위정국 세 두령과 그 군사들을 데리고 교도청을 쫓아가 그놈을 항복시키겠습니다."

공손승이 송강을 보고 그렇게 권했다.

"아우의 신통한 공력 덕분에 우리가 큰 재액을 면했소. 아우도 멀리서 와 피곤할 터이니 함께 대채로 돌아가 쉬고 내일 다시 의논해 보도록 합시다. 교도청 그놈은 이미 요술이 깨지고 계교가 다해 그리 걱정할 게 없을 듯하오."

송강이 공손승에게도 함께 돌아가기를 권하자 공손승이 그동안 가슴속에 묻어 두고 있던 말을 털어놓았다.

"형님께서는 잘 모르시겠지만 저희 스승 나 진인께서는 제게 늘 당부하시는 말씀이 있었습니다. '경원에 사는 교열이라는 자는 도를 닦을 만한 바탕을 가지고 있다. 일찍이 나를 찾아와 배우려 하였으나 내가 받지 않았는데, 그 까닭에 그는 사악한 마음이 커졌다. 세상을 돌아다니며 못된 죄를 짓고 사람 죽이기를 그치지 않고 있다. 그러나 그자의 사악한 마음은 점차 줄어들어 마침내 인연이 닿고 덕을 만나면 우리에게 굽혀 올 것이다. 아마도 너에게 인연이 있어 그를 만날 것이니 너는 반드시 그를 감화시키도록 하여라. 뒷날 그가 깊은 이치를 깨닫게 되면 역시 그도 쓸모가 있을 것이다.'라고 하시는 것이었습니다. 그런데 제가 위주에서 형님의 명을 받고 오는 길에 저 요망한 사람의 내력을 알아보니 그가 바로 경원의 교열이라는 것입니다. 투항한 장수 경공이 그의 내력을 잘 알아 장청 장군에게 알려 준 것이지요. 오늘도 그의 법술을 보셨겠지만 그는 이미 저와 맞설 만큼 수단이 높습니다. 다만 저는 스승에게서 오뢰정법을 물려받았으므로 그의 법술을 깰 수 있었던 겁니다. 또 저 앞의 성이 소덕인데 저의 스승께서 '덕(德)에서 마(魔)가 항복한다.'라고 하신 말씀과도 꼭 맞아떨어집니다. 따라서 만약 그를 달아나게 해 다시 사악한 심성에 빠져들게 버려둔다면 이는 바로 스승의 가르침을 어기는 것이 되고 맙니다. 이때를 놓치지 않고 군사를 이끌고 뒤쫓아 반드시 그를 항복시켜야 합니다."

그렇게 되니 송강도 더는 공손승에게 돌아가자고 권할 수가 없었다. 그의 말대로 번서와 선정규, 위정국을 딸려 보내고 자신은 나머지 여러 장수들과 영채로 돌아가 쉬었다.

그때 교도청은 비진, 설찬과 함께 소덕성 서쪽으로 도망가 있었다. 어떻게든 서문을 통해 성안으로 들어가려는데 문득 북소리, 뿔피리 소리가 요란하더니 앞쪽 빽빽한 숲속에서 한 떼의 인마가 뛰어나왔다. 앞선 장수는 왜각호 왕영과 소울지 손신이었다. 그들은 오천 군사로 진세를 벌이고 교도청의 앞길을 가로막았다.

비진과 설찬은 죽기로 싸워 뚫고 나가려 했다. 왕영과 손신은 공손승이 시키는 대로 그들이 성안으로 들어가는 것만 막을 뿐 구태여 뒤쫓으려 들지는 않았다. 덕분에 그들은 겨우 빠져나가 북쪽으로 달아났다. 성안은 성안대로 이미 교도청의 요술이 듣지 않는 데다 싸움은 지고 송나라 군사는 세력이 강해 나와 싸울 생각을 못했다. 그저 성을 잃을까 봐 걱정하며 굳게 성문을 잠그고 지킬 뿐이었다.

오래잖아 공손승이 번서, 선정규, 위정국과 함께 군사를 이끌고 손신과 왕영이 있는 곳으로 왔다.

"두 분 두령께서는 잠시 대채로 돌아가 쉬시오. 뒤쫓는 일은 우리가 맡겠소."

공손승이 그렇게 권해 왕영과 손신도 영채로 돌아가 쉬었다.

그때는 날도 저물어 이미 유시였다. 교도청은 비진, 설찬과 더불어 싸움에 진 군사들을 이끌고 상갓집 개처럼, 그물에 걸린 고기처럼 허겁지겁 북쪽으로 달아나고 있었다. 공손승은 번서, 선정규, 위정국과 함께 일만 군사를 휘몰아 그런 교도청을 바짝 뒤쫓았다.

"교도청은 어서 말에서 내려 항복하라. 헛된 고집을 부리지 마라!"

어느 정도 따라잡았다 싶자 공손승이 소리 높이 외쳤다. 교도청이 말 위에서 높은 소리로 대꾸했다.

"사람마다 각기 그 주인을 위해 일할 뿐이다. 그런데 너는 어찌 이토록 나를 핍박하느냐?"

그때는 이미 어두워 송강의 군사들이 횃불을 밝혀 들고 있었다. 대낮 같은 불빛 아래 교도청이 좌우를 살펴보니 비진과 설찬과 서른 남짓의 마군이 있을 뿐 나머지 인마는 사방으로 흩어지고 없었다. 싸우려야 싸울 수도 없고 달아나려야 달아날 수도 없게 된 교도청이 칼을 빼 들고 스스로 죽으려 하였다. 비진이 얼른 그의 칼을 빼앗으며 말렸다.

"국사께서는 이러실 것까지는 없소."

그러고는 손을 들어 산을 가리키며 말했다.

"저 산에는 몸을 숨길 만한 곳이 있을 것입니다."

그러자 교도청은 어찌해 볼 수가 없어 두 장수와 함께 그 산으로 들어갔다. 소덕성 동북쪽에는 백곡령(百谷嶺)이란 산이 있는데, 전하기로는 그 옛날 신농씨(神農氏)가 백 가지 계곡 풀을 맛보던 곳이라고 하며 산에는 신농씨의 사당이 있었다.

교도청이 들어간 곳이 바로 그 백곡령이었다. 교도청과 비진, 설찬 두 장수는 신농씨의 사당에 자리를 잡았다. 그때까지 그들을 따르고 있는 것은 겨우 열대여섯 기의 마군뿐이었다.

공손승은 교도청을 사로잡을 마음으로 그가 그 산속으로 들어

가도록 놓아두었다. 그렇지 않고 송나라 군사가 뒤쫓았다면 설령 일만 명의 교도청이 있다 해도 모두 죽임을 당하고 말았을 것이다.

공손승은 다만 군사를 네 갈래로 나누어 영채를 세우게 하고 사방으로 백곡령을 에워쌌을 뿐이었다. 거기서 교도청이 지치기를 기다려 항복을 받을 심산이었다.

밤 이경쯤이 되자 문득 동서 두 길로 불빛이 하늘을 찌를 듯했다. 영채로 돌아간 송강이 임충과 장청에게 오천 군마를 주고 공손승의 소식을 알아보게 한 것이었다. 임충과 장청의 인마가 합쳐지자 공손승이 이끄는 군사는 합쳐 이만이나 되었다. 그들은 각기 영채를 세우고 더욱 빈틈없이 교도청을 에워쌌다.

교도청이 공손승이 거느린 군사들에게 에워싸여 백곡령에 갇혀 있다는 소식은 송강의 귀에도 들어왔다. 이튿날 송강은 오학구와 더불어 성을 칠 계책을 논의한 뒤 영채를 거두어 소덕성 아래로 밀고 들어갔다.

소덕성 아래에 이르자 송강은 장졸을 풀어 물샐틈없이 에워쌌다. 성안에서는 섭성을 비롯한 적장들이 굳게 지킬 뿐 나오지 않았다. 그 바람에 송나라 군사는 이틀이나 거푸 들이쳤지만 성은 쉽게 깨어지지 않았다.

성 남쪽의 진채에 머물던 송강은 힘써 들이쳐도 성이 떨어지지 않자 매우 걱정이 되었다. 게다가 붙잡혀 간 이규 등이 죽었는지 살았는지조차 알 수가 없으니 걱정은 곧 슬픔이 되어 절로 눈물이 쏟아졌다. 오용이 그런 송강을 위로하며 말했다.

"형님, 너무 괴로워하지 마십시오. 종이 몇 장만 있으면 이 성은 손바닥에 침 한번 뱉는 것으로 떨어지고 말 것입니다."

"군사에게 무슨 좋은 계책이 있소?"

송강은 눈이 번쩍 뜨인다는 듯 오용을 향해 그렇게 물었다. 오용이 대답했다.

"지금 저 성안에는 인마가 많지 않을뿐더러 약해 빠져 있습니다. 지난날에는 교도청의 요술을 믿었으나 이제는 교도청이 싸움에 져 곤경에 빠져 있는 데다 밖으로부터 오는 구원병도 없으니 어찌 놀라고 겁먹지 않겠습니까? 게다가 아우가 오늘 새벽 구름사다리에 올라가 살펴보니 성안을 지키는 군사들에게는 틀림없이 놀라고 겁먹은 기색이 있었습니다. 이런 때를 틈타 그들에게 새 길을 열어 주고 이로움과 해로움을 똑똑히 밝혀 준다면 그들은 틀림없이 장수들을 묶어 놓고 성을 나와 항복할 것입니다. 바로 칼에 피를 묻히지 않고 저 성을 얻는 방도지요."

그 말을 들은 송강은 몹시 기뻐했다.

"군사의 계책이 참으로 훌륭하오!"

그러면서 곧 성안의 군사들을 달래는 글을 수십 장 썼다. 그 내용은 대강 이러했다.

> 대송(大宋)의 정북선봉 송강은 소덕주를 지키는 군사와 백성들에게 알리노라.
>
> 전호는 반역을 꾀하였으니 법에 따라 마땅히 벌할 것이나 그 나머지는 협박에 못 이겨 따른 것이라 달리 생각할 수도 있

다. 성을 지키는 군사들은 모두 사악함을 버리고 바른길로 돌아오도록 하라. 지난 잘못을 뉘우치고 백성들을 이끌고 성을 나와 항복한다면 조정에 아뢰어 죄를 용서하고 벼슬을 내리리라. 군사들뿐만 아니라 백성들도 모두가 송나라 조정의 적자(赤子)들이니 하루빨리 크게 대의를 일으켜 역적의 장졸을 묶고 천조(天朝)로 귀순하라. 앞장서서 그 일을 행한 자는 무거운 상을 내릴 뿐 아니라 천자께 아뢰어 높이 쓰게 하리라. 만약 헛된 고집으로 버티다가 성이 깨지는 날에는 구슬과 돌이 가려지지 않고 함께 타는 꼴을 당하게 되리라. 특히 알리노니 부디 헤아려 들으라.

송강은 군사들을 시켜 그 격문을 화살에 묶어 성안으로 쏘아 넣게 했다. 그리고 성문을 치는 군사들에게는 잠시 손길을 늦추고 성안의 동정을 살펴보게 했다.

다음 날 새벽이었다. 문득 성안에서 함성이 일더니 네 성문에 백기가 내걸렸다. 이어 성을 지키던 반군의 편장 김정과 황월이 군민을 모아 가지고 부장인 섭성, 우경, 냉령을 죽이고 그 목을 장대에 꿰어 송나라 군사에게 보였다. 또 사로잡아 갔던 이규와 노지심, 무송, 유당, 포욱, 항충, 이곤, 당빈을 옥에서 꺼내 가마에 태운 뒤 성문을 열고 밖으로 내보냈다.

일이 어김없이 바라는 대로 이루어진 걸 보고 송강은 몹시 기뻐했다. 네 성문 밖에 있던 장졸들에게 인마를 이끌고 차례로 성안으로 들게 했다.

성안으로 들어간 송강이 원수부에 올라 자리 잡고 앉자 노지심을 비롯해 적에게 사로잡혀 갔던 여덟 장수가 송강 앞에 나와 절하며 말했다.

"형님, 하마터면 영영 만나 뵙지 못할 뻔하였습니다. 이번에 형님의 위엄 덕분에 이렇게 다시 한자리에 서게 되니 정말 꿈만 같습니다."

송강을 비롯한 다른 두령들도 모두 눈물을 흘리며 형제가 다시 만나게 된 걸 기뻐했다. 그다음으로 김정과 황월이 옹규와 채택, 양춘을 데리고 나와 절을 올렸다. 송강이 얼른 일어나 답례한 뒤 그들을 부축하며 말했다.

"장군들이 대의를 일으켜 성안의 목숨들을 모두 구하게 되었소. 길이 잊히지 않을 공적이 될 것이오."

"저희들이 보다 일찍 귀순하지 못해 죄가 큽니다. 그런데 오히려 선봉께서 이렇게 후하게 대해 주시니 몸 둘 바를 모르겠습니다. 그 뜻을 뼈에 아로새겨 맹세코 죽음으로 나라의 은혜에 보답하겠습니다."

황월을 비롯한 항장들은 그렇게 말하고 아울러 노지심 등이 조금도 역적에게 굽히지 않고 맞선 일을 자세히 들려주었다. 송강은 감동의 눈물을 흘리며 그들을 칭찬해 마지않았다. 이때 이규가 나서서 말했다.

"들으니 그 도사인지 뭔지 하는 놈이 백곡령에 있다면서요. 내가 가서 그놈을 잡아 도끼질을 백 번은 해야 이 속이 풀리겠소."

송강이 그런 이규를 말렸다.

"지금 공손승이 백곡령에서 그놈을 에워싸고 항복을 받으려는 중이다. 나 진인의 가르침이 있어 그리하는 것이니 너는 함부로 나서지 마라."

"형님의 명인데 어찌 어기려 드느냐?"

노지심도 그렇게 이규를 말려 비로소 이규가 주저앉았다.

송강은 곧 방문을 내걸어 백성들을 달래고 삼군 장졸들에게 상을 내려 그 수고로움을 위로했다. 그리고 공적부에는 공손승과 김정과 황월의 공을 차례로 적어 두게 하였다. 그럭저럭 성안이 진정되었을 무렵 문득 사람이 와서 알렸다.

"신행태보 대종이 진령에서 돌아왔습니다."

이어 대종이 들어와 송강에게 절을 하였다. 송강은 얼른 진령의 소식을 물어보았다.

"아우가 형님의 명을 받들고 진령으로 가 보니 노 선봉은 한창 성을 치는 중이었습니다. 성을 빼앗거든 형님에게 가서 기쁜 소식을 전하라며 저를 잡기에 그곳에 사나흘이나 눌러 있게 되었지요. 하지만 성은 쉽게 깨지지 않다가 이달 초엿샛날 밤에야 기회를 얻게 되었습니다. 그날 밤 발밑을 알아보지 못하게 안개가 낀 틈을 타서 노 선봉은 군사들에게 흙 자루를 성 밑에 쌓게 하더군요. 그런 다음 삼경쯤 되어 동북쪽에 방비가 좀 허술한 걸 보고 군사를 몰아 흙 자루를 디디고 가만히 성루로 올라가게 했습니다. 무사히 성루에 올라간 우리 군사들이 적의 수성장 열셋을 죽이자 전표는 목숨을 내걸고 북문으로 달아났고 그 외의 장수들은 모두 항복했습니다. 이번에 얻은 것은 말이 오천 필이요,

항복한 군사는 이만이나 되며 죽은 자는 헤아릴 수 없을 정도입니다. 진령을 깨뜨리고 나니 안개가 걷히고 날이 밝아왔습니다. 노 선봉께서 한창 성안을 다독이고 있는데 문득 탐마가 달려와 알려 주더군요. 위승에 있는 전호가 전수(殿帥) 손안에게 장수 열 명과 군사 이만을 주어 진령을 돕게 하였는데 그 군사가 바로 성에서 십 리 떨어진 곳에 와 진채를 얽었다는 것입니다. 노 선봉은 곧 진명과 양지, 구붕, 등비에게 군사를 주며 성 밖으로 나가 적병을 막게 하고 자신도 몸소 나가 군사를 도왔습니다."

대종이 거기까지 말하고서 잠시 숨을 돌린 뒤에 다시 이었다.

"그날 진명은 손안과 오륙십 합을 싸웠으나 끝내 승부가 나지 않았습니다. 그때 노 선봉이 군사를 거느리고 와서 손안의 용맹을 보고 징을 울려 군사를 거두더군요. 그러자 손안도 군사를 거두어 각기 영채를 세우게 되었습니다. 노 선봉은 영채로 돌아와 말하기를, 손안이 용맹하므로 꾀를 써서 사로잡아야지 힘으로 맞서서는 안 된다고 하더군요. 다음 날 노 선봉은 미리 복병을 감추어 두고 몸소 출전해서 손안과 싸웠습니다. 쉰 합을 넘겼을 무렵 손안이 탄 말이 뜻밖에 앞다리가 부러져서 손안이 그만 말에서 떨어지게 되었지요. 그러자 노 선봉이 '이것은 네가 싸움에 져서 그런 것이 아니니 어서 말을 바꿔 타고 와서 덤벼라.' 하고 외쳤습니다. 그 바람에 무사히 저희 편 진채로 돌아간 손안은 말을 바꿔 와 다시 쉰 합이나 싸웠는데, 그때 노 선봉이 짐짓 힘이 달린 척하며 달아나기 시작했습니다. 아무것도 모르는 손안은 기세만 믿고 노 선봉을 뒤쫓아 복병이 있는 숲 언저리까지 왔습니다.

그때 포향이 울리고 양쪽에 숨었던 우리 군사가 몰려 나가니 손안은 미처 손쓸 새도 없이 사로잡히고 말았습니다. 적군 진채에서 진영과 육청과 요약 세 장수가 한꺼번에 달려 나와 손안을 구하려 하였으나 우리 편에서 양지와 구붕, 등비가 달려 나가 다시 한판 크게 싸움이 벌어졌습니다. 말 여섯 필이 엇갈리며 한창 싸우는데 갑자기 양지가 한소리 외침과 함께 진영을 찔러 말 아래로 떨어뜨렸습니다. 구붕과 싸우던 육청은 구붕이 내보인 빈틈을 노려 칼로 찍었으나 구붕이 날래게 피하는 바람에 헛짚고 오히려 구붕의 창에 등을 찔려 죽었지요. 요약은 저희 편 장수 둘이 말에서 굴러떨어진 것을 보자 말 머리를 돌려 달아나다가 등비가 뒤쫓아가 사슬 철퇴로 머리를 내려치는 통에 투구와 머리가 함께 부서지구요. 그때 노 선봉이 다시 군사를 휘몰아치고 드니 적군은 여지없이 몰려 인마 사오천을 잃고 십여 리나 달아난 뒤 진채를 얽었습니다. 싸움에 이긴 우리 장졸은 진령성으로 들어갔는데, 거기서 군졸들이 손안을 묶어 노선봉에게로 끌고 왔습니다.

노 선봉은 손수 손안의 밧줄을 풀어 주고 예의로 대해 조정으로 귀순할 것을 권했습니다. 그러자 손안이 노 선봉에게 말하더군요. '지금 성 밖에는 일곱 명의 장수와 일만 오천이나 되는 군사가 있는데 허락만 하신다면 이 손 아무개가 나가 그들에게 항복을 권해 보겠습니다.'라고요. 노선봉은 조금도 의심하지 않고 허락하셨습니다. 홀로 말에 올라 성을 나간 손안은 과연 제 말대로 반군의 장수 일곱 명을 달래 노 선봉께 데려왔습니다. 노 선봉께서는 매우 기뻐하며 술과 안주를 내려 그들을 후하게 대접했습니다. 그때 손안이 다시 말하더군요. '저는 교도청과 함께 위승을 떠났는데 저는 이리로 오고 교도청은 호관으로 갔습니다. 그 사람은 원체 요술을 잘 부려 송 선봉이 해를 입지 않을까 걱정이 됩니다. 하지만 교도청이 저와 같은 고향이니 제가 호관으로 가서 어떻게 한번 달래 보지요. 장군의 두터운 은혜를 생각해서라도 반드시 교도청을 귀순시키도록 하겠습니다.' 이에 노 선봉께서는 응낙하고 저더러 손안과 함께 돌아가 싸움에 이긴 소식을 올리라고 했습니다. 그리고 선찬, 학사문, 여방, 곽성에게 군사 이만을 주어 진령을 지키게 하고 자신은 나머지 장수들과 이만 군사를 거느리고 분양을 치러 떠났습니다. 저는 어제 진령을 떠나면서 손안에게도 신행법을 쓰게 해 함께 오다가 형님의 군사가 소덕성을 에워싸고 교도청은 어려움에 빠졌다는 소식을 들었습니다. 그러나 성 밖에 이르니 벌써 형님의 대군은 성을 차지하셨더군요. 이에 형님을 뵈려고 급히 들어왔습니다. 손안은 지금 문밖에서 기다리고 있습니다."

대종이 그같이 긴 이야기를 끝내자 송강은 몹시 기뻐하며 손안을 불러들이게 하였다.

오래잖아 손안이 들어와 송강에게 예를 드렸다. 송강은 손안의 생김이 헌칠한 데다 속된 구석이 없어 계단 아래까지 내려가 그를 맞아들였다. 손안이 머리를 조아려 말했다.

"이 손 아무개, 조정이 내려보낸 대병에게 맞섰으니 그 죄 만 번 죽어 마땅합니다."

송강이 그런 손안에게 답례하며 말했다.

"장군은 이미 삿된 길을 버리고 바른길로 돌아오셨소. 이 송 아무개와 더불어 전호를 쳐 없앤다면 나중 조정에 돌아가 높이 쓰이도록 해 드리겠소."

그 말에 손안은 다시 한번 머리를 조아려 감사의 뜻을 나타냈다. 송 선봉이 그를 부축해 앉히고 잔치를 열어 후하게 대접했다. 술잔을 나누던 중에 손안이 말했다.

"교도청의 요술이 여간 대단하지 않은데 다행히도 이번에 공손선생께서 깨뜨리셨다 하더군요."

"공손일청이 그를 항복시켜 바른 법술을 가르치려고 벌써 사나흘째나 에워싸고 있지만 교도청은 별로 항복할 뜻이 없는 듯하오."

송강이 지나가는 말로 그렇게 받자 손안이 문득 힘주어 말했다.

"그 사람은 이 손 아무개와 아주 가까운 사이입니다. 가서 항복을 권해 보겠습니다."

이에 송강은 대종으로 하여금 손안을 데리고 공손승의 영채로 가게 하였다.

공손승의 영채에 이르러 공손승을 찾아보고 그들이 오게 된 까닭을 자세히 말하자 공손승도 매우 기뻐했다. 곧 손안을 백곡령으로 들여보내 교도청을 만나 보게 했다. 손안은 말 한 필에 올라 홀몸으로 교도청을 찾아 떠났다.

한편 교도청은 비진, 설찬과 함께 열대여섯 명의 군사를 거느리고 신농묘 안에 숨어 있으면서 그곳 도인들에게서 잡곡을 빌려 겨우 끼니를 때워 나갔다. 그 사당에는 원래 도인이라고는 셋밖에 없었는데, 그들이 몇 달이나 걸려 얻어 온 양식을 교도청의 패거리들이 다 먹어 버리니 기가 막히지 않을 수가 없었다. 하지만 원체 머릿수가 많은 데다 창칼을 든 군사들이라 아무 소리 않고 참았다.

그날 교도청은 문득 성안에서 함성 소리가 들려오자 사당을 나가 높은 곳에 오른 뒤 살펴보았다. 성을 에워싸고 있는 군사들은 보이지 않고 성문으로 인마가 드나드는 걸로 보아 송나라 군사가 이미 성을 차지했음을 알았다.

교도청이 저도 몰래 탄식을 내뱉고 있는데 문득 벼랑 아래 한 나무꾼이 걸어 나왔다. 허리에는 도끼를 차고 멜대를 지팡이 삼아 한 걸음 한 걸음 산을 오르면서 노래를 흥얼거리고 있었다.

산을 오르기는 물을 거슬러 배를 몰기요
산을 내리기는 흐르는 물 따라 흐르기라
거슬러 배 몰 때는 스스로 삼가야 하지만
물 따라 흐르기는 어려울 게 없어라
내 비록 지금 산을 오르나
내려갈 계책은 이미 마련돼 있다네

나무꾼의 노래는 대강 그랬다. 가만히 그 뜻을 새겨 본 교도청이 문득 그 나무꾼에게 물었다.

"그대는 성안의 소식을 아는가?"

그러자 나무꾼이 아는 대로 망설임 없이 대답했다.

"김정과 황월이 부장인 섭성을 죽이고 송조에 귀순했습니다. 송강의 군사는 칼에 피 한 방울 묻히지 않고 소덕성을 얻은 것입지요."

'일이 그렇게 되었구나.'

교도청이 그렇게 중얼거리며 다시 탄식하고 있는 사이 그 나무꾼은 낭떠러지 옆을 돌아 산 뒤로 가 버렸다.

얼마 후 교도청은 다시 말을 타고 올라오는 사람 하나를 더 보았다. 그 사람은 길 따라 산 위에 오르더니 차츰 사당 앞으로 다가왔다. 낭떠러지에서 내려온 교도청이 가만히 그를 살피다가 화들짝 놀랐다. 그 사람은 다름 아닌 전수 손안이었다.

'저 사람이 어떻게 여길 왔을까.'

교도청이 그렇게 홀로 중얼거리며 살피고 있는 사이 손안이 말에서 내려 예를 표했다. 교도청이 황망하여 물었다.

"전수는 군사를 이끌고 진령으로 가지 않았소? 그런데 어찌하여 이리로 온 것이오? 산 아래는 수많은 적군이 흩어져 있는데 어째서 그들이 길을 막지 않았소?"

그러자 손안이 차분한 목소리로 대답했다.

"형님께 알려드릴 일이 있어서……."

교도청은 손안이 자기를 보고 국사라 부르지 않고 형님이라 하는 걸로 이미 의심이 들었다. 잔뜩 긴장하여 손안의 입만 살피는데 손안이 다시 말하였다.

"사당 안으로 들어가 모든 걸 자세히 말씀드리겠습니다."

이에 두 사람은 사당 안으로 들어갔다. 비진과 설찬이 나와 손안에게 예를 올렸다. 손안은 자신이 진령에서 붙잡혀 투항한 일을 처음부터 자세히 들려주었다. 교도청은 말없이 듣고 있을 뿐 이야기가 끝나도 대꾸가 없었다. 손안이 그런 교도청에게 다시 말했다.

"형님 의심할 건 조금도 없습니다. 송 선봉을 비롯한 저쪽 호걸들은 모두가 의기로운 남아들입니다. 그들에게 투항해 송조에 귀순한다면 뒷날 반드시 좋은 일이 있을 것입니다. 게다가 제가 이렇게 찾아온 것은 특히 형님을 위해서입니다. 형님은 일찍이 나 진인을 찾아가신 적이 있지 않으십니까?"

그러자 교도청이 놀라 물었다.

"자네가 그걸 어찌 아나?"

"나 진인은 형님을 만나 주시지 않고 동자를 통해 말씀만 전하셨지요. 뒷날에 '덕을 만나 마가 항복한다[遇德降魔].'란 구절이 아니었습니까?"

손안이 그렇게 말하자 교도청은 더욱 놀라워했다.

"그래 그런 일이 있었지."

"이번에 형님의 법술을 깨뜨린 이가 누군지 아십니까?"

"그를 만나 보기는 했지만 송나라 군사 쪽의 사람이란 것만 알 뿐 그의 내력이 어떠한지는 전혀 알지 못하네."

그러자 손안이 그것 보라는 듯 말했다.

"그가 바로 나 진인의 제자인 공손승입니다. 송 선봉의 부(副) 군사지요. 옛날 나 진인께서 내려 주신 말씀도 제게 풀이해 주었습니다. 저 성이 소덕성이고 형님의 법술이 저곳에서 깨졌으니 바로 덕(德)에서 마가 항복한 것 아니겠습니까? 공손승은 나 진인의 가르침에 따라 형님을 교화하여 함께 바른 도로 나아가고자 합니다. 그 까닭에 군마로 에워싸고 있을 뿐 산 위로 올라와 형님을 사로잡지 않고 있는 것입니다. 그는 이미 법술로 형님을 이긴 사람이니 형님을 해치려고 든다면 어려울 게 무엇 있겠습니까? 부디 고집 부리지 마시고 잘 헤아려 결단을 내리십시오."

그 말에 교도청도 크게 깨닫는 바가 있었다. 더는 뻗대지 않고 비진, 설찬과 함께 손안을 따라 산을 내려갔다. 손안이 먼저 영채로 들어가 교도청이 항복해 온 걸 알리자 공손승은 영채 밖까지 나와 그를 맞아들였다. 교도청은 영채 안으로 들어가자마자 공손승에게 엎드려 절하며 죄를 빌었다.

"법사의 너그러우심에 의지해 이 교 아무개가 죄를 청합니다. 저 하나 때문에 대군을 고단하게 하였으니 실로 그 죄가 큽니다."

공손승이 기뻐하며 그런 교도청에게 답례를 하고 귀한 손님처럼 대접했다. 교도청은 공손승이 그같이 의기로운 걸 보고 감격해 말했다.

"제가 눈이 있으면서도 사람을 알아보지 못했습니다. 이제부터라도 법사 곁에서 시중이라도 들 수 있게 된다면 평생에 그보다 더 다행한 일도 없겠습니다."

공손승은 곧 명을 내려 에움을 풀게 했다. 번서를 비롯한 장수들은 모두 진채를 뽑아 돌아갈 채비를 했다. 공손승은 교도청과 비진, 설찬을 데리고 성안으로 들어가 송강을 만나 보았다. 송강은 그들을 예로 대접한 뒤 좋은 말로 위로해 주었다. 교도청은 송강이 겸손하고 부드럽게 대하는 걸 보고 더한층 감복이 되었다.

오래잖아 번서, 선정규, 위정국, 임충, 장청 등이 군사들과 더불어 본채에 이르렀다. 송강은 명을 내려 모든 군마를 성안에 들여 쉬게 했다. 이어 송강은 크게 잔치를 열어 장졸을 위로했다. 술자리에서 공손승이 교도청을 보고 말하였다.

"자네의 법술은 위로는 여러 겁 도를 닦아 허공삼매(虛空三昧)에 든 여러 보살들보다 못하고, 가운데로는 수십 년 갖은 고행으로 형태를 뛰어넘고 조화를 마음대로 하는 동래산의 서른여섯 신선보다 못하며, 그저 주문이나 외워 잠시 사람들을 속이고 천지의 정기(精氣)를 훔쳐 내고 귀신의 힘을 빌렸을 정도일세. 그것을 불가에서는 금강선사법(金剛禪邪法)이라 하고 선가에서는 환술이라고 하네. 그러한 법술로 범속한 경지를 벗어나 성인이 되려 한다면 그것은 실로 크게 잘못 안 것이네."

교도청은 그 말을 듣자 마치 꿈에서 깨어나는 것 같았다. 그 자리에서 공손승에게 절하고 스승으로 모셨다. 송강을 비롯한 두령들은 공손승이 현묘한 이치를 또렷하게 말하자 그의 귀신같은 공력과 높은 도를 칭송해 마지않았다.

다음 날이었다. 송강은 소양에게 명을 내려 진령과 소덕 두 고을을 되찾은 일을 조정에 알리는 표문을 쓰게 하였다. 또 숙 태위에게도 싸움에 이긴 소식을 올리되 위주, 진령, 소덕, 개주, 능천, 고평 여섯 고을에 관원이 없으니 속히 어질고 일 잘하는 사람을 골라 보내 달라고 청했다. 그래야 그곳을 지키는 장졸들을 싸움터로 불러올 수 있는 까닭이었다. 소양이 쓰기를 마치자 송강은 대종에게 글들을 주어 그날로 떠나게 하였다.

보따리를 꾸린 대종은 상주문과 서찰을 간직하고 날랜 군사 하나와 함께 영채를 떠났다. 신행법을 써서 내달으니 다음 날에는 벌써 동경에 다다를 수 있었다.

대종은 먼저 숙 태위의 부중으로 찾아갔다. 마침 숙 태위는 안에 있었다. 대종은 부중에서 일하는 양 우후란 사람에게 은냥을 주며 송강의 서찰을 전하게 했다. 들고 나는 번거로움을 피하기 위해 그같이 한 것이었다.

서찰을 받아 든 양 우후가 안으로 들어가더니 오래잖아 도로 나와 대종을 찾았다.

"태위께서 하실 말씀이 있으시다며 장군을 부르십니다."

이에 대종은 우후를 따라 부중으로 들어갔다. 그때 태위는 사랑마루에 앉아 방금 온 송강의 서찰을 뜯어보고 있는 중이었다. 대종이 들어가 그에게 절을 올리자 태위가 반가운 듯 말하였다.

하늘이 정한 인연

"마침 알맞은 때에 왔네그려. 어찌 이리 공교로울 수 있는가. 며칠 전에도 채경과 동관, 고구가 천자 앞에 나아가 자네의 형 송 선봉을 천자 앞에서 헐뜯었네. 송 선봉이 장수와 군사를 잃고 나라를 욕되게 했으니 엄히 벌주어야 한다고 떠들어 댄 것이네. 천자께서 선뜻 마음을 정하지 못하고 계시는데 우정언(右正言) 진관(陳瓘)이 상소를 올려 채경과 동관, 고구는 충성스러운 사람을 헐뜯고 착한 이를 밀어내려 함을 말씀드렸다네. 아울러 그대들의 병마가 이미 호관을 넘어섰음을 알리고 채경의 무리가 천자를 속인 죄를 벌하자고 아뢰었네. 그 바람에 앙심을 품은 채 태사는 진관의 잘못을 캐던 끝에 어제 거꾸로 천자께 모함했네. 진관이 『존요록(尊堯錄)』이란 책을 써서 돌아가신 신종(神宗)을 요임금에 비김으로써 은연중에 지금의 폐하를 낮췄으니 벌을 줘야 한다는 내용이었네. 다행히 천자께서는 아직 진관을 벌주지 않고 계신데 오늘 자네가 이렇게 왔으니 참으로 잘된 일일세. 싸움에 이겼다는 소식이 있으니 낯이 서고 나도 여러 가지로 근심을 덜게 되었네. 내일 아침 조회 때 자네가 가져온 첩보를 폐하께 올리겠네."

대종도 마음속으로 다행하게 여기며 숙 태위의 부중을 나왔다. 그리고 성안의 객점에 자리를 잡고 하회를 기다렸다.

다음 날 아침 숙 태위는 아침 일찍 입궐했다. 도군 황제는 문덕전에 나와 문무의 여러 벼슬아치들로부터 조회를 받았다. 숙 태위는 천자께 절하고 만세를 부른 뒤에 송강으로부터 첩보가 왔음을 아뢰었다. 송강이 이끈 관군이 전호를 치는 싸움에서 여섯 고을을 되찾았다는 내용이었다. 천자의 얼굴에 기쁜 빛이 떠올랐음은 말할 나위도 없다. 힘을 얻은 숙원경이 이어서 아뢰었다.

"우정언 진관이 『존요록』을 써서 선제(先帝) 신종을 요임금에 비기고 폐하를 순임금에 비긴 적이 있습니다만 요임금을 높인 일이 어찌 죄가 될 수 있겠습니까? 진관은 올곧고 남에게 굽히지 아니하며 일을 당해서는 바른말을 서슴지 않는 사람입니다. 게다가 담대하고 지략까지 갖추었으니 진관에게 벼슬을 더해 하북으로 보내는 게 어떻겠습니까? 진관으로 하여금 그곳의 병마를 감독하게 한다면 반드시 큰 공을 이룰 것입니다."

서로 다른 두 갈래의 말 가운데서 갈피를 못 잡던 천자는 숙원경의 그 같은 말에 비로소 결정을 내렸다.

"진관을 원래의 벼슬에다 추밀원 동지(同知)를 더하여 안무사로 삼는다. 하북으로 가서 어영군의 이만 인마를 거느리고 송강의 군사들이 싸우는 걸 감독하라. 아울러 은냥을 상으로 내릴 터이니 싸우는 장졸들에게 나눠 주도록 하라."

그 같은 칙지를 내려 숙원경이 말한 대로 들어주었다.

그날 조회가 끝나고 집으로 돌아온 숙 태위는 대종을 불러 답서를 주었다. 대종은 이미 천자가 칙지를 내렸음을 알고 숙원경과 작별한 뒤 동경을 떠났다.

신행법을 써서 내달으니 다음 날은 소덕성 안에 들 수 있었다. 동경을 오가는 데 나흘이 걸린 셈이었다. 그때 송강은 인마를 점고하고 싸우러 나갈 의논을 하는 중이었다. 대종이 돌아왔다는 말을 듣자 얼른 그를 불러 조정의 소식을 물었다. 대종이 숙 태위가 준 답서를 꺼내 바쳤다. 답서를 뜯어본 송강은 여러 두령들에게 그 내용을 자세히 일러 주었다. 듣고 난 두령들이 한목소리로 말했다.

"진 안무(安撫)와 같은 간담은 실로 세상에서 보기 드뭅니다. 우리가 여기서 힘을 다해 싸우는 것이 결코 헛되지 않을 듯합니다."

송강도 같은 생각이었다. 성지가 오기를 기다려 군사를 내기로 하자 장졸들은 그대로 성안에 머물러 있었다.

그때 소덕성 북쪽에는 소덕 고을에 딸린 노성(潞城)이라는 현이 있었다. 그 노성현을 지키는 반군의 장수 지방(池方)은 교도청이 포위된 것을 알아내고 사람을 뽑아 위승의 전호에게 보내 그 급한 소식을 알렸다. 전호 밑에서 성원관(省院官) 노릇을 하는 자가 그 소식을 전호에게 알리려는데 다시 갑작스러운 전갈이 들어왔다. 진령이 관군에게 떨어지고 어제 삼대왕 전표가 겨우 목숨만을 건져 그리로 온다는 내용이었다.

그런데 미처 그 전갈의 말이 다 끝나기도 전에 전표가 달려왔다. 전표는 원관들과 함께 입궐하더니 전호를 만나 목 놓아 울며 기막힌 소식을 전했다.

"송나라 군사의 세력이 커서 그것들에게 진령성을 빼앗기고 아들놈 전실(田實)도 잃었습니다. 겨우 목숨을 건져 이곳에 이르기는 했지만 성을 빼앗기고 군사를 잃었으니 그 죄 실로 죽어 마땅합니다."

그러고는 다시 소리 내어 울었다. 그때 곁에 있던 성원관이 전호에게 또 다른 소식을 전했다.

"신이 방금 노성을 지키는 장수 지방이 보내온 급보를 받았습니다. 교(喬) 국사는 이미 송나라 군사에게 에워싸여 있고 소덕성도 위태로움에 빠져 오늘내일하고 있다는 것입니다."

그 말에 전호는 몹시 놀랐다. 문무백관들과 우승상 태사 변상(卞祥), 추밀관 범권(范權), 통군대장 마령(馬靈) 등을 모아 놓고 앞일을 의논했다.

"지금 송강이 우리 변경을 침노하여 두 개의 큰 고을을 빼앗고 많은 장졸을 죽였다 하오. 교도청마저 적군에게 에워싸여 있다 하니 이 일을 어찌하면 좋겠소?"

왕 노릇에 제법 이력이 난 전호가 그렇게 묻자 국구인 오리(鄔

梨)가 나와서 말했다.

"주상께서는 너무 걱정하지 마십시오. 신이 나라의 은혜를 입었으니 한번 나가 볼까 합니다. 정한 날짜에 군사를 거느리고 소덕으로 가서 송강의 무리를 사로잡고 잃었던 성을 되찾겠습니다."

전호의 처남이 되는 오리는 원래 위승의 부호였다. 그는 창봉을 잘 쓰는 데다 두 팔의 힘이 뛰어나 천 근 무게를 들어 올릴 수 있었다. 또 그는 강한 활을 잘 쏘았고 늘상 쓰는 병기는 한 자루에 오십 근이나 나가는 큰 칼이었다.

그런데 그 오리에게는 어여쁜 여동생이 있었다. 그걸 안 전호가 그녀를 아내로 삼고 그를 추밀관으로 봉해 국구로 삼았다. 오리가 이어 큰소리친 까닭을 밝혔다.

"신의 어린 딸 경영(瓊英)이 근래 꿈에 신인에게 무예를 배워 그 솜씨가 아주 뛰어납니다. 거기다가 무예뿐만 아니라 팔매질도 남달라, 손에 돌멩이만 있으면 나는 새도 백발백중으로 떨어뜨릴 수 있습니다. 그 때문에 사람들은 그 아이를 경시족(瓊矢鏃)이라 부릅니다. 이 딸아이를 선봉으로 삼는다면 반드시 큰 공을 세울 수 있습니다."

정히 급한 때에 반가운 소리가 아닐 수 없었다. 이에 전호는 곧 명을 내려 경영을 군주(郡主)로 삼으니 오리는 감사해 마지않았다. 함께 있던 통군대장 마령도 질세라 나섰다.

"신은 인마를 거느리고 분양으로 가서 적을 치겠습니다."

전호는 마령까지 나서자 더욱 기뻤다. 그들에게 금은과 호패를 내리고 맑은 구슬과 진귀한 보석을 상으로 주었다. 이에 오리와 마령은 각기 인마를 삼만씩 골라 떠나기로 되었다.

오리는 왕명과 병부를 갖자 교련장에 나가 인마 삼만을 골라 뽑은 후 모든 병장기를 갖추게 하였다. 그리고 집으로 돌아가 딸 경영을 여장군으로 세워 선봉으로 삼았다.

아비 오리와 함께 입궐하여 전호를 본 경영은 곧 군사를 거느리고 먼저 소덕으로 달려갔다. 오리는 대군을 거느리고 뒤따라가기로 되어 있었다.

그때 경영은 열여섯 살의 꽃다운 나이로 얼굴도 한 송이 아름다운 꽃송이 같았다.

하지만 그녀는 오리가 낳은 친딸이 아니었다. 경영의 본성은 구요, 그 아비의 이름은 구신(仇申)이었다. 윗대부터 분양부 개휴현 면상(綿上)이란 곳에 살았는데 그 면상이란 곳은 춘추시대의 진 문공이 개자추(介子推)를 찾으려다 못 찾고 그에게 영지로 주어 버렸다는 땅이었다.

구신은 가산이 넉넉했으나 나이 쉰 살이 넘도록 뒤를 이을 아들이 없었다. 거기다가 다시 아내마저 잃게 되어 평요현 송유열(宋有烈)의 딸을 후처로 맞아 낳은 것이 경영이었다.

경영이 열 살 나던 해에 송유열이 죽자 어머니 송씨는 남편인 구신과 함께 부친의 초상을 치르러 가게 되었다. 평요현은 개휴현과 칠십 리 떨어진 이웃 고을이었다. 송씨는 길이 먼 데다가 갑작스레 떠나게 되어 딸 경영을 청지기 섭청 부부에게 돌보게 했다. 그런데 그 길이 바로 경영과 송씨가 생이별하는 길이 되고 말았다. 남편과 함께 친정으로 가던 송씨는 도중에 한 떼의 도둑을 만났다. 도둑들은 남편인 구신을 죽이고 종들을 쫓아 버린 뒤 송씨를 붙잡아가 버렸다.

도망쳐 간 종들은 곧 그 일을 섭청에게 알렸다. 섭청은 비록 남의 집 청지기였으나 의기가 있고 창봉을 잘 다룰 줄 아는 사내였다. 그 아내 안씨도 몸가짐이 단정하고 매사에 신중한 사람이라 내외가 다 주인댁이 당한 불행을 이용하려 들지 않았다. 곧 구씨의 친족들에게 그 일을 알리는 한편 관가에도 알려 그 도둑들을 붙잡게 한 뒤에 주인의 시체를 정성껏 장례지냈다.

구씨 가문에서는 문중에서 양자를 세워 구씨네 가문을 잇게 했다. 그리고 섭청 내외에게 죽은 주인의 어린 딸 경영을 맡아 기르도록 했다.

전호가 난을 일으켜 위승을 차지한 것은 그로부터 일 년 남짓 지난 뒤였다. 전호가 오리에게 군사를 주며 개휴현의 면상을 노략질하게 하자 오리는 면상의 재물을 빼앗고 사람을 붙잡아 왔다. 그 난리통에 구신의 양자는 죽고 섭청 부부와 경영은 위승으로 붙잡혀 가게 되었다.

오리는 자식이 없던 차에 생김이 예쁘고 깨끗한 경영을 보자 딴생각이 나 아내인 예씨(倪氏)에게 데리고 갔다. 예씨는 한 번도 아기를 낳아 보지 못한 데다가 경영을 보자 첫눈에 정이 들어 그 때부터 친자식처럼 끔찍이 사랑하였다.

어리기는 해도 영리하고 총명하기 그지없는 경영이었다. 그녀는 오리의 집에서 몸을 빼기 어렵다는 걸 알자 차라리 그곳에서 몸을 담고 살기로 작정했다. 자신을 애지중지하는 예씨에게 졸라

오리로 하여금 섭청의 아내를 데려오게 했다.

역시 경영처럼 오리에게 잡혀 와 있던 섭청은 원래는 틈을 보아 달아날 생각이었다. 그러나 아내가 경영과 함께 살게 되자 생각을 고쳐먹었다.

섭청은 경영의 나이가 어린 데다 죽은 주인에게는 유일한 혈육이라 차마 그녀를 버리고 갈 수가 없었다. 다행히 아내가 그녀 곁에 있으니 언젠가 때를 보아 그녀와 함께 어려움에서 벗어날 수만 있다면 죽은 주인이 저세상에서나마 기뻐할 것 같았다. 이에 섭청은 달아나는 대신 오히려 오리를 더욱 극진히 모셔 싸움터에서 여러 차례 공까지 세웠다.

오리는 섭청이 그같이 충성을 다하자 아내 안씨를 되돌려 주었다. 그 바람에 안씨는 섭청과 함께 살면서도 무시로 오리의 집을 드나들 수 있게 되었고 섭청은 또 오리의 천거를 받아 전호 밑에서 총관 벼슬까지 하게 되었다.

그런데 참으로 이상한 일이 있었다. 뒷날 섭청이 오리의 명을 받아 석실산(石室山)에서 나무를 찍고 돌을 캐게 되었을 때의 일이었다. 거느리고 있는 군졸 하나가 산 아래를 가리키며 말하였다.

"저기 아주 아름다운 돌이 있는데 희기가 눈 같고 티끌 하나 없는 상품입니다. 그런데 이곳 백성들이 그 돌을 캐려 하자 갑자기 천둥 같은 소리가 나 돌을 캐려던 사람 몇이 놀라 나자빠졌다가 반나절이나 되어서야 깨났다더군요. 그 바람에 사람들이 겁을 먹고 그 근방에 얼씬도 않아 돌을 캘 수가 없습니다."

이에 섭청은 군사들을 데리고 산을 내려가 그곳으로 가 보았다. 그때 사람들이 갑자기 놀란 소리를 내질렀다.

"그것참 괴이쩍다. 조금 전까지도 한 덩이 흰 돌이었는데, 어느새 여인네의 시체로 변했을까!"

섭청도 놀랍고 이상스러워 다가가 보았다. 가만히 바라보니 그것은 뜻밖에도 안주인이었던 송씨의 시체였다. 얼굴은 살아 있을 때와 똑같은데 머리가 깨진 것으로 보아 높은 언덕에서 떨어져 죽은 듯했다.

섭청은 너무나도 놀라 그저 흐느끼기만 할 뿐 어찌할 바를 몰랐다. 그때 군사들 중에 전호 밑에서 말을 기르던 군졸이 있어 송씨를 알아보고 그녀가 사로잡혀 갔다가 죽게 된 경위를 자세히 들려주었다.

"지난날 대왕께서 처음 군사를 일으켰을 무렵이었습니다. 개휴현 어름에 자리 잡고 계시던 대왕은 저 여자를 사로잡아 부인으로 삼으려 했습니다. 저 여자는 마치 대왕의 뜻을 들어줄 듯 밧줄을 풀게 하고 우리와 함께 걸었습니다. 그러다가 이곳에 이르러 그녀는 갑자기 높은 언덕 아래로 몸을 던져 죽고 말았습니다. 대왕은 이 여자가 죽은 걸 보자 저에게 명을 내려 언덕 아래로 가서 옷가지와 노리개를 벗겨 오게 하더군요. 그때 제가 이 여자를 말에 올려 태우고 옷까지 벗겼기에 얼굴을 똑똑히 알아볼 수 있습니다. 틀림없이 그 여잡니다. 하지만 벌써 삼 년이나 지났는데 어째서 시체가 이토록 생생한지 알 수가 없습니다."

그 말에 섭청은 쏟아지는 눈물을 억지로 눌러 참고 군사들에게 말했다.

"내가 잘못 본 게 아니라면 이 여자는 우리 이웃에 살던 송씨네 딸이다."

그러고는 군사들에게 명을 내려 흙을 날라 와 덮게 했다. 그런데 이상한 일이 또 있었다. 군사들이 흙을 덮자 시체는 다시 원래의 그 흰 돌로 변했다. 그곳에 있던 사람들은 모두 놀라고 신기해했다. 감탄의 소리를 연신 내지르다가 각기 흩어져 돌을 캐러 갔다.

일을 끝내고 위승으로 돌아온 섭청은 자기가 알게 된 사실을 아내 안씨에게 모두 일러 주었다. 곧 전호가 구신을 죽이고 송씨를 빼앗아 갔으나, 송씨 또한 정절을 지키려고 스스로 언덕 아래로 몸을 던져 죽은 일이었다. 안씨는 또 그 일을 몰래 경영에게 알려 주었다.

경영은 자신의 부모가 한결같이 전호 때문에 비참하게 죽은 걸 알게 되자 수만 개의 화살이 가슴에 와 박히는 기분이었다. 밤낮으로 탄식하고 눈물을 흘리며 오직 부모의 원수 갚을 일만을 생각했다.

그런데 그때부터 밤마다 잠이 들기만 하면 신인이 나타나 그녀에게 말하곤 했다.

"네가 부모의 원수를 갚으려 하면 내게서 무예를 배워야 한다."

그러고는 꿈속에서 무예를 가르쳐 주는 것이었다. 경영은 총명하여 잠에서 깨어난 뒤에도 꿈에서 배운 것을 기억할 수 있었다. 이에 그녀는 문을 닫아걸고 방 안에서 몰래 몽둥이 쓰기를 익혔다.

경영의 무예는 날이 갈수록 익어 갔다. 그러다가 선화 4년 겨울, 다시 이상한 일을 겪게 되었다.

경영이 서안에 기대 졸고 있는데, 갑자기 한바탕 바람이 일며 별난 향내가 코를 찔렀다. 놀라 눈을 떠 보니 뿔처럼 접힌 두건을 쓴 선비 하나가 푸른 전포를 입은 젊은 장수를 데리고 방 안으로 들어섰다. 그 선비는 젊은 장수더러 경영에게 돌팔매질을 가르치라고 이른 뒤 다시 경영을 보고 말하였다.

"내 특별히 고평(高平)으로 가서 천첩성(天捷星)을 모시고 왔다. 너에게 빼어난 무술을 가르쳐 너로 하여금 호랑이 굴에서 벗어나 원수를 갚을 수 있게 하려 함이라. 이 장군은 또한 너와 여러 세상에 걸친 인연이 있으니 알아 모셔라."

'여러 세상에 걸친 인연'이란 말에 경영은 부끄러워 소매로 얼굴을 가렸다. 그러다가 상 위에 놓아둔 가위가 소매에 걸려 쟁그랑 하며 바닥에 떨어지는 바람에 번쩍 정신이 들었다. 사방을 살펴보니 찬 달빛 아래 등불이 깜빡이는데 도대체 그 일이 꿈인지 생시인지 알 수가 없었다. 경영은 자리에 앉은 채 생각에 잠겼다가 늦어서야 잠자리에 들었다.

다음 날이었다. 경영은 간밤 꿈속에서 배운 돌팔매질하는 법을 떠올리고 그대로 해 보았다. 담 밑에서 달걀만 한 돌을 주워 들고 지붕 위의 비둘기 형상을 한 장식을 향해 던지자 돌은 그대로 그곳을 맞혀 기와 조각이 부스러져 내렸다. 놀란 예씨가 급히 달려와 까닭을 물었다. 경영이 그럴듯한 말을 지어 대답했다.

"지난밤 꿈에 신인이 나타나 제게 말씀하시기를 아버님은 왕후(王侯)가 될 분복을 타고났다 하셨습니다. 그래서 특히 저를 찾아와 기이한 무술을 가르쳐 주는 것이니 아버님을 도와 공을 이루게 하라더군요. 저는 꿈속에서 그 신인에게 팔매질을 배웠는데, 오늘 우연히 배운 대로 해 보니 뜻밖에도 그대로 맞았습니다."

그 천연덕스러운 말에 속은 예씨는 곧바로 그 일을 남편인 오리에게 알렸다. 그러나 오리는 그 말을 믿을 수가 없었다. 곧 경영을 불러 이것저것 묻다가 여러 종류의 창칼과 몽둥이, 작살 따위를 가져오게 해 경영으로 하여금 다루어 보게 했다. 놀랍게도 경영은 그 모든 병기를 잘 다루었다. 게다가 돌팔매질은 백 번을 던져 백 번을 모두 맞힐 정도로 솜씨가 뛰어났다. 놀란 오리는 속으로 생각했다.

'정말로 내게 왕후가 될 복이 있어 하늘이 이인(異人)을 보내 나를 돕는 모양이다.'

그러고는 그날부터 경영에게 하루도 빠짐없이 말타기와 칼 쓰기를 가르쳤다. 경영의 무예 솜씨가 이만저만이 아니라는 소문은 곧 성안에 퍼졌다. 위승성 안의 사람들은 놀라고 신기해하며 경영을 경시족이라 불렀다. 화살촉보다 매서운 팔매 솜씨 때문이었다.

날이 갈수록 경영이 사랑스러워진 오리는 좋은 신랑감을 구해 경영과 혼인을 시키려 했다. 그러나 경영은 예씨를 붙들고 하소연했다.

"부디 짝을 지어 주시려면 돌팔매질을 잘하는 사람으로 골라 주세요. 그렇지 않은 사람이면 저는 죽을지언정 시집가지 않겠어요."

그 말을 들은 예씨는 오리에게 그대로 전했다. 하지만 그렇게 팔매질이 뛰어난 사람이 쉽게 구해질 리가 없었다. 아무리 찾아봐도 그 같은 신랑감을 구할 수 없어 오리는 차츰 사위 삼는 일을 잊어갔다. 그러다가 이번에 알맞은 때를 만난 것이다. 오리는 경영에게서 들은 '왕후'라는 말을 떠올리고 자신에게 공을 세울 기회가 온 것이라 믿었다. 경영을 선봉으로 앞세워 싸움을 붙여놓고 자신은 형편을 보아 한몫을 보려고 작정한 것이었다.

오리는 군사들을 고르고 장수들을 뽑아 이만 군대를 만든 뒤 위승을 떠났다. 그리고 위승에서 가려 뽑은 군사 오천을 경영에게 주어 앞서 가게 한 뒤 자신은 나머지 대군을 이끌고 뒤를 따랐다.

한편 송강은 그 무렵 소덕에서 진 안무를 맞을 채비를 하고 있었다. 대종이 돌아오고 한 열흘쯤 지나자 진 안무가 이끄는 군대가 온다는 소식이 들어왔다.

송강은 장수들을 데리고 성 밖 멀리까지 나가 진 안무를 맞아들였다. 그런 다음 진 안무를 소덕성에 모셔 들이고 임시로 행군수부(行軍帥府)를 세워 쉬게 하였다.

진 안무가 성안에 자리를 잡고 앉자 여러 두령들이 모두 그를 보러 원수부로 갔다. 진 안무는 이전부터 송강의 무리가 충의로운 것을 잘 알고 있었다.

그러나 인연이 없어 그때껏 보지 못하다가 이제 만나게 되니 반갑고 기뻤다. 게다가 송강이 겸손하고 공손할 뿐 아니라 사람됨이 어질고 후해 더욱 좋게 보지 않을 수 없었다.

"성상께서는 선봉이 여러 차례 큰 공을 세운 걸 아시고 저를 보내 돌보라 하셨소. 아울러 상으로 내리신 금은과 비단을 가지고 왔으니 나눠 주도록 하시오."

그 같은 진 안무의 말에 송강과 두령들은 절을 올려 감사했다.

"오늘 저희들이 이렇게 두터운 은혜를 입게 된 것은 안무께서 저희들을 위해 힘써 상주해 주신 덕분인 걸로 압니다. 위로는 천자의 은혜를 입고 아래로는 상공의 돌보아 주심을 받았으니 간과 뇌를 땅바닥에 쏟은들 이 은혜를 어찌 다 갚을 수 있겠습니까!"

진 안무가 그런 그들의 말에 부드럽게 말을 받았다.

"장군들은 어서 큰 공을 세워 도성으로 돌아갈 수 있도록 하시오. 천자께서는 틀림없이 장군들을 무겁게 쓰실 것이오."

그러자 송강이 두 번 절을 올려 감사를 표한 뒤에 씩씩하게 말했다.

"번거롭겠지만 안무께서는 소덕을 맡아 지켜 주십시오. 저는 군사를 나누어 전호의 소굴을 들이치겠습니다. 그리하면 역적들은 꼬리와 머리가 서로를 돌볼 수 없게 될 것입니다."

진 안무는 더욱 흐뭇해졌다.

"내가 이번에 도성을 떠날 때 이미 천자께 아뢰었으니 곧 사람들이 올 것이오. 이번에 선봉께서 얻은 여러 고을을 맡아 다스릴 벼슬아치들을 보내 달라고 상주했더니 윤허하신 것이오."

진 안무 앞을 물러난 송강은 장졸들에게 상을 나누어 주는 한편 신행태보 대종을 불러 새로 얻은 고을을 지키는 두령들에게 글을 전하게 했다. 조정에서 보낸 벼슬아치들이 도착하는 즉시로 군사들을 거느리고 송강의 본대로 돌아와 명을 기다리란 내용이었다. 대종은 그걸 전한 다음 분양으로 가서 그곳 소식을 알아보기로 되었다.

송강은 또 당빈을 비롯한 여러 장수가 이번에 새로 항복해 왔음을 알리고 그 공을 치켜세웠다. 그런 다음 김정과 황월을 천거하여 호관과 포독을 지키도록 하고 그 두 곳에 있는 손립과 주동은 불러들이겠다고 하자 진 안무는 기꺼이 허락하였다. 그런데 갑자기 적의 형세를 탐지하러 갔던 마군이 나는 듯 달려와 알렸다.

"전호는 마령에게 장졸을 주어 분양을 구하게 하고 또 오리와 그의 딸 경영에게는 장졸을 주며 동쪽 양원으로 나가게 하였습니다."

그 말을 들은 송강은 곧 오용을 불러 의논하고 장졸들로 하여금 적을 맞을 채비를 하게 하였다. 새로 항복한 교도청이 나와 말하였다.

"마령은 요술을 부릴 줄 알 뿐만 아니라 신행법에도 밝습니다. 또 쇠붙이를 감추고 있다가 팔매처럼 날리는데, 백 번을 던져 백 번을 맞힐 만큼 솜씨가 뛰어납니다. 제가 선봉께로 온 뒤 한 번도 힘을 써 본 적이 없으니 이번에 스승 공손일청과 함께 분양으로 가게 해 주십시오. 그를 달래 저희에게 항복하도록 만들어 보겠습니다."

송강은 몹시 기뻐하며 군사 이천을 갈라 공손승과 교도청에게 주었다. 송강과 작별한 두 사람은 그날로 군사를 이끌고 분양으로 떠났다. 이어 송강도 대군을 움직였다. 삭초, 서령, 선정규, 위정국, 탕륭, 당빈, 경공에게 이만의 인마를 거느리고 노성현을 치게 하고 왕영, 호삼랑, 손신, 고대수에게는 마군 천 기를 거느리고 먼저 가서 반군의 허실을 알아보게 하였다.

그런 다음 진 안무와 작별한 송강은 서른한 명의 장수와 인마 삼만 오천을 몰아 소덕성을 나왔다. 그를 따르는 장수는 오용, 임충, 장청, 노지심, 무송, 이규, 포욱, 번서, 항충, 이곤, 유당, 해진, 해보, 능진, 배선, 소양, 송청, 김대견, 안도전, 장경, 욱보사, 왕정륙, 맹강, 악화, 단경주, 주귀, 황보단, 후건, 채복, 채경에 새로 항복한 손안 들이었다.

먼저 허실을 알아보려고 떠난 왕영의 인마는 양원현의 오음산(五陰山) 북쪽에 이르러 반군의 장수들인 섭청, 성본(盛本)과 마주쳤다. 양군이 마주쳐 진세를 벌이자 북소리가 요란하고 깃발이 휘황하게 나부꼈다.

반군의 진채에서 성본이 앞장서 나오자 송나라 군사의 진채에서는 왕영이 말을 달려 나갔다. 두 장수는 몇 마디 수작을 나누는 법도 없이 창을 들고 맞붙었다. 두 장수가 여남은 합을 싸웠을 때 호삼랑이 창을 휘두르며 달려 나와 남편을 도왔다. 성본은 혼자서 둘을 당해 낼 수 없어 말을 돌려 달아나려 했다. 그러나 호삼랑이 그를 곱게 보내 주지 않았다. 말을 재촉해 바짝 뒤따른 뒤 한칼로 성본을 찍어 말 아래로 떨어뜨렸다.

왕영이 그 기세를 타고 군사를 휘몰아 반군을 덮쳐 갔다. 섭청이 당해 내지 못하고 졸개들과 함께 급하게 물러났다. 송나라 군사가 그 뒤를 쫓으며 오백여 명을 죽이자 그 나머지는 사방으로 흩어지고 말았다.

그때 섭청은 겨우 마군 백여 명을 이끌고 양원성 이십 리쯤 되는 곳까지 달아났다. 그런데 그곳에서 벌써 경영의 인마가 도착하여 영채를 세우고 있었다.

섭청은 반년 전부터 전호의 명을 받아 서위와 함께 양원을 지키고 있었다. 그러다가 근래 경영이 군사를 거느리고 선봉으로 온다는 말을 듣자 그녀를 만나 보고 싶었다. 상관이 되는 서위에게 말해 정탐을 겸하여 경영을 만나 보기로 했다. 서위는 섭청에게 편장 선봉과 약간의 군마를 딸려 보냈는데 그들은 공교롭게도 도중에 왕영이 이끄는 군사와 마주치고 말았다. 그 바람에 호삼랑에게 성본이 죽고 섭청은 쫓기다가 경영의 인마를 만나게 된 것이었다.

섭청이 영채로 들어가 옛 주인의 딸을 만나 보니 비록 여자이긴 해도 위풍이 늠름한 게 장수다웠다. 섭청을 알아본 경영은 곁에 있는 사람들을 모두 내보낸 뒤 가만히 말하였다.

"저는 이제 겨우 범의 굴에서는 빠져나왔으나 거느린 군마가 오천밖에 없으니 어떻게 부모님의 원수를 갚겠습니까? 홀로 몸을 빼서 달아나고 싶어도 그들이 알게 되면 오히려 해를 입게 될까 봐 이리저리 망설이고 있는 중입니다. 정말 때맞추어 잘 오셨습니다."

하지만 섭청도 뾰족한 수가 있을 리 없었다. 한참을 생각하다 말했다.

"저도 계책을 짜내 보았지만 당장은 어쩔 수가 없습니다. 나중에 기회가 있으면 다시 와서 알려드리겠습니다."

그런데 미처 그 같은 섭청의 말이 끝나기도 전에 급한 전갈이 들어왔다. 송나라 군사가 거기까지 뒤쫓아왔다는 것이었다. 경영은 얼른 갑옷, 투구를 걸치고 말에 올랐다.

양편의 군사들은 깃발과 북을 서로 알아볼 수 있을 정도의 거리를 두고 각기 진세를 벌였다. 반군의 진문이 열리며 젊고 아름다운 여장수가 은빛 말을 타고 나왔다. 흰 갑옷과 붉은 전포에 화극을 들고 섰는데 장수라기보다는 한 떨기 아름다운 꽃과 같았다. 그녀의 말 앞에 세운 깃발에는 '평남선봉장 군주(郡主) 경영' 아홉 자가 뚜렷이 쓰여 있었다. 경영의 모습을 본 송나라 군사의 장졸들은 저마다 감탄을 금치 못했다.

왜각호 왕영은 어여쁜 여자가 나온 것을 보자 오래 참고 서 있지 못했다. 창을 비껴들고 말을 몰아 바람같이 달려 나갔다. 양편 군사들 사이에서 일시에 함성이 일었다.

경영도 화극을 꼬나들고 말을 채찍질해 달려 나왔다. 두 사람이 어울려 싸운 지 여남은 합이 지났을 때였다. 왕영은 워낙 마음이 들떠 있어 벌써 창법이 어지러워졌다.

'아주 더러운 놈이로구나.'

경영은 속으로 그렇게 생각하며 틈을 노리다가 갑자기 화극을 번쩍 들어 왕영의 왼쪽 다리를 찔렀다. 왕영은 두 다리를 하늘로 치켜들고 머리부터 땅으로 떨어졌다. 호삼랑은 남편이 그 꼴이

나자 성난 소리로 외치며 말을 달려 나왔다.

"이 천한 화냥년이 어찌 이리 무례하냐!"

경영은 화극을 고쳐 들고 다시 호삼랑을 맞아 싸웠다. 왕영은 그때까지도 버둥거리기만 할 뿐 일어나 걷지를 못했다. 반군 쪽에서 그런 왕영을 사로잡으려 하자 송나라 군사의 진채에서 손신과 고대수가 한꺼번에 달려가 죽음을 무릅쓰고 왕영을 구해 왔다.

그동안에도 경영과 호삼랑은 싸우고 있었으나 아무래도 호삼랑이 밀리는 기색이었다. 고대수가 호삼랑을 돕기 위해 칼을 들고 말을 달려 나갔다. 세 여장수와 네 자루의 칼과 한 자루의 화극이 어지럽게 얽혔다. 마치 옥가루, 눈가루가 휘날리는 것 같아 양쪽에서 구경하는 군사들의 눈이 아찔할 지경이었다.

세 여장수가 얽혀 그렇게 싸운 지 스무 합이 지났을 무렵이었다. 경영이 갑자기 헛창질을 하더니 말 머리를 돌려 달아나기 시작했다. 호삼랑과 고대수는 그게 속임수인 줄도 모르고 기세가 올라 그런 경영을 뒤쫓았다. 경영은 창을 가만히 옮겨 쥐고 돌멩이를 오른손으로 집어 들었다.

경영이 갑자기 버들 같은 허리를 틀며 영롱한 눈을 가늘게 뜨고 호삼랑을 겨누어 팔매를 날렸다. 돌은 똑바로 호삼랑의 오른 손목을 맞혔다. 호삼랑은 아픔을 이기지 못해 칼 한 자루를 떨어뜨리고 말 머리를 돌려 본진으로 달아났다. 고대수도 호삼랑이 돌에 맞는 것을 보자 더는 경영을 뒤쫓지 못하고 호삼랑을 구했다.

이번에는 경영이 말을 몰아 고대수를 뒤쫓았다. 아내가 쫓기는 걸 본 손신이 쌍채찍을 휘두르며 말을 박차 달려 나왔다. 그러나 그들이 어울리기도 전에 먼저 경영의 손이 번쩍하더니 손신의 투구에서 쨍 하는 쇳소리가 났다.

경영의 팔매질이 손신의 투구를 맞힌 것이었다.

깜짝 놀란 손신은 더 나아갈 엄두가 나지 않았다. 얼른 본진으로 돌아가 왕영과 호삼랑을 호위하며 군사들과 함께 물러났다.

경영은 승세를 타고 군사들을 휘몰아 송나라 군사를 뒤쫓으려 했다. 그때 문득 한소리 포향이 울리더니 이월의 버드나무 가지 사이로 깃발이 펄럭이고 꽃그늘 아래로 말들의 울음소리가 들리며 한 떼의 인마가 뛰쳐나왔다. 임충, 손안과 보군 두령 이규가 이끄는 인마였다. 그들은 송강의 명을 받아 정탐을 나가 마군들의 뒤를 봐주러 온 것이었다.

양쪽 군사가 마주치자 북이 울리고 깃발이 나부끼며 함성이 올랐다. 송나라 군사 쪽에서는 표자두 임충이 장팔사모를 들고 말에 올라 나와 있었다. 저편에서는 경시족 경영이 방천극을 끼고 말을 몰고 나왔다. 임충은 적장이 여자인 걸 보고 소리 높여 꾸짖었다.

"이 발칙하고 천한 것아, 감히 천병에게 맞서려 드느냐!"

그러나 경영은 아무런 대꾸도 없이 말 배를 찼다. 경영이 곧바로 덮쳐 오자 임충도 창을 들어 맞섰다. 두 말이 엇갈리고 창과 창이 부딪쳤다.

그런데 몇 합 싸우기도 전이었다. 경영은 임충을 당해 낼 수가 없어 거짓으로 빈틈을 보인 뒤 한번 헛창질을 하고는 말을 돌려 동쪽으로 달아나기 시작했다. 임충이 그런 경영을 뒤쫓았다. 송나라 군사 쪽에서 손안이 경영의 깃발을 알아보고 큰 소리로 임충을 일깨웠다.

"임 장군은 뒤쫓지 마시오. 속임수가 있을까 두렵소."

하지만 임충은 자신의 솜씨를 믿었다. 손안의 말을 들은 척도 않고 그대로 말을 몰아 뒤쫓기 시작했다. 푸른 풀밭 위에서 여덟 개의 말발굽이 내는 소리가 접시나 주발을 잇따라 엎는 것 같은 소리를 내며 빈 들판에 회오리바람을 일으켰다.

경영은 임충이 가까이 다가온 것을 보자 화극을 오른손으로 옮겨 잡고 수놓은 주머니에서 돌멩이 하나를 꺼냈다. 경영이 몸을 비틀며 임충의 이마빡을 향해 돌팔매를 날렸다. 눈이 밝고 솜씨가 빠른 임충은 창을 들어 날아오는 돌을 퉁겨 버렸다.

경영은 자신의 돌팔매가 맞지 않자 다시 두 번째 돌을 꺼내 들었다. 그녀의 손이 번쩍하자 돌 하나가 유성처럼 임충을 향해 날아갔다. 귀신도 곡할 만큼 재빠르고 무서운 팔매질이었다.

임충은 급히 몸을 숙여 피하려 했으나 이번에는 잘 되지가 않았다. 돌멩이는 똑바로 임충의 얼굴을 때려 금세 붉은 피가 줄줄 흘렀다. 그렇게 되니 임충도 어쩌는 수가 없었다. 사모를 끌고 자기편 진채로 달아나기 시작했다. 경영이 말을 박차 그런 임충을 뒤쫓았다.

그 광경을 본 손안이 말을 몰아 나아가려 했다. 그때 송나라 군사 진채에서 군사들이 양쪽으로 갈라지며 오백 명의 보군이 나는 듯 내달았다. 앞장선 것은 이규와 무송, 노지심, 해진, 해보의 다섯 장수였다. 이규가 도끼를 들고 곧바로 짓쳐 나가며 큰 소리로 외쳤다.

"야, 이 계집년아, 여기가 어디라고 날뛰느냐!"

경영은 이규가 용맹스럽게 달려오는 것을 보고 그를 향해 돌멩이를 던졌다. 돌멩이는 정통으로 이규의 이마빡에 가서 맞았다. 이규는 움칠 놀랐으나 다행히 그의 가죽이 두텁고 뼈가 굳어 크게 다치지는 않았다. 아프긴 해도 주저앉을 정도는 아니라 그대로 밀고 나갔다.

경영은 이규가 넘어지지 않자 제 풀에 기가 죽어 자기 진채로 말머리를 돌렸다. 성난 이규는 범의 나룻 같은 수염을 곤두세우고 눈을 부릅뜬 채 사납게 소리치며 적진으로 치고 들었다. 노지심, 무송, 해진, 해보도 이규에게 실수가 있을까 걱정돼 한꺼번에 밀고 나갔다.

손안은 달려 나가는 그들을 말릴 수가 없었다. 걱정하며 바라보는 사이에 경영이 다시 돌을 날려 해진을 쓰러뜨렸다. 해보와 노지심, 무송이 급히 달려가 해진을 구했다.

그래도 이규는 앞뒤를 가리지 않고 경영을 뒤쫓았다. 경영은 이규가 가까이 오기를 기다렸다가 다시 돌을 날렸다.

돌멩이는 이번에도 어김없이 이규의 이마빡에 가서 맞았다. 같은 곳을 거듭 맞자 두꺼운 이규의 살가죽도 찢어져 피가 흘렀다.

하지만 이규는 워낙 무쇠 같은 사내였다. 시커먼 얼굴에 피를 흘리면서도 쌍도끼를 휘두르며 사납게 적진으로 뛰어들어 적병을 닥치는 대로 찍어 넘겼다.

경영이 저희 편 진채로 쫓겨 들어간 것을 보고 손안이 군사를 몰고 밀고 나갔다. 그때 마침 오리가 서위를 비롯한 크고 작은 장수 여덟과 대군을 거느리고 그곳에 이르렀다. 그 바람에 크게 부딪친 양군은 그곳에서 한판 어지러운 싸움을 벌였다.

노지심과 무송은 해진을 구해 놓고 뒤돌아서서 반군 쪽으로 치고 나갔다. 해보는 형을 부축하느라 싸우지 못하고 있다가 반군이 다시 몰려와 밧줄을 던지는 바람에 형과 함께 사로잡히고 말았다. 밀고 들던 보군도 크게 패해 본진으로 쫓겨 왔다.

그렇지만 송나라 군사라고 해서 당하고만 있었던 것은 아니었다. 뒤이어 달려온 손안이 사나운 기세로 반군을 덮쳐 그 장수 당현을 한칼로 찍어 넘겼다. 오리도 손안이 이끈 군사들이 몰래 쏜 화살에 목을 맞고 말에서 굴러떨어졌다. 다행히 서위를 비롯한 장수들이 구해 말에 태워 그를 데려갔다. 경영도 오리가 화살에 맞은 것을 보자 더 싸울 수 없다고 보았다. 북과 징을 급하게 울려 군사들을 거둬들였다. 그때 다시 남쪽에서 한 떼의 송나라 군사가 밀려들었다.

말을 타고 앞장에 선 장수는 몰우전 장청이었다. 장청은 영채 안에 있다가 파발마가 달려와 반군에 돌팔매질을 잘하는 여장수가 있어 호삼랑을 비롯한 몇몇 장수가 다쳤음을 알리자 깜짝 놀랐다. 얼른 송 선봉에게 허락을 받은 뒤 갑옷, 투구를 갖추고 말에 올라 군사들과 함께 그리로 달려왔다. 자기편을 도와줌과 아울러 그 여장수가 누구인지 알아보려 함이었다.

장청이 그곳에 이르렀을 때 경영은 이미 군사를 거둔 뒤였다.

그녀는 다친 오리를 호위하며 숲을 돌아 양원을 향해 떠났다. 장청은 경영이 이미 떠나 버렸다는 말을 듣자 까닭 모르게 서운한 마음이 들어 멀리 그녀가 사라진 쪽을 바라보았다. 두 눈으로 보지는 못했지만 장청은 그녀가 누구인지 짐작할 만했다.

손안은 해진과 해보가 사로잡혀 가고 또 노지심, 무송, 이규가 적진으로 짓쳐 나가자 그 자신도 군사를 휘몰아 뒤쫓으려 했다. 그러나 날이 저물어 와 어쩔 수 없이 군사를 거두고 장청과 더불어 임충을 호위해 영채로 돌아왔다.

송강은 장막에서 신의 안도전을 시켜 왕영을 치료하게 하였다. 여러 장수들이 다가와 보니 왕영은 다리만 다친 것이 아니라 머리도 터져 있었다. 안도전은 왕영의 상처를 치료한 뒤 임충의 상처도 봐 주었다.

송강은 해진과 해보가 사로잡혀 가고 이규를 비롯한 세 사람이 어디로 갔는지 모르겠다는 소식을 듣자 몹시 걱정이 되었다. 그런데 다행히도 얼마 안 돼 피투성이가 된 무송과 이규가 영채로 돌아와 송강을 찾아왔다.

"저는 이규가 싸움에 취해 치고 나가는 것을 보고 그를 도와주려고 뒤따랐습니다. 죽기로 싸우며 길을 열어 나아가다 보니 성 밑까지 이르렀더군요. 그때 적군이 해진과 해보를 묶어 가지고 성안으로 들어가고 있었습니다. 이규와 저는 적병 두 명을 죽이고 해진과 해보를 빼앗았지요. 그런데 적장 서위가 거느린 대군이 뒤쫓아와 다시 해진 형제를 빼앗아 가고 말았습니다. 그 뒤 우리는 간신히 한 가닥 살길을 뚫어 돌아왔지만 어찌 된 셈인지 노지심이 보이지 않습니다."

무송이 그렇게 그간에 있었던 일을 알렸다.

송강은 눈물을 흘리면서 사방에 사람을 풀어 노지심의 행방을 알아보게 하는 한편, 안도전을 이규에게 보내 다친 곳을 치료하게 했다. 해 질 무렵 하여 송강이 군사를 점고해 보니 꺾인 군사가 삼백을 넘었다. 송강은 진채의 문을 굳게 닫고 방울로 군호를 삼아 야습에 대비하였으나 그날 밤은 별일이 없었다.

다음 날 아침 사방으로 풀어놓았던 군사들이 돌아와 노지심의 행방을 찾아내지 못했다고 알려왔다. 송강은 더욱 걱정이 되어 악화, 선정규, 등비, 욱보사에게 각각 날렵한 군사들을 딸려 주고 네 길로 나눠 노지심을 찾아보게 했다. 생각 같아서는 군사를 몰아 그대로 성을 쳐부수고 싶었으나 두령들이 많이 다치고 군사도 적잖이 잃은 터라 함부로 움직일 수가 없었다. 성안에서도 성문을 굳게 닫고 싸우려 하지 않았다.

그런데 그로부터 이틀 뒤의 일이었다. 욱보사가 적의 첩자 하나를 잡아 가지고 영채로 돌아왔다. 손안이 보니 그는 바로 반군의 총관 섭청이었다.

"저는 저 사람이 의기가 있다는 말을 이전부터 들어 왔습니다. 이제 홀로 성을 나온 것으로 보아 틀림없이 무슨 까닭이 있을 것입니다."

손안이 송강을 찾아와 그렇게 말했다. 송강은 군졸을 시켜 밧줄을 풀게 하고 섭청을 가까이 불렀다. 송강 앞으로 나온 섭청이 연신 머리를 조아리며 말했다.

"조용히 아뢸 말씀이 있습니다. 원수께서 좌우를 물리시면 모든 걸 자세히 여쭙겠습니다."

"여기 있는 형제들은 모두 한마음 한뜻이라 할 수 있소. 그대로 말씀하셔도 좋소."

송강이 그렇게 말하자 비로소 입을 열었다.

"성안에 있는 오리는 일전에 싸우러 나갔다가 독화살에 맞았습니다. 지금은 독이 퍼져 정신을 차리지 못하고 있는데, 성안의 의원을 불러 보여도 아무런 효험이 없었습니다. 저는 그 틈을 타 의원을 찾아본다는 핑계를 대고 성을 나와 이쪽의 소식을 알아보려 했습니다."

그 말에 송강이 얼른 물었다.

"며칠 전에 붙잡혀간 우리 편 장수들은 어떻게 되었소?"

"저는 두 분 장군이 혹시라도 해를 입을까 봐 오리가 정신을 잃은 틈을 타서 거짓 장령으로 두 분을 빼냈습니다. 한곳에 가두고 감시하라 일렀으니 두 분은 지금 거기서 잘 지내고 계실 겁니다."

섭청은 그렇게 대답하고 이어 원래 송강을 찾아 하고 싶던 이야기로 돌아갔다. 구신 부부가 전호에게 붙잡혀 차례로 죽게 된 일이며 경영이 오리의 수양딸이 된 경위에 이어 근래에 있었던 신기한 일까지 하나하나 빠뜨리지 않고 들려주었다. 그러나 이야기하다 보니 원통하게 죽은 옛 주인이며 어려움에 빠진 그 외동딸과 자신의 처지가 새삼 서글퍼지는지 끝내는 말을 잇지 못하고 울음을 터뜨렸다.

송강은 섭청의 말을 듣자 슬프고 가여운 마음이 들었다. 그러나 섭청이 적의 장수인지라 혹시라도 속임수에 떨어질지 모른다는 두려움에 함부로 속을 내보일 수가 없었다. 그때 곁에 있던 안도전이 송강을 보고 말하였다.

"이거야말로 실로 하늘이 정해 준 인연 같습니다. 결코 우연이 아닌 듯합니다."

그러고는 지나간 일을 자신이 아는 대로 자세히 들려주었다.

"지난 겨울 장청 장군은 꿈에 한 선비를 만났습니다. 그 선비는 장 장군으로 하여금 한 소녀에게 돌팔매질을 가르쳐 주라 이르고 또 그녀가 장 장군과는 전생부터의 인연이 있다고 일러 주었다고 합니다. 그 선비가 시키는 대로 하고 꿈에서 깨어난 장청은 그녀만을 생각하다가 병이 들게 되었습니다. 전에 형님께서 저에게 장청과 함께 고평으로 가 그를 치료하게 하였는데, 제가 장청의 맥을 짚어보니 그 병은 칠정(七情)이 가슴속에 뒤엉켜 일어난 것이었지요. 이에 저는 두 번 세 번 캐물었더니 장 장군이 겨우 병이 난 까닭을 일러 주더군요. 그래서 거기 맞춰 약을 썼더니 병이 곧 나았습니다. 그런데 이제 섭청이 한 말을 들으니 장 장군의 꿈과 꼭 맞아떨어집니다."

그 말을 들은 송강은 다시 항복한 적장 손안을 불러 물었다. 손안이 아는 대로 대답했다.

"저도 경영이 오리의 친딸이 아니라는 말을 들었습니다. 제 밑에 있는 아장 양방(楊芳)이 오리의 좌우에 있는 사람들과 아주 친해 경영에 대해 잘 알고 있지요. 섭청의 말에는 전혀 거짓이 없습니다."

그때 섭청이 곁에서 한마디를 더 보탰다.

"옛 주인의 딸 경영은 전부터 부모의 원수를 갚고자 하는 뜻을 품고 있습니다. 그런데 이번에 보니 싸움터에서 여러 차례 선봉의 범 같은 위엄을 거스르기에 가만히 있을 수가 없었습니다. 성이 깨지는 날 돌과 옥이 함께 타듯 해를 입을까 걱정이 되어 죽음을 무릅쓰고 원수님께 아뢰러 나왔습니다."

가만히 듣고 있던 오용이 몸을 일으켜 한동안 섭청을 살피다가 송강을 향해 말했다.

"저 사람의 낯빛을 보니 슬퍼하는 정이 참된 게 의사임에 틀림없습니다. 아마도 하늘이 형님을 도와 공을 이루고 효녀로 하여금 부모의 원수를 갚게 하려는 뜻 같습니다."

그리고는 다시 송강의 귀에 대고 나직이 소곤거렸다.

"지금 우리 군사는 세 갈래로 적을 치고 있습니다. 만약 전호가 금나라와 결탁하게 되면 우리는 양쪽에서 적을 맞게 되지요. 또 금나라가 군사를 내지 않는다 하더라도 전호는 계책이 궁하면 반드시 금나라에 항복하고 말 것입니다. 그렇게 되면 어떻게 역적을 쳐 나라를 평안케 했다는 공을 이룰 수 있겠습니까. 저는 계책을 세워 어떻게든 적의 내부에서 호응을 끌어내려 하고 있었습니다. 그런데 이제 하늘이 우리를 도와 장 장군에게 그와 같은 인연을 맺어 주셨군요. 이렇게 한번 해 보십시오. 이렇게만 되면 전호의 목은 경영의 손안에 든 것이나 다름없습니다. 이규의 꿈에 나타난 신인도 일찍이 조짐을 보인 적이 있습니다. '전호의 무리를 쳐 없애려면 경시족과 맺어야 한다.'는 말을 형님도 듣지 않으셨습니까?"

그제야 송강도 깨달아지는 바가 있었다. 고개를 끄덕여 오용의 말을 받아들이고 장청과 안도전과 섭청 세 사람을 불러 남모르게 계교를 주었다. 밀계를 받은 세 사람은 송강의 명을 받아 양원으로 갔다. 성문 아래 이른 섭청이 큰 소리로 외쳤다.

"어서 성문을 열어라. 나는 우리 원수부의 편장 섭청이다. 명을 받들어 이름난 의원인 전령(全靈)과 전우(全羽) 두 분을 모시고 왔다!"

성문을 지키던 군사들이 보니 틀림없이 섭청이었다. 곧 그 일을 원수부에 알린 뒤 성문을 열었다. 섭청은 전령과 전우로 이름을 바꾼 안도전과 장청을 데리고 성안으로 들어갔다.

섭청을 비롯한 세 사람이 원수부에 이르자 안에서 들라는 명이 내렸다. 섭청은 전령을 데리고 원수부 안으로 들어갔다.

범의 굴 속으로

원수부에서 오리를 시중들던 군사가 먼저 그 일을 경영에게 알렸다. 경영은 그들을 불러 오리가 누운 방으로 데려갔다. 그때 오리는 병세가 위독해 목숨이 실낱같이 붙어 있을 뿐이었다.

전령은 먼저 진맥을 한 뒤 밖으로는 고약을 붙이고 안으로는 원기를 돋우는 약을 달여 먹였다. 사흘도 안 돼 오리의 피부색이 점차 붉고 희어지며 먹고 마시는 것도 조금씩 할 수 있게 되었다. 그리고 닷새가 지나서는 아직 상처는 아물지 않았지만 음식은 전처럼 먹을 수가 있었다.

정신이 든 오리는 몹시 기뻐하며 섭청으로 하여금 의원 전령을 불러오게 했다. 전령이 불려 오자 오리가 말했다.

"그대의 귀신같은 의술에 상처가 점차 나아지고 있소. 나중에 부귀를 얻게 되면 반드시 그대와 누리리다."

그러자 전령이 절을 하여 감사의 뜻을 나타내고 말했다.

"보잘것없는 의술을 입에 담으실 게 무엇 있겠습니까. 다만 이전 아무개에게는 전우라는 아우가 있는데 오래 저를 따라다니며 강호의 무예를 익혀 그 솜씨가 제법 쓸 만합니다. 이번에 저를 따라와 약 짓는 일을 돕고 있으니 바라건대 상공께서는 그 아이를 한번 보고 써 주십시오."

그 말을 들은 오리는 곧 전우를 불러들이게 했다. 전우의 생김이 속되지 않아 오리는 더욱 마음에 들었다. 쓰기 위해 부를 때까지 밖에서 기다리라 이르고 그들 형제를 내보냈다.

전령과 전우 형제가 원수부 밖에서 기다린 지 나흘이 지났을 때였다. 갑자기 송강의 군사들이 몰려와 성을 들이쳤다. 섭청이 원수부로 들어가 오리에게 그 일을 알렸다.

"송강의 무리는 굳센 병사에 용맹한 장수를 거느려 가볍게 맞설 수가 없습니다. 반드시 군주께서 나가셔야만 적을 물리칠 수 있습니다."

그 말을 들은 오리는 곧 경영을 불러 교련장에서 인마를 뽑아 성을 나가게 하였다. 경영이 교련장에서 데리고 온 인마를 고르는데 전우가 나타나 말하였다.

"상공께서는 저를 부를 때까지 기다리라 하셨습니다만 이제 적병이 성 밑에 이르렀다 하는데 어찌 그냥 보고만 있겠습니까. 제가 비록 재주는 없으나 군사를 이끌고 성을 나가 저들로 하여금 갑옷 한 조각 제대로 챙겨 돌아갈 수 없도록 만들겠습니다."

그러자 곁에 있던 총관 섭청이 짐짓 성내는 척하며 전우를 꾸짖었다.

"네가 큰소리를 친다만 솜씨가 그만한지 모르겠다. 나와 함께 무예를 겨루어 볼 수 있겠느냐?"

전우가 빙긋이 웃으며 대답했다.

"나는 어렸을 적부터 열여덟 가지 무예를 익혀 왔소. 오늘 장군과 한번 겨루어 봤으면 하오."

섭청이 못 참겠다는 듯 오리에게 가서 전우와의 시합을 허락해 달라고 청했다. 오리가 허락하자 두 사람에게 말과 창이 주어졌다.

각기 창을 비껴들고 말에 오른 두 사람은 교련장을 빙빙 돌며 어울려 싸웠다. 사람은 사람과 맞붙고 말은 말과 어울려 쉰 합에 가깝도록 싸웠으나 승부는 쉽게 가려지지 않았다.

그때 경영도 교련장 가에 서 있었다. 경영은 전우를 보면서 놀라움과 함께 이상한 느낌이 들었다.

'전에 어디서 본 사람 같구나. 창 쓰는 법도 나와 똑같아.'

그렇게 생각하면서 머리를 쥐어짜다 보니 문득 떠오르는 게 있었다.

'맞아, 전에 내게 꿈속에서 돌팔매를 가르쳐 준 사람이 꼭 저분처럼 생겼었지. 그런데 저분도 돌팔매질을 잘하는지 모르겠군.'

그리되자 경영은 보고만 있을 수가 없었다. 말을 몰고 달려 나가 손에 든 화극으로 두 사람을 갈라놓으려 했다. 그 두 사람이 한통속인 줄 알 리 없는 경영은 혹시라도 섭청이 전우를 상하게 할까 봐 걱정이 되어 그리한 것이었다.

경영이 화극을 비껴들고 전우에게 덤비니 전우는 자신과 싸우려는 줄 알고 창을 들어 막았다. 그렇게 되자 싸움은 엉뚱하게도 경영과 전우 사이의 것으로 바뀌었다.

한참 싸운 경영이 갑자기 말 머리를 돌려 연무청 쪽으로 달아나기 시작하였다. 전우가 아무것도 모르는 척 그런 경영의 뒤를 바짝 뒤쫓았다. 경영이 돌을 꺼내 쥐고 몸을 틀며 전우의 겨드랑이 사이로 날렸다. 전우가 벌써 눈치를 채고 있다가 오른손을 내밀어 날아오는 돌을 슬며시 받아 쥐었다.

놀란 경영이 다시 돌을 꺼내 팔매질을 쳤다. 그때 전우가 경영이 손을 노리는 것을 보고 조금 전에 받아 쥐고 있던 돌을 마주 던졌다. 전우가 던진 돌은 곧바로 경영이 던진 돌을 맞혔다. 돌두 개가 딱 소리를 내며 마주쳐 눈가루처럼 부서졌다.

그날 서위를 비롯한 반군 장수들은 모두 네 성문을 지키고 있어 교련장에는 아장과 군교들밖에 없었다. 그런데 그들 중에 어떤 자는 전우가 혹시 송나라 군사 쪽에서 들여보낸 첩자가 아닌가 의심하는 측도 있었다. 그렇지만 군주 경영은 왕가의 인척이요, 섭청은 오리와 가까운 장수라 함부로 입을 열 수가 없었다. 전우는 바로 섭청이 데려온 사람이요, 군주인 경영과 무예까지 겨루고 있었기 때문이었다.

더군다나 성은 오늘내일하고 있었다. 설령 전우가 송나라 군사의 첩자라 하더라도 모른 척하고 있다가 세력에 따라붙을 속셈들뿐이었다. 전호가 망할 운이었던지 하늘은 오리의 얼까지도 빼

놓아 그는 전우를 조금도 의심하지 않았다. 오히려 그 자리에서 전우를 연무청 위로 불러올려 갑옷을 내리고 이천 군사도 주어 적과 싸우게 하였다. 전우는 절을 올려 감사하고 군사를 이끌고 성을 나갔다. 과연 놀라운 솜씨였다. 나간 지 얼마 되지 않아 송나라 군사를 물리친 전우가 싸움에 이긴 소식을 성안으로 띄웠다. 오리는 몹시 기뻐하며 전우에게 많은 상을 주고 쉬게 하였다.

그날 밤은 별일 없이 지나가고 다음 날이 되었다. 송나라 군사가 다시 성을 들이치자 오리는 또 전우에게 삼천의 군사를 주며 나가 싸우게 했다. 싸움은 진시부터 오시까지 여러 시간 이어졌다. 전우가 잇따라 돌팔매를 날리자 송나라 군사의 장수들은 모두 어지럽게 달아나기 바빴다. 기세를 탄 전우가 군사를 휘몰아 오음산까지 송나라 군사를 뒤쫓았다. 송강은 마침내 전우가 이끈 반군을 당해 내지 못하고 소덕성으로 물러났다.

싸움에 이긴 전우는 군사를 이끌고 성안으로 돌아와 승전보를 알렸다. 그 소식을 들은 오리는 기뻐 어찌할 줄을 몰랐다.

"이제 주공께는 전우가 있고 또 군주 경영이 있습니다. 송나라 군사의 용맹스러운 장수를 두려워할 게 무어 있겠습니까? 뜻하신 바 큰일도 이루지 못할 까닭이 없습니다."

섭청이 그렇게 오리의 비위를 맞춰 놓고 다시 은근하게 권했다.

"군주께서는 전부터 돌팔매질을 잘하는 사람이라야 시집가겠다고 하신 적이 있습니다. 이제 전 장군이 저 같은 영웅이니 군주의 배필로 결코 욕되지 않을 것 같습니다."

섭청이 두 번 세 번 권한 데다 하늘이 맺어 준 경영 부부의 인연도 풀릴 수 있는 게 아니었다. 오리가 마침내 허락해 경영과 전우의 혼인이 이루어졌다.

오리는 삼월 열엿새를 길일로 잡아 잔치를 차리고 혼인식을 치러 전우를 사위로 삼았다. 잔칫날은 피리 소리, 노랫소리가 끊이지를 않고 비단과 명주가 더미로 쌓인 가운데 술과 안주도 흔전만전이었다. 잔치가 끝나고 경영과 장청이 신방에 들어 화촉을 밝히니 남이 보기에도 몹시 아름다웠다.

전우와 경영은 붉은 비단으로 지은 신랑 신부의 예복을 입고 천지신명께 절을 올린 뒤 의붓아버지요, 엉터리 장인인 오리에게도 절을 올렸다.

이윽고 신랑 신부는 신방으로 들어 백년을 함께할 것을 맹세하고 빌었다. 전우로 꾸민 장청이 등불 아래서 다시 경영을 보니 교련장에서 볼 때와는 또 달랐다. 「원화령(元和令)」이란 노래에,

가녀린 손가락 못에서 자란 연뿌리런가
호리호리한 허리는 버들 같구나
아장아장 걷는 걸음 금을 흩뿌리는 것 같고
복사꽃 같은 뺨에 푸른 눈썹이 어여쁘구나
오늘 밤 등불 아래 머리 들어 보니
옥천선(玉天仙)이 무산(巫山)에 내려선 것 같네

라는 구절이 있는데 경영이 바로 그러하였다.

그날 밤부터 전우와 경영은 몸을 섞어 부부가 되었는데 그 사

이는 물고기와 물 같고, 옻과 아교 같았다. 전우는 경영과 베개를 나란히 하고 비로소 자신의 참된 이름을 밝혔다. 자신은 바로 송나라 군사의 장수인 몰우전 장청이요, 의원으로 꾸민 전령은 신의(神醫) 안도전임을 알려 준 것이었다. 경영은 조금도 놀라지 않고 오히려 반가워하며 그동안 자신이 겪었던 억울하고 원통했던 일을 또한 자세히 말해 주었다. 그러다 보니 첫날밤은 두 사람의 구구절절한 이야기로 새우다시피 하였다.

이틀 뒤 장청과 경영은 드디어 손을 쓰기 시작하였다. 먼저 안팎으로 손발을 맞추어 오리를 짐독으로 죽이고 다시 가만히 사람을 서위에게 보내 오리의 집 안으로 불러들인 뒤 역시 죽여 버렸다. 오리와 서위가 죽자 나머지 반군의 장수들은 모조리 항복해 왔다.

장청과 경영은 명을 내려 그 일을 밖으로 퍼뜨리는 자가 있으면 그자뿐만 아니라 그가 속한 대오를 모두 죽일 것이라 하여 군사들의 입을 막았다.

그리고 백성들도 그 일을 누설하면 삼족을 모조리 죽이겠다 하니 그 변고는 조금도 밖으로 새 나가지 않았다.

이어 장청과 경영은 해진, 해보, 섭청 등에게 네 성문을 나누어 지키게 하고 안도전에게는 보졸들을 딸려 소덕의 송강에게 그 소식을 전하게 했다. 소식을 받은 오용은 곧 이규와 무송을 시켜 어두운 밤에 성수서생 소양을 데리고 양원으로 가게 했다.

소양은 오리의 글씨체를 그대로 본떠 전호에게 올리는 상주문을 썼다. 그리고 섭청에게 그 가짜 상주문을 가지고 위승으로 가 오리가 데릴사위 삼은 일을 알리게 하는 한편 그곳에 머물면서 기회를 엿보게 하였다. 섭청은 장청과 경영을 작별하고 가짜 상주문을 품은 채 위승으로 떠났다.

한편 소덕성의 송강에게는 좋은 소식이 잇따라 들어왔다. 장청의 일이 제대로 되어 소양을 양원으로 떠나보낸 지 얼마 안 돼 삭초와 서령을 비롯한 장수들이 노성을 깨뜨렸다는 첩보가 들어왔다. 첩보를 가지고 온 군졸이 송강에게 알린 경과는 이러했다.

"삭초를 비롯한 장수들이 군사를 이끌고 노성을 에워싸자 적장 지방은 굳게 성문을 닫아걸고 감히 나와 싸우려 들지 않았습니다. 서령 장군이 그걸 보고 여러 장수들과 의논 끝에 군졸들에게 벌거벗고 성안으로 욕설을 퍼붓게 했지요. 그러자 성안의 군사들이 저마다 성이 나서 싸우자고 날뛰니 적장 지방은 그들을 막을 수가 없어 결국은 성문을 열고 나왔습니다. 분김에 네 성문으로 쏟아져 나온 적군을 우리 군사들은 한편으로는 싸우고 한편으로는 달아나면서 사방으로 흩어져 성에서 멀어지도록 꾀어냈습니다. 그런 뒤에 당빈 장군은 동쪽으로부터 군사를 이끌고 뛰쳐나오고 탕륭 장군은 서쪽 길로 군사들을 몰아치고 드니 동쪽과 서쪽의 두 성문을 지키던 군사들은 미처 성문을 닫아걸 틈이 없었습니다. 그런 적을 탕륭과 당빈 두 장군이 군사들을 이끌고 들이쳐 성안으로 뛰어들고 마침내는 성을 빼앗고 말았지요. 서령 장군은 지방을 찔러 죽이고 나머지 적장들도 죽은 놈은 죽고 달아나는 놈은 달아났습니다. 이번 싸움에서 죽은 적군이 오천이 넘고 빼앗은 말은 삼천 필이 넘으며 항복한 적병도 만여 명이나 됩니다. 삭초를 비롯한 장군들은 성안으로 들어가자 백성들을 어루만져 달랜 뒤에 저를 보내어 이긴 소식을 전하라 했습니다. 그곳 백성들의 호적과 창고에 있는 금은은 다시 장부에 올려서 알려드리겠다고 하였습니다."

송강은 그 말을 듣자 몹시 기뻤다. 곧 진 안무에게 첩보를 알리고 삭초를 비롯한 장수들의 공을 차례로 장부에 올린 뒤 소식을 가지고 온 군졸에게도 무겁게 상을 내렸다. 이어 송강은 소식을 가져온 군졸에게 서찰을 주어 열 갈래의 인마들이 다 모이면 군사를 낼 것임을 알리게 했다.

한편 전호가 있는 위승의 벼슬아치들은 교도청과 손안이 이미 항복하고 소덕과 노성이 관군에게 떨어졌다는 전갈을 받자 즉시 전호에게 알렸다. 놀란 전호는 여러 장수들을 불러 놓고 대책을 의논했다. 그런데 한참 의견이 오가는 중에 문득 양원을 지키는 장수 섭청이 오리의 서찰을 가지고 왔다는 소식이 들어왔다.

전호는 곧 섭청을 불러들이게 했다. 섭청이 들어와 거짓으로 쓴 오리의 상주문을 전하자 전호는 글 아는 벼슬아치에게 그걸 읽게 했다.

> 신(臣) 오리는 요사이 전우란 자를 사위로 맞아들였는데 그는 매우 용맹스럽고 무예가 뛰어나 송나라 군사를 잇따라 물리쳤습니다. 이에 송강은 지금 소덕으로 물러나 다만 지키고 있을 뿐입니다. 신 오리는 이제 저의 딸 경영과 사위 전우에게 명하여 군사를 이끌고 소덕성을 되찾게 하였습니다. 오늘 총관

섭청을 보내어 첩보를 올림과 아울러 사위 본 일도 아뢰오니 대왕께서는 신이 멋대로 딸을 시집보낸 죄를 용서하여 주옵소서.

오리가 보낸 글의 내용은 대강 그러했다. 전호는 그 소식을 듣자 적이 마음이 놓였다. 그 자리에서 전우를 중흥평남선봉군마(中興平南先鋒郡馬)로 봉하고 섭청에게 두 명의 지휘사를 딸려 양원으로 보냈다. 벼슬을 내리는 조서와 함께 금은과 비단을 상으로 내리기 위함이었다.

한편 송강의 명을 받고 각처에 흩어져 있는 군사들에게 서찰을 전한 대종은 그 무렵 노준의가 있는 분양부로 갔다. 반군으로부터 되찾은 여러 고을을 지키고 있던 장수들은 조정에서 보낸 새로운 벼슬아치들이 도착하는 대로 인마를 거두어 소덕으로 향했다. 위주를 지키던 관승과 호연작, 호관을 지키던 손립과 주동, 연순, 마린 그리고 포독산을 지키던 문중용과 최야가 거느린 군사는 소덕성으로 들어간 뒤 진 안무와 송강을 찾아 알렸다.

"수군 두령 이준은 노성이 함락되었다는 소식을 듣고 장횡, 장순과 완소이, 완소오, 완소칠 그리고 동위, 동맹 형제와 함께 싸움배를 몰아 위하로부터 황하로 들어갔습니다. 지금은 노성현의 동쪽에 있는 노수에 모여 선봉의 명을 기다리고 있습니다."

송강은 다시 자기 아래로 돌아온 두령들을 맞아 크게 잔치를 열고 그동안의 노고를 치하하였다. 그리고 이튿날은 관승과 호연작, 문중용, 최야에게 인마를 거느리고 가서 이준을 비롯한 수군 두령에게 명을 전하게 했다.

"그대들은 삭초 등이 이끄는 인마와 함께 밀고 들어가 유사와 대곡 쪽의 고을들을 빼앗으라. 그리하여 도적들의 소굴인 위승주 뒤로 나아가 계책이 궁해진 도적들이 금나라로 항복해 가는 걸 막도록 하라."

관승을 비롯한 두령들은 그 같은 송강의 명을 수군 두령들에게 전하기 위해 그날로 송강의 진채를 떠났다. 오래잖아 능천현을 지키던 이응과 시진, 고평현을 지키던 사진과 목홍, 계주를 지키던 화영과 동평, 두흥, 시은 등이 각기 조정에서 내려온 벼슬아치들에게 정사를 넘기고 인마와 함께 송강의 진중에 이르렀다. 송강을 만나 예를 올린 그들이 말했다.

"화영을 비롯한 장수들이 계주를 지키고 있는데 적장 산사기가 호관에서 패한 인마와 부산현의 군사를 합쳐 쳐들어왔습니다. 화영을 비롯한 여러 장수들은 두 갈래로 복병을 숨겼다가 한꺼번에 치고 나가 산사기를 사로잡고 이천여 명을 죽였습니다. 이에 산사기는 항복하고 나머지 장졸들은 모두 사방으로 흩어져 달아났습니다."

이어 화영이 산사기를 데려와 송강을 보게 했다. 송강은 술을 내어 대접하며 그들과 함께 즐겁게 이야기를 나누었다.

많은 인마가 소덕성 안으로 몰려들었으나 송강은 짐짓 군사를 움직이지 않았다. 장청과 경영이 두려워 그러는 것같이 보임으로써 전호를 방심시키기 위함이었다. 한편 노준의가 분양부를 차지하자 싸움에 져서 쫓겨 달아나던 전표는 효의현에 이르러서 마령의 군사와 만나게 되었다.

마령(馬靈)은 탁주 사람으로서 요술을 부릴 줄 알았으며 두 다리에 풍화륜(風火輪) 두 개를 달면 하루에 천 리를 갈 수 있어 사람들은 그를 신구자(神駒子, 신들린 말 같은 사람)라 불렀다. 또 금전(金篆)이란 쇠붙이를 잘 던져 사람을 잘 때려눕혔고 싸움터에 나서면 이마에 요사스러운 눈 하나가 더 생겨 사람들은 달리 소(小)화광(華光, 이마에 눈이 있었다는 전설의 사람)이라 부르기도 했다. 그러나 요술도 교도청에 버금갔는데 그 밑에는 무능(武能), 서근(徐瑾)이라는 편장 둘이 있어 그들도 마령에게서 요술을 배웠다.

마령과 전표가 군사를 합치자 장수로는 무능, 서근, 삭현, 당세륭, 능광, 단인, 묘성, 진선이 있었고 군사는 삼만이나 되었다. 거기서 다시 힘을 얻은 반군은 분양으로 밀고 들어 성 밖 십 리 되는 곳에 진채를 얽었다.

송나라 군사는 여러 날을 마령과 싸웠으나 전세는 그리 이롭지가 못했다. 이에 노준의는 군사를 이끌고 분양성 안으로 물러나 굳게 지킬 뿐 감히 나가 싸우지를 못했다.

하지만 성을 지키는 일조차 힘이 들어 걱정들을 하고 있는데 문득 동문을 지키는 군사 하나가 달려와 알렸다.

"송 선봉께서 공손승과 교도청 두 분에게 인마 이천을 주어 우리를 돕게 하셨습니다. 이에 그들이 싸움을 돕고자 성 밖에 이르렀습니다."

노준의는 얼른 성문을 열고 공손승과 교도청을 맞아들였다. 서로 인사를 마친 뒤 노준의는 공손승을 윗자리에 앉히고 교도청을 그다음 자리에 앉힌 뒤 술을 내어 대접했다.

"마령의 요술이 대단해서 우리 편의 여러 장수가 다쳤습니다. 뇌횡, 정천수, 양웅, 석수, 초정, 추연, 추윤, 공왕, 정득손, 석용이 다쳐 움직이지를 못하니 이 노 아무개로서는 실로 속수무책이었습니다. 그런데 두 분 선생께서 이곳에 이르셨으니 이보다 더 반가운 일도 없을 것입니다."

몇 순배 술이 돈 뒤에 노준의가 공손승과 교도청을 보며 그렇게 말했다. 교도청이 받았다.

"저와 스승님이 이렇게 온 것은 바로 그 때문입니다. 송 선봉께 여쭈어 그놈을 사로잡으려고 이렇게 달려왔지요."

그런데 미처 그 말이 끝나기도 전에 성을 지키던 군졸 하나가 나는 듯 달려와 알렸다.

"마령은 군사를 이끌고 동문으로 쳐들어오고 무능과 서근은 서문을 들부수고 있으며 전표와 삭현, 당세륭, 능광, 단인은 북문으로 밀고 들어옵니다."

그 말을 들은 공손승이 몸을 일으키며 말했다.

"나는 동문으로 가서 마령과 맞서겠소. 교도청 아우는 서문으로 가서 무능과 서근을 사로잡으시오. 노 선봉께서는 군사를 끌고 북문으로 나가시어 전표를 쳐부수시는 게 좋겠소."

이에 노준의는 황신, 양지, 구붕, 등비에게 군사를 주며 공손승을 돕게 했다. 그때 대종이 공손승을 따라가겠다고 나섰다. 마령이 신행법이 뛰어나다는 소리를 들은 터라 그를 보고 싶은 모양이었다. 노준의는 그런 대종의 청을 들어주었다.

이어 노준의는 진달, 양춘, 이충, 주통 네 두령에게 군사를 주며 교도청을 돕게 하고 자신은 진명, 선찬, 학사문, 한도, 팽기와 함께 군사를 이끌고 북문으로 나갔다. 그렇게 되니 분양성 밖 동서북 세 방향은 깃발이 하늘을 가리고 북과 징 소리가 천지를 흔들었다. 노준의와 교도청의 두 갈래 군마는 잠시 덮어 두기로 하고 공손승과 마령의 싸움부터 살펴보자.

신구자 마령은 군사를 이끌고 북과 징을 치며 성 밖에 이르렀다. 반군이 욕설로 싸움을 걸어오자 갑자기 성문이 열리고 적교가 내려지며 송나라의 장졸들이 성을 나왔다. 송나라 군사의 장졸들이 긴 배암 같은 진세를 벌이고 일자로 늘어서자 마령이 창을 들고 뛰쳐나가며 큰 소리로 외쳤다.

"싸움마다 꼬리를 사리고 도망친 하찮은 것들아. 어서 빨리 성을 내놓아라. 공연히 미적거리다가는 갑옷 한 조각 주워 돌아가지 못할 것이다!"

구붕과 등비가 나란히 하며 큰 소리로 맞받아쳤다.

"네놈이 뒈질 때가 되었구나!"

그리고 구붕은 무쇠창을 꼬나쥐고 등비는 쇠사슬을 휘두르며 함께 말을 몰아 달려나갔다. 마령도 화극을 꼬나들고 그들을 맞받아쳤다.

세 장수의 싸움이 열 합을 넘어섰을 때였다. 마령이 금전을 꺼내들고 구붕을 치려고 노렸다. 그때 공손승이 말을 달려 나오더니 칼을 비껴잡고 법술을 펼쳤다.

마령이 손을 쳐드는 걸 보고 공손승이 검을 슬쩍 휘젓자 갑자기 벽력같이 요란한 소리가 나며 붉은빛이 일더니 공손승의 칼이 화염으로 변했다. 그러자 마령이 던진 금전은 땅에 떨어져 구르다가 어디론가 사라졌다. 공손승이 펼치는 법술의 신통함은 거기에 그치지 않았다. 눈 깜짝할 사이에 송나라 장졸의 병기는 물론 온몸이 불길로 변해 길게 쳐든 진세는 마치 한 마리 불붙은 용같이 되었다. 그러자 마령의 금전법은 공손승의 신화(神火)에 깨끗이 날아가 버렸다.

이어 공손승이 다시 먼지떨이를 흔들자 송나라 군사의 장사진이 머리와 꼬리가 한꺼번에 움직이며 적군을 덮쳐 갔다. 놀란 반군은 엎어지락 자빠지락 사방으로 흩어져 달아나다가 셋 중 둘이 꺾이고 말았다.

마령도 그리되니 어쩌는 수가 없었다. 쫓기는 저희 군사들 틈에 끼여 허겁지겁 달아나는데 다행히도 그에게는 신행법이 있었다. 두 다리에 풍화륜을 달고 나는 듯 동쪽으로 내뺐다. 송나라 군사 쪽에서 대종이 다리에 갑마를 붙이고 손에 칼을 든 채 신행법을 써서 그런 마령을 뒤쫓았다.

마령은 잠깐 사이에 이십 리 넘게 달아났으나 대종은 겨우 십육칠 리밖에 달릴 수가 없었다. 그러나 대종이 놓쳤어도 마령은 끝내 무사히 달아나지는 못했다. 한참 달아나는데 갑자기 나타난 뚱뚱한 중이 쇠로 만든 선장으로 그를 때려눕혀 그만 사로잡히고 말았다.

그 뚱뚱한 중이 사로잡은 마령에게 이것저것 캐묻고 있는데 대종이 그곳에 이르렀다. 대종이 보니 마령을 사로잡은 중은 바로 화화상 노지심이었다.

"스님이 어떻게 여기 계십니까?"

놀란 대종이 노지심을 보고 그렇게 물었다. 노지심이 어리둥절한 얼굴이 되어 되물었다.

"여기가 도대체 어딘가?"

"이곳은 분양부의 성 동쪽입니다. 저놈은 반군의 장수 마령으로 공손일청 형께 요술이 깨져 달아나는 것을 아우가 지금 뒤쫓고 있는 중입니다. 그러나 저놈이 어찌나 빨리 달아나는지 잡을 수가 없었는데 스님이 이렇게 사로잡으셨으니 마치 하늘에서 내려오신 것 같군요."

대종이 그렇게 대답하자 노지심이 껄껄 웃으며 말했다.

"나는 하늘에서 떨어진 게 아니라 땅에서 솟은 거라네."

그러고는 사로잡은 마령을 묶어 분양부로 끌고 갔다. 도중에 대종이 노지심을 보고 어떻게 그리로 오게 되었는가를 다시 묻자 노지심이 그간에 있었던 일을 한바탕 길게 이야기했다.

"얼마 전에 전호가 한 계집년을 보내 양원성 밖에서 싸움을 벌일 때였네. 그 계집년이 팔매질을 잘 쳐서 여러 두령을 다치게 하기에 나는 그년을 잡으려고 앞장서 적진으로 뛰어들었지. 그런데 발밑을 조심하지 않아 갑자기 무성한 풀숲에 가려져 있던 구덩이 속으로 떨어지고 말았다네. 나는 두 다리를 위로 하고 거꾸로 떨어지기를 반나절이나 했는데, 바닥에 이르러 보니 다행히도 다친 곳이 한 군데도 없더군. 정신을 가다듬어 주위를 살피다 보니 바닥 곁에 또다른 굴이 보이지 않는가. 제법 환한 빛까지 쏟아져 들어오는 굴이었네. 그래서 그리로 들어가 보니 놀랍게도 그곳에는 딴 세상이 있더군. 하늘도 있고 달도 있고 마을도 있고 집도 있더라구. 거기 사람들은 모두 바삐 일하고 있었는데 나를 보고 하나같이 웃어 주더군. 나는 그들에게 물어보는 법도 없이 계속 앞으로 내달았네. 인가가 빽빽이 들어선 곳을 지나니 앞에는 조용하고 빈 벌판이 펼쳐져 있는데 사람이라고는 하나도 보이지 않았네. 나는 그래도 내처 걸었지. 꽤 가다 보니 다시 마른 풀로 이엉을 이은 암자 하나가 나타나고 그 안에서 목탁 소리가 들렸네. 가서 보니 그 안에는 나와 같은 중 하나가 가부좌를 틀고 앉아 염불을 하고 있더군. 내가 비로소 빠져나갈 길을 묻자 그 중이 대답했네.

'올 때 온 길을 따라오듯이 갈 때는 갈 길을 따라가시오.'라고. 나는 그 말을 알아들을 수 없어 은근히 성이 났네. 그때 그 중이 다시 웃으며 묻더군.

'당신은 여기가 어딘지 아시오?'

'여기가 어딘지 내가 알게 뭐요.'

내가 그렇게 되묻자 그 중이 다시 껄껄 웃더니 중얼거렸네.

'위로는 비비상(非非相)에 이르고 아래로는 무간지(無間地)에 이른다. 삼천대천(三千大千)의 세계가 넓고 넓으니 사람이 어찌 알 수 있겠는가?'

그러고는 또 덧붙였네.

'무릇 사람에게는 모두 마음이 있고, 마음이 있으면 사념이 일게 마련이어서, 지옥에서도 천당에서도 사념은 인다네. 그러므로 삼계(三界)는 유심(唯心)이요, 만법(萬法)은 유식(唯識)일세. 사념이 없으면 육도(六道)도 사라지고 윤회도 끊긴다네.'

그러자 비로소 내게도 그의 말뜻이 알 만해지더군."

그리고 노지심은 한숨을 돌린 후 다시 그 신기한 이야기를 이었다.

"나는 몸가짐을 공손하게 하고 다시 그 중을 쳐다보았네. 그러자 그 중이 크게 웃으면서 일러 주더군.

'당신은 연전정(緣纏井, 인연으로 얽힌 우물 바닥)에 들어왔으니 욕미천(欲迷天, 욕심과 미혹의 세계)에서 나가기 어려울 것이오. 하지만 내가 그 길을 알려 주겠소.'

그러고는 나를 데리고 암자를 나서더니 네댓 걸음 걷기도 전에 내게 말하기를 '여기서 헤어지고 뒷날 다시 만나도록 합시다.' 라더군. 이어 그는 앞을 가리키며 알 수 없는 말 한마디를 보탰네.

'이리로 가다 보면 신구자(神駒子)를 잡게 될 거요.'

그가 손가락질한 곳을 바라보다 다시 돌아보니 그 중은 보이지 않고 눈앞이 갑자기 환해지더구먼. 나는 어느새 다른 세계로 나온 것이었네. 그래서 어리둥절해진 내가 사방을 둘러보고 있는데 이놈과 마주친 거네. 나는 이놈이 뛰는 게 하도 이상해서 일단 선장으로 때려눕히기는 했지만 내가 어떻게 해서 여기까지 오게 되었는지는 알 수가 없네. 그곳의 계절은 이곳 소덕부와는 달라서 복숭아와 오얏이 잎만 무성할 뿐 꽃은 한 송이도 보이지 않았다네."

노지심이 그렇게 긴 이야기를 끝내자 듣고 난 대종이 웃으며 말했다.

“지금이 삼월 하순이니 복숭아꽃과 오얏꽃은 이곳도 다 졌지요.”

그러자 노지심이 못 믿겠다는 듯 우겼다.

“지금은 이월 하순이고 나는 그 구덩이에 떨어졌다가 얼마 안 돼 다시 나왔는데 삼월 하순은 무슨 놈의 삼월 하순이란 말인가.”

그 말을 듣자 이번에는 대종이 몹시 신기하게 여겼다.

이야기를 마친 두 사람은 마령을 끌고 한달음에 분양성에 이르렀다. 그때 공손승은 이미 반군을 물리치고 군사를 거두어 성 안으로 들어간 뒤였다. 노준의, 진명, 선찬, 학사문, 한도, 팽기는 삭현과 당세륭, 능광 세 적장을 죽이고 전표와 단인을 뒤쫓아 십 리 밖까지 반군을 물리쳤다. 전표는 단인, 진선, 묘성과 싸움에 진 군사를 이끌고 북쪽으로 달아났다.

적을 멀리 쫓아 버린 노준의는 군사를 거두어 성으로 돌아갔다. 도중에 적장 무능과 서근을 쳐부수고 진달, 양춘, 이충, 주통과 함께 적을 뒤쫓던 교도청을 만나 그들과 함께 두 길로 치고 드니 반군은 크게 패했다. 무능은 양춘의 한칼에 베어져 말 아래로 떨어지고 서근은 학사문의 창에 찔려 죽었다.

빼앗은 말과 갑옷, 북, 안장 따위는 헤아릴 수 없을 정도였다.

크게 적을 무찌른 노준의와 교도청은 거느린 군사를 하나로 합쳐 개선가를 부르며 성으로 돌아왔다. 노준의가 원수부에 이르니 노지심과 대종이 마령을 잡아 끌고 오는 게 보였다.

“노지심 자네는 어디 있다가 이리 오게 되었나? 그리고 송강 형님과 우리의 싸움은 승패가 어찌 되었는가?”

노준의가 반가워 어쩔 줄 모르며 급히 물었다. 노지심은 다시 한번 자신이 땅속 깊은 구덩이에 빠졌다가 나온 일을 이야기했고 대종은 송강과 오리의 싸움을 자세히 들려주었다. 이야기가 끝나자 노준의를 비롯한 장수들은 하나같이 놀라고 신기하게 여겨 마지않았다.

비록 사로잡혀 온 적장이긴 하나 노준의는 마령의 재주를 아깝게 여겼다.

손수 묶인 밧줄을 풀어 주며 마령을 달랬다. 마령은 오는 도중에 이미 노지심의 이야기를 들어 은근히 그들을 우러르게 된 데다 다시 노준의가 그같이 의기로 대하자 엎드려 절하며 항복을 빌었다. 노준의는 이어 삼군의 장졸들에게 후하게 상을 내려 그들의 수고로움을 위로했다.

다음 날 진령부를 지키고 있던 장수들도 모두 분양성으로 돌아와 명을 기다렸다. 조정에서 보낸 벼슬아치들이 이르러 그들에게 정사를 맡기고 원래의 자리로 돌아온 것이었다. 노준의는 대종과 마령으로 하여금 송강에게 싸움에 이긴 소식을 전하게 하는 한편 그날로 부군사 주무를 불러 군사를 낼 의논을 했다.

마령은 대종에게 하루 천 리를 닫는 법을 가르쳐 주어 두 사람은 하루 만에 송강의 군막에 이를 수 있었다. 두 사람이 송강을 찾아보고 그동안에 있었던 일을 자세히 전했다. 송강은 노지심의 이야기를 듣자 한편으로는 놀라고 한편으로는 기뻐 어찌할 줄 몰랐다.

한편 전표는 단인, 진선, 묘성 등의 장수와 싸움에 져서 쫓긴 군사들을 이끌고 상갓집 개처럼, 그물을 벗어난 물고기처럼 정신 없이 달아나 위승으로 돌아갔다. 그리고 전호에게 가서 울며 군사를 잃고 땅을 빼앗긴 일을 알렸다.

그때 다시 전호의 추밀원 벼슬아치가 급히 들어와 알렸다.

"대왕마마, 이 며칠 급한 소식을 전하는 말들이 살별처럼 뛰어오고 구원을 청하는 글발은 눈송이같이 휘날리고 있습니다. 통군대장 마령은 이미 적에게 사로잡혔다 하며, 적장 관승과 호연작의 군사는 유사현을 에워쌌고 노준의의 인마는 개휴현을 에워쌌다고 합니다. 오직 우리 국구가 계신 곳만이 이긴 소식을 거듭 전해 와 거기서는 송나라 군사도 함부로 덤벼 오지 못한다고 합니다."

그 말을 들은 전호는 몹시 놀라 손발을 어디에 두어야 할지 몰랐다. 문무의 벼슬아치들과 의논하다가 북쪽에 있는 금나라에 항복하려고 들었다. 그때 전호의 우승상 태사인 변상이 여러 벼슬아치들을 꾸짖어 물리치고 말했다.

"송나라 군사가 세 길로 쳐들어온다고는 하나 우리 위승은 산이 겹겹이 둘러 있고 양식과 말먹이 풀도 두 해는 버틸 만합니다. 게다가 어림군만 해도 이십만을 넘으며 또 동쪽으로는 무향, 서쪽으로는 심원 두 현에 각기 오만의 정병이 있습니다. 그 뒤에 있는 태원현, 기현, 임현, 대곡현 등의 성들도 높고 튼튼할 뿐 아니라 양식과 말먹이 풀이 넉넉해 싸워 지킬 만합니다. 옛말에 이르기를 닭의 머리가 될지언정 소의 꼬리는 되지 말라 하지 않았습니까? 금나라에 항복해서는 아니 됩니다."

그래도 전호는 마음을 정할 수가 없었다. 우물우물 대답을 하지 못하고 있는데 다시 총관 섭청이 왔다는 전갈이 들어왔다. 전호는 얼른 섭청을 불러들였다. 불려 온 섭청은 전호에게 절을 올린 뒤 새로운 소식을 전해 주었다.

"군주와 군마께서는 여러 차례 적을 베고 사로잡아 우리 군사의 위엄을 크게 떨치고 있습니다. 이제 소덕부로 나아가 성을 에워싸려는데 우리 국구께서 감기에 드시어 병마를 거느릴 수 없게 되었기에 저를 보내셨습니다. 바라옵건대 대왕께서는 좋은 장수와 날랜 병사를 보내시어 군주와 군마를 돕고 소덕부를 되찾도록 하십시오."

그때 도독 범권이 나와서 권했다.

"신이 듣기로 군주와 군마는 몹시 날래고 용맹하시어 송나라 군사들이 함부로 덤비지 못한다고 합니다. 만약 대왕께서 몸소 싸움터로 납시고 용맹한 장수와 날랜 군사로 그들을 돕는다면 반드시 이 나라를 되일으키는 큰일을 이룰 수 있을 것입니다. 신은 그간 태자를 도와 나랏일이 그르침이 없도록 보살피겠습니다."

그러자 전호도 비로소 힘이 나는지 그 같은 범권의 말을 받아들였다.

사로잡히는 전호

얼른 보아서는 충성스럽기 그지없었지만 기실 범권에게는 다른 속셈이 있었다. 범권은 빼어나게 아리따운 딸이 있었는데 그 딸을 전호에게 바쳐 총애를 받아 오던 자였다. 그 바람에 그가 하는 말이면 전호가 들어주지 않는 게 없었는데 그날 범권은 섭청으로부터 많은 뇌물을 받았을 뿐만 아니라 송나라 군사들의 세력이 큰 걸 보고 양다리를 걸칠 마음이 들어 전호에게 그렇게 권한 것이었다.

전호는 그것도 모르고 마지막 발악에 들어갔다. 변상에게 장수 열 명과 날랜 군사 삼만을 주어 노준의와 화영의 인마를 막게 하고 또 태위 방학도에게도 장수 열 명과 삼만의 군사를 주어 유사현의 관승을 막게 했다. 그런 다음 자신은 상서(尙書) 이천석(李天

錫)과 정지서(鄭之瑞), 추밀 설시(薛時)와 임흔(林昕), 도독 호영(胡英)과 당현(唐顯)이며 전수(殿帥) 및 어림호가(御林護駕), 교두, 단련사, 지휘사, 장군, 교위 등에다 날랜 군사 십만을 가려 뽑아 거느리기로 하였다. 전호는 날을 골라 군기(軍旗)에 제사를 드린 뒤 군사를 일으키고 소와 말을 잡아 삼군을 잘 먹였다.

아울러 전표(田豹)는 범권과 함께 태자 전정을 도와 자신이 없는 동안 나라를 잘 보살피라 일렀다.

섭청은 전호의 결정이 그같이 난 걸 보고 가만히 사람을 뽑아 밤을 틈타 양원성으로 보냈다. 장청과 경영에게 알리기 위함이었다. 그 소식을 받은 장청은 해진과 해보에게 밧줄을 타고 성 밖으로 나가 그날 밤으로 송강에게 알리도록 했다.

변상은 병부(兵符)가 내리기를 기다려 인마를 뽑는 데 사흘이나 걸렸다. 통령 번옥명, 어득원, 부상, 고개, 구침, 관염, 풍익, 여진, 길문병, 안사룡과 편장, 아장 약간에 삼만의 군사였다.

그 장졸을 이끌고 위승의 동문을 나온 변상은 군사를 두 갈래로 나누었다.

먼저 번옥명, 어득원, 풍익, 고개를 장수로 삼아 오천의 인마를 이끌고 앞서 나아가게 했다. 그들이 심원현의 면산이란 곳에 이르러 산기슭에 있는 숲을 지날 때였다. 갑자기 징 소리가 크게 울리더니 숲 뒤 산기슭에서 한 떼의 인마가 뛰쳐나왔다.

그 군사들은 장청의 전갈을 받은 송강이 보낸 인마였다. 송강은 화영, 동평, 임충, 사진, 두흥, 목홍 여섯 장수에게 가려 뽑은 기병 오천을 주어 가벼운 차림에 말방울을 떼고 밤길을 달려 그곳에 매복하게 한 것이었다.

송나라 군사의 맨 앞에는 한 장수가 양손에 창을 나누어 쥐고 말 위에 올라앉아 있었는데 그는 바로 쌍창장 동평이었다. 언제나 진 앞에 나서서 첫 번째 싸움을 맡은 동평은 그날도 반군을 바라보며 큰 소리로 싸움을 걸었다.

"오는 것은 어디 군사냐? 어서 항복해 묶이지 않고 어느 때를 다시 기다리고 있느냐?"

그러자 반군의 장수 번옥명이 큰 소리로 맞받아쳤다.

"물가의 좀도둑놈들아, 네놈들이야말로 어찌하여 남의 땅을 함부로 빼앗느냐?"

그 말에 동평은 몹시 성이 났다.

"이미 천병이 이곳까지 이르렀는데 아직도 감히 맞서려 드느냐!"

그렇게 소리치고는 쌍창을 휘두르며 말을 박차 달려 나갔다. 번옥명도 말을 몰아 맞서오니 곧 두 장수 간의 한바탕 싸움이 벌어졌다. 하지만 번옥명은 동평의 적수가 되지 못했다. 스무 합도 넘기기 전에 힘이 달린 번옥명은 동평의 한 창에 목이 찔려 몸을 뒤집으며 말 위에서 떨어졌다.

저희 편 진중에서 그 광경을 본 풍익은 크게 성이 났다. 혼철로 만든 창을 끼고 달려 나와 곧바로 동평을 덮쳤다. 그때 송나라 군사 쪽에서 소이광 화영이 달려 나가 그런 풍익을 맡았다.

이에 다시 화영과 풍익 간에 한바탕 싸움이 벌어졌다. 그런데 두 사람이 싸운 지 열 합을 겨우 넘었을 때였다. 화영이 갑자기 말 머리를 돌려 자기편 진 쪽으로 달아나기 시작했다. 풍익은 기세가 올라 그런 화영의 뒤를 쫓았다.

달아나던 화영이 창을 안장에 걸고 활을 꺼내 시위에 살을 메겼다.

화영이 시위를 힘껏 당겼다가 몸을 틀며 가까이 다가오는 풍익을 향해 화살을 날렸다. 화살은 그대로 풍익의 얼굴에 박히고 풍익은 두 다리를 허공으로 들어 올린 채 말에서 떨어졌다. 화영이 얼른 말을 몰아 달려가 그런 풍익을 한 창에 죽여 버렸다.

그때 동평과 임충과 사진, 목홍, 두흥은 일제히 군사를 몰아 멍석 말듯 밀고 들어갔다. 그 바람에 다시 적장 고개가 임충의 창에 찔려 죽고 어득원은 말에서 떨어져 사람과 말의 발굽에 밟혀 죽었다. 네 장수를 잇따라 잃었으니 반군이 어찌 견뎌 낼 수 있겠는가. 오천의 군마는 태반이 죽고 그 나머지는 사방으로 흩어져 달아나 버렸다.

화영을 비롯한 송나라 군사의 장졸들은 적의 북과 말을 빼앗고 북쪽으로 오 리나 뒤쫓다가 다시 변상의 대군과 만났다. 적장 변상은 농사꾼 출신으로 두 팔에 물소와 같은 힘을 가진 자였다. 게다가 무예도 뛰어나 적장 중에도 상장(上將)이었다. 양쪽 군사가 북소리, 징 소리 요란한 가운데 마주치자 변상이 말을 몰고 앞으로 나왔다.

번쩍이는 투구와 갑옷을 걸친 변상의 키는 아홉 자나 되고 입가에는 세 갈래 수염이 휘날렸다. 넓적한 얼굴에 어깨가 벌어지고 눈썹은 치째졌으며 눈은 둥근데 한 마리 구름 같은 말 위에 큰 도끼를 들고 앉아 있었다. 그 좌우에는 네 통제관 부상, 관염,

구침, 여진이 호위해 섰고 뒤에는 통군과 방어사, 단련사들이 줄줄이 늘어서 있었다. 상장군이 거느린 군사라 그런지 대오도 꽤나 엄숙했다.

송나라 군사들의 진에서 구문룡 사진이 달려 나가 큰 소리로 외쳤다.

"오는 장수가 누구냐? 피로 내 칼을 더럽히지 않으려거든 얼른 말에서 내려 밧줄을 받아라!"

그러자 변상이 큰 소리로 껄껄 웃으며 받았다.

"술병이나 주전자에도 귀 두 개는 있다더라. 그런데 너는 아직 변상이란 이름도 들어 보지 못했느냐?"

"역적을 돕는 하찮은 것아, 천병이 이미 이르렀는데 그래도 감히 맞서려 드느냐?"

사진이 그렇게 외치며 말을 박차 달려 나갔다. 사진이 삼첨양인도를 휘두르며 변상에게 다가가자 변상 또한 큰 도끼를 수레바퀴처럼 돌리며 마주쳐 왔다.

곧 두 말이 얽히고 두 병기가 치고받았다. 칼과 도끼가 어지럽게 날고 여덟 말발굽이 요란한 소리를 냈다. 싸움은 어느새 서른 합을 넘어섰으나 승부는 좀체 가려지지 않았다.

구경하던 화영은 변상의 무예가 높음을 보고 아까운 느낌이 들어 활을 쏠 수가 없었다. 어떻게든 다치지 않고 사로잡으려고 스스로 창을 끼고 달려 나가 사진을 도왔다. 변상은 사진과 화영 두 장수를 상대로 싸웠으나 조금도 움츠러드는 기색이 없었다. 다시 서른 합을 넘겨도 승부는 여전히 가려지지 않았다.

하지만 전호의 장졸들은 혹시라도 변상에게 실수가 있을까 걱정이 되었다. 얼른 징을 울려 군사를 거두었다. 화영과 동평도 이미 날이 저문 데다 적의 군사가 많은 걸 보고 뒤쫓기를 그만두었다. 역시 군사를 거두어 남쪽 십 리쯤 물러가 진채를 맸다.

그날 밤은 남풍이 크게 일고 짙게 구름이 끼더니 한밤중이 되자 천둥 번개와 함께 큰비가 내렸다. 그 무렵 전호는 수많은 장수와 벼슬아치 등 십만의 군사를 거느리고 위승에서 백여 리 떨어진 곳에 이르러 진을 치고 있었다. 싸움을 앞둔 군막 안에서도 전호가 데리고 온 미녀와 처첩에 둘러싸여 즐기고 있는데 비가 쏟아졌다.

그 비는 그날로부터 닷새나 그치지 않고 쏟아져 전호가 거느린 군사들의 어려움은 말하기 어려울 정도였다. 군막은 새고 땅은 질퍽질퍽한 데다 밥을 지을 수도 없고 몸을 쉬게 할 자리도 마련하기 쉽지 않았다. 게다가 활시위는 느슨해지고 아교로 붙여 둔 살깃은 떨어져 군사들은 그저 진채 안에서 쭈그리고 앉아 있는 수밖에 없었다.

한편 삭초, 서령, 선정규, 위정국, 탕륭, 당빈, 경공은 관승, 호연작, 문중용, 최야가 거느린 군사와 수군 두령 이준이 거느린 수군 및 싸움배를 맞아들여 앞일을 의논했다. 의논 끝에 선정규와 위정국은 남아 노성을 지키기로 하고 관승을 비롯한 나머지 장수들은 군사들을 이끌고 물과 뭍으로 아울러 나아가 유사현을 쳐부수었다.

그리고 그곳에 다시 삭초와 탕륭을 남겨 성을 지키게 한 뒤 관승을 비롯한 장수들은 대곡현으로 밀고 들었다. 승세를 타서 밀고 드는 길이라 그 기세가 대쪽을 쪼개는 듯했다.

대곡현의 반군들은 그 기세를 당해 낼 수가 없었다. 성을 지키는 장수들은 태반이 죽고 그 나머지 장졸은 항복했는데 그 수가 헤아릴 수 없을 정도였다. 성안으로 들어간 관승은 놀란 백성들을 진정시킨 뒤 장졸들에게 상을 내리고 사람을 뽑아 송강에게 이긴 소식을 전하게 했다.

그러나 관승이 이끈 장졸들도 그다음 날은 큰비를 만났다. 군사를 낼 수가 없어 성안에 머물고 있는데 갑자기 탐마가 와서 알렸다.

"노 선봉께서는 선찬과 학사문, 여방, 곽성을 남겨 분양부를 지키게 하고 군사를 내셨습니다. 그리고 개휴와 평요 두 현을 깨뜨리신 뒤 다시 한도와 팽기를 남겨 개휴현을 지키게 하고 공명과 공량을 남겨 평요현을 지키게 했습니다. 그다음 나머지 장졸을 거느리고 태원현으로 가 그 성을 에워쌌는데 그만 큰비에 길이 막혀 성을 치지 못하고 있습니다."

그때 마침 성안에 있다가 그 소식을 들은 이준이 얼른 관승을 찾아보고 말했다.

"노 선봉의 인마가 이번에 큰비를 만났으니 삼군을 쉽게 움직일 수 없을 것입니다. 그때 만약 역적들이 죽기를 각오하고 성을 나와 치고 들면 그 일을 어찌하겠습니까? 이 아우에게 한 가지 계책이 있으니 노 선봉께로 가서 의논드릴까 합니다."

관승이 그걸 허락하자 혼강룡 이준은 곧 성을 나갔다.

이준은 동위와 동맹에게 수군을 맡긴 뒤 장씨 형제와 완씨 삼형제, 그리고 수군 이천을 거느리고 빗길을 떠났다. 삿갓을 쓰고 도롱이를 걸친 채 비바람을 뚫고 지름길로 달려간 그들은 노준의를 찾아보고 품고 온 계책을 말하였다.

이준의 계책을 들은 노준의는 몹시 기뻐했다. 그 자리에서 군사들에게 명을 내려 비를 무릅쓰고 뗏목과 배를 만들게 했다. 이준을 비롯한 장졸들도 각기 맡은 일을 하기 위해 어디론가 떠나갔다.

태원성을 지키는 적장 장웅은 전호로부터 전수의 벼슬을 받았고 항충과 서악은 부통제의 벼슬을 받은 자로 셋 다 사람 죽이는 데는 이골이 나 있었다.

그 밑에 있는 졸개들도 모두 흉악하기 짝이 없어 성안의 백성들은 열 명 중 일고여덟이 달아나고 없었다. 하지만 그들은 성이 높고 튼튼한 것만 믿고 송나라 군사에게 에워싸여 있으면서도 항복하려 들지 않았다.

장웅은 항충, 서악과 의논했다.

"지금 비가 몹시 내리니 송나라 군사는 빼앗으려야 빼앗을 곳도 없어 양식과 말먹이 풀이 모자랄 것이다. 또 세상이 온통 젖어 땔나무도 모자랄 것임에 틀림없다. 그런 적군에게 머물러 싸우고 싶은 마음이 어떻게 있겠느냐? 이때 급히 나가 치면 우리는 반드시 이길 수 있을 것이다."

셋이 머리를 맞대고 의논한 결과는 그러했다. 때는 사월 상순이었다. 이제는 나가 싸울 때라고 본 장웅이 군사를 나누어 네 성문으로 밀고 나서려는데 문득 사방에서 징 소리가 요란하게 들려왔다. 장웅이 황망히 성 위에 올라가 성 밖을 내려다보니 송나라 군사들이 모두 나막신을 신은 채 비를 무릅쓰고 높은 산등성이로 오르고 있었다.

장웅이 놀라고 의심스러워 주위를 살피니 지백거(智伯渠) 쪽과 동서 세 곳에서 함성이 높게 일며 천군만마가 밀려오는 듯한 소리가 들렸다. 그런데 밀려드는 것은 인마가 아니라 홍수였다. 마치 가을 장마처럼 성난 파도를 일으키며 쏟아지는 게 황하의 물을 쏟아붓는 것 같았다.

그 엄청난 물을 끌어들인 것은 혼강룡 이준과 장씨 형제 그리고 완씨 삼 형제였다. 그들은 수군들을 데리고 장마에 불어난 지백거와 진수(晉水)의 물을 태원성으로 끌어넣은 것이었다.

갑작스러운 홍수를 만나자 태원성 안은 난장판이 되었다. 성벽은 허물어지고 집들은 물에 잠기어 사람들은 지붕 위로 나무 꼭대기로 기어올랐다. 늙은이와 아이들이며 몸놀림이 날렵하지 못한 자들은 식탁이나 다락 위로 기어 올라갔지만 이내 물이 차서 모두 물속에서 허우적거리게 되었다.

큰일은 그뿐이 아니었다. 그 물길을 따라 이준과 장씨 형제, 완씨 삼 형제가 큰 뗏목을 타고 성으로 다가왔다. 물의 높이가 성벽과 엇비슷해 뗏목을 타고 온 송나라 군사는 어렵잖게 성벽 위로 기어오를 수 있었다. 그들이 성을 지키는 반군들을 마구잡이로 찍어 넘기니 당해 낼 재간이 없었다. 거기다가 굵은 뗏목들이 힘찬 물살로 타고 내려와 들이받는 바람에 성벽도 한 곳 성한 곳

없이 무너져 내렸다.

그 꼴을 본 장웅은 소리소리 외치며 어떻게든 낭패를 막아 보려고 애썼다. 그때 장횡과 장순이 성벽 위로 기어오르더니 손에 든 칼로 반군의 졸개 십여 명을 잇따라 찍어 넘겼다.

겁을 먹은 나머지 졸개들이 맞설 엄두도 내지 못하고 그대로 뿔뿔이 흩어져 달아나기 시작했다. 장웅도 어떻게 몸을 피해 보려고 했으나 장횡의 한칼을 맞고 쓰러졌다. 그때 장순이 뒤쫓아와 그런 장웅의 목을 썩둑 잘라 버렸다.

물은 오래잖아 빠졌다. 그러나 그 난리통에 성안 군사와 백성들은 물에 빠져 죽고 무너진 집에 깔려 죽어, 죽은 자가 그 수를 헤아리기 어려울 지경이었다. 성안의 집들도 성하지 못했다. 들보와 기둥, 문짝과 창살이 시체들과 함께 물에 밀려 성 남쪽 모퉁이를 채웠다.

성안에서 그대로 버티고 있는 것은 피서궁(避暑宮) 하나뿐이었다. 피서궁은 북제(北齊)의 신무제(神武帝)가 세운 것으로서 주춧돌이 높고 든든해 버텨 낸 것이었다. 부근의 군사와 백성들은 서로 밀치고 당기면서 그 위로 올라갔는데 그 통에 밟히고 깔려 죽은 자가 이천을 넘었다.

성 밖에 있던 백성들은 노준의가 가만히 마을 장정들을 불러 알려 준 덕분에 징 소리가 울리자 높은 언덕으로 올라갔다. 게다가 성 밖은 사방이 틔어 있어 물이 빨리 빠졌기에 죽은 사람은 하나도 없었다.

그사이 혼강룡 이준은 수군을 거느리고 서문을 빼앗고 선화아

장횡과 낭리백조 장순은 북문을 빼앗았다. 입지태세 완소이와 단명이랑 완소오는 동문을 차지했고 활염라 완소칠은 남문을 차지했다. 태원성의 네 성문에 모조리 송나라 군사의 깃발이 꽂힌 것이었다.

밤이 되어 물이 빠지고 땅이 다시 드러나자 이준을 비롯한 송나라 군사의 장수들은 성문을 활짝 열어 노준의가 이끄는 인마를 받아들였다. 성안에서는 개 짖는 소리, 닭 우는 소리 하나 들리지 않고 시체만 산처럼 쌓여 있었다. 장웅을 비롯한 반군들의 죄악도 하늘을 가득 채울 만한 것이었지만 그들을 없앤 이준의 계책도 끔찍하기 그지없는 것이었다. 겨우 천여 명 목숨을 건진 자들이 여기저기 진흙덩이에 꿇어앉아 살려 주기를 빌었다.

노준의가 알아보니 그중에 반군의 군사는 여남은밖에 안 됐고 나머지는 그곳 백성들이었다. 적장 항충과 서악은 원수부 뒤뜰에 있는 큰 전나무에 올라가 피했다가 물이 빠진 뒤에 다시 내려왔으나 그만 송나라 군사에게 붙잡혀 노준의에게 끌려왔다. 노준의는 그 둘의 목을 베어 내다 걸게 하고 성안 창고에 있던 재물을 풀어 수해를 당한 성안의 백성들에게 나누어 주었다. 그리고 송강에게 이긴 소식을 알리는 한편 군사들에게는 시체를 묻고 성벽과 집들을 손질하게 하였다.

한편 십만 대군을 거느리고 오다가 장마를 만나 동제산 남쪽에 진을 치고 있던 전호는 그때까지도 한자리에 발이 묶여 있었다. 그런데 어느 날 양원에서 탐마가 달려와 알렸다.

"오리 국구께서 돌아가셨으므로 군주와 군마는 군사를 물려 양원성으로 돌아오셨습니다. 지금 오리 국구의 장례를 준비하고 있습니다."

그 말을 들은 전호는 깜짝 놀랐다. 곧 사람을 양원으로 보내 경영은 성을 지키게 하고 전우는 자신에게로 와 명을 받게 하였다. 아울러 전에 양원으로 보낸 사람은 어째서 하나도 돌아오지 않는가를 따져 보게 하였다.

다음 날이 되자 비가 멎었다. 다시 탐마가 나는 듯 달려와 전호에게 알렸다.

"송강이 보낸 손안과 마령이 군사를 거느리고 싸우러 왔습니다."

그 말을 듣자 전호가 벌컥 성을 냈다.

"손안과 마령은 내게서 높은 벼슬과 봉록을 받던 놈들이다. 이제 나를 저버렸으니 결코 용서할 수가 없다. 내가 몸소 그들의 죄를 묻고자 하니 경들은 힘을 다해 그 두 놈을 사로잡으라. 사로잡는 자에게는 천 냥 상을 주고 만호후로 봉하리라!"

그렇게 소리치며 군사를 휘몰아 송나라 군사와 맞섰다. 그러나 송나라 군사의 깃발을 보니 온 것은 손안과 마령이 아니라 병울지 손립과 철적선 마린이었다.

전호는 옥 굴레를 씌우고 금빛 안장을 얹은 흰말을 타고 진 앞에 나와 몸소 싸움을 독려했다. 그런 전호의 앞뒤에는 창칼이 늘어서서 위엄을 더해 주고 있었다.

그때 송나라 군사 뒤쪽으로 송강이 오용, 손신, 고대수, 왕영, 호삼랑, 주동, 연순 등의 인마와 함께 이르렀다. 송강 또한 몸소 나서서 싸움을 독려했다.

전호는 송강이 왔다는 말을 듣자 장수를 내보내 송강을 사로잡으려 했다.

그때 다시 탐마가 달려와 알렸다.

"적장 관승은 유사와 대곡 두 성을 깨뜨리고, 서쪽 길로 온 적장 노준의는 평요, 개휴 두 현을 깨뜨린 뒤 태원성에다 물을 끌어넣어 성안에 있던 장졸은 하나도 남지 않았습니다. 또 우승상 변상은 면산에다 진채를 세우고 적장 화영 등과 맞섰으나 노준의가 군사를 이끌고 태원으로부터 뒤를 치는 바람에 크게 지고 사로잡혔다고 합니다. 지금 노준의는 관승과 군사를 합쳐 심원현을 철통같이 에워싸고 있습니다."

그 말을 듣고 깜짝 놀란 전호는 그곳에서 싸울 마음이 싹 가셨다. 얼른 군사를 거두어 위승으로 올라가 성을 지키라는 명을 내렸다.

그 명에 따라 상서 이천석을 비롯한 몇몇 적장은 뒤에 남아 송나라 군사를 막고 설시, 임흔, 호영, 당창 등은 전호를 호위해 먼저 위승으로 떠났다. 그런데 얼마 가기도 전에 동제산 북쪽에서 포향이 울리더니 한 떼의 송나라 군사가 뛰쳐나왔다. 노지심, 유당, 포욱, 항충, 이곤이 송강의 명을 받들어 날랜 보병을 이끌고 동제산 북쪽을 돌아 뛰쳐나온 것이었다.

전호는 급히 어림군을 풀어 두 길로 쏟아져 나오는 송나라 군사와 싸우게 했다. 그때 다시 마령과 손안이 이끄는 인마가 동쪽으로부터 밀고 나왔다. 마령은 발에 풍화륜을 달고 반군들에게 금전이란 쇠붙이를 마구 던져 댔고 손안은 쌍검을 휘둘러 반군을 짚 더미처럼 베어 넘겼다.

두 장수가 그렇게 반군 속으로 뛰어드니 그 기세가 엄청나 반군은 금세 두 토막으로 잘리었다. 그때만 해도 반군의 인마는 십만이 넘었으나 오용이 풀어놓은 세 갈래 인마가 좌충우돌하며 치고 들자 견뎌 내지를 못했다. 제대로 싸워 보지도 못하고 뭉그러져 사방으로 흩어졌다.

전호의 상서 이천석과 몇 명 적장은 전호를 호위해 동쪽으로 달아났다. 그러나 노지심이 표창과 방패와 수리검을 든 보군을 거느리고 앞을 가로막으니 뜻대로 되지가 않았다. 이천석, 정지서, 설시, 임흔 등도 마침내는 전호를 지켜 내지 못하고 이리저리 흩어져 서쪽으로 달아났다.

전호가 이끌고 있던 어림군은 원래 반군 중에서도 용맹하고 날쌘 자들로 채워져 있었다. 그러나 그들은 썩어 빠진 관군과 싸워 왔을 뿐 양산박 패거리처럼 사납고 거친 적과는 만나 보지 못했다. 그 바람에 어림군도 무너지기 시작했다.

어느새 전호의 좌우에는 다만 도독인 호영과 당창 그리고 총관 섭청과 금오교위(金吾校尉)밖에는 남지 않게 되었다. 그들은 오천 남짓한 졸개를 거느리고 전호를 호위하여 죽을 둥 살 둥 달아났다. 그 급한 판에 다시 동쪽에서 한 떼의 인마가 달려 나왔다.

"하늘이 나를 버리는구나!"

전호가 하늘을 우러러보며 큰 소리로 그렇게 탄식했다. 그런데 다시 한번 자세히 살펴보니 나타난 것은 송나라 군사가 아니었다. 앞장을 선 것은 젊고 잘생긴 장수로, 이화창을 들고 눈같이 흰말 위에 올라앉았는데, 그의 깃발에는 '중흥평남선봉군마(中興平南先鋒郡馬) 전우(全羽)'라는 글자가 쓰여 있었다.

전호 곁에 바짝 붙어 따르던 섭청이 그 깃발을 보고 전호에게 전우가 온 것임을 알렸다. 전호가 반가워하며 명을 내려 전우에게 얼른 와서 어가를 지키라 일렀다. 전우가 앞으로 나와 말에서 내리더니 무릎을 꿇으며 말했다.

"대왕께 아뢰옵기 송구하오나 갑옷을 몸에 걸치고 있어 땅에 엎드리지를 못합니다. 이 죄 실로 죽어 마땅합니다."

그렇게 공손한 전우의 말에 전호가 두 손까지 내저으며 받았다.

"경은 죄가 없다. 일어서라."

그러자 전우가 다시 입을 열어 권했다.

"일이 위급하게 되었사오니 바라건대 대왕께서는 잠시 양원성으로 드시어 적의 날카로운 칼끝을 피하도록 하십시오. 신이 군주와 함께 송나라 군사를 물리친 다음 대왕을 위승의 궁궐로 모시겠습니다. 거기서 다시 좋은 계책을 내어 힘을 회복하도록 하십시오."

그 말을 들은 전호는 몹시 기뻤다. 곧 명을 내려 인마를 양원성으로 돌렸다. 전우가 그 뒤를 따르며 쫓아오는 송나라 군사를 막았다.

전호가 양원성 아래에 이르렀을 때는 뒤쫓는 송나라 군사의 함성이 하늘과 땅을 흔들어 놓는 듯했다. 양원성을 지키던 장졸들은 급히 성문을 열고 적교를 내려 전호를 맞아들였다. 맨 앞에 선 적장 호영의 군사들은 뒤에서 송나라 군사가 쫓아오는 소리에 놀라 전호를 돌볼 사이도 없이 마구 성안으로 들어가려고 날뛰었다.

그런데 변고는 바로 그 성안에서 일어났다. 호영과 그의 군사 삼천여 명이 성안으로 들어서자 갑자기 딱딱이 소리가 나며 양쪽에서 복병이 일었다. 복병들은 호영과 그의 삼천 군사를 한군데 함정으로 몰아넣고 긴 창으로 어지럽게 찔러 댔다. 가엾게도 그들 중 살아남은 자는 하나도 없었다.

"전호를 사로잡아라!"

호영의 군사를 해치운 성안의 송나라 군사들이 큰 소리로 그렇게 외치며 쏟아져 나왔다. 전호는 성안에서 변고가 난 것을 보고 비로소 자신이 계략에 빠져든 것임을 알아차렸다. 얼른 말 머리를 돌려 북쪽으로 달아나기 시작했다. 장청과 섭청이 재빨리 말을 몰아 그를 뒤쫓았으나 전호가 탄 말이 워낙 빨라 한 마장이나 뒤떨어지고 말았다.

하지만 그때 이미 전호의 운은 끝나 있었다. 갑자기 그의 말 앞에 한 줄기 회오리바람이 일더니 한 여자가 나타나 크게 외쳤다.

"이 간악한 역적 전호야, 우리 구(仇)씨 부부는 모두 너에게 죽임을 당했다. 그래 놓고 이제 어디로 도망치려느냐?"

그 말에 이어 다시 그 여자의 몸 쪽에서 한 줄기 음산한 바람이 일더니 전호의 얼굴을 후렸다. 그와 함께 그 여자는 어디론가 사라지고 놀란 전호의 말이 울부짖으며 뛰는 통에 전호는 그만 땅에 떨어지고 말았다. 그때 뒤쫓아온 장청과 섭청이 말에서 내려 군사들과 함께 그런 전호를 묶었다.

적장 당창이 남은 졸개를 이끌고 창을 휘두르며 전호를 구하려고 달려왔다. 당창이 덤벼 오는 걸 본 장청은 얼른 말에 뛰어올라 돌멩이를 날렸다. 돌멩이는 그대로 당창의 얼굴을 때려 당창은 외마디 소리와 함께 말에서 떨어졌다. 그때 장청이 큰 소리로 외쳤다.

"나는 전우가 아니다. 바로 조정에서 보낸 송 선봉 아래의 몰우전 장청이다!"

그러는데 다시 성안에서 이규와 무송이 오백의 보군을 이끌고 뛰쳐나왔다.

두 사람이 범 같은 소리를 내지르며 사납게 덮쳐 오자 전호의 전수장군이며 금오교위를 비롯한 이천 남짓의 장졸들은 더 버텨볼 엄두가 나지 않았다. 별이 떨어지고 구름이 흩어지듯 놀라 사방으로 달아날 뿐이었다. 돌에 맞아 말에서 떨어진 당창을 찔러 죽인 장청은 사로잡은 전호를 끌고 성안으로 들어간 뒤 성문을 닫아걸었다. 송강의 대군이 반군을 모조리 쫓아 버린 뒤에 그리로 끌고 갈 작정이었다.

거기까지 뒤쫓아온 노지심은 전호가 이미 성안으로 잡혀 들어간 걸 보고 서쪽으로 군사를 돌렸다. 그들이 동제산 기슭에 이르렀을 때는 이미 날이 저물어 있었다.

송강의 세 갈래 인마는 반군과 하루 동안 싸워 죽인 자만도 이만이 넘었다. 거기다가 우두머리를 잃은 반군은 더 싸울 생각을 못하고 사방으로 흩어져 뿔뿔이 달아났다. 그 바람에 범미인(范美人)을 비롯한 전호의 애첩들은 어지러운 군사들 틈에서 모조리 죽임을 당하고 말았다.

성한 것은 이천석, 정지서, 설시, 임흔 등의 적장이 이끄는 삼만여 명뿐이었다. 그들이 동제산을 차지하자 송강은 군사를 풀어 사방을 철통같이 에워쌌다.

그때 노지심이 그곳으로 와서 송강에게 장청이 전호를 사로잡은 일을 아뢰었다. 송강은 이마를 치며 좋아하다가 곧 무송에게 명을 내렸다. 그 밤으로 군사를 이끌고 양원으로 가 굳게 성문을 닫고 전호를 지키라는 내용이었다. 그리고 장청에게는 얼른 위승으로 가 경영을 돕게 하였다.

그때 경영은 군사 오용의 감추어진 계책에 따라 해진, 해보, 악화, 단경주, 왕정륙, 욱보사, 채복, 채경과 군사 오천을 거느리고 반군으로 위장한 뒤 무향현 성 밖 석반산 곁에 매복해 있었다. 그러다가 전호가 송나라 군사와 싸움을 벌였다는 소리를 듣자 경영은 여럿을 이끌고 밤길로 위승을 향해 달렸다.

경영이 위승성 밑에 이르렀을 때는 날이 저물어 하늘에는 초승달이 걸려 있었다. 경영이 성 아래에서 꾀꼬리 같은 목소리로 소리쳤다.

"나는 군주로서 대왕을 호위하여 여기까지 왔다. 어서 성문을 열어라!"

성을 지키던 군사들은 그 소리를 듣고 왕궁으로 달려가 알렸다. 전표(田豹)와 전표(田彪)는 전갈을 받자 말 위에 올라 성 남쪽으로 달려갔다.

성 위에서 내려다보니 과연 누른 일산 아래 한 마리 눈같이 흰

말 위에 저희들의 대왕 전호가 앉아 있었다. 그 말 앞에는 한 사람의 여자 장수가 서 있는데 깃발에는 '군주 경영'이라고 쓰여 있었고 그 뒤로도 상서니 도독이니 하는 저희 편 벼슬아치들이 줄줄이 따르고 있었다. 경영이 한 번 더 소리를 높여 외쳤다.

"호(胡) 도독이 송나라 군사와 싸우다 져서 내가 특별히 대왕을 모시고 여기 왔소. 어서 성문을 열어 어가를 맞으시오!"

전표가 보니 아무래도 저희 형 전호라서 할 수 없이 성문을 열고 나가 맞았다.

그런데 이게 웬 날벼락인가? 전표 형제 두 사람이 어가 앞에 이르자 말 위에 앉아 있던 대왕이 느닷없이 소리쳤다.

"무사들은 어서 저 두 역적 놈을 사로잡아라!"

그러자 군졸들이 우르르 달려 나가 두 사람을 묶으려 들었다. 두 사람이 한목소리가 되어 소리쳤다.

"우리 두 사람은 아무 죄가 없습니다."

그러면서 몸부림을 쳤으나 어느 사이에 군졸들은 그들 둘을 꽁꽁 묶어 버렸다.

기실 말 위에 있는 전호는 오용이 손안을 시켜 군사들 중에서 가장 모습이 전호를 닮은 자를 골라 뽑은 뒤 전호의 의장과 복색을 걸치게 한 가짜였다. 그 뒤에 섰던 상서니 도독이니 하는 것들도 해진과 해보를 비롯한 몇 사람이 거짓으로 꾸민 것이었다. 그들이 한꺼번에 병장기를 들고 나섰으니 전표 형제가 어찌 빠져나갈 수 있겠는가.

전표 형제를 사로잡은 송나라 군사는 왕정륙, 욱보사, 채복, 채경에게 군사 오백을 딸려 그들을 양원으로 끌어가게 했다. 성 위에서 그걸 본 적군들이 그들을 구하려고 급히 성을 나왔다. 경영이 전호의 아들 전정을 죽이려고 치고 들어가자 해진, 해보도 뒤따라 성으로 들어갔다.

성을 지키던 적장들은 경영의 팔매질에 예닐곱 명이나 잇따라 다쳤다. 해진과 해보가 그런 경영을 도와 싸우고 성 밖에 있던 악화와 단경주도 군사들을 휘몰아 성안으로 들어갔다.

악화와 단경주는 칼을 비껴들고 군사들을 휘몰아 성으로 올라간 뒤 적병을 물리치고 송나라 군사의 깃발을 꽂았다. 그 바람에 성안은 갑자기 물 끓듯 들끓었다.

아직도 성안에는 전호가 내린 엉터리 벼슬아치들이 많이 있었고 또 전호의 피붙이와 인척들도 세력이 컸다. 그들이 급히 군사를 이끌고 와 송나라 군사와 맞서 싸웠다. 경영이 거느린 군사가 겨우 사천 남짓이니 무슨 수로 몰려오는 그들을 막아 낼 수 있겠는가.

그때 마침 장청이 팔천의 인마를 거느리고 성안으로 뛰어들었다. 장청은 해진, 해보가 반군들 속에서 힘겹게 싸우는 걸 보자 앞으로 달려 나가며 팔매질을 쳤다. 반군의 장수 넷이 잇따라 돌팔매에 맞고 거꾸러지자 비로소 적병은 기세가 꺾여 물러났다.

"너무 적진 깊이 들어왔구려. 적은 군사로 어떻게 많은 적을 당해 내려 했소."

한숨을 돌린 장청이 경영을 보고 그렇게 물었다. 경영이 이를 사려물며 대답했다.

"아버지의 원수만 갚을 수 있다면 몸이 부서지고 뼈가 가루가 된다 한들 마다하지 않겠어요!"

"전호는 이미 내가 사로잡아 양원으로 끌고 갔소."

장청이 경영에게 그렇게 알려 주었다. 경영이 기뻐하며 굳어 있던 얼굴을 풀었다.

장청 부부는 아무래도 중과부적이라 우선 성을 빠져나가기로 했다. 그런데 하늘이 역적을 벌하려 함인지 때맞추어 노준의가 심원성을 치고 난 대군을 이끌고 위승에 이르렀다. 노준의는 남문에 꽂힌 깃발을 보고 급히 군사를 휘몰아 성안으로 들어간 뒤 장청과 군사를 합쳐 적병을 두들겼다.

진명, 양지, 두천, 송만은 군사들과 더불어 동문을 빼앗고 구붕, 등비, 뇌횡, 양림은 서문을 빼앗았다. 황신, 진달, 양춘, 주통은 북문을 차지했고 양웅, 석수, 초정, 목춘, 정천수, 추연, 추윤이 거느린 보군은 전호의 궁궐로 밀고 들었다. 공왕, 정득손, 이립, 석용, 도종왕은 보군을 거느리고 후재문(後宰門)으로 치고 들어 왕궁 안에 있던 왕비며 궁녀, 내시들을 마구 죽였다.

전호의 아들로 태자로 불리던 전정은 일이 그렇게 되자 스스로 목을 찔러 죽었다. 장청, 경영, 손이랑, 당빈, 문중용, 최야, 경공, 조정, 서령, 이충, 주무, 시천, 백승 등도 패를 나누어 상서니 전수니 추밀이니 하며 저희끼리 주고받은 벼슬로 으스대던 것들과 왕친이니 국척(國戚)이니 하며 세력을 뽐내던 자들을 죽였다.

금으로 만든 계단 아래는 사람의 머리가 뒹굴고

옥으로 깎은 궁궐 문에는 더운 피가 솟구치네
옥과 돌을 가리지 않는다고 말하지 말라
경사인지 재앙인지는 모두 마음에 달렸네

그 노래가 언제 적 것인지는 모르나 바로 그날의 위승성 안을 그리고 있는 듯했다. 성안은 그야말로 시체로 덮이고 흐르는 피는 내를 이룰 지경이었다. 노준의는 명을 내려 죄 없는 백성을 해치지 못하게 하는 한편 송강에게 사람을 보내 첩보를 알리게 했다.

그날 밤 송나라 군사는 새벽까지 싸우다가 비로소 그쳤는데 항복한 적의 장졸이 매우 많았다. 날이 밝자 노준의는 장졸들을 점고해 보았다. 신기군사 주무가 심원성을 지키느라 빠진 외에 경공이 난전 중에 밟혀 죽었을 뿐 다른 장수들은 모두 무사하였다. 여러 장수들이 저마다 세운 공을 아뢰는데 초정이 태자 전정의 시체를 말에 싣고 왔다.

경영은 이를 갈며 칼을 뽑아 그의 목을 베고 팔다리를 잘라 버렸다.

그때 오리의 아내 예씨는 이미 죽고 없었다. 경영은 섭청의 아내 안씨를 찾은 뒤 노준의를 작별하고 장청과 함께 양원으로 갔다. 전호를 끌고 송강이 있는 곳으로 가기 위함이었다.

반군들이 도성으로 쓰고 있던 위승을 빼앗았으나 싸움이 끝난 것은 아니었다. 노준의가 어지러운 성안을 수습하고 있는데 갑자기 탐마가 달려와 알렸다.

“적장 방학도가 삭초와 탕륭이 지키는 유사현을 에워싸고 있습니다.”

그 말을 들은 노준의는 즉시 관승, 진명, 뇌횡, 진달, 양춘, 양림, 주통에게 군사를 나누어 주며 가서 삭초와 탕륭을 구하게 하였다. 한편 송강은 다음 날 동제산에서 마지막 발악을 하던 적장 이천석의 무리를 쳐부수고 사람을 보내 진 안무에게 알렸다.

새로운 싸움터로

"역적의 소굴은 이미 부서지고 그 우두머리는 사로잡혔습니다. 안무께서는 위승성으로 오시어 뒷일을 마무리 짓도록 하십시오."

그런 다음 송강은 대군을 이끌고 위승으로 갔다. 노준의를 비롯한 장수들이 성 밖까지 나와 송강을 맞아들였다.

송강은 방을 써 붙여 백성들의 마음부터 가라앉히게 했다. 오래잖아 노준의가 변상을 끌고 왔다. 송강은 변상의 생김이 씩씩한 것을 보고 몸소 결박을 풀어 주며 예의로 대접했다. 변상도 송강이 그토록 의기로 자신을 대해 주자 감동하여 항복을 청했다.

다음 날이 되었다. 장청과 섭청은 전호(田虎), 전표(田豹), 전표(田彪) 삼형제를 수레에 가두어 끌고 왔다. 경영은 장청과 나란히 나와 시아주버님 격인 송강에게 절을 올리고 아울러 왕영을 비롯해 지난날 자신의 팔매질에 다친 다른 두령들에게도 잘못을 빌며 절을 올렸다.

송강은 전호를 비롯한 역적의 우두머리들을 가두어 두었다가 대군이 동경으로 돌아갈 때 끌고 가기로 하고 우선 술을 내어 장청과 경영의 수고로움을 위로했다. 그날 위승에 속한 현인 무향을 지키던 적장 방순(方順)도 투항해 왔다. 거느리고 있던 군사와 그곳 백성들을 이끌고 문서와 장부며 창고의 곡식과 돈까지 챙겨 스스로 항복해 온 것이었다. 송강은 그런 방순에게 상을 준 뒤 전처럼 무향을 지키게 했다.

송강이 위승성 안에 묵은 지 이틀 만에 탐마가 달려와 알렸다.

"관승이 이끈 장졸들이 유사현에 이르러 삭초, 탕륭과 함께 안팎으로 성을 들이쳤습니다. 적장 방학도와 그 졸개 오천을 죽이고 나머지는 죄다 항복을 받았다고 합니다."

듣고 난 송강은 몹시 기뻐하며 여러 장수들을 둘러보고 말했다.

"형제들이 힘을 다해 싸워 준 덕분에 역적을 쳐 없애는 공을 세우게 되었소."

그러고는 명을 내려 여러 장수들의 공과 함께 장청과 경영이 역적의 괴수를 사로잡고 그 소굴을 쳐부순 일을 으뜸으로 장부에 올리게 하였다.

그로부터 사나흘이 지나자 관승이 이끈 군사가 도착하고 이어 진 안무의 인마가 이르렀다는 전갈이 들어왔다. 송강은 여러 장수들을 이끌고 성 밖으로 나가 진 안무를 맞아들였다. 송강이 예를 마치자 진 안무가 치하했다.

"장군들은 다섯 달 동안에 세상에서 드문 공을 이루었소. 듣기로 역적의 우두머리를 사로잡았다기에 먼저 사람을 시켜 표문을 도성으로 보냈소이다. 조정에서는 반드시 높은 벼슬을 내릴 것이오."

그 말에 송강은 두 번 절하며 감사했다.

다음 날 경영은 태원의 석실산으로 가서 부모의 시신을 찾아 장사를 치렀으면 하는 뜻을 알려 왔다. 이에 송강은 장청과 섭청으로 하여금 경영과 함께 가서 장례를 치를 수 있도록 해 주었다.

다시 송강은 진안무에게 알린 뒤에 전호가 세운 궁궐과 전각이며, 구슬발을 드리우고 보석으로 치장한 집들을 모조리 불살라 버렸다. 또 창고를 헐어 이번 싸움으로 집과 재물을 잃은 백성들을 구제하게 하는 한편, 숙 태위에게 보내는 편지와 조정에 올리는 표문을 쓰게 해 대종으로 하여금 그날로 가지고 떠나게 하였다.

대종은 편지와 표문을 가지고 진 안무가 보낸 사람을 뒤따라 가서 함께 동경으로 들어갔다. 대종은 먼저 숙 태위의 집으로 가서 전에 알아 둔 양 우후를 찾은 뒤 송강의 편지를 건네주었다.

숙 태위는 몹시 기뻐하며 다음 날 조회 때 진 안무의 표문과 함께 송강의 승리를 상주하였다. 도군 황제는 얼굴 가득 기쁜 빛을 띠고 칙명을 내리기를, 송강은 뒤처리를 마저 한 뒤에 교대할 조정의 벼슬아치가 오거든 군사를 돌려 도성으로 돌아오라 하였다. 그때 관작이 내려질 것임은 말할 나위도 없었다.

대종은 그 같은 소식을 듣자 숙 태위와 작별하고 동경을 떠나 위승으로 향했다. 워낙 빠른 걸음이라 다음 날 미시쯤 해서는 이미 위승성 안에 돌아와 송강과 진 안무에게 조정의 소식을 전할 수가 있었다.

송강과 진관은 전호 삼 형제는 남겨 두고 나머지 그를 따르는 자들은 모조리 거리로 끌어내 목을 베어 내걸게 하였다. 아직 역적들에게서 되찾지 못한 곳은 진령에 속하는 포주와 해현이었는데 그곳을 지키던 역적의 관원들은 전호가 붙잡혔다는 소식을 듣자 태반은 도망가고 그 나머지는 자수해 왔다. 진 안무는 자수한 자들은 양민으로 돌아가게 하고 널리 방문을 붙여 그곳 백성들을 안심시켰다.

그 밖에도 전호를 따르던 사람들 중에서 남을 해치지 않은 자는 자수하여 양민이 되게 하고 원래의 재산과 전답을 돌려주었다.

그렇게 반역에 가담했던 모든 고을들이 회복되자 그곳은 다시 관군들이 지키게 되었다. 변경을 지키고 백성을 편안하게 한다는 원래의 임무로 돌아간 것이었다.

한편 도군 황제는 한 벼슬아치를 뽑아 하북의 진관과 송강에게 내리는 칙서를 주어 보냈다. 그런데 황제의 칙사가 하북으로 떠난 그다음 날의 일이었다. 조정에서 무학(武學, 신종 황제가 무성왕의 사당에다 설치한 병법을 강론하는 자리)이 열려 백관들이 모두 모인 가운데 채경이 윗자리에 앉아 병법 이야기를 하게 되었다. 다른 벼슬아치들은 모두 채경의 위세에 눌려 조심스레 듣고 있는데, 그중 한 벼슬아치가 얼굴을 위로 쳐들고 천장을 바라보며 듣는 둥 마는 둥 하였다.

그걸 보고 몹시 성이 난 채경은 그 벼슬아치를 향해 물었다.

"그대는 누구인가? 지금 무슨 일을 하고 있는가?"

그러자 그 벼슬아치가 서슴없이 자기를 밝혔다.

"저의 이름은 나전(羅戩)이며 운남군의 달주에서 왔습니다. 지금은 무학유(武學諭) 일을 보고 있습니다."

그 뻣뻣한 대답에 채경은 더욱 성이 났다. 막 입을 열어 그를 꾸짖으려는데 천자가 오고 있다는 전갈이 왔다.

채경은 하는 수 없이 나전을 꾸짖는 일을 뒤로 미루고 백관들과 함께 나가 천자를 무학당으로 모셨다. 백관들이 엎드려 절을 올리고 만세를 부른 뒤에 도군 황제도 병법 이야기를 했다. 황제의 말이 끝났을 때 무학유 나전이 채경을 제쳐 놓고 먼저 천자 앞에 엎드려 상주했다.

"신 무학유 나전은 죽음을 무릅쓰고 폐하께 회서의 도적 왕경(王慶)이 반역을 일으킨 일을 아뢰옵니다. 왕경이 회서에서 난을 일으킨 뒤 다섯 해가 되었으되 관군은 아직도 그 역적의 무리를 당해 내지 못하고 있습니다. 동관(童貫)과 채유(蔡攸)가 성지를 받들고 회서로 역적을 치러 갔다가 군사를 모두 잃고 죄받을 일이 두려워 폐하를 속이고 있습니다. 말로는 군사들이 그곳의 기후 풍토를 견뎌 내지 못해 잠시 물린 것이라고 하나, 실은 큰 우환거리를 기르고 있는 중입니다. 그 때문에 왕경은 갈수록 세력이 커져 지난달에는 다시 저의 고향인 운남군을 깨뜨리고 노략질과 간음, 살인을 일삼았는데 그 잔인함이 말로 다하기 어려울 지경이었습니다. 지금 왕경은 여덟 개의 군주(郡州)와 여든여섯 개의 작은 고을을 차지하고 있으나 채경은 그의 아들 채유가 왕경을 치러 갔다가 조정이 내린 장졸을 잃고 나라를 욕되게 한 것을 속이고 있습니다. 그래 놓고도 오늘 폐하께서 이곳에 이르시기 전에 오히려 높은 자리에 앉아 병법을 이야기했습니다. 큰 소리로 떠드는 것이 전혀 부끄러움을 몰라 미친 게 아닌가 의심스러울 정도였습니다. 바라건대 폐하께서는 나라를 망치는 간신 채경을 벌하시고 따로이 장수를 뽑아 군사를 내어 역적을 치도록 하십시오. 역적의 소굴을 뒤집어 엎어 어려움에 빠진 백성들을 구하고 나라를 튼튼히 하게 된다면 실로 신민들을 위해서도 천하를 위해서도 큰 다행일 것입니다."

말을 듣고 난 도군 황제는 몹시 성이 나서 채경을 비롯한 간신들이 나라의 큰일을 감추고 속인 일을 엄하게 꾸짖었다. 그러나 채경의 무리가 워낙 교묘한 말로 둘러대는 바람에 벌을 주지는 못하고 대궐로 돌아갔다.

다음 날은 또 박주 태수 후몽(侯蒙)이 도성으로 들어와 글로 채유와 동관이 역적에게 군사를 잃고 나라를 욕되게 한 죄를 일러바쳤다. 그리고 아울러 송강의 재주와 계략이 남달라 요나라를 치고 하북을 평정하는 데 여러 차례 특출한 공을 세우고 개선 중에 있음을 아뢰면서, 송강으로 하여금 회서를 치게 하면 큰 공을 이룰 것이라고 천거하였다. 그 상주문을 본 도군 황제가 곧 성원(省院)에 명을 내려 송강 등에게 벼슬 내릴 일을 의논케 했다. 성원관은 채경의 무리와 의논한 뒤에 천자께 아뢰었다.

"왕경이 완주를 깨뜨렸으므로 우주, 허주, 엽현 세 곳에서 위급을 알리는 장계가 올라오고 있습니다. 그 세 곳은 동경에 속한 고을들로서 도성에서 가까운 곳이니 반드시 구해야 합니다. 진관과 송강에게 칙지를 내리시어 도성으로 올라오지 말고 인마와 더불어 급히 우주로 가게 하십시오. 아울러 후몽을 행군참모(行軍參謀)로 천거하고 나전도 후몽과 함께 진관에게로 가서 그 명을 따르게 하옵소서. 송강의 무리에게 벼슬을 내리는 일은 그들이 지금 싸움터에 나가 있어 쉽지가 않사오니 회서에서 이기고 돌아오면 그때 다시 의논하여 정하는 것이 좋겠습니다."

채경은 왕경이 강한 군사와 용맹한 장수를 거느리고 있음을 잘 알고 있었다.

그래서 동관, 양전, 고구와 함께 꾀를 낸 끝에 후몽과 나전의 말을 들어주는 척하며 실은 그들을 궁지로 몰아넣었다. 만약 송강과 진관이 싸움에 진다면 후몽과 나전은 오도 가도 못하게 될 것인데 그때 그들을 한꺼번에 때려잡을 심산이었다.

그런 네 간신들의 속셈을 알 리 없는 도군 황제는 그들이 말하는 대로 들어주었다. 후몽과 나전에게 칙서와 상으로 줄 금, 은, 비단, 갑옷, 마필, 어주 들을 주어 그날로 하북의 송강에게 보냈다. 또 하북에서 전호로부터 되찾은 고을에는 새로운 벼슬아치를 보내 정한 날에 당도하도록 하라 일렀다.

그렇게 정사를 처리한 뒤에 도군 황제는 왕보, 채유 두 사람의 권유에 따라 간악(艮嶽) 바람을 쐬러 갔다. 조서를 받은 후몽은 송강의 장졸들에게 나누어 줄 물건을 수레 다섯 대에 싣고 동경을 떠나 하북으로 향했다.

가는 길에서는 별일이 없었다. 며칠 걸려 호관산(壺關山)과 소덕부를 지난 뒤 위승에서 이십 리 떨어진 곳에 이르렀을 때였다. 길에서 역적의 괴수들을 호송해 오는 송강의 군사들을 만났다.

그 군사들을 거느리고 있는 장수는 장청과 경영 내외 그리고 섭청 세 사람이었다. 그 전날 경영이 어머니의 유체를 매장하고 돌아왔기에 송강이 그들에게 전호를 도성으로 끌고 가는 일을 맡긴 것이었다.

세 장수는 전호를 끌고 갈 뿐만 아니라 송강이 조정에 올리는 상주문도 아울러 가지고 있었다. 그 상주문 안에는 경영 모녀와 섭청이 정절을 지키고 효도한 일과 역적의 괴수를 잡은 공적이며 교도청과 손안 등이 조정에 귀순한 일에다 다른 여러 사람들의 공적이 일일이 적혀 있었다.

장청은 마주 오는 것이 조정에서 보낸 칙사임을 알아보고 앞으로 나가 후몽과 나전에게 예를 올렸다. 그리고 한편으로는 진안무와 송강에게 사람을 보내어 후몽과 나전이 왔음을 알리게 했다.

송강과 진관은 여러 장수들을 거느리고 성 밖까지 나와 후몽과 나전을 맞이했다.

후몽은 성지를 받들고 성안으로 들어가 용정(龍亭)과 향안(香案)을 갖추게 했다. 송강과 진관을 비롯한 여러 장수들이 북쪽을 향해 무릎을 꿇고 절을 올렸다. 예가 끝나자 후몽이 남쪽을 향하고 용정 왼편에 서서 조서를 읽었다.

짐은 하늘을 우러르고 선제들을 본받아 기업을 이어가되 이는 모두 뛰어난 조정 대신들이 짐의 팔다리가 되어 도와준 것에 힘입은 바 많았다.

그러나 근래에 이르러 변경이 시끄러워지며 나라가 평안치 못하니 근심이 아닐 수 없다. 다행히 선봉사 송강이 산을 넘고 물을 건너 어려움을 마다 않고 오랑캐와 역적을 잇따라 쳐부수었으니 짐은 그대들을 믿고 의지하고자 한다. 오늘 참모 후몽에게 조서를 들려 보내면서 아울러 안무 진관과 송강, 노준의 등에게 금은, 비단과 갑옷, 마필, 어주를 내려 그 공을 치하한다.

이번에 또 억센 도적 왕경이 회서에서 난을 일으켜 짐의 성과 땅을 빼앗고 백성들을 죽이며 변경을 침공하여 서경(西京)을 흔들어 놓고 있다. 명하노니 송강을 평서도선봉(平西都先鋒), 노준의는 평서부선봉으로, 후몽은 행군참모로 세우나니 조서가 이르는 날로 즉시 인마를 이끌고 가서 먼저 완주부터 구할지어다. 그대들 장졸들이 서로 힘을 합치고 충성을 다하여 역적을 평정한 공을 아뢴다면 공에 따라 벼슬과 상을 내리리라. 삼군의 장수들에게 보내는 상이 적거든 진관으로 하여금 주, 현에 있는 창고에서 더 내주고 문서만 올리도록 하라. 그대들은 부디 이 명을 우러러 받들지어다.

선화 5년 4월 모일

후몽이 조서를 다 읽자 송강과 진관은 만세를 부르며 두 번 절하여 천자의 은혜에 감사했다. 이어 후몽은 천자께서 내린 금은, 비단을 장졸들에게 차례로 나누어 주었다. 송강과 노준의, 진 안무에게는 각기 황금 오백 냥에 비단 옷감 열 벌, 비단 전포 한 필, 좋은 말 한 필, 어주 두 병이 내려졌다. 오용을 비롯한 장수 서른 넷에게는 각기 백금 이백 냥에 비단 옷감 네 벌, 어주 한 병이 내려졌으며, 주무를 비롯한 장수 일흔두 명에게는 각기 백금 백 냥에 어주 한 병이 내려졌다. 그리고 그 나머지 군사들에게도 진 안무가 고을 창고의 것을 보태어 상이 골고루 내려졌다. 조서를 받은 송강은 다시 명을 내려 장청, 경영, 섭청에게 전호 삼 형제를 도성으로 압송해 가게 했다. 또 공손승이 오룡산 용신묘에 있던 다섯 개의 진흙으로 빚은 용을 되세워 놓아야 한다고 하자 송강은 솜씨 좋은 장인들을 보내어 예전과 같이 빚어 놓도록 했다.

이어 송강은 대종과 마령을 각처의 수성장에게로 보냈다. 조정에서 보낸 벼슬아치들이 당도하는 대로 고을을 내주고 군사들과 더불어 송강의 진중으로 되돌아오라는 명을 전하기 위함이었다.

며칠 안 돼 조정에서 보낸 벼슬아치들이 모두 이르러 각처에 흩어져 있던 송강의 장수들은 군사들과 더불어 위승으로 몰려들었다. 송강은 그들에게도 조정에서 내린 은냥을 나눠 주게 하고 소양과 김대견에겐 자신들이 전호를 쳐부순 공적을 비석에 새겨 남기게 하였다.

그러는 사이 오월 오일 천중절(天中節)이 왔다. 송강은 아우 송청을 시켜 큰 잔치를 차리게 하고 천하가 태평하기를 빌기로 했다. 송강은 진 안무를 윗자리에 앉히고 새로운 태수와 후몽, 나전

그리고 그 고을의 관원들을 그다음 자리에 앉혔다. 도성으로 올라간 장청을 뺀 송강 이하의 백일곱 두령과 하북에서 투항해 온 교도청, 손안, 변상 등 열일곱 장수는 양쪽으로 늘어앉았다.

그 술자리에서 진관과 후몽, 나전은 송강을 비롯한 여러 장수들의 공훈을 높이 치하했고 송강과 오용을 비롯한 장수들은 그 세 사람이 자기들을 알아준 것에 감격했다. 더러는 조정의 일을 의논하기도 했고 더러는 자신들의 말 못할 어려움을 털어놓기도 하며 술잔을 나누는 사이에 밤은 깊어 갔다. 그날 밤 그들은 자정을 넘겨서야 흩어져 돌아가 쉬었다.

다음 날 송강은 오용과 의논한 끝에 군사를 점고해서 위승을 떠났다. 진관을 비롯한 조정에서 내려온 사람들도 남쪽으로 내려가는 송강의 군대와 함께 떠났다. 가는 도중에 백성의 것은 터럭 하나 다치지 않으니 백성들은 모두 향과 등을 켜 들고 길가에 나와 송강이 역적을 쳐 없애고 다시 밝은 하늘을 볼 수 있게 해 준 은혜에 감사했다.

한편 송강과는 따로이 전호를 죄인 싣는 수레에 싣고 올라간 몰우전 장청은 동경에 이르자 우선 숙 태위를 찾아보고 송강이 보낸 편지와 함께 예물도 바쳤다. 숙 태위가 편지에 적힌 일들을 천자께 아뢰니 천자는 경영 모녀의 정절과 효성을 갸륵히 여겨 경영의 어머니 송씨에게 개휴정절현군(介休貞節縣君)을 봉하고 개휴현의 관원들에게 사당을 세워 봄가을로 제사를 지내도록 했다. 그리고 경영에게는 정효의인(貞孝宜人)의 이름을 내렸으며 섭청은 정배군(正排軍)으로 삼고 백은 오십 냥을 상으로 내려 그 의로움을 기렸다. 또 장청은 원래의 관직을 회복시켜 준 다음 그들 세 사람이 송강을 도와 회서를 평정하고 공을 세우면 그 벼슬을 높여 주기로 했다.

이어 도군 황제는 역적 전호와 그 두 아우를 저잣거리에 끌어내어 능지처참에 처하게 했다. 그날 경영은 부모의 초상을 들고 나가 감참관(監斬官)에게 알린 뒤 부모의 초상을 내다 걸고 그 아래 상을 차렸다. 오시 삼각이 되자 전호는 능지처참을 당했다. 경영은 떨어진 전호의 목을 그 상 위에 놓고 떨어지는 피를 제물 삼아 목놓아 울며 부모의 영전에 제사를 지냈다.

그때는 벌써 경영의 지난 일이 동경에 널리 퍼져 구경꾼들이 그야말로 인산인해를 이루었다. 경영이 부모의 영전 앞에서 슬피 우는 것을 보자 따라서 눈물을 흘리지 않는 사람은 하나도 없었다.

제사가 끝나자 경영은 장청, 섭청과 함께 궁궐을 바라보며 절하여 성은에 감사드렸다. 그리고 동경을 떠난 셋은 왕경을 치는 송강을 도우러 곧바로 완주로 갔다.

그러면 회서를 근거지 삼아 천하를 어지럽게 하는 왕경이란 어떤 인물인지를 알아보자. 왕경은 원래 동경 개봉부 안의 한낱 부배군(副排軍, 하급 군리)이었다.

그의 아비 왕혁도 동경의 큰 부자였으나 평판은 그리 좋지 못했다. 관아에 뇌물을 먹여 놓고는 이것저것 송사를 벌여 선량한 백성들을 괴롭혔으나 사람들은 그의 앙심을 살까 두려워 맞서기를 피하는 형편이었다. 한번은 이름난 풍수가 와서 묏자리를 봐

주면서 거기에 묘를 쓰면 귀한 자식을 보리라 했다. 그 말을 믿은 왕혁은 이미 그 묏자리에 자신의 친척이 묘를 쓴 걸 보고 평소의 솜씨를 보였다. 그 풍수와 짜고 거짓으로 증거를 꾸며 송사를 벌였다. 왕혁의 친척은 몇 해 내리 끄는 송사로 가산을 탕진하고 마침내는 동경을 떠나 멀리 가 버렸다. 하지만 그게 꼭 불행은 아니었다. 뒷날 왕경이 반란을 일으키자 관가에서는 그의 삼족을 모두 잡아 죽였는데, 유독 먼 곳에 가서 살던 그 친척의 집만은 왕혁에게서 피해를 보았기에 오히려 살아날 수 있었기 때문이다.

왕혁은 그 묏자리를 빼앗아 거기에 제 부모를 묻었는데 그때부터 아내에게서 태기가 있었다. 어느덧 만삭이 되었을 때 묘한 꿈을 꾸었다. 호랑이 한 마리가 방 안으로 들어와 서쪽에 웅크리고 앉은 것을 갑자기 사자가 들어와 물고 뛰어나가는 것이었다. 왕혁이 놀라 꿈에서 깨어나 보니 때마침 아내가 왕경(王慶)을 낳고 있었다.

반역아 왕경

왕경은 어려서부터 사람됨이 몹시 불량스러웠다. 예닐곱 살이 되면서부터 덩치가 크고 기운이 남달랐는데, 글은 읽지 않고 닭싸움과 말타기, 창봉 쓰기에만 열중하였다.

왕경이 그렇게 된 데는 아비 어미의 잘못도 있었다. 외아들이라 애지중지 귀여워하며 제멋대로 버려두어 못된 버릇을 몸에 배게 한 까닭이었다. 자라서 노름을 하고 기생집을 드나들고 술을 퍼마셔도 그때는 이미 어찌 말려 볼 수가 없었다. 혹시라도 왕혁 부부가 아들을 나무라면 왕경은 버럭 성을 내어 부모에게 상스러운 욕을 퍼부으니 그저 가슴만 칠 뿐이었다.

그렇게 예닐곱 해 지나고 나니 가산이 남아날 리 없었다. 아비 왕혁이 모아 둔 것을 주색잡기로 말아먹은 왕경은 그동안에는 무예 솜씨에 의지해 고을의 부배군이 되었다.

부배군이 되어서도 왕경은 제 버릇을 남 주지 못하였다. 손에 돈만 들어오면 패거리와 함께 하루 종일 먹고 마시다가 조금만 마음에 안 맞는 일이 있어도 주먹을 들어 치고받기 일쑤였다. 이에 사람들은 그런 왕경을 두려워하면서도 또한 좋아하였다.

어느 날 왕경은 새벽같이 관아로 들어가 점고를 받고 일을 마친 뒤 성 남쪽으로 가서 옥진포(玉津圃)란 곳에서 놀고 있었다. 때는 휘종 정화(政和) 6년 봄날이었다. 놀러 나온 사람들이 개미 떼 같고 오가는 군사와 말은 구름 같았다.

상원에 꽃피고 둑 위 버드나무 조는데
놀이 나온 사람 중에 어여쁜 이 있어라
꽃핀 들판에 금 굴레 쓴 말 울부짖고
살구꽃 그늘 누각에선 사람들이 취해 가네

그러한 옥진포를 왕경은 혼자서 돌아다녔다. 못가의 수양버들에 기대서 있다가 아는 사람이라도 만나면 함께 술집에 들어가 몇 잔 걸치고 성안으로 돌아갈 작정이었다. 그런데 얼마 안 있어 못 북쪽으로부터 간판, 우후에 시중꾼과 시녀 여남은 명을 거느린 가마 하나가 나타났다. 가마 안에는 꽃같이 아름다운 아가씨가 타고 있었는데, 그 아가씨는 바깥을 구경하려고 대발도 드리우지 않고 있었다.

왕경은 원래가 계집을 좋아하는 작자였다. 한번 그 아가씨를 보자 넋이 다 빠져나가는 듯하였다. 가마를 뒤따르는 간판과 우후를 보니 추밀 동관의 부중 사람들 같았다. 왕경은 멀찌감치서 그 가마를 뒤따르다가 간악(艮嶽)까지 가게 되었다.

간악은 도성의 동북쪽에 있는 동산으로 도군 황제가 쌓은 것이었다. 기이한 봉우리와 묘한 바위에 오래된 나무, 귀한 날짐승들이 있었으며 못가에는 정자와 누각이 수없이 많았다. 둘레에는 붉은 담장에 붉은 대문을 세워 마치 대궐 문과도 같고 대문에는 금군들이 파수를 서고 있어 일반 백성들은 근처에 얼씬도 못했다.

가마는 그 대문 앞에 내려지고 시녀들의 부축을 받아 가마에서 내린 아가씨는 사뿐사뿐 걸어서 간악 대문으로 갔다. 문을 지키고 있던 금군과 내시들이 길을 내주어 그녀를 안으로 들였다.

그 아가씨는 바로 동관의 동생인 동세(童貰)의 딸이고 양전의 외손녀였다. 동관은 그녀를 수양딸로 길러 채유의 아들에게 허혼하였으므로 채경에게는 손부(孫婦)감인 셈이었다. 그녀의 어릴 적 이름은 교수(嬌秀)요, 나이는 이제 열여섯으로 천자가 이틀 동안 이사사(李師師)의 집으로 놀러 간 틈을 타 간악 구경을 나온 길이었다.

동관이 미리 간악을 지키던 금군들에게 분부해 두었으므로 교수가 간악으로 들어가도 막는 사람이 없었다.

간악 안으로 들어간 교수는 두 시간이 넘어도 나오질 않았다. 기다리다 배가 고파진 왕경은 동쪽 거리의 주막으로 들어가 술과 고기를 사서는 예닐곱 잔 급하게 마셨다. 그리고 그사이 혹시

아가씨가 돌아갈까 봐 셈도 치르지 않고 주머니에서 되는 대로 은전을 꺼내어 심부름꾼에게 주면서 말하였다.

"셈은 좀 있다가 와서 하겠다."

왕경이 종종걸음으로 돌아가 한참을 기다리니 그제야 교수가 시녀와 함께 사뿐사뿐 걸어 나왔다. 그녀는 가마로 들어가지 않고 걸어서 간악의 바깥 경치를 구경했다. 왕경이 슬그머니 다가가 바라보니 그녀는 그야말로 절색이었다. 입술은 앵두 같고 두 눈은 가을물 같으며 연꽃 같은 자태에 몸에서는 향내라도 풍기는 것 같았다.

그녀를 보는 왕경의 가슴속에는 노루가 뛰는 것 같았고 뼈와 살은 노그라져 눈으로 만든 사자가 불을 만난 것 같았다. 반은 넋이 나간 사람처럼 되어 멍하니 바라보기만 했다.

일이 되려고 하니 그런지 교수 또한 그런 왕경을 보고 한눈에 반했다. 그녀가 보기에 왕경은 봉의 눈에 그린 듯이 짙은 눈썹이요, 수염 돋친 흰 얼굴에 뺨은 붉었다. 번듯한 머리에 넓적한 이마, 일곱 자 큰 키에 몸마저 건장한데 그런 왕경이 넋 잃고 자신을 쳐다보니 더욱 잘나고 멋있어 보였다.

이윽고 간판과 우후들이 사람들을 물리치고 시녀들은 교수를 부축해 가마에 앉혔다. 가마는 그들에게 에워싸인 채 이곳저곳을 둘러 산조문 밖 악묘로 향했다.

왕경은 넋 잃은 사람처럼 그런 가마를 따라 악묘까지 갔다. 거기도 사람들이 빽빽이 몰려 있어 몸조차 돌리기 어려울 지경이었으나 동 추밀의 우후와 간판들이 에워싼 가마가 오자 길은 쉽게 트였다.

교수가 가마에서 내려 향을 사르자 왕경도 사람들을 비집고 앞으로 나갔으나 감히 가까이 가지는 못했다. 그는 교수의 시중꾼들에게 쫓겨날까 봐 짐짓 묘지기와 친한 체하고 촛불을 켜 들어 교수가 분향하는 걸 도와주면서 연신 눈길을 보냈다. 이미 한눈에 반한 교수도 그런 왕경의 눈짓에 잇따라 답을 했다.

교수는 중매쟁이 할멈으로부터 채유의 아들이 날 때부터 멍청하다는 소리를 듣고 그런 사람에게 시집가야 하는 것을 밤낮으로 한스럽게 여겨 왔다. 그런 터라 이제 왕경을 만나고 보니 그 잘생기고 멋있는 풍채에 절로 마음이 끌렸다.

하지만 모든 일이 곧 그들 남녀에게 좋게만 되지는 않았다. 동관의 부중에 있는 동 우후란 사람이 그 눈치를 채고 상대편 남자를 자세히 살펴보니 다름 아닌 왕경인지라 뺨을 올려붙이며 꾸짖었다.

"야 이놈아, 저분이 어느 댁 사람인지 아느냐? 개봉부에 한낱 군졸인 놈이 여기가 어디라고 이리 함부로 다가드느냐? 만약 상공께서 이 일을 아시면 네놈의 모가지가 어깨 위에 남아나는가 봐라!"

왕경은 그 소리에 번쩍 정신이 들었다. 찍소리도 못하고 머리를 싸맨 채 그 자리에서 도망을 쳤다.

"쳇, 내가 왜 이리 멍청하냐. 두꺼비가 기러기 잡아먹는 꿈을 꾸는 격이지, 감히 누굴 넘봐."

악묘 밖으로 나온 뒤에야 왕경은 그렇게 중얼거리며 퉤 하고

침을 뱉었다. 그러고는 분한 성을 삭이며 제집으로 돌아갔다.

하지만 누가 알았겠는가? 교수는 집으로 돌아가서도 밤낮으로 왕경을 그리던 나머지 시녀들에게 듬뿍 선물을 집어 주고 동 우후에게 가서 왕경에 관한 것을 알아보게 했다. 시녀가 왕경의 이름이며 사는 곳, 하는 일을 알아다 주자 그다음은 일사천리였다.

교수의 시녀는 잘 아는 설(薛) 할멈과 함께 뚜쟁이가 되어 왕경을 뒷문으로 끌어들였다. 그로부터 두 남녀의 사통은 시작되고 그 뜻밖의 행운에 왕경은 너무나 기뻐 술로 나날을 보냈다. 세월은 살같이 흘러 어느덧 삼월이 지나갔다. 즐거움이 크면 괴로움이 온다더니 그들에게도 어려움이 닥쳤다.

어느 날 왕경은 술에 몹시 취해 정배군(正排軍)인 장빈에게 그 일을 털어놓고 말았다. 발 없는 말이 천리를 간다고 그 소문은 돌고 돌아 동관의 귀에도 들어갔다. 몹시 화가 난 동관은 왕경에게 죄를 씌워 요절을 내려 했음은 말할 나위조차 없다.

한편 왕경은 일이 그렇게 되자 다시는 동관의 부중으로 들어갈 엄두를 못 냈다. 왕경이 울적하게 집 안에 처박혀 지내던 어느 날이었다. 때는 마침 오월이라 몹시 무더웠다. 왕경은 걸상을 뜰에 매달아 놓고 바람을 쐬다가 다시 몸을 일으켜 부채를 가지러 방으로 들어갔다. 그런데 갑자기 그 걸상이 네 다리를 움직이며 방 안으로 걸어 들어왔다.

"그것참 괴이한 일이다."

왕경이 그렇게 소리치며 오른발로 그 걸상을 냅다 찼다. 하지만 그다음 순간 왕경은 '어이쿠' 하며 그 자리에 풀썩 주저앉았다.

너무 힘을 주어 발길질을 한 탓에 옆구리가 심하게 결려 왔다.

"아이고, 아이고."

왕경은 주저앉은 채 그렇게 비명을 지르며 반나절이나 꼼짝을 못했다. 왕경의 아낙이 그 소리를 듣고 달려 나와 보니 걸상은 한쪽에 나가 넘어져 있고 남편은 죽을상을 지으며 쭈그리고 앉아 있었다. 그러잖아도 심사가 틀어져 있던 아내는 그런 왕경의 빰을 철썩 때리며 말했다.

"이 짐승 같은 것아. 만날 밖으로 싸다니며 집안은 돌아보지 않던 것이 이제야 겨우 돌아와서는 또 무슨 수작을 부려."

"이봐, 이거 장난으로 이러는 거 아니야. 옆구리 힘살을 다쳤는지 꼼짝을 못하겠다구."

왕경이 그렇게 죽는소리를 했다.

그제야 아낙도 놀라 왕경을 부축해 일으켰다. 아내의 어깨를 짚고 일어나던 왕경이 이를 악물며 신음 소리를 냈다.

"아이고, 정말 죽겠구나!"

그러자 아낙이 다시 왕경에게 욕설을 퍼부었다.

"바람둥이 건달 같으니라구. 평소에 늘 발길질 주먹질이더니 이제 정말로 일을 냈구나, 일을 냈어."

아낙은 그렇게 말을 하고 나니 제 말에 저도 우스운지 소맷자락으로 입을 가리며 킬킬 웃었다. 왕경도 허리가 아프기는 하지만 '일을 냈다(일을 냈다는 것은 남녀간의 관계를 뜻하는 데가 있었던 듯)'는 말이 하도 우스워 킬킬 웃었다. 왕경이 웃자 아낙은 다시 성이 나는지 빰을 한 대 더 올려붙이고 나무랐다.

"이 짐승 같은 것아, 일냈다는 말에 기껏 그따위나 떠올리는 거야?"

하지만 아낙은 이미 스스로 한 말에 은근히 몸이 달아 있었다. 왕경을 부축해 침상에 눕힌 뒤 호두 한 접시를 까고 술을 한 주전자 데워 내오며 수작을 붙였다. 문에 빗장을 지르고 휘장을 드리운 뒤 옷을 벗고 덤볐지만 왕경은 옆구리가 결려 일이 되지가 않았다.

그날 밤은 별일 없이 지나갔으나 다음 날 아침이 되어도 아픔이 멎지 않자 왕경은 걱정이 되기 시작했다. 관아에 나가 점고를 받아야 하는데 움직일 수가 없기 때문이었다. 걱정하는 동안에 어느덧 오시가 되었다. 아낙이 고약이라도 사서 붙여 보라고 성화를 대는 바람에 왕경은 하는 수 없이 관아 앞의 전(錢) 노인을 찾아갔다. 그곳에 점포를 열고 타박상을 치료하는 데 쓰는 고약을 파는 늙은이였다. 왕경이 고약 두 닢을 싸 허리에 붙이는 걸 보고 전 노인이 말했다.

"빨리 나으시려면 상처도 돌보고 피를 통하는 데도 좋은 약을 두어 첩 달여 드셔야 되겠습니다."

그러고는 약 두 첩을 지어 주었다. 왕경은 주머니에서 서너 푼 되는 은을 꺼내 종이에 쌌다. 전 노인은 왕경이 은전을 싸는 것을 보고는 짐짓 못 본 척 얼굴을 동쪽으로 돌렸다.

"선생께서는 적다 마시고 이걸로 시원한 수박이라도 사 드십시오."

왕경이 종이에 싼 은전을 내밀며 그렇게 말했다.

"도배군(都排軍), 친구 사이에 무슨 계산이 있겠소. 이러지 마시오."

전 노인은 입으로는 그렇게 말하면서도 손으로 그 종이 봉지를 받아 약상자 안에 넣었다.

왕경이 약첩을 들고 일어서려는데 문득 관아 서쪽에서 한 점쟁이가 걸어오고 있는 것이 보였다. 단사 두건을 눈썹까지 내려 쓰고 갈포 겉옷을 걸친 점쟁이였다. 그가 펴든 양산 밑에 달아 놓은 종잇조각에는 '선천신수(先天神數)' 넉 자가 큼직하게 쓰여 있고 그 양쪽에는 다시 작은 글자 두 줄이 쓰여 있었다.

형남(荊南)의 이조(李助) 점 한 수에 십 문(十文)을 받는다
점괘마다 틀림이 없어 옛적의 관로(管輅, 삼국시대의 이름난 점술가)보다 낫다

란 내용이었다. 왕경은 그 점쟁이를 보자 교수와 몰래 정을 통한 일에다 전날 있은 괴이한 일이 생각나 얼른 그를 불렀다.

"이 선생, 이리 와서 앉으시오."

"나리께선 제게 무슨 가르침이라도 계신지요?"

점쟁이가 그렇게 대답하면서 두 눈을 굴려 왕경의 아래위를 훑어보았다.

"점 한번 치고 싶어서 그렇소."

왕경이 그렇게 대답하자 이조는 양산을 걷고 고약 방으로 들어가며 전 노인에게 손을 모아 양해를 구했다.

"여기서 좀 소란을 떨어도 되겠습니까?"

그리고 전 노인이 허락하자 옷소매에서 자단목으로 깎은 점통을 꺼내더니 그 안에서 커다란 동전 한 닢을 내주며 왕경에게 말하였다.

"나리께서는 저기 가서 하늘에다 기도를 드리시오."

왕경은 점치는 동전을 받아 들고 뜨거운 햇볕 아래 나아가 기도를 웅얼거렸다. 그러나 여전히 허리가 아파 굽힐 수가 없었다. 마치 아흔 살이나 되는 늙은이처럼 굳은 허리로 굽힌 것도 절하는 것도 아닌 어정쩡한 자세로 드리는 기도였다. 그런 왕경을 보고 있던 이조가 전 노인에게 슬며시 말했다.

"선생의 고약을 쓰면 빨리 나을 것 같구려. 어디서 심하게 맞은 모양이오."

그 말에 전 노인이 아는 대로 대답했다.

"걸상이 괴이쩍게 움직인 걸 보고 발로 차다가 허리를 다쳤다는구려. 조금 전 올 때는 말도 제대로 못할 만큼 헐떡거렸는데, 고약을 두 닢 붙여 주었더니 이제는 저나마 허리를 굽히는구려."

"하긴, 허리가 몹시 결리는 것 같구려."

이조가 고개를 끄덕이며 그렇게 답했다. 그때 기도를 마친 왕경이 이조에게 동전을 돌려주었다. 이조는 왕경의 성과 이름을 묻고 점통을 흔들면서 입으로 중얼중얼 외웠다.

"날 좋고 시 좋은데 하늘과 땅이 열리니 성인이 역(易)을 지어 신명(神明)의 뜻을 드러낸다. 삼라만상의 도(道)는 건곤(乾坤)에 맞고 천지는 그 덕(德)에 맞으며 해와 달은 그 밝음에 맞고 네 계절은 그 차례에 맞으며 길하고 흉함은 귀신에 맞구나. 이제 동경 개봉부에 왕씨 성 쓰는 군자가 있어 하늘을 우러러 점괘를 얻으려 하나이다. 갑인 순중(旬中) 을묘일에 주역에 청을 드리오니 거룩하시고 신령하신 문왕(文王) 선사, 귀곡(鬼谷) 선사, 원천강(袁天綱, 수나라 때 관상술이 뛰어났던 사람) 선사께서는 의심과 미혹을 흩트려 버리시고 밝게 뜻을 드러내 주옵소서."

그런 다음 점통을 두 번 흔들어 점괘 하나를 얻었다. 수뢰둔(水雷屯)괘였다. 이조가 그 육효(六爻)를 살피다가 문득 왕경에게 물었다.

"나리께서는 무슨 일을 점쳐 보려 하십니까?"

"집안일을 알고 싶소."

왕경이 그렇게 대답하자 이조가 머리를 흔들면서 말했다.

"나리께서는 괴이쩍게 여기지 마십시오. 바른대로 말씀드리면 둔(屯)이란 어려움을 뜻하는 괘입니다. 이제 막 재난이 벌어지고 있군요. 몇 구절 들려드릴 테니 나리께서는 잘 기억해 두십시오."

그러고는 기름 먹인 종이를 바른 부채를 흔들며 읊어 나갔다.

"집안에 이리저리 어려운 일이 생기고 온갖 괴물이 재난을 일으켜 편치 못할 것입니다. 오래된 사당이 아니면 위태로운 다리에서 백호(白虎)를 만난 듯 험한 꼴을 당할 것이며 관가와도 어려운 일이 생기고 몸에는 병이 날 것입니다. 머리는 있어도 꼬리가 없어 구제받지 못하는 운이니 귀한 사람을 만났으나 험한 송사에 걸려 감옥에 갇히게 될 것입니다. 사람은 안정치 못해 넘어질 것이요, 네 팔다리는 힘이 없어 꼬임에 잘 넘어갈 운이니 멀리 옮겨 가지 않으면 벗어날 길이 없겠습니다. 특히 호랑이, 용, 닭, 개 날에 많은 걱정거리가 생기고 재앙이 닥칠 것이오."

그때 왕경은 이조 앞에 마주 앉아 점괘를 듣고 있었다. 그러나 부채의 기름종이에서 나는 냄새가 어찌나 고약한지 저고리 소매로 코를 막아야 할 지경이었다. 이야기를 마친 이조가 왕경에게 다시 말하였다.

"제가 아는 대로 바로 말씀드리면 집안에 괴상한 일이 많이 벌어질 것입니다. 거처를 옮겨야만 피할 수 있을 것 같습니다. 또 내일은 병진일(丙辰日)이니 특별히 조심하셔야겠습니다."

왕경은 이조가 그렇게 흉한 소리만 늘어놓자 별로 귀담아듣지 않았다. 다만 돈을 꺼내 말없이 복채만 치렀다. 돈을 받은 이조는 약방에서 나가자 양산을 펴들고 동쪽으로 가 버렸다. 그때 대여섯 명의 공인이 나타나 왕경을 보고 말했다.

"여기서 무슨 한가로운 말씀이나 하고 계십니까?"

왕경은 그들에게 그 전날 있었던 일을 이야기해 주었다. 공인들이 이야기를 듣고 모두 웃었다. 왕경이 그들에게 부탁했다.

"부윤 상공께서 물으시면 여러 형제들이 잘 여쭤 주게. 그래 주면 정말 고맙겠네."

"알겠습니다."

공인들은 그러면서 모두 흩어져 갔다.

집으로 돌아간 왕경은 아낙에게 약을 달이게 했다. 병을 고칠 마음이 급해 두 시진도 안 되는 사이에 약 두 첩을 다 먹어 버린 왕경은 거기다가 약 기운이 빨리 퍼지라고 술까지 몇 잔 걸쳤다.

정말로 약 기운이 퍼져서 그런지 몹시 열이 나서 그날 밤 늦게서야 잠을 들 수 있었다.

왕경의 아낙은 그런 왕경 곁에서 불을 피운다, 허리를 주무른다 간호를 했다. 왕경이 교수와 놀아나느라 오랫동안 독수공방을 지켜 왔던 아낙은 남편이 곁에 있자 색심이 불같이 일었다. 간호하는 틈틈이 남편에게 기어가 밤새도록 추근댔다.

그 바람에 그들 부부는 이튿날 아침 진시가 되어서야 잠에서 깨어났다. 세수를 마치고 나자 속이 출출해진 왕경은 술 한 잔을 데워 마신 뒤 아침을 먹기 시작했다. 그런데 미처 밥상을 물리기도 전에 밖에서 누군가 찾는 소리가 들렸다.

"도배군, 안에 계십니까?"

왕경의 아낙이 벽에 있는 봉창으로 내다보고 말했다.

"관아에서 사람 둘이 왔소."

그 말에 왕경은 멍하니 앉았다가 밥상을 밀어 놓고 입을 닦으며 밖으로 나갔다.

"두 분께서는 무슨 일로 오셨습니까?"

왕경이 손을 모으며 그렇게 묻자 찾아온 두 공인이 대답했다.

"도배군께서는 정말 세월 좋으신 모양이구려. 얼굴이 환한 게 봄빛을 띤 것 같소이다. 하지만 큰일이오. 오늘 아침 상공께서 점고를 하시다가 도배군이 나오지 않은 걸 보고 몹시 성을 내셨습니다. 우리가 도배군을 대신해 괴이한 일로 허리를 다쳤다고 말했지만 어디 믿어 주어야지요. 이렇게 문서 한 장을 써 주며 우리 두 사람을 부려 도배군을 불러들이라는군요."

왕경이 그 문서를 보니 자기를 부르는 호출장이었다.

"지금은 이렇게 얼굴이 붉으니 어찌 가서 상공을 뵈올 수 있겠습니까? 좀 있다가 가서 뵈었으면 좋겠습니다."

왕경이 아침 술을 핑계로 그렇게 말미를 얻어 보려 했다. 그러나 두 공인은 들어주지 않았다.

"저희들로서는 어쩔 수 없는 일입니다. 나리께서 지금 서서 기다리고 계시니 만약 늑장을 부리다가는 우리까지 매를 맞게 될 것입니다. 빨리 가도록 합시다."

그러고는 왕경을 부축해서 내닫기 시작했다. 왕경의 아낙이 급히 달려 나와 데려가는 까닭을 물어보려 했으나 벌써 남편은 집을 나가고 없었다. 두 공인은 왕경을 부축하고 개봉부로 들어갔다. 부윤은 호랑이 가죽을 깐 교의에 높이 앉아 기다리고 있었다.

"나리의 분부를 받잡고 왕경을 잡아 왔습니다."

두 공인이 왕경을 끌고 부윤 앞으로 가 그렇게 아뢰었다. 왕경은 억지로 몸을 굽혀 부윤을 향해 네 번 절을 했다. 부윤이 그런 왕경을 꾸짖었다.

"이놈 왕경아, 너는 한낱 군졸로서 어찌 이같이 게으르단 말이냐. 나와서 점고를 받지 않은 까닭이 무엇이냐?"

이에 왕경은 다시 한번 자기가 겪은 괴상한 일을 자세히 이야기한 뒤 사정했다.

"실은 옆구리가 아파 앉아도 누워도 편치가 못합니다. 감히 관아의 일에 게으름을 피운 것이 아니라 걸을 수가 없어서 그리된 것이니 바라건대 상공께서는 헤아려 살펴 주십시오."

부윤은 왕경의 말을 믿어 줄 듯하다가 갑자기 성난 소리로 꾸짖었다.

“네 이놈, 네놈은 늘 술을 마시고 못된 짓을 하는 놈이다. 법에 어긋난 짓을 해 놓고도 요사스러운 말로 감히 윗사람을 속이려 드느냐?”

아침에 마신 해장술이 빌미가 된 것이었다. 부윤은 그 같은 꾸짖음에 이어 왕경을 끌어다 매를 치라고 호령했다. 이미 밉게 보고 하는 짓이니 왕경이 무슨 수로 변명을 할 수 있겠는가. 부윤은 왕경의 살갗이 터지고 살이 찢기도록 매를 치면서 요사스러운 말을 지어내고 백성들을 꼬드겨 모반한 죄를 자백하라고 닦달하였다.

사정없는 매질에 몇 번이고 정신을 잃었다가 깨어나곤 하던 끝에 왕경은 마침내 견뎌 내지 못했다. 억울한 대로 죄를 덮어쓰는 수밖에 없었다.

부윤은 왕경의 자백을 받아쓰게 한 다음 옥졸들을 시켜 큰칼을 씌우고 죽을 죄수들이 갇히는 옥에다 가두게 하였다. 요사스런 말을 지어 퍼뜨려 모반을 꾀한 죄로 사형에 처할 작정이었다. 옥졸들은 그런 부윤의 명에 따라 왕경을 끌고 가서 감옥에 집어넣었다.

일이 그렇게 된 것은 부윤의 뜻만이 아니었다. 실은 동관이 몰래 부윤에게 사람을 보내 무슨 트집이든 잡아 왕경을 손보게 했는데 때마침 왕경이 거기 걸려든 셈이었다. 사람들이 쉽게 믿기 힘든 괴상한 일을 당한 게 불행이라면 불행이었다. 그때 개봉부의 사람들치고 왕경과 교수의 일을 모르는 사람은 없었다.

"왕경이 그렇게 걸려들었으니 이제 살기는 다 틀렸다."

사람들은 그렇게 수군거렸다. 그런 소문은 채경과 채유의 귀에도 들어갔다. 두 사람은 의논 끝에 왕경을 죽이는 대신 멀고 험한 곳으로 귀양을 보냄으로써 말썽거리를 없애기로 했다. 왕경을 죽이게 되면 성안 사람들이 떠도는 말을 정말로 믿고 교수에 대한 더러운 소문이 더욱 널리 퍼질 것 같아서였다. 왕경을 없앤 다음 길일을 택해 교수를 손자며느리로 맞아들인다면 동관의 수치도 덮어지고 사람들의 뒷공론도 없앨 수 있을 것 같았다.

개봉 부윤은 채 태사가 보낸 심부름꾼을 통해 밀명을 받자 곧 그대로 시행하였다. 부윤은 왕경을 끌어내어 칼을 벗긴 뒤 등허리에 매 스무 대를 때리고 얼굴에는 먹자를 새겨 넣었다. 그리고 특별히 먼 곳을 골라 서경 관아의 섬주에 있는 노성으로 귀양을 보냈다.

이에 왕경은 목에 열 근 반짜리 쇠칼을 쓰고 손림과 하길이라는 두 공인에게 끌려 귀양 길을 떠나게 되었다. 세 사람이 개봉부를 나오는데 왕경의 장인 우대호(牛大戶)가 그들을 데리고 관아 남쪽에 있는 술집으로 데려갔다. 우대호는 술집 주인을 불러 술과 고기를 가져오게 하더니 몇 잔 술이 돈 뒤에 은 부스러기 한 주머니를 왕경에게 주며 말했다.

"백은 서른 냥이네. 가는 길에 여비로 쓰게."

"장인어른, 고맙습니다."

왕경이 그렇게 감사하며 손을 내밀자 우대호가 그의 손을 밀치며 조건을 붙였다.

"그렇게 서둘지 말게. 내가 이 은냥을 그냥 주는 게 아닐세. 이제 자네는 멀리 천 리 밖 섬주로 귀양을 가게 되었으니 언제 돌아올지 누가 알겠나. 게다가 남의 집 딸을 희롱하다 제 아내의 신세를 망쳐 놓은 셈이니 누가 자네 마누라를 돌봐 주겠나. 자식도 없고 전답도 재물도 없으니 자네를 기다리려야 기다릴 수도 없게 되었네. 그러니 휴서(休書)를 쓰고 자네가 떠나간 뒤 내 딸이 다시 시집을 가도 뒷날 말썽을 부리지 않겠노라고 다짐하게. 그래야만 이 은자를 주겠네."

왕경은 평소에 돈을 헤프게 써 버릇한 작자였다. 주머니에 돈 한푼 없이 어떻게 섬주까지 갈까를 생각하니 기가 막혔다. 한참을 이리저리 생각하다가 마침내 그 돈을 얻어 쓰기로 마음을 정했다.

"할 수 없죠. 그러시다면 휴서를 써 드릴 수밖에."

그러고는 탄식과 함께 휴서를 써 주었다. 우대호는 한 손으로 휴서를 받고서야 다른 손으로 그 은자를 왕경에게 건네주었다. 왕경이 두 공인과 함께 짐을 꾸리러 집으로 돌아가니 마누라는 이미 우대호의 집으로 가 버렸고 문은 잠겨 있었다. 왕경은 하는 수 없이 이웃집에 가서 도끼와 끌을 빌려다 문을 열었다. 집 안으로 들어가 보니 마누라의 옷가지며 노리개, 머리치장 따위는 죄다 없어진 뒤였다.

왕경은 분하기도 하고 슬프기도 하였다. 이웃집에 사는 주(周) 할멈을 불러 집에 있는 술을 차려 내오게 해 공인들을 대접하고 은자도 열 냥씩 나누어 주었다.

"저는 맞은 자리가 아파 움직이기가 어렵습니다. 며칠 쉬었다가 길을 떠나면 어떻겠습니까?"

두 공인 손림과 하길은 왕경에게 돈을 받아먹은 터라 그걸 허락했다. 그러나 채유가 심부름꾼을 보내 어서 떠나라고 재촉하는 바람에 왕경을 쉬게 할 수가 없었다. 왕경도 어쩔 수가 없어 집안 살림을 돈 나가는 대로 팔아 버리고 호(胡) 원외에게 세들어 살던 집도 돌려주었다.

그때 왕경의 아비 왕혁은 아들 때문에 속을 태우다가 두 눈까지 멀어 있었다. 다른 곳에 거처를 정하고 살면서 이따금씩 아들의 집을 찾아갔으나 그때마다 왕경은 아비를 때리거나 욕을 퍼붓기가 일쑤였다. 그런데 이제 그 아들이 죄를 짓고 귀양을 간다는 말을 듣자 아비 된 마음이 아프지 않을 수가 없었다. 작은 아이 하나를 길잡이로 세우고 왕경의 집을 찾아와 울먹이며 말했다.

"이놈아, 네가 내 말을 듣지 않더니 결국 이 지경이 되고 말았구나."

그러는데 감긴 그의 두 눈에서는 눈물이 줄줄이 흘러나왔다. 왕경은 어릴 적부터 한 번도 왕혁을 아버지로 불러 본 적이 없었으나 이번에 집이 망하고 사람이 갈라서게 되자 역시 마음이 괴롭지 않을 수 없었다.

"아버지, 저는 이번에 억울하게 관가의 죄를 받았는데도 그놈의 우 영감은 비정하기 짝이 없더군요. 저로 하여금 마누라를 놓아준다는 휴서를 쓰게 했지 뭡니까? 그래 놓고서야 제게 은자를 약간 주었습니다."

그렇게 탄식 섞어 하소연했다. 왕혁이 그런 아들을 나무랐다.

"네가 평소에 아내를 사랑하고 장인어른을 잘 모셨으면 오늘 그들이 어찌 네게 그랬겠느냐."

왕경은 아버지가 자신을 나무라자 다시 벌컥 화가 났다. 모처럼의 공손한 마음이 사라진 듯 아비는 거들떠보지도 않고 두 공인과 함께 보따리를 싸서 성을 나갔다. 왕혁이 기가 막혀 가슴을 치고 발을 구르며 탄식했다.

"저런 못된 종자를 뭣 땜에 찾아왔을꼬. 죽든지 살든지 못 본 척해야 하는 건데."

그러고는 길잡이 아이를 따라 자신의 오두막으로 돌아갔다.

손림, 하길과 함께 동경성을 떠난 왕경은 채 태사의 눈길이 미치지 않는 조용하고 외진 곳에 이르자 여남은 날이나 매 맞은 상처가 낫기를 기다렸다. 그러다가 공인들이 길 떠나기를 재촉해서야 겨우 섬주를 향하여 천천히 걸음을 옮겼다.

때는 한여름 유월이라, 날이 몹시 더웠다. 왕경과 두 공인은 잘해야 하루에 사오십 리밖에 걸을 수가 없었고 잠자리도 먹는 것도 고생스럽기 짝이 없었다. 어떤 날은 죽은 사람이 쓰던 침상에서 잠들기도 하고 때로는 끓이지도 않은 물로 목을 축이기도 했다.

동경을 떠난 지 보름이 되어서야 그들 세 사람은 숭산(嵩山)을 넘게 되었다. 하루는 또 길을 떠나려는데 손림이 서쪽에 멀리 바라보이는 봉우리를 가리키며 말하였다.

"저 산을 북망산이라고 부르는데 서경 관할에 속한다네."

이어 세 사람이 이야기를 주고받으며 서늘한 아침 길을 이십여 리 걸었을 때였다. 북망산 동쪽에 한 저잣거리가 보이는데 근처 마을의 농부들이 그 저잣거리로 꾸역꾸역 모여들고 있었다. 그들이 몰려가는 곳은 저자 동쪽 인가가 적은 곳에 선 세 그루 측백나무 아래였다. 거기서는 웬 사내가 웃통을 벗어부치고 소리를 질러 가며 몽둥이 쓰는 법을 자랑하고 있었다. 사람들이 모여든 것은 그것을 구경하기 위해서인 듯했다.

왕경과 두 공인도 그 나무 그늘에 가서 땀을 식혔다. 왕경은 길을 걷느라 온몸이 땀에 젖고 또 몸에는 거북스러운 칼을 쓴 채였으나 워낙 창봉 쓰기를 좋아하는 터라 그냥 있을 수가 없었다. 사람들을 헤집고 앞으로 나가 그 사내가 창봉 쓰는 걸 구경하다가 자신도 모르게 씩 웃으며 한마디 했다.

"저 사람이 쓰는 게 이제 보니 화봉(花棒)이구먼."

화봉이란 구경하기에는 그럴듯해도 실제 싸움에서는 별 도움이 안 되는 창봉법이었다. 한참 정신없이 휘두르던 사내가 그 말을 듣고 막대를 거두며 왕경을 노려보았다. 그러다가 그가 한낱 귀양 가는 죄수인 것을 보고 버럭 성을 내며 소리쳤다.

"아 이 귀양 가는 도둑놈아, 내 창봉 쓰는 법은 이미 멀리까지 알려졌는데 네까짓 놈이 뭘 안다고 그따위 아가리를 벌리느냐. 감히 내 창봉을 얕보고 개나발을 불다니!"

그러고는 막대를 내던지고 주먹을 들어 왕경의 얼굴을 후려쳤다. 그때 갑자기 사람들 속에서 젊은 남자 둘이 나와 그런 사내를 말렸다.

"손을 멈추시오!"

그러고는 다시 왕경을 돌아보며 넌지시 물었다.

"당신은 틀림없이 솜씨 좋은 고수겠구려."

왕경도 제 솜씨를 어느 정도 믿는 터라 대담하게 받았다.

"말 한마디 잘못해 저 양반을 성나게는 했지만, 나도 창봉이라면 꽤나 쓸 줄 아오."

그러자 창봉을 쓰고 있던 사내가 성난 소리로 물었다.

"야 이 귀양 가는 도둑놈아, 나와 한번 겨뤄 보겠느냐?"

그때 두 젊은이가 다시 왕경을 부추겼다.

"당신이 저 양반과 창봉을 겨루어 이긴다면 저기 거둬 놓은 두 관의 돈을 모두 당신에게 드리겠소."

"그렇다면 한번 겨뤄 보지요."

왕경이 씩 웃으며 그렇게 대답했다. 왕경은 사람들 사이를 비집고 나와 하길에게 막대를 빌린 뒤 윗옷을 벗고 바짓자락을 걷어 올렸다. 보고 있던 사람들이 입을 모아 소리쳤다.

"목에 칼을 쓰고서야 어떻게 창봉을 쓸 수 있겠소."

그러나 왕경은 별로 걱정하는 얼굴이 아니었다.

"그래야 구경하는 재미가 더 있습니다. 칼을 쓰고 이겨야 참으로 솜씨가 있다는 말을 들을 수 있겠지요."

왕경, 탈옥하다

구경꾼들도 입을 모아 왕경을 부추겼다.

"만약 당신이 칼을 쓴 채 시합에 이긴다면 저 돈 두 관을 모두 당신에게 드리겠소."

그리고 길을 열어 주어 왕경은 사람들 가운데로 들어갔다. 몽둥이 재간을 부리던 사내는 손에 몽둥이를 꼬나들고 북소리에 맞춰 소리쳤다.

"어서 와, 어서 오란 말이야. 와서 덤벼 보라구."

"고마우신 여러분, 저를 너무 비웃지는 마십시오."

왕경은 그렇게 구경꾼들을 돌아보고 한마디 한 뒤 몽둥이를 바로 세웠다.

상대편 사내는 왕경이 목에 칼을 쓰고 있는 걸 보고 한소리 고

함과 함께 큰 뱀이 코끼리를 삼키는 자세[蟒呑象勢]를 취하며 덤벼들었다. 왕경은 그를 맞아 잠자리가 물을 차는 자세[蜻蜓點水勢]를 취했다.

그 사내가 기합과 함께 몽둥이를 휘두르며 왕경을 덮쳐 왔다. 왕경이 뒤로 한 걸음 물러서자 그 사내가 다시 한 걸음 다가서며 몽둥이로 왕경의 정수리를 내려쳤다. 왕경이 왼편으로 슬쩍 몸을 비켰다. 그 바람에 헛친 사내가 미처 몽둥이를 가누지 못하고 빈틈을 드러냈다. 왕경이 몸을 비틀면서 사내의 오른 손목을 쳐, 들고 있던 몽둥이를 떨어뜨리게 했다.

왕경이 몽둥이에 사정을 두고 내리쳤기 때문이지 모질게 내리쳤더라면 그 사내의 손목은 끊어지고 말았을 것이다. 구경꾼들이 기막힌 왕경의 솜씨에 시끌벅적하게 갈채를 보냈다. 왕경이 그 사내에게 다가가 손을 잡아 주며 말했다.

"시합 중의 일이니 너무 섭섭하게 생각하지 마시오."

그러자 사내는 못쓰게 된 오른손은 두고 왼손으로 돈 두 관을 집으려 했다. 구경꾼이 큰 소리로 비웃었다.

"솜씨도 형편없는 주제에 돈에는 왜 손을 대. 그 돈 두 관은 아까 말한 대로 이긴 사람이 가져야 해!"

그 말에 이어 조금 전의 두 젊은 사내가 나오더니 돈을 빼앗아 왕경에게 건네주며 말했다.

"저희 집에 한번 들러 주십시오."

그때 왕경에게 진 사내는 많은 구경꾼들을 홀로 당해 낼 수가 없어 하는 수 없이 보따리와 몽둥이를 거두고 그 자리를 떠났다.

사람들도 구경거리가 없어졌으므로 모두 흩어져 가 버렸다.

왕경에게 호의를 보이던 두 젊은이는 왕경을 두 공인과 함께 자기 집으로 데려갔다. 모두 시원한 삿갓을 얻어 쓰고 남쪽으로 가다 보니 수풀 두세 곳이 있고 이어 한 마을이 나타났다.

숲속에 자리 잡은 큰 장원은 주위에 흙담이 둘러쳐져 있고 담 밖으로는 버드나무가 서 있었다. 버드나무에는 매미들이 울어 대고 장원 안 대들보에는 제비 새끼들이 지저귀고 있어 몹시 조용하고 평온해 보였다.

두 젊은이는 왕경과 공인들을 장원 안 사랑으로 데리고 들어가 인사를 나누었다. 그리고 저마다 미투리와 겉옷을 벗어 놓고 손님과 주인으로 마주 앉았다.

"손님들은 모두 동경의 말씨 같군요."

왕경은 그런 젊은이들에게 자신의 성과 이름을 밝히고 아울러 부윤의 모함에 빠진 일까지 다 말하였다. 그런 다음 두 젊은이의 이름을 물으니 윗자리에 앉은 젊은이가 기쁜 얼굴로 밝혔다.

"저는 공단(筶端)이라 하고 저기 있는 제 아우는 공정(筶正)이라 합니다. 저희들은 조상 때부터 이곳에 살아와 사람들은 이 마을을 공가촌(筶家村)이라 하지요. 이곳은 서경의 신안현에 속한 땅입니다."

말을 마친 공단은 머슴을 불러 땀에 젖은 세 사람의 겉옷을 빨게 하고 찬물을 길어 와 목을 축이게 해 주었다. 그런 다음 세 사람을 데리고 안채로 들어가 몸을 씻긴 뒤 상을 차려 배부터 채우게 하였다.

왕경과 두 공인이 식사를 마치자 다시 공단 형제는 닭과 오리를 잡고 복숭아를 따 와 술상을 차려 내오게 했다. 머슴들이 술상을 차려 내는데 먼저 나온 것은 껍질 벗긴 마늘 한 접시와 잘게 썬 굵은 파 한 접시였다. 이어 나물과 과일과 물고기와 닭, 오리고기가 나오는데 자못 격식이 있었다.

공단은 왕경을 윗자리에 앉히고 공인 두 사람을 그 옆에 앉힌 뒤 자기는 동생과 함께 아랫자리에 앉아 머슴에게 술을 따르게 했다.

"저는 큰 죄를 지은 사람으로서 두 분에게 분에 넘치는 대접을 받으니 감당하기 어렵습니다."

왕경이 그렇게 고마움을 나타내자 공단이 받았다.

"별말씀을 다 하십니다. 누군들 나쁜 일을 당하지 않으리라 장담할 수 있겠습니까? 누가 항상 술과 밥을 지고 다닐 수 있겠습니까?"

그러고는 술을 권했다. 법령이 어떻고 벼슬아치가 어떻고를 떠들면서 마시는 사이에 어느새 술들이 거나해졌다. 공단이 다시 정색을 하고 입을 열었다.

"이 마을에는 모두 이백 호 남짓 사는데 저희 두 형제를 주인으로 모시고 있습니다. 저희들은 주먹 쓰기와 창봉 쓰기를 제법 잘해 마을 사람들을 부리고 있었으나 올봄 이월 동촌의 새신회(賽神會) 산대놀이 구경을 갔다가 몹쓸 일을 당했습니다. 그 마을에 사는 황달(黃達)이라는 자와 노름을 하다가 다툼이 생겨 그놈에게 몹시 얻어맞은 것입니다. 그놈이 사람들 앞에서 주먹 자랑을 하며 큰소리를 치는데도 저희 형제는 그놈을 당해 내지 못해 그저 입을 다물고 꾹 참는 수밖에 없었지요. 그런데 아까 도배군께서 몽둥이 쓰는 솜씨를 보니 무예가 아주 놀라웠습니다. 이제 저희 형제는 도배군을 스승으로 모시려 하오니 받아 주십시오. 스승께서 저희들을 가르쳐만 주신다면 사례는 넉넉히 드리겠습니다."

왕경은 그 말을 듣자 몹시 기뻤다. 그러나 겉으로는 사양하는 척하는데 공단 형제가 절까지 올리며 왕경을 스승으로 모셨다. 이에 왕경은 마지못한 척 받아들이고 밤늦게까지 술을 마시다가 취한 뒤에야 시원한 곳에서 그 밤을 쉬었다.

이튿날 날이 밝자 왕경은 시원한 새벽을 이용해 보리타작 마당에서 공단 형제에게 주먹 쓰는 법부터 가르쳤다. 그런데 얼마 안 있어 한 사내가 뛰어 들어오더니 뒷짐을 지고 거만을 떨며 꾸짖었다.

"한낱 귀양 가는 죄수 놈이 여기가 어디라고 함부로 무예 자랑을 하는 거냐?"

그 사내는 두건도 쓰지 않은 맨머리에 올이 가는 갈포옷을 걸치고 세모난 부들부채를 들고 있었다. 그도 전날 망동진(邙東鎭)에서 있었던 이야기를 들은 모양이었다. 왕경이 창봉 쓰는 사람을 이겼다는 말을 듣자 혹시라도 공단 형제가 그에게서 무예를 배울까 봐 찾아와 훼방을 놓는 것이었다.

"너는 귀양 가는 죄수로서 갈 길은 가지 않고 함부로 빠져나왔다. 그래 놓고 이곳에 와서 남의 집 귀한 자제들을 홀리려 들어?"

사내는 어리둥절해 있는 왕경에게 다시 그렇게 꾸짖었다. 왕경은 그가 공씨 집안의 친척 어른인 줄 알고 감히 대꾸를 못했다. 그러나 실은 그가 바로 동촌의 황달이었다. 아침나절 서늘한 때를 이용해 공가촌 서쪽 끝에 사는 유 아무개에게 노름빚을 받으러 가다가 공가의 집에서 떠들썩한 소리를 듣고 들른 길이었다.

황달은 평소에도 공씨 형제를 업신여겨 오던 터라 별로 겁내지 않고 그 집 안까지 들어와 그 소란을 부렸다. 공단은 황달을 보자 화가 머리 꼭뒤까지 올라와 참을 수가 없었다. 욕설로 속에 맺힌 분을 풀었다.

"이 암탕나귀가 내지른 도둑놈아! 지난날 내 노름 밑천을 등쳐먹은 주제에 오늘은 집 안까지 쳐들어와 사람을 업신여길 작정이냐?"

전에는 찍소리 못하던 공단이 그렇게 욕을 퍼붓자 황달도 화가 났다.

"뭐라구? 이 제 어미와 붙어먹을 놈아."

그렇게 욕설로 받더니 부들부채를 내던지고 공단의 얼굴을 향해 주먹을 내질렀다. 왕경은 두 사람이 주고받는 말을 듣고서야 나타난 자가 바로 황달이란 것을 알았다. 겉으로 말리는 척하며 다가가 목에 쓴 칼로 황달의 아랫배를 후려쳤다.

생각지도 않게 아랫배를 걷어차인 꼴이 된 황달은 두 다리를 위로 하고 벌렁 나자빠졌다. 그러자 공단 형제와 두 머슴이 한꺼번에 황달에게 덤벼들어 주먹질 발길질을 해 댔다. 등허리, 가슴팍, 어깨, 옆구리, 배, 낯짝, 이마빡, 팔다리 할 것 없이 차고 때리는데 성한 곳은 입 안에 들어 있는 혀밖에 없을 지경이었다. 여러 명이 덤벼들어 황달 한 사람을 짓뭉개다 보니 옷도 겉옷, 속옷 할 것 없이 갈가리 찢어졌다.

"잘 친다. 때려라 때려!"

연신 얻어맞으면서도 황달이 그렇게 악을 쓰는데 그의 몸에는 실 한 오리 붙어 있지 않았다. 그때 왕경을 호송해 온 공인인 손림과 하길이 기를 쓰고 말려 겨우 공단 형제와 머슴들을 황달에게서 떼어 냈다.

황달은 그동안 얼마나 맞았던지 축 늘어져 가쁜 숨만 내쉴 뿐 일어나지도 못했다. 공단이 머슴 서너 명을 불러 황달을 들어다 동촌으로 가는 길가 풀숲에 내던지게 했다. 황달은 풀숲에 던져진 뒤에도 몸을 움직이지 못해 뜨거운 햇볕 아래 한나절이나 누워 있었다. 그러다가 마침 황달의 이웃 사람이 풀 베러 나왔다가 그를 보고 집으로 데려다 눕혔다.

황달은 몸을 일으킬 수 없어 다른 사람을 시켜 신안현에 고소장을 냈다. 아무 죄도 없이 공단 형제에게 죽도록 맞았다는 내용이었다.

한편 그 아침 오래 시달려 온 황달에게 한바탕 분풀이를 한 공단 형제는 속이 후련했다. 그것이 다 왕경의 덕분이라 여겨 아침부터 술과 밥을 내와 왕경을 대접했다.

"그놈은 뒷날 반드시 앙갚음을 하려 들 것이오."

왕경이 걱정이 되어 그렇게 말했으나 공단은 별로 걱정하는 눈치가 아니었다.

"그 망할 자식은 집구석에 늙은 마누라 하나밖에 없습니다. 이웃 사람들도 평소에는 그놈의 힘에 눌려 꼼짝 못했지만 이제 그놈이 죽도록 얻어맞은 꼴을 보았으니 그를 위해 힘을 써 주지는 않을 것 같습니다. 혹시 그놈이 죽는다 해도 크게 걱정할 건 없습니다. 머슴을 내세워 그놈의 목숨 값을 하게 하면 관가에 고소가 된다 해도 괜찮을 겁니다. 또 그놈이 죽지 않았으면 그때는 그저 서로 싸운 일로 생긴 송사밖에 되지 않겠지요. 오늘 스승님 덕분에 속 시원히 원수 갚음을 했으니 스승님께서는 이 술로 목을 축이시며 마음 편히 쉬십시오. 바라는 바는 그저 어리석은 저희 형제에게 창봉 쓰는 법이나 가르쳐 주시는 겁니다. 그 은혜에는 반드시 보답하겠습니다."

공단은 그렇게 말하면서 닷 냥짜리 은덩이 두 개를 꺼내 왕경을 데리고 온 두 공인에게 주고 며칠 더 머물게 해 달라고 간청했다.

손림과 하길은 적지 않은 은자를 받은 터라 공단 형제의 청을 들어주지 않을 수가 없었다. 이에 왕경은 그날부터 열흘 남짓 그 집에 머물면서 공단 형제에게 창봉 쓰는 법을 자기가 아는 대로 모조리 가르쳐 주었다.

하지만 더 오래 머물 수 있는 곳은 못 되었다. 두 공인이 어서 길을 떠나자고 재촉하는 데다 황달이 고소장을 냈다는 소문까지 들려 왕경은 그곳을 떠나지 않을 수가 없었다. 공단은 백은 오십 냥을 내어 왕경에게 주면서 섬주에 가서 쓸 수 있게 했다.

왕경과 두 공인은 밤중에 일어나 보따리를 챙기고 날이 새기

무섭게 공단의 장원을 떠났다. 공단은 동생에게 약간의 은자를 가지고 그런 그들을 호송하게 했다.

도중에 별일이 없어 일행은 며칠 안 돼 섬주에 이를 수 있었다. 손림과 하길은 왕경을 데리고 섬주 관아로 들어가 개봉부에서 보내는 공문을 바쳤다. 주윤(州尹)은 공문을 본 뒤에 왕경을 인계받았다는 문서를 써 주고 두 공인을 돌려보냈다. 그리고 왕경을 고을에 있는 귀양 온 죄수들이 갇혀 지내는 노성(牢城)으로 보냈다.

섬주까지 따라간 공정은 아는 사람을 찾아 왕경 대신에 은냥을 풀어 그곳의 관영(管營)이며 차발 따위에게 아래위로 뇌물을 먹였다. 그곳 관영의 이름은 장세개(張世開)인데 공정에게서 뇌물을 먹은 까닭인지 왕경을 자못 후하게 대해 주었다. 목에 씌운 칼을 풀어 주고 죄수가 처음 당도하면 맞게 마련인 살위봉(殺威棒)도 면제해 주었으며 다른 차발에게 넘기지 않고 독방에 두어 마음대로 들고나게 했다.

세월은 물같이 흘러 어느새 두 달이 지났다. 가을도 깊은 어느 날 왕경이 독방에 한가히 앉아 있는데 군졸 하나가 와서 말했다.

"관영 나리께서 자네를 부르시네."

이에 왕경은 그 군졸을 따라 관영에게로 가서 머리를 조아렸다. 관영인 장세개가 왕경에게 말했다.

"네가 이곳에 온 지 여러 날 되었으나 아직 이렇다 할 일을 시킨 적이 없다. 하지만 오늘은 내 심부름을 하나 해야겠다. 가서 진주에서 나는 좋은 각궁을 하나 사 오너라. 진주는 동경에 속한 땅이라 너는 동경서 온 사람이니 반드시 각궁의 값과 진짜, 가짜를 알고 있을 게다."

그러고는 소매에서 종이 꾸러미를 꺼내 왕경에게 주었다.

"자, 은 두 냥이다. 가서 각궁을 산 뒤에 이야기하자."

"알겠습니다."

왕경은 그렇게 말하고 장세개가 내리는 꾸러미를 받았다. 독방에 돌아와 종이를 펼쳐 보니 과연 안에는 눈같이 흰 은덩이가 있었다. 저울에 달아 보니 무게도 서너 푼 더 나갔다.

왕경은 노성에서 나와 북쪽 거리에 있는 궁전포(弓箭鋪)로 갔다. 진짜 진주의 각궁이 한 냥 일곱 푼이어서 오히려 세 푼이 남았다.

왕경이 돌아오니 장세개는 이미 돌아가고 없었다. 그래서 그 집 일꾼에게 활을 주어 들여보내고 남은 은자 세 푼은 자신이 챙겼다.

다음 날 장세개가 또 왕경을 불렀다.

"어제는 일을 잘했더구나. 네가 사 온 각궁은 매우 좋았다."

장세개의 그 같은 말에 왕경은 아는 대로 일러 주었다.

"상공께서는 불을 피워 각궁을 말리시는 게 좋을 겁니다."

"알겠다."

장세개는 그렇게 말하고 그날부터 매일 왕경을 불러 심부름을 시켰다. 이번에는 음식물을 사들이는 일이었다. 그런데 전날과 달라진 것은, 전날에는 그 자리에서 은을 내주었으나 그다음부터는 장부책 하나를 주면서 왕경이 사들이는 물건을 매일 거기에 적게 하였다.

장세개는 우선 그렇게 장부에 달아 두고 나중에 갚겠다는 뜻 같았으나 저잣거리의 장사치들이 남모르는 왕경에게 한 푼어치인들 외상을 줄 리가 없었다. 왕경은 하는 수 없이 자기 돈으로 물건을 사서 관영에게 보내곤 했다. 그런데도 장세개는 물건이 좋으니 나쁘니 하며 욕설을 퍼붓기 일쑤였고 그렇지 않으면 매질이었다.

그렇게 열흘이 지났다. 더 견디지 못한 왕경은 장부를 내밀고 그 동안의 외상값을 받아 내려 했으나 장세개는 장부를 거들떠보려고도 하지 않았다. 여전히 돈도 없이 물건을 사는 심부름을 시키는데 그나마 매질이 늘어나 다섯 대에서 열 대, 스무 대, 서른 대, 하더니 나중에는 앞뒤로 합쳐 삼백 대가 넘는 매를 맞게 되었다. 거기다가 공단이 준 은 오십 냥도 장세개를 대신해 갚은 외상값으로 모두 날아가 버렸다.

그러던 어느 날 왕경은 노성 서쪽 무공(武功) 거리 동쪽에 있는 장씨 성 쓰는 의원에게 가 약을 사게 되었다. 장세개에게 매맞은 자리를 치료하기 위함이었다. 장 의원은 환약, 가루약, 보약 등 사람의 안팎을 치료하는 모든 약을 지어 팔았는데 그중에는 매 맞은 자리에 붙이는 고약도 있었다. 그날 왕경에게 그 고약을 붙여 주던 장 의원이 말했다.

"장 관영의 처남 방(龐) 대랑(大郞)도 며칠 전에 여기 와서 오른팔에 고약을 사 붙였소. 그가 말하기를 망동진에서 넘어져 다쳤다고 하는데 내 보기에는 무엇에 맞아 다친 것 같았소."

그 말을 들은 왕경은 무심코 물었다.

"내가 노성 안에 있는데 어째서 한 번도 그를 보지 못했을까요?"

그러자 장 의원이 아는 대로 들려주었다.

"그 양반은 장 관영의 작은마누라의 동생인데 이름은 방원(龐元)이라고 하오. 방 부인은 장 관영이 홀딱 빠져 있는 여자고. 듣기로 그 방 대랑은 노름을 좋아하고 또 창봉도 잘 쓴다더군. 그렇지만 그 누님한테 더부살이를 하고 있는 자요."

왕경은 그 말을 듣자 문득 지난 일이 떠올랐다. 얼마 전 측백나무 아래서 손목을 후려쳐 준 자가 바로 그 방원인 것 같았다. 장세개가 자신을 괴롭히는 이유도 대강 짐작할 만했다.

장 의원과 작별하고 노성으로 돌아간 왕경은 가만히 심부름꾼 하나를 불러 술과 고기를 사 먹이고 돈푼까지 쥐여 준 뒤 방원에 대해서 자세히 물어보았다. 그 심부름하는 아이놈의 말도 장 의원의 말과 똑같았다. 거기다가 그 심부름꾼은 몇 마디 왕경이 모르던 것까지 알려 주었다.

"얼마 전에 망동진에서 다치고 돌아온 방원은 관영 나리께 여러 번 당신에게 앙갚음을 해 달라고 졸랐소. 당신이 모진 매를 맞은 것도 그 때문인데 걱정은 앞으로도 그 매를 면하기 어려우리란 것이오."

그 말을 듣고 제 방으로 돌아온 왕경은 홀로 탄식했다.

'벼슬아치는 두렵지 않으나 그 하는 짓은 두렵구나. 그때 쓸데없이 입을 열어 그놈과 시비를 하게 된 게 화근이다. 창봉 시합에서는 이겼으나 그놈이 바로 이곳 관영이 아끼는 계집의 동생인 줄 어찌 알았으랴. 그놈이 쏙닥거려 못살게 군다면 하는 수 없지. 다른 곳으로 도망쳐 달리 수를 내봐야겠다.'

이윽고 그렇게 마음을 정한 왕경은 몰래 거리로 나가 날카로운 단검 한 자루를 사서 몸에 감추었다. 뜻 아니한 일이 생겼을 때 제 몸을 스스로 지키기 위함이었다.

그로부터 다시 한 열흘이 지났다.

그런데 어찌 된 셈인지 그동안은 관영이 부르지 않아 매를 맞지 않게 되었다. 그 바람에 전에 매 맞았던 자리도 아물고 몸도 나아졌다.

그러던 어느 날이었다. 장세개가 또 왕경을 불러 비단 두 필을 사 오게 했다. 왕경은 마음먹은 바가 있어 게을리하지 못하고 급히 저자로 나가 비단을 사 왔다. 왕경이 돌아가니 대청 높이 앉아 기다리던 장세개가 또 비단 색깔이 안 좋다, 길이가 모자란다, 꽃무늬가 낡았다 하다가 큰 소리로 왕경을 욕했다.

"네 이놈, 간도 크구나. 네놈은 죄수라 원래는 물이나 긷고 돌이나 져 나르거나 아니면 쇠사슬에 묶여 있어야 하는 놈이다. 내가 지금 이런 심부름 시키는 건 네놈을 봐주어서인데 그것도 모르고 이럴 수가 있느냐?"

그 같은 꾸짖음에 왕경은 그저 말 한마디 못하고 꽂아 둔 촛대처럼 섰다가 머리를 조아리며 용서를 빌 뿐이었다. 그러나 장세개는 용서는커녕 더 심하게 을러댈 뿐이었다.

"매질은 잠시 미루어 둘 터이니 어서 가서 좋은 비단으로 바꾸어 오너라. 오늘 저녁까지 말미를 주거니와 더 이상 늦어지면 네

놈의 목숨은 없는 줄 알아라!"

그 바람에 왕경은 하는 수 없이 몸에 걸쳤던 겉옷을 잡혀 은전 두 관을 만든 뒤에 그걸 원래의 돈에 얹어 더 좋은 비단을 바꿔 돌아갔다. 이리저리 돌아다니느라 시간이 걸려 왕경이 돌아왔을 때는 이미 등불이 켜지고 노성문은 잠겨 있었다. 문을 지키던 군졸이 왕경을 보고 말했다.

"이 어두운 밤에 무슨 간으로 너를 들일 수 있겠느냐?"

"관영 상공께서 나를 보내신 것이오. 나를 들여보내 주시오."

왕경이 그렇게 사정해 보았다. 그러나 그 군졸은 왕경의 사정을 들어주지 않았다. 왕경은 호주머니에 남은 돈을 그에게 털어주고 한참 애를 먹은 뒤에야 겨우 노성 안으로 들어갈 수 있었다. 비단 두 필을 받쳐 들고 안으로 들어간 왕경을 장 관영 집 문지기가 다시 가로막았다.

"상공께서는 큰마님과 다투시고 뒤채에 계시는 작은마님 방으로 가셨다. 큰마님은 성질이 사나운 분인데 누가 감히 네 말을 전하겠느냐? 무슨 꼴을 당하려고."

보아하니 이번에도 그냥 들어줄 것 같지가 않았다. 왕경은 속으로 곰곰 생각했다.

'그놈은 오늘 저녁 안으로 일을 봐 오라 했는데, 어째서 이자들은 이렇게 하나같이 내 앞을 막는단 말인가? 틀림없이 나를 해치려고 일부러 한 짓이다. 내일 그 모진 매를 또 어떻게 맞겠는가. 이번에는 내 목숨이 그놈 손안에서 끊어지고 말 것이다. 정말 지독한 놈이다. 나를 삼백여 대나 때렸으니 내가 방원을 한 대 친

앙갚음으로는 넉넉하지 않은가. 게다가 지난날 공정한테서 숱한 은전을 받고도 시치미를 떼며 나를 못살게 구는구나.'

생각이 그렇게 돌아가자 왕경은 참을 수가 없었다. 어릴 적부터 성질이 모질고 겁이 없어 아비 어미도 그를 함부로 건드리지 못하던 터였다.

"미워하는 마음이 적으면 군자가 아니요, 독하지 않으면 대장부가 못 된다."

이윽고 왕경은 그렇게 중얼거리며 이판사판으로 나가 보기로 마음먹었다.

밤이 깊어지자 노성 안의 옥졸들과 죄수들은 모두 잠이 들었다. 왕경은 살금살금 장 관영의 관사 뒤를 돌아 담을 기어 넘었다. 그리고 소리 안 나게 뒷문의 빗장을 연 뒤 그 안으로 들어가 한구석에 숨었다.

희미한 별빛 아래 보니 담장 안 동쪽에는 마구간이 있고 서쪽으로는 작은 집 한 채가 눈에 들어왔다. 왕경은 마구간의 울타리를 떼내 중문 곁 담장에 기대 놓고 그걸 타고 담장으로 기어 올라갔다.

왕경은 다시 울타리 나무를 들어 올려 다른 편 쪽으로 기대 놓고 소리 없이 미끄러져 내려갔다. 그리고 중문의 빗장을 가만히 열어 둔 뒤 지금까지 사다리로 쓴 울타리 나무를 감추어 버렸다.

중문 안에 또 담장이 있는데 그 안에서 웃으며 떠드는 소리가 났다. 가까이 다가가 귀를 모아 들으니 장세개의 목소리와 함께 어떤 계집과 또 다른 사내의 목소리도 섞여 있었다. 아마도 술을 마시며 한가롭게 즐기는 모양이었다.

왕경이 한참 엿듣고 있는데 문득 장세개의 목소리가 뚜렷하게 들려왔다.

“처남, 이젠 마음을 풀게. 그놈이 내일 나를 찾아오면 이번에는 몽둥이로 아주 끝장을 내 버릴 작정이네.”

그러자 방원이 받았다.

“내가 헤아려 보니 그놈이 지녔던 돈도 이젠 거의 다 떨어졌을 겁니다. 형님, 어서 손을 써서 속 시원하게 분풀이를 해 주십시오.”

“한 이틀 후면 자네 속이 시원해질걸세.”

장세개가 그렇게 받는데 계집의 목소리가 끼어들었다.

“그만큼 분풀이했으면 됐잖아요? 이젠 그만 놔두세요.”

그러자 방원이 여자를 나무랐다.

“누님, 그게 무슨 말씀이오? 누님은 이 일에 끼어들지 마슈.”

그같이 세 사람이 주고받는 말을 엿듣게 되자 왕경의 성난 가슴 속에는 불길이 천 길이나 치솟는 것 같았다. 금경역사와 같은 무서운 힘으로 담벽을 쓰러뜨리고 안으로 뛰어들어가 그것들을 모두 죽이지 못하는 게 한스러울 뿐이었다. 그러나 세 사람은 그것도 모르고 여전히 킬킬거리며 떠들고 있었다.

맛 좋은 음식도 많이 먹으면 탈이 나고
즐거운 일도 지나치면 해롭다네
가을바람 불지 않아도 매미는 철을 아나

때없이 오는 화를 그 누가 막을쏜가

라는 노래가 있는데 세 사람이 바로 그 꼴이었다. 왕경이 분을 못 삭여 어쩔 줄 모르고 있는데 다시 장세개의 큰 목소리가 들려왔다.

"여봐라, 측간에 가게 불 좀 밝혀라."

그 말을 들은 왕경은 얼른 비수를 빼 들고 매화나무 뒤에 숨어 몸을 웅크렸다. 곧 문이 열리며 등불 든 일꾼을 앞세운 장세개가 비척거리며 걸어 나왔다. 그는 어두운 곳에서 자기를 노리는 사람이 숨어 있는 줄도 모르고 앞만 보고 걷다가 중문 앞에 이르러 시부렁댔다.

"도무지 조심성이라고는 모르는 놈들이군. 밤이 이리 늦었는데 대문에 빗장도 지르지 않다니."

그러고는 중문을 나섰다. 왕경은 발소리를 죽여 그런 장세개를 뒤따라갔다. 그러나 장세개가 용케도 등 뒤에서 나는 발자국 소리를 듣고 뒤를 돌아보았다. 장세개의 눈에 오른손에 시퍼런 칼을 들고 왼손은 다섯 손가락을 쫙 펴 덮쳐 오는 왕경이 들어왔다.

"도둑이야!"

놀란 장세개가 그렇게 소리쳤다.

그러나 더 빠른 것은 왕경이었다. 왕경의 한칼이 내려쳐지자 장세개는 귀 밑에서 목까지 베어져 피를 쏟으며 땅바닥에 거꾸러졌다.

등불을 들고 오던 일꾼은 평소 왕경과 친한 사이였으나 그가 시퍼런 칼을 들고 사람을 죽인 걸 보자 겁을 먹지 않을 수가 없었다. 달아나려 해도 두 발이 땅에 붙은 듯 움직여지지 않았고 고함을 지르려 해도 혀가 굳은 듯 소리가 나지 않아 멍청히 서 있기만 했다.

칼을 맞은 장세개가 아직 죽지 않았는지 일어나 보려고 안간힘을 썼다.

그런 장세개에게 덤벼든 왕경이 다시 잔등에 한칼을 깊이 찔러 넣어 기어이 숨통을 끊어 놓고 말았다.

누이의 방에서 술을 마시고 있던 방원도 무슨 소리를 들은 것 같았다. 놀라 불을 켜 들 사이도 없이 급하게 뛰어나왔다. 왕경은 안에서 사람이 나오는 걸 보고 우선 등불을 든 머슴을 걷어찼다. 머슴이 등불을 쥔 채 넘어져 불이 꺼져 버렸다. 방원은 장세개가 머슴을 때리는 줄로 알고 말리려 들었다.

"형님, 머슴은 왜 때리시오?"

그때 왕경이 뛰어나가 어둠 속에서 방원의 옆구리를 찔렀다. 방원이 돼지 멱 따는 소리를 내며 땅바닥에 거꾸러졌다. 왕경은 그런 방원의 머리칼을 움켜쥐고 단칼에 그 목을 잘라 버렸다.

방씨는 밖에서 나는 비명을 듣고 급히 하녀에게 초롱불을 들려 방을 나왔다. 왕경은 그런 방씨마저 죽여 버리려 했다. 그런데 알 수 없는 일이 일어났다. 왕경의 눈에는 방씨의 등 뒤에서 여남은 명의 일꾼들이 손에 창칼을 들고 고함을 지르고 달려 나오는 것 같았다.

깜짝 놀란 왕경은 얼른 뒤돌아 뒷문을 빠져나온 뒤 노성의 뒷

담을 넘었다. 피 묻은 옷을 벗어 던지고 비수를 깨끗이 닦아 몸에 감추고 나니 삼경을 알리는 징 소리가 들렸다.

왕경은 사람의 소리가 뜸한 틈을 타서 성 밑까지 빠져나왔다. 섬주는 성벽이 그리 높지 않고 해자도 별로 깊지 않아 왕경은 그날 밤으로 성벽을 넘어 달아날 수 있었다.

그런데 기실 장세개의 소실 방씨는 등불을 든 하녀 둘만 데리고 나왔을 뿐 다른 사람은 뒤딸리지 않고 있었다. 마당에 나와 등불을 비춰 보니 먼저 눈에 띄는 것은 피투성이가 된 방원의 몸뚱이와 저만치 내팽개쳐져 있는 머리였다. 방씨는 너무도 놀란 나머지 두 하녀와 서로 쳐다만 볼 뿐 어쩔 줄을 몰라 했다. 그야말로 정수리를 쪼개고 얼음물을 퍼붓는 것 같아 한참이나 입도 떨어지지 않았다.

그저 부들부들 떨고만 있던 방씨와 두 하녀는 이윽고 허둥지둥 집 안으로 달려 들어가서야 고함을 질러 대기 시작했다. 안에 있는 일꾼들과 파수를 서는 군졸들이 달려 나왔다. 그들에게 횃불을 밝히고 병장기를 들 게 한 뒤 함께 뒷마당으로 가 보니 중문 밖에는 장세개가 죽어 넘어져 있고 그 곁에는 머슴도 땅바닥에 쓰러져 있었다. 머슴은 입으로 피를 토하며 버둥대고 있었는데 꼴을 보니 살 것 같지가 않았다.

뒷문이 열려 있는 것을 보고 도둑이 집 뒤로 들어왔음을 안 그들은 문밖으로 나가 횃불로 비춰 보았다. 그곳에는 비단 두 필이 떨어져 있었다. 군졸들은 그 비단을 보고 왕경이 한 짓이라 짐작했다. 곧 나가 노성 안의 죄수들을 점검해 보니 없어진 것은 왕경 하나뿐이었다.

그 일로 노성과 이웃 마을에는 갑자기 큰 소동이 벌어졌다. 노성 뒤의 담 밖에서 피 묻은 옷을 찾아내어 자세히 살펴보니 역시 왕경의 것이었다. 사람들은 의논 끝에 성문을 열기 전에 왕경을 사로잡기 위해 주윤에게 알렸다.

그때는 벌써 새벽 오경이 되어 있었다. 그 일을 듣고 몹시 놀란 주윤은 급히 현위를 내려보내 죽은 사람의 머릿수와 살인범이 드나든 곳을 알아보게 했다. 그리고 한편으로는 사람을 풀어 섬주성의 네 성문을 굳게 닫게 하고 관군과 포졸 및 성안 네 곳의 장정들을 풀어 집집마다 뒤지도록 했다. 범인 왕경을 찾기 위함이었다.

이틀간이나 성문을 닫아걸고 집집마다 이 잡듯 뒤졌으나 범인의 종적은 찾을 길이 없었다. 주윤은 공문을 돌려 관내의 향(鄕), 보(保), 도(都), 촌(村) 할 것 없이 집집마다 모조리 뒤져 범인을 찾아내게 했다.

왕경의 고향, 나이, 생김 등이 적힌 방도 내걸렸다. 그를 사로잡아 오는 자에게는 상금 일천 관을 주고 그의 행방을 알려 주는 자에게도 상을 주는 반면 그를 집에 재우거나 먹여 주다 들키면 왕경과 같이 벌한다고 적혀 있었다.

한편 그날 밤 성을 빠져나간 왕경은 옷을 걷어붙이고 해자의 얕은 곳을 골라 건넜다. 무사히 물을 건너 맞은편 언덕에 올랐으나 갈 곳이 막연했다.

'겨우 빠져나오기는 했지만 이제 어디로 몸을 피한단 말인가?'

하지만 그곳에 그냥 머물러 있을 수는 없었다. 마침 동짓달이 가까운 때라 나뭇잎은 떨어지고 풀들은 말라 희미한 불빛 아래서도 길은 알아볼 수 있었다. 왕경은 서너 갈래 샛길을 지난 뒤 큰길로 들어서서 걸음을 재촉했다. 해 뜰 무렵까지 걷고 나니 성에서 육칠십 리가량이나 떨어질 수 있었다.

왕경이 내처 남쪽을 향해 뛰듯이 걷는데 문득 눈앞에 촘촘히 들어선 인가가 나타났다. 왕경은 문득 자신의 몸에 아직 돈 한 관이 남아 있음을 떠올리고 우선 그 마을에 들러 술과 음식으로 배를 채운 뒤 다시 갈 곳을 정하기로 했다.

한참 걸어 마을에 들어서니 아직 이른 탓인지 술집들은 문을 열지 않고 있었다. 다만 한 군데 동쪽으로 향한 집 처마에 객점을 알리는 등불 하나가 걸려 있고 어젯밤 문을 닫지 않아서인지 문도 반쯤 열려 있는 게 보였다.

왕경은 그 집으로 다가가 문을 열고 안으로 들어섰다. 아직 세수도 하지 않은 사람이 하나 집 안으로부터 나오는데 보니 아는 사람이었다. 그 사람은 바로 이웃 고을 방주(房州) 노성의 원장(院長)으로 있는 왕경의 이종사촌 범전(范全)이었다. 어렸을 적에 왕경의 부친을 따라 방주(房州)에서 장사를 해 돈을 번 뒤 그곳 양원(兩院)에서 압로절급으로 있었는데 그해 봄에도 동경에 왔다가 왕경의 집에서 며칠 묵어간 적이 있었다.

"형님 그동안 별고 없으셨습니까?"

왕경이 반가운 나머지 그렇게 소리쳐 인사했다. 범전이 놀란 얼굴로 왕경을 보았다.

"아니, 이거 왕경 아우 아닌가."

그러나 범전은 왕경의 차림과 모양이 추레한 데다 얼굴에는 또 먹자가 새겨져 있어 좋지 않은 의심이 들어 더는 말을 않고 살피기만 했다. 왕경은 주위에 아무도 없는 걸 보고는 무릎을 꿇고 말했다.

"형님, 이 아우 좀 살려 주시오."

"그럼 네가 정말로 왕경이냐?"

범전이 황급히 왕경을 부축해 일으키며 다시 물었다. 왕경이 손을 저으며 나직이 말했다.

"소리를 낮추시오."

그러자 범전도 눈치를 채고 왕경의 소매를 끌어 제 방으로 데려갔다. 그 방은 전날 밤 범전이 혼자서 빌린 방이었다. 범전이 목소리를 낮춰 다시 왕경에게 물었다.

"너 어쩌다 이 꼴이 됐느냐?"

왕경은 그런 범전의 귀에 대고 그동안 있었던 일을 자세히 들려주었다. 왕경의 이야기를 듣고 난 범전은 몹시 놀라워했다. 그리고 한동안 주저하다가 어떻게 마음을 정했는지 바삐 세수를 하고 아침을 먹었다.

숲을 얻은 범

방세와 밥값을 치른 범전은 왕경을 자신이 데리고 다니는 군졸로 꾸미게 해 객점을 나섰다. 방주로 가면서 왕경은 범전에게 무슨 일로 거기까지 왔는가를 물었다.

"우리 주윤의 분부를 받고 섬주 주윤에게 편지를 전하러 갔다가 어제야 답서를 받았다네. 내 딴에는 그 자리에서 돌아섰으나 오는 길에 날이 저물어 그 객점에 묵게 되었지. 자네가 섬주에 와 있고 또 그런 일까지 저지른 줄은 전혀 몰랐구먼."

범전이 그렇게 대답했다.

범전과 왕경은 밤이면 주막에 들어가 묵고 날이 새면 걸어서 며칠 뒤 방주성으로 일없이 들어설 수 있었다. 그런데 이틀도 안 돼 섬주에서 살인범 왕경을 잡으라는 공문이 그곳 방주에도 이르렀다.

범전은 두 손에 땀을 쥐고 왕경에게 달려와 알렸다.

"성안은 있을 곳이 못 되네. 성 밖 정산보(定山堡) 동쪽에 내가 초가 몇 채와 땅 스무남은 묘(畝)를 작년에 사 두었지. 지금은 일꾼들 몇이 거기서 그 밭을 가꾸고 있는데, 자네도 그리로 가서 며칠 피하는 게 좋겠네. 뒷일은 다음에 의논해 보세."

그러고는 캄캄한 밤에 왕경을 데리고 성을 나온 뒤 정산보 동쪽으로 가 초가집에 숨겼다.

범전은 왕경에게 이름을 이덕(李德)으로 바꾸게 했지만 그의 뺨에 새겨진 먹자는 감출 수가 없었으나 다행히도 범전에게는 남에게 없는 재주가 하나 있었다. 전에 건강(建康)에 갔다가 그곳의 신의 안도전에게 많은 예물을 주고 금인(金印)을 없애는 법을 배워 둔 것이었다.

범전은 왕경에게 안도전에게서 배운 대로 해 보았다. 먼저 금인 위에 독한 약을 발라 그 부분의 살이 썩게 한 다음 다시 좋은 약을 써서 붉은 살이 나오게 하고 거기다 금옥가루를 발라 치료하는 방법이었다. 그렇게 두 달 남짓이 지나가자 왕경의 뺨에 새겨진 먹자는 알아볼 수 없게 지워져 있었다.

세월은 살같이 흘러 어느덧 백여 일이 지났다. 선화(宣和) 원년 봄이 되자 관가에서 왕경을 쫓는 일도 시들해졌다. 처음 시작할 때의 추상같은 기세에 비하면 용두사미 격이라고밖에 할 수 없는 관가의 추적이었다. 게다가 얼굴에 새겨졌던 먹자도 없어진 터라 왕경은 차츰 바깥 나들이를 하게 되었다.

입을 옷이며 두건, 신발 같은 것은 모두 범전이 마련해 주었다.

그러던 어느 날이었다. 왕경이 하릴없이 집 안에 앉아 있는데 멀리서 왁자지껄 떠드는 소리가 났다. 머슴을 보고 어디서 저렇게 떠드는가를 알아보게 했더니 머슴이 돌아와서 말했다.

"나리께서는 모르시겠지만 여기서 서쪽으로 한 마장 남짓 가면 정산보 안에 단가장(段家莊)이란 장원이 있습니다. 그곳 단씨 형제가 성안으로 가서 노래하는 기생을 불러다 무대를 얽고 노래를 시키는 중입니다. 그 기생은 서경에서 새로 왔는데 용모와 재주가 둘 다 빼어났다더군요. 그 바람에 사람들이 떼거리로 몰려들어 구경을 하는데, 나리께서는 어찌해서 가 보시지 않습니까?"

그 말을 들은 왕경은 좀이 쑤셔 집 안에 박혀 있을 수 없었다. 그 자리에서 일어나 정산보로 갔다.

정산보는 오륙백 호 되는 집들이 들어선 마을인데 무대는 그 동쪽 밀밭에 세워져 있었다. 왕경이 가니 노래하는 기생은 아직 무대에 오르지 않았고 무대 아래 여기저기 놓아둔 삼사십 개의 탁자에는 사람들이 빽빽이 둘러앉아 그사이 노름을 하고 있었다.

주사위로 하는 노름에는 육풍아(六風兒), 오요자(五眩子), 화료모(火燎毛), 주와아(朱窩兒)가 있었다. 그리고 그 곁에는 엽전을 던져 하는 노름판도 스무 군데 넘게 벌어지고 있었는데, 그 종류로는 혼순아(渾純兒), 삼배간(三背間), 팔차아(八叉兒) 따위가 있었다. 저쪽에서는 주사위 노름을 하는 자들이 '다섯이야', '여섯이야'를 외쳐 댔고, 이쪽에서 엽전 노름을 하는 자들은 '등이야', '배야'를 외쳐 대며 웃기도 하고 욕지거리도 하고 다투기도 하였다.

돈을 잃은 자들은 바지저고리로부터 시작하여 나중에는 두건과 버선까지 벗어 잡히고 노름 밑천을 마련했다. 그러고는 일이고 뭐고 다 팽개치고 먹고 자는 것까지 잊은 채 본전을 찾으려고 애쓰지만 끝내는 모두 잃고야 만다. 돈을 딴 자들도 대단할 것이 없다. 당장은 의기양양하여 여기저기 기웃거리며 돌아다니다가 상대를 만나면 다시 노름을 시작하는데 호주머니, 전대, 옷소매 할 것 없이 온몸에 은자가 없는 데가 없다. 그러나 나중에 셈해 보면 딴 돈을 모두 돈놀이꾼이나 물주에게 떼이고 제 손에는 별로 남는 게 없게 된다.

노름판 이야기는 이쯤 하고 구경 나온 시골 아가씨와 새댁네들을 살펴보자. 그녀들은 밀밭의 김을 매는 일이나 채소밭 가꾸는 일을 제쳐 놓고 서넛씩 너덧씩 떼를 지어 와서는 거멓게 탄 얼굴에 싯누런 이빨을 내놓고 노래하는 기생이 나타나기만을 기다렸다. 그 기생도 여느 사람과 마찬가지로 부모에게 나서 자랐겠는데, 얼마나 아름답기에 그렇게 많은 사람들이 몰려나왔는지 실로 알 수 없는 일이었다. 구경꾼들은 가까운 마을에서뿐만 아니라 성안에서까지 몰려와 한창 푸른 밀밭이 여남은 마지기나 결딴이 났다.

왕경은 노름판을 한참 돌아보고 나니 손이 근질거려 견딜 수가 없었다. 그런 그의 눈에 저쪽 무대 가까이 모여든 사람들 틈에서 몸집 큰 사내가 두 손을 탁자에 얹어 놓고 걸상에 앉아 있는 게 보였다. 둥그런 눈에 떡 벌어진 어깨, 늘씬한 허리를 가진 사내였다. 탁자 위에는 돈 다섯 관을 쌓아 놓고 주사위 상자와

주사위 여섯 개를 내놓은 채 상대를 기다리는 모양인데 아무도 그와 노름을 하려는 사람이 없는 것 같았다.

'나는 관가에 붙들려 간 뒤로 열 달이 넘도록 한 번도 노름을 해 보지 못했다. 얼마 전에 범전 형님이 땔나무를 사라고 준 은덩이가 하나 있으니 이걸 밑천으로 삼아 저자와 한판 붙어 봐야겠다. 몇 관쯤 따 가지고 과일을 사 먹어도 좋지 않은가.'

왕경은 그렇게 생각하고 은덩이를 꺼내 탁자 위에 던지며 그 사내에게 말을 걸었다.

"우리 한판 놀아 봅시다."

"좋시다, 어서 오시오."

그 사내가 왕경을 힐끗 보며 받았다. 그런데 그 말이 끝나기도 전에 한 사람이 다시 탁자 뒤에 선 사람들을 비집고 나왔다. 그 사내도 몸집이나 생김이 걸상에 앉은 사내와 비슷했다. 새로 나선 사내가 왕경을 보고 말했다.

"여보슈, 은덩이를 통째로 내놓아 어떻게 노름 돈을 댈 수 있겠소? 내가 그 은을 돈과 바꿔 줄 테니 당신이 따게 되면 한 관에 이십 문(文)씩 이자를 떼겠소."

말하자면 노름판에서 돈놀이를 하는 자인 모양이었다.

"좋도록 하슈."

왕경은 그런 대답과 함께 은덩이를 내주고 먼저 돈 두 관을 받았다. 그자는 제 말대로 한 관에 이십 문씩 떼고 그 나머지를 왕경에게 주었다.

"까짓것."

왕경은 그렇게 중얼거리며 탁자에 앉은 사내와 더불어 주와아란 노름을 시작했다.

왕경이 두어 판 노름을 하고 있는데 어떤 사내가 와서 돈을 대며 노름판에 끼어들었다. 왕경은 동경에 있을 때부터 노름판에서 굴러먹어 노름 솜씨가 여간 아니었다. 주사위를 던지고 굴리는 것도 그렇고 눈속임이며 손재간도 뛰어나 아무도 모르게 판을 속였다.

왕경이 노름에 이기는 것을 보자 돈을 빌려준 사내는 슬그머니 빠져나가 어디론가 사라져 버렸다. 뒤늦게 노름판에 끼어든 사내도 왕경의 솜씨가 이만저만이 아님을 알자 곧 노름 밑천을 거둬들이고 다만 노름판을 벌인 사내 곁에 서서 훈수를 들 뿐이었다.

왕경은 단숨에 돈을 두 관이나 따고도 주사위를 던질수록 높은 끗발만 나왔다. 상대편 사내는 본전을 찾기 위해 서둘렀으나 아무리 공들여 주사위를 던져도 끗발이 형편없었다. 왕경이 아홉 점을 따면 그 사내는 거꾸로 여덟 점을 잃는 격이라 한 시진도 안 돼 돈 다섯 관을 모조리 잃어버리고 말았다.

돈을 딴 왕경은 먼저 두 관을 따로 떼내 끈에 꿰었다. 돈을 빌린 사내에게 돌려주고 자신이 맡겨 둔 은덩이를 찾기 위함이었다. 그리고 나머지 세 관은 따로 단단히 끈에 꿰어 어깨에 메려고 하는데 돈을 잃은 사내가 욕설을 퍼부었다.

"이놈아, 내 돈을 따먹고 어딜 가려느냐? 그 돈은 화로에서 벌겋게 달구어 낸 돈이다. 함부로 집으려다간 손이 델걸."

말하자면 딴 돈을 두고 가라는 수작이었다. 왕경이 성이 나 막 고함을 쳤다.

"이놈이 돈을 잃더니 눈이 뒤집혔구나. 무슨 개 같은 소리냐?"

"어어 이 개새끼 봐라. 네놈이 감히 이 어르신네 부아를 질러?"

사내가 눈을 부릅떠 노려보며 본격적인 시비로 나왔다. 그쯤에 겁먹을 왕경이 아니었다.

"야 이 촌놈아. 어디 힘 있으면 덤벼 봐라. 네놈이 주먹으로 나를 치고 돈을 빼앗아 가기 전에는 어림없다."

왕경이 그렇게 받자 사내가 두 주먹을 쳐들어 왕경의 얼굴을 후려쳤다. 왕경이 슬쩍 몸을 비켜 그 주먹을 피하고 사내의 손을 덥석 잡더니 오른팔꿈치로는 사내의 가슴팍을 지르고 오른다리로는 그의 왼다리를 걸었다.

사내는 힘은 좋아도 그런 주먹질의 요령에는 밝지 못했다. 그대로 왕경의 솜씨에 걸려 벌렁 나자빠졌다.

모여든 구경꾼들이 그 광경을 보고 왁자하게 웃었다. 사내가 다시 일어나려는 것을 왕경이 덤벼들어 내리누르며 사정없이 쥐어박았다. 그럴 무렵 아까 왕경에게 돈을 빌려줬던 사내가 다가왔다. 그 돈놀이꾼은 싸움은 말리지도 도와주지도 않고 그저 탁자 위에 놓였던 돈만 쓸어 달아났다.

왕경은 화가 꼭뒤까지 치밀었다. 두들겨 패던 사내를 버려 놓고 돈을 훔쳐 가는 사내를 뒤쫓기 시작했다. 그때 사람들 속에서 한 젊은 여자가 달려 나오며 소리쳤다.

"이놈아, 함부로 설치지 마라. 내가 여기 있다."

왕경이 쫓기를 멈추고 그녀를 살펴보니 괴상한 생김이었다. 커다란 눈에는 흉한 빛이 번쩍이고 짙은 눈썹에는 살기가 어렸는데 얼굴에는 연지분을 덕지덕지 바르고 있었다. 머리에는 비녀를 꽂고 두 손목에는 팔찌를 꼈는데 그게 하나같이 어울리지 않고 천박하기 짝이 없었다. 나이는 스물네댓이나 될까, 그런데도 부끄럼 없이 겉옷을 벗어부치는 게 벌써 예사 여자가 아니었다. 주먹질 발길질에는 자신깨나 있어 보였다.

그 괴상한 아가씨가 속에 입고 있는 것은 소매 좁은 적삼에 통이 넓은 자주색 비단 바지였다. 그녀는 겁 없이 주먹을 휘두르며 왕경에게 덤벼들었다.

왕경은 상대가 여자고 또 휘두르는 주먹질에도 빈구석이 많은 걸 보자 한번 곯려 주려고 마음을 먹었다. 날랜 발길질은 그만두고 그저 두 주먹만 쳐들어 맞설 자세를 갖추었다. 그러자 둘의 솜씨는 엇비슷하게 되어 한판 볼만한 싸움이 벌어졌다. 왕경이 치면 그녀가 막고 그녀가 주먹을 내지르면 왕경이 피했다.

그때 노래하는 기생이 무대 위로 올라가 노래를 부르기 시작했다. 그러나 사람들은 이쪽에서 어울려 싸우는 남자와 여자를 구경하는 게 더 재미있어 그리로만 몰려들었다.

그 괴상한 아가씨는 왕경이 그저 막기만 하는 걸 보고 솜씨가 없어 그러는 줄만 알았다. 틈을 노리다가 갑자기 검은 호랑이가 상대의 염통을 채는 자세[黑虎偸心勢]로 왕경의 옆가슴을 내질렀다. 왕경이 어렵잖게 그 주먹을 피해 버렸다. 그러자 허공을 친 그녀는 미처 주먹을 걷어 들일 틈도 없이 왕경에게 걸려 넘어졌다. 왕경은 그녀가 넘어지는 걸 보고 재빨리 껴안았는데, 그것은 이른바 호랑이가 머리를 싸안는 자세[虎抱頭]라는 씨름 기술이었다.

"공연히 덤벼 고운 옷을 버리지 마슈. 그쪽이 내게 덤벼든 것이니 이리 됐다고 날 너무 나무라지도 마시고."

왕경이 그녀를 보고 능글맞게 말했다. 그런데 알 수 없는 것은 그녀였다.

그 지경이 되었으면서도 무안해하거나 성내는 기색은 전혀 없이 오히려 왕경을 칭찬했다.

"대단하군요. 정말 좋은 솜씨예요."

그때 돈을 잃고 얻어맞았던 사내와 노름돈을 채어 간 사내가 구경꾼을 헤치며 뛰쳐나와 왕경을 보고 고함쳤다.

"이 당나귀가 내지른 새끼야, 정말 간도 크구나. 네놈이 감히 우리 누이를 쓰러뜨려?"

그들을 보자 다시 화가 난 왕경이 맞받아 소리쳤다.

"이 더러운 거북이 새끼 같은 촌놈들아, 남의 돈을 훔쳐 간 주제에 도리어 무슨 욕질이냐?"

그러고는 주먹을 휘두르며 덤벼들었다. 그때 구경꾼들 속에서 다시 한 사람이 뛰어나와 그들을 갈라놓으며 소리쳤다.

"이 대랑은 무례하게 굴지 마라. 그리고 단이(段二) 형과 단오(段五) 형도 손을 멈추시오. 모두가 같은 땅에 사는 사람들이니 얼마든지 말로 할 수도 있지 않소?"

왕경이 힐끗 보니 그는 바로 이종형인 범전이었다. 상대의 두 사내도 범전을 아는지 손을 거두어 곧 싸움이 멎었다. 범전이 다시 왕경의 손에 걸려 넘어졌던 여자를 보고 알은척을 했다.

"셋째아가씨, 별일 없으시오?"

그러자 그녀는 범전의 인사는 받는 둥 마는 둥 하고 물었다.

"저기 이 대랑은 원장님의 친척인가요?"

"내 이종사촌이오."

범전이 그렇게 대답했다. 여자가 대뜸 왕경을 칭찬했다.

"정말 대단한 솜씨였어요."

하지만 왕경은 아직 그녀에게 관심을 돌릴 틈이 없었다. 분이 가라앉지 않아 씨근거리며 범전에게 일러바치듯 말했다.

"저놈이 노름에 져 놓고 저쪽 놈을 시켜 내가 딴 돈을 훔쳐 가게 했습니다."

그 말을 들은 범전이 씨익 웃으며 왕경을 달랬다.

"그건 이 두 분 형제분의 장사일세. 그래 하필 자네가 이분들의 장사를 망쳐 놓다니."

그제야 왕경도 일이 그렇게 돌아간 내막이 짐작되었다. 그사이에도 단이와 단오는 자기 누이가 다친 데나 없는가 싶어 이리저리 살펴보았다. 그러자 그녀가 오라비를 바라보고 말했다.

"범 원장님의 낯을 봐서라도 더 싸우지는 마세요. 그리고 그 은덩이는 이리 내시라구요."

단오는 누이가 왕경을 오히려 좋게 보고 있을 뿐만 아니라 싸움까지 말리자 마지못한 듯 그녀의 말에 따랐다.

"하기야 우리가 졌소."

그러고는 은덩이를 꺼내 누나에게 넘겨주었다. 삼랑(三娘)이 그 은덩이를 받아 왕경에게 넘겨주었다.

"처음 그대로이니 가져가세요."

그러고는 단이와 단오를 데리고 사람들 사이를 헤치며 가 버렸다. 범전도 왕경을 데리고 장원으로 돌아갔다. 둘만 마주 앉게 되자 범전이 왕경을 나무랐다.

"나는 이모님의 낯을 봐서 이것저것 안 따지고 자네를 구해 이곳에 데려왔네. 나중에 나라에서 사면이라도 있으면 어떻게 자네에게 일자리라도 마련해 주려고 하고 있는 참인데 자네는 어찌 그렇게 참지 못하고 함부로 구나? 단이와 단오는 상대하기 어려운 건달들이고 그 누이 단삼랑은 더 지독하네. 오죽하면 사람들이 그녀를 '범굴[大蟲窩]'이라 부르겠나. 그녀의 꾐에 빠져 신세를 망친 양가의 자제들이 적지 않다네. 뿐인가, 그녀는 열다섯 살 때 어떤 늙은이에게 시집을 갔으나 그 늙은이는 일 년도 못 돼 그녀에게 시달려 죽었다네. 그런 그녀가 제 힘만 믿고 여기저기 쏘다니며 행패를 부리고 돈을 빼앗으니 누가 당해 내겠는가. 가까운 마을 사람들치고 그들 삼남매를 두려워하지 않는 사람은 아무도 없다네. 그들이 이번에 노래하는 기생을 불러들인 것도 사람들을 노름판으로 끌어들이기 위한 수작이었네. 거기 펼쳐진 어떤 노름 탁자도 모두 그들의 올가미가 아닌 것이 없지. 그런데 거기 가서 말썽을 부려? 그러다 잘못해서 자네의 정체라도 드러나는 날이면 어쩔 셈인가? 그때는 자네나 나나 큰 낭패를 보고 말걸세."

그 말을 듣고 나니 왕경도 등허리가 서늘해졌다. 아무 소리 못하고 범전이 나무라는 대로 듣고만 있었다. 할 이야기를 다한 범전이 몸을 일으켰다.

“나는 관아에 들러 번을 서야 되네. 갔다가 내일 다시 오지.”

그러고는 방주성으로 돌아갔다.

다음 날 아침이었다. 왕경이 세수를 마치고 앉아 있는데 일꾼이 들어와 알렸다.

“단 태공께서 나리를 뵈러 오셨습니다.”

왕경이 밖에 나가 보니 단 태공은 주름살이 많은 얼굴에 은빛 수염을 기른 노인이었다. 예를 마친 뒤 주인과 손님이 자리를 정해 앉자 단 태공은 왕경을 머리 꼭대기부터 발끝까지 찬찬히 살폈다.

“정말로 씩씩하게 잘생겼군.”

이윽고 그렇게 중얼거린 단 태공이 왕경에게 묻기 시작했다. 어디 사람이며 어쩌다 이곳으로 오게 되었고 범전과는 어떤 사이며 혼인은 했는가 따위였다. 단 태공이 묻는 것이 좀 이상해 왕경은 거짓으로 둘러댔다.

“저는 서경 사람으로 부모님은 모두 돌아가시고 아내도 죽었습니다. 범전과는 이종사촌 간인데 여러 해 전에 범전이 공무로 서경에 왔다가 제가 홀로 사는 걸 보고 이곳으로 불렀지요. 아무도 보살펴 주는 사람 없이 그곳에 있는 것이 보기 딱했던 모양입니다. 지금은 이곳 고을 관아에서 일자리나 얻을까 기다리는 중입니다. 주먹질과 창봉 쓰기에 재주가 좀 있어 쓰일 때가 있을지도 모른다는 게 형님의 말씀이셨습니다.”

그런 왕경의 말을 들은 단 태공은 왠지 기뻐하는 얼굴로 왕경의 사주팔자를 묻더니 집으로 돌아갔다. 왕경으로서는 실로 알 수 없는 일이었다. 그런데 단 태공이 돌아간 지 얼마 안 돼 또 한 사람이 대문을 들어서며 물었다.

"범 원장님 계십니까? 당신이 바로 이 대랑이오?"

이에 왕경이 나가 그 사람을 맞아들였다. 인사를 나눈 두 사람은 다 같이 속으로 중얼거렸다.

'어디서 본 사람 같은데…….'

그래서 서로 까닭을 물어보려 하는데 마침 범전이 돌아왔다. 세 사람이 자리를 잡고 앉자 범전이 손님을 향해 물었다.

"이 선생께서 어떻게 여기까지 오셨소?"

왕경은 그 같은 범전의 물음을 듣자 문득 한 사람을 생각해 냈다.

'이 사람은 바로 그때 그 점쟁이 이조(李助)가 아닌가.'

그때 이조도 왕경이 누구인가를 생각해 냈다.

'이 사람은 동경의 왕 아무개가 아닌가. 언젠가 나에게 점을 친 적이 있었지.'

그러나 이조는 내색 않고 범전에게 물었다.

"제가 오랫동안 원장님을 찾아뵙지 못했습니다. 게다가 오늘은 한 가지 알아볼 일도 있고 해서 이렇게 왔습니다. 혹시 원장님 친척 중에 이 대랑이란 분이 계십니까?"

"이 사람이 제 아우 이 대랑입니다."

범전이 왕경을 가리키며 그렇게 대답했다. 왕경은 이조가 아무래도 자기를 알아본 것 같아 그런 범전의 말 끝에 한마디를 덧붙였다.

"제가 원래 성은 이가이고 왕가라는 것은 외갓집 성을 따라 쓴 것입니다."

그러자 이조가 손뼉을 치며 웃었다.

"제 기억도 이만하면 좋은 편이군요. 나는 왕씨로만 알고 있었는데, 우리 전에 동경 개봉부에서 한번 만난 적이 있지요?"

왕경은 상대가 똑똑히 기억해 낸 걸 보고 더 할 말이 없어 머리를 수그리고 앉아만 있었다. 그런 왕경에게 이조가 다시 말했다.

"그때 헤어진 뒤로 저는 형남(荊南)으로 돌아갔지요. 그곳에서 한 이인(異人)을 만나 검술을 배웠고 또 자평(子平, 송나라 때 점술에 능통하였던 서자평)의 비결을 얻어 세상 사람들로부터 금검선생(金劍先生)으로 불리게 되었습니다. 근래에는 방주에 와서 살게 되었는데 이 부근에 흥성한 기운이 있어 특히 이곳으로 옮겨 와 살길을 찾아보려 했습니다. 다행히 단씨 형제가 제 검술을 알아주어 배움을 청하기에 지금은 그 집에 머물러 있지요. 그런데 오늘 단 태공께서 돌아오시더니 제게 당신의 사주팔자를 내보이면서 그 운을 점쳐 보라 하셨습니다. 그 사주팔자가 어찌 그리 좋을 수 있겠습니까. 아마도 뒷날의 부귀는 말로 다 할 수 없을 것입니다. 제가 그대로 일러 줬더니 단삼랑과 단 태공은 몹시 기뻐하셨습니다. 그리고 단 태공께서는 대랑을 사위로 삼으려 하시기에 오늘이 마침 길일이라 제가 중매를 서려고 이리로 왔습니다. 삼랑도 남편이 귀하게 될 운을 타고난 여자이지요. 게다가 방금은 점을 쳐 보았더니 두 분은 궁합이 딱 맞는 천생배필이더군요. 이 혼사가 이루어지면 저는 경사술이나 얻어 마시겠습니다."

범전은 이조의 이야기를 듣고 한동안 말없이 생각에 잠겼다.

'이 단씨네는 완악한 자들이라 이번 혼인을 들어주지 않았다가는 무슨 일을 당할지 모르겠다. 그들에게 밉보여 꼬투리라도 잡히게 되는 날이면 입을 해가 적지 않을 것이다. 되든지 말든지 간에 원하는 대로 들어주는 수밖에 없구나.'

범전은 그렇게 마음을 정하고 이조를 향해 말했다.

"일이 그리되었구먼요. 단 태공과 삼랑의 뜻은 아름다우나 제 아우가 걱정입니다. 보잘것없는 그가 어찌 그 댁의 사위가 될 수 있겠습니까?"

"천만에요, 원장께서는 너무 겸손하십니다. 저쪽의 삼랑께서는 이쪽 대랑을 칭찬하느라 입이 닫혀 있을 새가 없을 지경입니다."

이조가 그렇게 받았다.

"그렇다면 아주 잘되었습니다. 이제 이 혼인은 이쪽 편에서 앞장서 치르기로 하지요."

범전이 그 말과 함께 품에서 닷 냥짜리 은덩이 하나를 꺼내 이조에게 주었다.

"촌구석이고 보니 마땅히 대접할 게 없습니다. 적으나마 이 은으로 차나 사서 드십시오. 일이 이루어진 뒤에는 따로이 무겁게 사례드리겠습니다."

범전이 그러면서 내놓은 은덩이를 받아 챙기며 이조가 건성으로 말했다.

"이거 이래서 될는지 원……."

"천만에요. 별말씀을 다 하십니다. 다만 한 가지 부탁드릴 것은 제 아우가 성이 두 개란 것은 말하지 마십시오. 아무쪼록 이번 일은 선생께 모두 맡기겠습니다."

이조는 한낱 점쟁이라 적지 않은 은자를 받자 몹시 좋아했다. 두번 세 번 범전에게 감사한 뒤 범전과 왕경을 작별하고 단가장으로 돌아갔다. 그리고 왕경의 성이 하나건 둘이건 사람이 좋건 나쁘건 따지지 않고 그저 중매꾼으로서 혼사가 되기만을 서둘렀다. 그러는 사이 양쪽에서 얻어먹는 술잔이며 푼돈이 적지 않았다.

신랑감이 단삼랑의 마음에 꼭 드는 데다 또 단씨집 사람들은 아무도 단삼랑을 휘어잡지 못해 혼인은 막힘없이 진행되었다.

범전은 소문이 널리 나면 무슨 좋지 않은 일이 끼어들까 걱정이 되어 두 집 모두 간소하게 혼인을 치르자고 청했다. 단 태공도 재물을 아끼는 사람이라 그 같은 범전의 생각을 기꺼이 받아들였다. 되도록 빨리 날을 골라 혼인식을 치르기로 하고 그달 스무이틀로 날을 잡았다.

혼인날이 되자 단가장에서는 양과 돼지를 잡고 물고기와 개구리를 장만해 푸짐하게 잔치를 벌였다. 큰 사발에 술을 따르고 넓은 쟁반에 고기를 저며 내와 친척들을 불러 잔치를 벌이는데, 풍악을 잡히는 일이며 화촉을 밝히는 일 따위는 모두 생략하기로 했다.

범전은 왕경에게 새 옷을 지어 입힌 뒤 단가장으로 데려갔다. 그리고 자신은 관아에 일이 있어 잔치를 다 보지 못하고 먼저 자리를 떴다. 왕경과 단삼랑은 맞절을 하고 합환주를 마시는 등 혼인의 예절을 대강대강 갖추었다.

단 태공은 초당에 술상을 차려 놓고 친척 스무남은 명과 아들들이며 새로 맞은 사위, 중매꾼 이조 등을 불러 앉혀 놓고 종일 술을 마시다가 저물어서야 자리를 끝냈다. 혼인식을 보러 왔던 친척들 가운데 집이 가까운 사람들은 모두 집으로 돌아갔고 집이 먼 사람들은 단가장에 묵었다. 단삼랑의 고모부 되는 방한(方翰) 내외, 이종 되는 구상(丘翔)네 식구들, 그리고 단이의 처남 시준(施俊) 내외가 단가장에 묵게 된 사람들이었다.

그들 중에서 남자들은 모두 사랑으로 나가 쉬고 여편네들은 왕경과 단삼랑의 방으로 술과 음식을 들고 가 시시덕거리다가 저희방으로 자러 갔다. 계집종과 일 보는 할멈이 신방으로 들어가 자리를 깔고 새 사위와 아씨를 쉬게 한 뒤 제각각 자러 갔다.

단삼랑은 어릴 때부터 마구잡이로 자라 새댁다운 부끄러움을 몰랐다. 신랑 앞에서 함부로 비녀를 뽑아 던지고 옷을 벗어부쳤다. 왕경도 불량배로 자라난 데다 관가에 잡혀가 끌려 다닌 지 벌써 여남은 달이나 되어 여자에 굶주려 있었다. 단삼랑의 좁은 이마와 큰 눈이 교수나 전처 우씨와는 비할 바가 못 되었으나 등불 아래 희멀겋게 드러난 허릿살이나 출렁거리는 젖통을 보니 저도 모르게 마음이 동했다. 왕경이 허겁지겁 단삼랑을 끌어안으려 하자 단삼랑이 따귀를 올려붙이며 말했다.

"화장이 지워지잖아. 뭣 땜에 그리 서둘러."

하지만 그건 그녀 나름의 애교였다. 둘은 곧 한 덩이가 되어 침상으로 올라가 베개를 나란히 하고 누웠다. 뒤이어 두 사람의 요란한 방사가 벌어졌다. 그때 그들의 신방 밖에서 킬킬거리는 소리가 들렸다. 방한과 구상, 시준의 아낙들이 술이 벌게진 채 잠자러는 가지 않고 단이와 단오의 아낙과 어울려 신방을 훔쳐보고 있었던 것이다.

왕경은 원래가 건달인 데다 방중술(房中術)이 남달랐다. 아낙들이 엿듣는 걸 알면서도 짐짓 재주를 다해 단삼랑과 뒤엉켰다. 그 바람에 구경하던 아낙들은 서로 키들거리며 꼬집고 난리였다. 그때 어디선가 단이가 뛰어 들어오며 고함을 질렀다.

"이 일을 어쩌나, 이걸 어째. 무슨 일이 벌어진지 알기나 하고 여기서 시시덕거리는 거야?"

그제야 정신이 든 단삼랑은 오히려 단이를 나무라며 침상에 누운 채 대꾸했다.

"밤도 깊은데 무슨 일이 있다고 그렇게 난리법석을 떨어요?"

"불은 이미 터럭에 옮아 붙었다. 죽을지 살지 모르는 판이란 말이다."

단이가 그렇게 성난 소리로 받았다. 그제야 왕경도 짚이는 게 있었다. 단삼랑에게 옷을 입게 하고 자신도 옷을 걸친 뒤 방을 나갔다. 밖에 있던 아낙들이 모두 머리를 싸쥐고 흩어졌다. 왕경은 단이에게 끌리듯 해 앞채의 초당으로 갔다. 거기서는 범전이 뜨거운 솥 안에 든 개미처럼 안절부절못하고 있었다. 이어 단 태공과 단오, 단삼랑이 그 방으로 들어왔다.

알고 보니 그 모든 것은 황달의 짓이었다. 신안현 공가촌 동쪽의 황달은 왕경에게 얻어맞은 상처가 다 낫자 그 행방을 수소문했다. 그리고 왕경이 이곳에 있는 줄 알아낸 뒤 어젯밤 방주로 가서 주윤에게 일러바친 것이었다.

주윤 장고행은 공문을 내려 고을의 도두로 하여금 토병들을 데리고 왕경을 잡아들이게 했다. 왕경뿐만 아니라 그를 감추어 준 범전 및 단씨네 일족까지 모두 잡아들이란 명이었다. 범전은 그 고을의 설 공목과 친한 사이라 먼저 그 소식을 얻어들을 수가 있었다. 이에 가족도 버려두고 바로 단가장으로 들어와 관병이 몰려오고 있음을 알렸다.

그 소식을 들은 사람들은 발을 구르고 가슴을 치며 어찌할 줄 몰랐다. 알을 품은 닭둥우리가 뒤집어진 것처럼 법석인데, 어떤 사람은 왕경을 욕하고 또 어떤 사람은 삼랑에게 망신을 주기도 했다. 그렇게 한창 어지러운 판에 초당 밖 동쪽 사랑방에서 금검선생 이조가 나왔다.

"여러분께서 만약 이 화를 면하고 싶으시면 내가 하는 말을 잘 들으시오."

이조가 여럿을 향해 그렇게 말하자 사람들은 그를 둘러싸고 방책을 물었다.

이조가 한마디로 잘라 말했다.

"일이 이렇게 된 이상 삼십육계(計) 중에서 달아나는 계책이 상책일 성싶소."

"달아나기는 어디로 달아난단 말이오."

사람들이 어리둥절해 다시 그렇게 물었다. 그러자 이조가 미리 생각해 둔 것처럼 말했다.

"여기서 이십 리 서쪽으로 가면 방산(房山)이 있소."

"그곳은 도적들이 자리 잡은 곳이오."

사람들이 그렇게 받자 이조가 웃으면서 말했다.

"여러분들도 정말 딱하구려. 일이 이 지경이 되었는데 아직도 양민으로 살 생각을 하시오?"

"그게 무슨 소리요?"

"방산의 산채 우두머리는 요립(寥立)으로 저와는 잘 아는 사입니다. 그는 오륙백 명의 졸개를 거느리고 있어 관병들도 붙잡지 못하고 있지요. 더 머뭇거려서는 아니 되니 값진 물건들만 거둬들여 그리로 가도록 합시다. 가서 그들과 한패가 되는 것만이 이 큰 화를 면하는 길이 될 겁니다."

방한을 비롯한 여섯 남녀는 뒷날 친척들이 자기들 때문에 화를 입게 되는 게 두려웠으나 한편으로는 왕경과 단삼랑이 조르니 하는 수 없이 그 길을 따르기로 하였다. 장원에서 값나가는 물건들만 대강 골라 짐을 꾸리는 한편 삼사십 개의 횃불을 밝히게 하였다.

왕경, 단삼랑, 단이, 단오, 방한, 구상, 시준, 이조, 범전 등 아홉 사람은 모두 가뿐하게 차림을 하고 박도를 꺼내 든 뒤 머슴들을 불러 모았다. 그들 중에서도 함께 따라가려는 자가 마흔 명을 넘어 그들에게도 창칼을 나누어 주고 차림을 단단히 하게 했다.

이윽고 왕경, 이조, 범전이 앞장을 서고 방한, 구상, 시준이 가운데 서서 아녀자들을 보호하며 출발했다. 다행히도 여자 다섯이 모두 전족을 하지 않아 남자들이나 다름없이 걸을 수 있었다. 단삼랑, 단이, 단오는 뒤를 맡아 장원 앞뒤에 불을 질렀다.

그들은 병장기를 들고 고함을 지르며 서쪽으로 달려갔다. 이웃 사람들은 평소에도 단씨네 사람들을 범같이 두려워해 오던 터였다. 그런 단씨네가 저마다 횃불을 밝혀 들고 창칼을 들고 나서자 이웃은 모두 문을 닫아걸고 죽은 듯 집 안에 처박혀 있었다. 당장은 단씨네가 떠나는 영문도 알지 못했을 뿐만 아니라, 설령 알았다 해도 감히 나서서 막을 엄두를 내지는 못했을 것이다.

왕경과 단씨네 사람들은 사오 리쯤 가다가 황달과 함께 오는 도두와 토병들을 만났다. 왕경이 나서서 앞장서 덤비는 도두를 한칼에 베어 넘겼다. 그때 이조와 단삼랑 등이 달려 나가 토병들을 들이치니 토병들은 당해 내지 못하고 뿔뿔이 흩어져 버렸다. 그사이 황달도 왕경의 손에 죽임을 당하였다.

왕경을 비롯한 단씨네 사람들이 방산 산채 아래 이르렀을 때는 이미 오경이었다. 이조는 제가 먼저 산 위로 올라가 요립에게 소식을 전하고 일행을 산 위로 끌어올리기로 하였다.

한편 산채에서 망을 보고 있던 졸개는 산 아래에 횃불이 어지러운 것을 보고 곧 두령에게 달려가 알렸다. 요립은 관병들이 몰려온 것으로 짐작했다. 관병을 깔보던 그는 곧 일어나 갑옷을 걸치고 창을 들더니 졸개들과 함께 산채 문을 열고 내려왔다.

왕경은 산 위에 불이 켜지고 많은 사람들이 내려오는 걸 보자 채비를 단단히 하였다. 산기슭으로 내려온 요립이 창을 꼬나든 채 소리쳐 꾸짖었다.

"이 겁 없는 연놈들아, 무슨 까닭으로 남의 산채를 놀라게 하느냐? 이 어르신네의 머리 위로 기어올라 어쩌겠다는 거냐?"

이조가 앞으로 나가 몸을 굽히며 알은체를 했다.

"대왕, 못난 아우 이조올시다."

그러고는 왕경이 죄를 지은 일부터 시작하여 관영을 죽인 일이며 관병들이 쫓는 것까지 자세히 사정을 이야기했다. 이조의 이야기를 들은 요립은 속으로 생각했다.

'이 왕경이란 자는 무예 솜씨가 있는 데다 단씨네 형제들까지 돕고 있으니 나 혼자서는 당해 내기 어렵겠다. 나중에 거꾸로 저 자 밑에 들어가야 할지도 모르니 아예 받아들이지 말아야겠다.'

그렇게 마음이 정해지자 이조를 보고 쌀쌀하게 대답했다.

"이곳은 협소해서 당신들을 모두 받아들이기는 어렵겠소."

그 말을 들은 왕경도 속으로 생각을 굴렸다.

'산채의 주인이랬자 저놈밖에 없으니 먼저 저놈만 없애 버린다면 나머지 졸개들 따위야 걱정할 게 무엇 있겠는가.'

생각이 그렇게 돌아가자 다시 말을 걸고 자시고 할 것도 없었다. 왕경이 대뜸 박도를 뽑아 들고 요립을 덮쳐 갔다. 요립 또한 성이 나서 창을 들어 맞받아치고 나왔다. 단삼랑이 혹시라도 왕경에게 실수가 있을까 봐 박도를 들고 남편을 도와 싸웠다.

싸움이 시작된 지 예닐곱 합이나 되었을까, 왕경이 요립의 빈틈을 찾아 한칼에 찍어 넘기자 단삼랑이 쓰러진 요립을 덮쳐 숨통을 끊어 버렸다. 한평생을 산도둑으로 살던 요립은 그로써 한바탕 봄꿈 같은 삶을 마감했다.

"나를 따르지 않는 자는 이 요립처럼 될 줄 알아라!"

왕경이 박도를 휘두르며 졸개들을 향해 그렇게 소리쳤다. 눈앞에서 요립이 죽는 걸 본 졸개들이 어찌 감히 맞설 수 있겠는가. 모두 엎드려 왕경을 따를 것을 맹세했다.

왕경은 무리를 이끌고 산 위로 올라갔다. 올라가니 벌써 동쪽이 훤히 밝아 오고 있었다. 그 산에는 사방에 저절로 된 동굴이 많이 있어 방과 같기에 방산이라 불렀다. 왕경은 그날로 데리고 간 가솔을 안돈시키고 졸개들을 점검한 뒤 산채에 있는 곡식과 금은 비단 등을 헤아려 보았다. 그리고 소와 말을 잡아 졸개들을 배불리 먹이는 한편 술상을 차려 여러 사람들과 함께 무사히 그 산채를 차지한 일을 자축했다.

사람들은 한목소리로 왕경을 산채의 주인으로 세웠다. 그리고 병장기를 만들고 졸개들을 조련시키며 닥쳐올 관군과의 싸움에 대비했다.

한편 그날 밤 왕경을 잡으러 방주에서 왔던 도두와 토병들 중에서 살아 돌아간 자들은 허둥지둥 주윤 장고행에게 알렸다.

"왕경의 무리가 미리 알아차리고 관병에게 덤벼들었습니다. 그 바람에 도두와 밀고자 황달이 죽고 그놈들은 모두 서쪽으로 달아나 버렸습니다."

장고행은 몹시 놀라 다음 날 일찍 토병들을 점고해 보았다. 죽은 자가 서른 명이 넘고 다친 자는 마흔 명이 넘었다. 장고행은 그날로 고을의 진수군관(鎭守軍官)을 불러 의논한 끝에 관군과 고을 군졸들을 다시 풀어 범인들을 붙잡도록 했다. 하지만 도둑들이 워낙 흉악해 관병은 또 적지 않은 군사가 꺾이고 말았다.

그렇게 되자 방산채의 졸개들은 날로 늘어 가고 간이 커진 왕경은 산을 내려가 마음껏 노략질을 했다. 장고행은 도둑 떼의 기세가 날로 커지는 것을 보고 갖가지로 대책을 마련했다. 방주에 속하는 현들에 공문을 내려보내 경내를 잘 지키게 하고 군사를 풀어 도둑 떼를 잡는 일을 돕게 하는 한편 그 고을의 수어(守禦) 병마도감 호유위(胡有爲)를 불러 도둑 떼를 뿌리 뽑을 계책을 의논했다.

왕경, 반기를 들다

호유위는 자신이 거느린 장정들을 점고한 뒤 날을 골라 왕경을 토벌하러 떠나기로 했다. 그러나 두 군영의 군졸들은 두 달 동안이나 군량을 받지 못한 터였다. 이렇게 뱃가죽이 등에 달라붙을 지경이 되어서야 무슨 수로 도둑 떼와 싸울 수 있겠느냐며 난동을 부렸다.

그 소문을 들은 장고행은 하는 수 없이 먼저 한 달치의 봉록과 군량을 나눠 주기로 했다. 그런데 결과로 보아서 그게 군졸들을 더욱 화나게 만든 꼴이 되었다. 봉록과 군량을 나눠 주는 일을 맡은 자가 평소에 그걸 게을리하다가 일이 닥친 뒤에야 부랴부랴 내놓게 되니 군졸들의 마음이 좋을 리 없는 데다가 그것마저 전에 하던 것처럼 중간에서 잘라먹으니 쌓인 불만이 한꺼번에 터진 까닭이었다.

성난 군사들이 들고일어나 장수 호유위를 죽이게 되자 장고행은 맨손으로 어찌해 볼 수가 없었다. 겨우 몸뚱이만 챙겨 성을 빠져나갔다. 성안의 주인이 없어지자 그다음은 뻔했다. 평소 남의 등이나 처먹고 살던 불량배와 건달들이 반란을 일으킨 군사들에게 붙어 죄 없는 사람들의 집에 불을 지르고 재물을 약탈하였다.

산속에 터를 잡고 있던 왕경이 그 좋은 틈을 놓칠 리가 없었다. 졸개들을 거느리고 일시에 방주를 들이치자 반란을 일으킨 군사들과 거기 빌붙어 행패를 부리던 망나니들이 모두 왕경의 무리를 따르게 되었다.

그 뒤부터 왕경은 방주를 차지하고 그곳을 근거지로 삼게 되었다.

그럭저럭 성안에서는 몸을 뺐으나 방주 지경을 벗어나지는 못했던 태수 장고행은 그렇게 되자 꼼짝없이 도둑 떼에게 사로잡히는 신세가 되고 말았다. 왕경이 그런 장고행을 죽여 더욱 기세를 올렸다.

왕경은 방주의 창고 안에 있던 돈과 곡식을 모두 털어 이조와 단이, 단오로 하여금 방산채를 비롯한 여러 곳에서 군사를 모집하게 했다. 그리고 불어나는 기세로 다시 군량과 말먹이 풀을 장만하게 하자 멀고 가까운 고을이 모두 그들에게 털렸고 일없이 놀고먹던 불량배들과 죄짓고 쫓기던 자들이 줄을 이어 왕경을 찾아왔다. 황달의 밀고로 가산을 모두 날려 버린 공단과 공정도 왕경이 군사를 키운다는 소문을 듣고 찾아와 한패가 되었다.

왕경의 세력이 그렇게 커지자 가까운 주나 현에서도 어찌해 볼 수가 없었다. 그저 자기들의 경계만 지키고 있을 뿐 누구도 인마를 풀어 왕경을 칠 엄두를 내지 못했다. 그사이 왕경의 패거리는 이만이 넘는 무리를 끌어들여 가까운 상진현, 죽산현, 운향현 세 성을 짓밟았다.

왕경의 그같이 놀라운 형세를 본 가까운 주와 현은 조정에 장계를 올려 위급을 알렸다. 조정에서는 도성의 관군을 보내기에 앞서 현지의 군사들로 도적을 치라는 명을 내렸다. 하지만 그 군사란 게 한심했다. 지방의 관병들은 대개가 군량도 제대로 타지 못하고 훈련도 되어 있지 않았다. 게다가 군졸들은 장수를 두려워할 줄을 모르고 장수들은 군졸들을 하찮게 여겼다. 관군의 형편이 그렇다 보니 토벌다운 토벌이 될 리가 없었다. 도둑 떼가 아주 사납다는 소문을 듣자 군졸들은 그들이 온다는 말만 들어도 겁을 먹었고 백성들도 간이 오그라들었다. 게다가 장수들도 겁을 먹어 도대체 싸움이 되지가 않았다.

그런 관군에 비해 왕경의 군사들은 그야말로 죽기 살기였다. 싸움에 지면 절로 날아갈 목숨들이라 몸을 아끼지 않고 덤벼드니 관군들은 그들과 만나는 족족 박살이 났다.

왕경의 세력은 갈수록 커져 마침내는 도성 가까운 남풍부(南豊府)까지 쳐들어오게 되었다. 그제야 조정에서도 장수들을 보내게 되었는데 그 장수들이라는 게 또 시원찮았다. 채경이나 동관에게 뇌물을 먹이지 않았으면 양전이나 고구에게 뇌물을 먹여 장수가 된 자들로서, 그 네 간신들은 뇌물만 먹이면 그자가 어리석거나 겁이 많아도 가리지 않고 장수를 삼는 까닭이었다.

장수들이 그 모양이니 그 토벌이 어떠했을지는 알 만하였다. 장수로서 권력을 잡자 군졸들에게 내려갈 군량을 잘라먹는가 하면 죄 없는 백성을 죽여 도둑 떼를 잡은 것처럼 엉터리로 공을 꾸미기도 했다. 또 병졸들이 멋대로 고을을 노략질하여도 그대로 두어 시달리다 못 견딘 백성들은 오히려 왕경의 무리에 가담하는 형편이었다.

그렇게 되자 왕경의 세력은 점점 커졌다. 왕경은 그 세력을 몰아 남으로 밀고 내려왔다. 게다가 이조가 꾀를 써서 형남(荊南)도 곧 도둑 떼의 손에 떨어졌다. 형남 사람인 이조가 옛날처럼 점쟁이로 꾸미고 성안으로 들어가, 가만히 성안의 악당들과 망나니들을 꾀어 밖에서 밀고 오는 왕경과 호응하니, 형남성이 떨어지지 않을 수 없었던 것이다.

형남성을 차지한 왕경은 이조를 군사(軍師)로 삼고 스스로를 초왕(楚王)이라 일컬었다. 이제는 산골짜기에 숨어 사는 도둑 떼의 우두머리가 아니라 넓은 땅을 차지한 당당한 반역자가 된 것이다. 그렇게 되자 강과 호수를 떠돌던 큰 도둑 떼와 산채를 얽고 있던 산적들이 모두 내려와 왕경을 따랐다.

왕경은 그 세력을 이용해 서너 해 만에 송나라에 여섯 개 큰 고을을 차지하고 앉았다.

왕경은 남풍(南豊)성 안에다 안팎의 크고 작은 대궐을 짓고 스스로의 연호를 썼을 뿐만 아니라 송나라의 관제를 본받아 엉터리 벼슬도 내렸다. 문무백관을 만들어 성원(省院)을 맡기는 한편 안으로는 상신(相臣)을 세우고 밖으로는 장수를 내보냈다.

이조는 군사 도승상(都丞相)이 되고 방한은 추밀 상서가 되었으며 단이는 호국통군대장(護國統軍大將)이 되었고 단오는 보국통군도독(輔國統軍都督)이 되었다. 범전은 전수(殿帥) 자리를 차지하고 공단은 선무사(宣撫使)가 되었으며 공정은 전운사(轉運使)가 되어 돈과 곡식의 들고남을 맡게 되었다. 구상은 어영사(御營使)가 되었고 단삼랑은 높여 왕비로 세웠다.

그 모든 일은 왕경이 난을 일으킨 선화 원년에서 선화 5년 봄 사이에 벌어졌다. 그때는 송강을 비롯한 호걸들이 하북에서 전호를 치면서 호관에서 역적들과 맞서고 있을 무렵이었다. 그런데 다시 왕경은 운안군과 완주를 깨뜨려 도합 여덟 개나 되는 군과 주를 차지하게 되었다. 남풍, 형남, 운안, 산남, 서경, 안덕, 동천, 완주 여덟 고을로 그 아래 있는 현은 모두 합쳐 여든여섯이나 되었다. 왕경은 또 운안에 궁궐을 짓고 시준으로 하여금 유수관(留守官)으로 삼아 운안을 지키게 하였다.

채경의 무리가 왕경의 일을 천자께 알린 것은 왕경이 유민(劉敏)에게 완주를 치게 한 다음이었다. 완주는 동경에 가까워 더는 천자를 속일 수가 없었기 때문이었다. 도군 황제는 채유와 동관에게 왕경을 치고 완주를 구하라는 칙지를 내렸다. 하지만 채유와 동관은 군사를 다스릴 힘이 없고 또 함부로 대하여 유민을 이길 수가 없었다. 싸움다운 싸움도 해 보지 못하고 역적의 손에 완주성이 떨어지니 마침내는 도성도 두려움에 떨게 되었다.

채유와 동관은 벌을 받게 될 것이 두려워 오직 천자의 눈과 귀만 가리기에 급급하였다. 그사이에도 역적의 장수 유민과 노성 등은 채유와 동관을 쳐부순 기세로 밀고 나와 노주와 양주를 에워쌌다.

송강의 장졸들이 하북을 평정하고 군사를 돌리려다가 다시 회서의 역적을 치라는 조서를 받은 것은 그 무렵이었다. 그야말로 앉은 자리가 데워질 틈이 없고 말발굽이 설 겨를도 없이 송강의 이십만 대군은 남쪽을 향해 출발했다.

송강의 군사가 황하를 건너기 바쁘게 성원에서 다시 재촉하는 문서가 내려왔다. 진 안무와 송강으로 하여금 군사를 급히 몰고 가서 노주와 양주를 구하라는 내용이었다. 이에 송강은 더위를 무릅쓰고 닫는 말에 채찍질해 속현 사수를 거쳐 양적주 경계에 이르렀다. 가는 동안 백성들의 생명과 재물은 터럭 하나 건드리지 않았음은 말할 나위도 없다.

역적의 무리는 송강의 대병이 이르렀다는 말을 듣자 겁부터 먹었다. 노주와 양주를 풀어 주고 황급히 저희 근거지로 물러나 버렸다.

그 무렵 장청과 경영, 섭청은 영창주에 있었다. 전호가 과형(剮刑)에 처해지는 것을 보고 난 뒤 송강을 도와 왕경을 치라는 조서를 받고 동경을 떠나 그곳에 이른 지가 벌써 달포를 넘었다. 송 선봉의 대군이 이르렀다는 소식을 듣고 마중을 나간 세 장수는 송강에게 예를 올린 다음 천자의 은혜를 입어 벼슬 받은 일을 하나하나 다 말했다. 송강을 비롯한 여러 장수들은 그들 셋의 이야기에 하나같이 찬탄해 마지않았다. 송강은 그들 셋을 군중에 받아들여 명을 기다리게 하였다.

이어 송강은 진 안무와 후(侯) 참모, 나(羅) 무학유 등 조정에서 내려온 벼슬아치들은 양적성 안으로 들게 하고 자신의 대군은 성안에 들이기가 힘들어 방성산(方城山) 깊은 숲속에서 더위를 피하게 했다. 아울러 천 리 길을 달려오느라 더위 먹고 지친 군사들은 안도전에게 약을 마련해 치료하게 하고 군마들도 서늘한 곳에 마구간을 세워 쉬게 하는 한편 황보단을 시켜 그 병을 치료하게 했다.

그때 오용이 송강에게 걱정스러운 듯 말했다.

"빽빽한 숲속에 군사를 몰아넣고 보니 적들이 불을 지를까 봐 걱정입니다."

그러나 송강은 별로 걱정하는 기색이 없었다.

"바로 그놈들이 불을 지르게 하려고 이러고 있소."

그렇게 대답하고는 군사들을 시켜 높은 산등성이의 시원한 나무 그늘 아래 작은 망루들을 세우게 하였다. 대나무로 얽고 띠풀로 지붕을 얽은 초가 망루였다. 하북의 싸움에서 항복한 장수 교도청이 그 뜻을 알아차리고 송강에게 말하였다.

"이 교 아무개는 선봉의 두터운 은혜를 입은 몸입니다. 오늘 보잘것없으나마 선봉을 위해 힘을 쓸 수 있었으면 더없는 광영이겠습니다."

그 말을 들은 송강은 몹시 기뻐하며 교도청에게 가만히 계책을 일러 준 뒤 그 망루로 보냈다.

이어 송강은 건장한 군사 삼만을 따로 골랐다. 그리고 장청과 경영에게는 일만의 인마를 거느리고 동산 기슭에 가서 매복하게 하고 손안과 변상도 일만 인마를 거느리고 서산 기슭에 가서 매복하게 한 뒤 중군에서 굉천포가 울리면 한꺼번에 쏟아져 나오게 하였다. 또 군량과 말먹이 풀은 모두 산 남쪽 평평한 곳에 쌓아 두고 이응과 시진에게 오천 인마와 함께 지키도록 하였다.

송강이 그렇게 배치를 끝내자 보고 있던 공손승이 문득 말하였다.

"형님의 계책이 실로 묘합니다. 그러나 군사들이 심한 더위에 먼길을 걸어 몹시 지쳐 있는 터라 그게 걱정입니다. 혹시라도 역적들이 날랜 군사를 뽑아 들이치면 우리 군사가 비록 열 배가 된다 해도 이기기 어려울 것입니다. 제가 먼저 작은 재주를 부려 우리 인마의 더위를 덜어 주면 어떻겠습니까? 그리되면 사람이나 말이 모두 힘을 얻을 것입니다."

그러고는 칼을 뽑더니 괴성(魁星)과 강성(罡星)의 자리를 밟고 선 뒤 술법을 부리기 시작했다. 왼손으로는 뇌인(雷印)을 누르고 오른손에는 칼을 쥔 채 정신을 가다듬더니 동남쪽을 향해 깊이 숨을 내쉬고는 주문을 외는 것이었다.

그러자 잠깐 사이에 산꼭대기에서 서늘한 바람이 불어오고 검은 구름이 짙게 피어오르더니 방성산을 덮어 이십여만 인마가 모두 시원한 바람을 쐴 수가 있었다. 그러나 산 밖은 여전히 금을 녹이고 쇠를 달구는 더위라 새들은 자취를 감추고 매미들만 시끄럽게 울어 댔다. 송강을 비롯한 여러 사람들은 몹시 기뻐하며 공손승의 신통한 도술을 칭찬해 마지않았다. 그렇게 예닐곱 날이 지나갔다. 안도전은 군사들을 치료하고 황보단은 말을 돌보아 송강의 인마는 차츰 기력을 회복할 수 있었다.

그때 완주를 지키고 있던 역적의 장수 유민은 패거리들 중에서도 꾀와 재주가 뛰어나 유지백(劉智伯)이라 불렸다. 그는 송강이 인마를 깊은 숲속에 풀어놓은 것을 알아낸 뒤 졸개들을 돌아보며 말했다.

"송강의 무리는 물가에 살던 좀도둑 떼라 병법을 알지 못한다. 그러고서야 어찌 큰일을 해낼 수 있겠느냐? 내 이제 작은 계책 하나만 써도 놈들의 이십만 군마는 절반이 다 없어지고 말 것이다."

그러고는 곧 명을 내려 날랜 군사 오천을 뽑은 뒤 계책을 주었다. 저마다 불화살, 횃불, 화포를 갖추고 수레 이천 대를 마련해 갈대와 마른 장작에다 유황과 염초 따위를 싣게 하여 네 사람씩 붙게 한 것이었다.

때는 칠월 중순이라 벌써 초가을 날씨인데, 유민은 노성, 정첩, 구맹, 고잠 등 네 명의 부장과 함께 철기 일만을 거느리고 그 뒤를 따라나섰다. 사람은 몸차림을 가볍게 하고 말들은 방울을 뗀 채였다. 성은 편장 한철과 반택이 남아서 지키도록 했다.

유민이 철기 일만을 이끌고 성을 나갔을 때는 날이 저물 무렵이었다. 때맞추어 남풍이 크게 부는 것을 본 유민은 몹시 기뻐했다.

'아무래도 오늘 송강의 무리는 지지 않을 수 없겠구나.'

속으로 그렇게 중얼거리면서 인마를 내몰아 기세 좋게 나아갔다. 유민의 인마가 방성산 남쪽 이 리 밖에 이르렀을 때는 밤도 깊어 삼경이 가까웠다. 거기다가 갑자기 안개가 자욱이 끼어 산골짜기를 뒤덮는 걸 보고 유민은 더욱 신이 나 중얼거렸다.

“하늘이 우리를 도와 공을 세우게 해 주시는구나!”

그러고는 앞뒤 살피지 않고 인마를 내몰았다. 뒤에서 북을 치고 함성을 올려 기세를 돋우게 하는 한편, 먼저 가려 뽑은 오천 군사들에게 불화살과 횃불, 화포 등을 숲속으로 쏘아붙여 불을 지르게 했다. 이어 구맹(寇猛)과 필승(畢勝)이 수레를 밀고 온 군사들을 재촉해 산기슭으로 가서 수레에 불을 질러 송강 쪽의 군량과 말먹이 풀을 태워 버리려 했다. 적병은 기세가 올라 용맹스레 앞으로 내달았다. 그런데 이게 어찌 된 일인가?

“어이쿠! 어이쿠!”

그런 비명과 함께 군사들이 여기저기서 얼굴을 싸안고 주저앉았다. 한창 세차게 불던 남풍이 갑자기 북풍으로 바뀐 것이었다. 게다가 산마루에서 벼락같은 소리가 나더니 교도청이 회풍반화법(回風返火法)을 써서 적병이 쏘아 댄 불화살과 횃불을 적진으로 되돌렸다.

일이 그렇게 되자 역적의 군사들은 제가 던진 불길에 휩싸여 미처 피하지도 못하고 머리와 얼굴이 그을었다. 송강이 때를 놓치지 않고 능진에게 화포를 쏘게 했다. 포탄은 공중으로 날아올라 요란한 소리를 내며 터졌다. 동쪽에 매복했던 장청과 경영에다 서쪽에 매복했던 손안과 변상이 한꺼번에 들고일어나 군사를 몰고 짓쳐 나왔다.

송강의 계책에 말려든 적병은 크게 패하고 말았다. 적장 노성은 손안의 칼에 두 토막이 나고 적장 정첩은 경영의 돌팔매에 맞아 말에서 떨어진 것을 장청이 창으로 찔러 죽였다. 적장 고잠은 변상에게 찔려 죽고 구맹은 송나라 군사의 이름 없는 군졸들에게 목숨을 잃었다.

유민이 이끌고 나온 이만 삼천의 인마 중에 태반은 타 죽고 창칼에 찔려 죽었으며, 나머지는 사방으로 흩어져 뿔뿔이 달아났다. 이천 대의 수레도 모두 타 버렸고 유민만은 겨우 삼사백 명의 졸개를 모아 완주성으로 달아날 수 있었다. 송나라 군사는 무기 한 자루, 병졸 하나 잃지 않고 적병의 말과 갑옷, 북과 징 따위를 무수히 얻었다.

싸움에서 이긴 장청과 손안은 영채로 돌아와 공을 아뢰었다. 손안은 노성의 목을 바쳤고 장청과 경영은 정첩의 목을 바쳤으며 변상은 고잠의 목을 바쳤다. 송강은 그들 모두에게 무겁게 상을 주고 교도청은 으뜸가는 공으로 장부에 올리게 했으며 장청, 경영, 손안, 변상은 그다음으로 얹었다. 송강이 하는 양을 보고 있던 오용이 말했다.

"형님의 묘한 계책에 역적들은 이미 간담이 서늘해졌을 것입니다. 그러나 완주는 산과 강을 아울러 갖추고 들판이 기름져서 육해(陸海)라 일컬어질 만큼 넉넉한 고을입니다. 만약 역적들이 군사를 늘려 그 머릿수로 지키려고만 들면 쉽게 깨뜨릴 수 없을 것입니다. 이제 가을바람이 불어 더위가 가시고 이슬이 내려 서늘하니 우리 인마도 싸울 만해졌습니다. 우리 군사들의 사기가 높고 성안의 역적들이 약해져 있을 때 성을 들이치는 것이 좋겠습니다. 하지만 그때는 반드시 군사를 남북으로 갈라 적의 구원병이 오는 것을 막을 수 있도록 해야 합니다."

송강은 그 말을 옳게 여겨 그대로 따랐다. 관승, 진명, 양지, 황신, 손립, 선찬, 학사문, 진달, 양춘, 주통에게 삼만 인마를 거느리고 완주성 동쪽에 가 진을 치게 하고 남쪽으로 오는 적의 구원병을 막게 했다. 또 임충, 호연작, 동평, 삭초, 팽기, 선정규, 위정국, 구붕, 등비에게도 삼만 인마를 주어 완주성 북쪽으로부터 오는 적의 구원병을 막게 했다.

명을 받은 장수들은 곧 군사를 점고해 정한 곳으로 떠나갔다. 그때 하북에서 새로 항복해 온 장수 손안을 비롯한 열일곱 명이 송강에게 와서 말했다.

"선봉께서는 저희들을 거두어 주시고 예로 대해 주셨습니다. 저희들이 이번에 선봉이 되어 먼저 가서 성을 치는 게 어떻겠습니까? 받은 은혜에 조금이라도 보답이 될까 하여 이렇게 청을 드립니다."

송강은 기꺼이 그들의 말을 받아들이고 장청과 경영에게 손안을 비롯한 열일곱 장수와 오만 인마를 통솔하여 선봉을 맡게 했다. 그 열일곱은 손안, 마령, 변상, 산사기, 당빈, 문중용, 최야, 김정(金禎), 황월, 매옥, 김정(金鼎), 필승, 반신, 양방, 풍승, 호매, 섭청이었다. 장청이 명을 받고 장졸들과 떠난 뒤 송강도 노준의, 오용 등과 함께 나머지 장졸을 이끌고 방성산 남쪽으로 나아가 완주성 십 리 밖에 진채를 얽었다. 그리고 이운, 탕륭, 도종왕에게 성을 치는 데 쓰이는 기구들을 만들어 장청을 비롯한 선봉 군사들에게 보내도록 했다.

장청이 이끄는 선봉군은 완주성을 물샐틈없이 에워쌌다.

적장 유민은 그날 밤 송강의 계책에 떨어져 형편없이 지고 목숨만 겨우 건져 완주성으로 돌아갔다. 혼쭐이 난 그는 얼른 사람을 뽑아 남풍에 있는 왕경에게 관군이 몰려오는 걸 알리는 한편 부근의 고을들에도 공문을 돌려 구원병을 보내 주기를 청했다. 그러다가 이제 송나라 군사에게 성을 에워싸이니 싸울 엄두가 날 리 없었다. 그저 성문을 닫아걸고 굳게 지키기만 명했다. 구원병이 오면 그때 나가 싸울 속셈이었다.

송나라 군사는 하루에도 예닐곱 번씩 성을 들이쳤다. 그러나 성벽이 튼튼하고 높아 완주성은 쉽게 떨어지지 않았다. 완주성 북쪽 여주(汝州)를 지키던 적장 장수(張壽)는 유민의 공문을 받자 군사 이만을 거느리고 완주를 구하러 왔다. 그러나 도중에 임충을 비롯한 장수들에게 걸려 적장은 죽고 그 나머지 졸개들은 모조리 흩어져 버렸다.

같은 날 완주성 남쪽의 안창(安昌)과 의양(義陽)의 두 현에서도 적의 구원병이 이르렀으나 그들은 관승을 비롯한 장수들에게 참패해 적장 백인(栢仁), 장이(張怡)는 사로잡히고 말았다. 그들이 송강의 대채에 끌려가 형을 받고 죽으니 남북 양쪽에서 오던 구원군으로 죽거나 사로잡힌 자는 헤아릴 수 없을 만큼 많았다.

그 무렵 해서야 이운은 성을 칠 때 쓰이는 기구들을 다 만들 수 있었다. 손안과 마령 등은 한마음 한뜻으로 힘을 합쳐 그 기구들을 설치하였다. 군사들을 시켜 흙을 넣을 자루를 성벽 사방에다 쌓아올리게 하고 또 용맹하고 날랜 군사들은 수레를 써서 비교(飛橋)를 해자에다 걸치게 하였다.

모든 준비가 갖춰지자 송나라 군사는 비교를 이용해 해자와 구덩이를 건넌 뒤 흙 자루를 디디고 성벽 위로 기어올랐다. 모두가 두려움 없이 밀고 드니 마침내 완주성은 떨어지고 말았다. 성을 지키던 유민은 사로잡히고 그 나머지 부장, 아장 중에서는 죽은 자가 스무 명이 넘었으며 졸개로 죽은 자는 오천 명이 넘었고 항복한 자도 만 명이나 되었다.

대군을 이끌고 성안으로 들어간 송강은 사로잡힌 적장 유민의 목을 베어 내걸게 하고 방을 걸어 백성들을 안심시켰다. 그리고 관승, 임충, 장청, 손안 등 여러 장수들의 공을 차례로 장부에 올리게 하는 한편 양적주에 사람을 보내어 진 안무에게 첩보를 올렸다.

진 안무는 첩보를 받자 몹시 기뻐하며 후 참모, 나 무학유와 함께 완주로 왔다.

송강을 비롯한 여러 장수들은 성 밖까지 나와 그들을 맞아들였다. 진 안무는 송강과 그 장수들의 공을 치하해 마지않았다.

송강이 새로 뺏은 완주에서의 여러 가지 군무를 처리하는 동안에 열흘이 지났다. 때는 이미 팔월 초순이라 날씨가 차츰 서늘해 왔다. 송강은 오용을 불러 놓고 물었다.

"이제 다음에는 어떤 성을 치는 것이 좋겠는가?"

오용이 미리 정해 놓은 듯 대답했다.

"이곳에서 남쪽으로 가면 산남(山南)이 있습니다. 남으로는 호(湖), 상(湘)을 바라보고 북으로는 관(關), 낙(洛)을 겨누는 곳으로 말하자면 초(楚)와 촉(蜀)의 목줄기와 같은 땅입니다. 마땅히 그 성을 먼저 빼앗아야 할 것입니다. 그리되면 역적들의 세력은 여러 갈래로 나눠지는 꼴이 됩니다."

송강이 고개를 끄덕이며 말했다.

"군사의 말씀이 바로 내 뜻과 같소."

그러고는 화영, 임충, 선찬, 학사문, 여방, 곽성 등으로 하여금 군사 오만과 함께 진 안무를 모시고 완주를 지키게 하는 한편 산남군을 칠 채비에 들어갔다.

송강은 크게 역적을 무찌르고

송강은 이준을 비롯한 수군 두령 여덟 명에 명을 내려 싸움배와 수군을 이끌고 필수(泌水)로부터 산남성의 북쪽으로 나아가 한강으로 모이게 했다. 그리고 거기서 군사를 삼 대로 나눈 뒤 진 안무와 작별하고 완주를 떠나 산남군으로 향했다. 그를 따르는 것은 완주를 지키는 장수들을 뺀 나머지 장수들과 십오만의 보군이었다.

송강은 인마를 물과 뭍으로 나누어 아울러 나아가게 하니 배와 말이 머리를 나란히 하고 산남군을 행했다. 뭍으로 나아가는 병사들은 삼 대로 나누어졌는데, 앞 부대는 장수 열두 명이 이만의 인마를 거느렸다. 동평, 진명, 서령, 삭초, 장청, 경영, 손안, 변상, 마령, 당빈, 문중용, 최야가 전대를 이끌 장수들이었다. 뒷 부대는 장수 열넷이 오만의 인마를 거느렸는데 황신, 손립, 한도, 팽기, 선정규, 위정국, 구붕, 등비, 연순, 마린, 진달, 양춘, 주동, 양림이 그들이었다.

가운데 부대는 송강과 노준의가 정장, 아장을 합쳐 구십여 명의 장수와 십만의 인마를 거느렸다. 동평 등이 이끈 전대의 인마가 융중산(隆中山) 북쪽 오 리 밖에 진을 치자 먼저 풀어놓았던 염탐꾼들이 돌아와 알렸다.

"왕경은 우리 군사가 온다는 말을 듣고 특히 이 융중산 북쪽 기슭에다 새로이 이만의 날랜 군사를 더하고 하길(賀吉), 미생(縻勝), 곽안(郭矸), 진빈(陳贇)에게 그곳을 지키게 하고 있습니다. 그들 네 적장은 저마다 힘깨나 쓴다는 자들입니다."

그 말을 들은 동평은 여러 장수들과 의논한 뒤 손안과 변상에게 오천 군사를 주어 왼쪽에 매복하게 하고 마령과 당빈에게는 오천 군사를 거느리고 오른쪽에 매복해 있다가 자기편 군중에서 포향이 울리면 한꺼번에 치고 나오게 했다.

그 계책대로 배치가 끝났을 무렵 적군이 몰려와 깃발을 휘두르고 북과 징을 울리며 싸움을 걸어왔다. 송나라 군사도 기죽지 않고 맞받아쳤다.

양군이 서로의 깃발을 바라볼 수 있는 곳에서 마주치자 남북으로 진채를 벌이고 먼저 활과 쇠뇌를 쏘아 서로의 기세를 꺾으려 들었다. 그러다가 적진에서 갑자기 문기가 열리더니 적장 미생이 말을 몰아 앞으로 나왔다.

미생은 구리 투구에 쇠갑옷을 걸쳤으며 허리에는 작화궁과 독수리 깃을 꽂은 화살을 차고 있었다. 얼굴에는 자줏빛 나는 살이 뒤룩뒤룩 매달렸고 눈은 구리 방울같이 둥글었는데 긴 자루를 박은 커다란 도끼를 들고 누런 말 위에 올라앉은 품이 여간 사납게 보이지가 않았다.

"물가에 살던 좀도둑들아, 네놈들은 무슨 까닭으로 무도한 송나라와 어리석은 천자를 위해 힘을 바치느냐. 그러다가 뒈지고 싶어 환장이라도 하였느냐?"

미생이 그렇게 큰 소리로 외치자 송나라 군사 쪽에서도 천지를 흔드는 북소리와 함께 한 사람이 달려 나가 맞받았다. 바로 급선봉 삭초였다.

"까닭 없이 반역한 도둑놈들아, 어찌 감히 그같이 더러운 소리를 지껄이느냐? 네놈을 이 도끼로 백 번만 찍어 줄 테니 거기 기다려라."

삭초가 그렇게 소리친 뒤 자신의 도끼를 휘두르며 말을 박차 미생에게로 다가갔다. 미생도 자신의 도끼를 들어 마주쳐 왔다. 양쪽 군사들이 질러 대는 함성 속에 두 장수가 맞붙었다. 말과 말이 어울리고 도끼와 도끼가 부딪기를 쉰 합이 넘었으나 승부는 가려지지 않았다. 적장 미생의 용맹이 소문대로 여간이 아니었던 까닭이다.

그러자 송나라 군사 쪽에서 벽력화 진명이 가시 방망이를 휘두르며 달려 나왔다. 삭초가 이기지 못하는 것을 보고 그를 돕기 위해서였다. 적군 쪽에서도 가만히 보고만 있지는 않았다. 적장 진빈이 창을 꼬나들고 달려 나와 그런 진명을 가로막았다. 그들

네 장수는 먼지가 자욱이 일고 살기가 가득한 가운데 한바탕 불꽃 튀기는 싸움을 벌였다.

그때 갑자기 한소리 포향이 울리더니 손안과 변상이 왼쪽으로부터 군사를 이끌고 쏟아져 나왔다. 적장 하길이 저희 군사를 나누어 그 같은 송나라 군사의 복병을 막았다. 마령과 당빈도 인마를 이끌고 오른쪽에서 짓쳐 나왔으나 그쪽은 적장 곽안이 나서서 막았다.

그때 송나라 군사 쪽에서는 경영이 말을 달려 싸움터로 나왔다. 경영은 가만히 돌을 꺼내 적장 진빈을 겨누고 팔매질을 했다. 피하지 못한 진빈이 콧등을 정통으로 얻어맞고 말에서 굴러떨어졌다. 그러자 진명이 달려가 가시 방망이로 정수리를 내리쳐 진빈은 투구를 쓴 채 머리가 부서졌다.

손안과 당빈도 그 무렵 해서 각기 상대를 거꾸러뜨렸다. 손안은 적장 하길과 서른 합을 넘긴 뒤에야 칼로 찍어 말에서 떨어뜨렸고 당빈은 적장 곽안을 한 창에 찔러 죽였다.

싸움이 좋지 않게 돌아가는 걸 본 미생은 삭초의 도끼를 막으면서 말 머리를 돌려 달아나기 시작했다. 삭초, 손안, 마령 등이 그 틈을 놓치지 않고 군사를 휘몰아 뒤쫓았다. 기세가 꺾인 적병은 그대로 달아나기에 바빴다. 그런데 송나라 군사의 여러 장수들이 적장 미생을 뒤쫓아 한 산모퉁이를 돌아섰을 때였다. 산 뒤쪽 숲속에 숨어 있던 적장 경문과 설찬이 군사 만 명을 이끌고 뛰쳐나왔다. 달아나던 미생도 군사를 되돌려 송나라 군사에게 덤벼들었다.

송나라 군사 쪽에서는 문중용이 공을 세우려고 창을 휘두르며 달려 나가 적장 미생을 맞았다. 그러나 기세를 탄 미생은 여남은 합 싸우다가 도끼를 휘둘러 문중용을 두 토막으로 쪼개 놓고 말았다. 문중용이 죽는 걸 본 최야는 분을 이기지 못해 칼을 비껴 들고 미생에게로 덤벼들었다.

최야와 미생이 예닐곱 합 싸우고 있을 때 당빈이 달려와 최야를 도왔다. 미생은 누가 싸움을 도우러 오는 것을 보자 한소리 외침과 함께 최야마저 도끼로 찍어 말에서 떨어뜨리고 그제야 곁에 이른 당빈과 맞섰다.

장청과 경영은 자기편 장수 둘을 잃게 되자 그냥 있을 수가 없었다. 부부가 나란히 말을 달려 나오다가 먼저 장청이 미생을 향해 돌팔매질을 했다. 눈치 빠른 미생이 얼른 도끼를 들어 막는 바람에 돌은 날카로운 쇳소리와 함께 도끼에 맞아 불똥을 튀기면서 땅에 떨어졌다.

경영은 남편의 돌이 빗나가는 것을 보고 급하게 돌을 꺼내 다시 팔매질을 했다. 두 번째 돌이 날아오는 것을 본 미생이 머리를 슬쩍 숙이자 경영이 던진 돌은 미생의 구리 투구를 맞혔을 뿐이었다.

장청과 경영의 팔매질이 두 번 다 빗나가는 걸 본 서령과 동평이 다시 말을 달려 나가 싸움을 거들었다. 적장 미생은 송나라 군사 쪽의 여러 장수가 한꺼번에 덤비자 견뎌 낼 수가 없었다. 당빈의 창을 도끼로 퉁겨 버린 뒤 말 머리를 돌려 달아나기 시작했다.

당빈은 달아나는 미생을 바짝 뒤쫓았다. 그런데 적장 경문과 설찬이 함께 나와 가로막는 바람에 미생을 놓치고 말았다. 하지만 그걸로 싸움판의 형세는 다시 뒤집혔다. 송나라 군사의 장수들은 적장 경문과 설찬을 죽이고 적병을 물리친 뒤 숱한 말과 갑옷, 북, 징 따위를 빼앗을 수 있었다.

동평은 군사들을 시켜 문중용과 최야의 시체를 거두게 한 뒤 정성 들여 땅에 묻게 하였다. 함께 투항해 온 당빈은 한꺼번에 두 장수를 잃자 크게 목 놓아 울면서 군사들과 함께 그들의 시체를 염했다. 그동안 동평을 비롯한 나머지 아홉 장수들은 인마를 남쪽 융중산 기슭에 진 치게 하였다.

다음 날 송강이 거느린 두 대의 대군이 그곳에 이르러 동평의 인마와 합쳤다. 송강은 문중용과 최야를 잃은 것을 몹시 슬퍼하면서 정성껏 장례를 치러 주었다. 장례가 끝난 뒤 송강은 오용을 불러 다시 성을 칠 계책을 의논하였다. 오용과 주무가 높은 구름사다리에 올라가 성안을 살펴본 뒤 송강에게 말했다.

"성이 너무 든든하여 들이친다 해도 이로울 게 없을 것 같습니다. 그저 성을 칠 것처럼 하면서 틈을 엿보는 게 좋겠습니다."

송강도 그 말을 옳게 여겼다. 곧 명을 내려 성을 치려고 펼쳐 놓았던 기구들을 거둬들이게 하는 한편 눈치 빠른 군사들을 풀어 적의 허실을 염탐하게 했다.

한편 적장 미생은 겨우 마군 이삼백을 거느리고 송나라 군사의 추격을 벗어나 산남성 안으로 들어갔다. 그 성을 지키는 우두머리 장수는 바로 왕경의 처남 단이였다. 왕경은 송의 조정에서 보낸 송강의 인마가 온다는 소식을 듣자 단이를 평동대원수(平東大元帥)로 삼아 그리로 보낸 것이었다.

미생은 단이를 만나자 송강의 장수와 군사들이 얼마나 용맹한지를 말하고 그들에게 장수 다섯과 군사 모두를 잃은 사실을 털어놓았다. 그리고 송나라 군사에게 원수를 갚게 군사를 빌려 달라고 빌었다. 미생 또한 왕경이 보낸 사람이니 서로가 한편인 만큼 군사를 빌린다는 게 이상할 것도 없었다. 그러나 단이는 크게 성을 내어 미생을 꾸짖었다.

"네가 비록 내 밑에 있는 장수는 아니지만 많은 장수를 잃고 군사를 모조리 버렸으니 그 죄가 크다. 네놈을 목 베어 본보기를 보이겠다."

그러고는 졸개들을 시켜 미생을 목 베라고 호령하였다. 그때 한 사람이 나타나 말했다.

"원수께서는 너무 노여워하지 마시고 이 사람을 살려 두도록 하십시오."

단이가 그렇게 말한 사람을 보니 왕경이 딸려 보낸 참군좌모(參軍左謀)였다.

"그대는 어찌하여 저놈을 용서하란 말인가?"

단이가 성을 풀지 않고 참군좌모에게 따지듯 물었다. 참군좌모가 공손하게 대답했다.

"제가 듣기로 미생은 용맹이 뛰어나 송나라의 장수를 둘이나 목베었다 합니다. 게다가 송강의 무리가 장수는 용맹하고 졸개들이 날랜 것도 틀림없습니다. 그런 적은 머리와 꾀로 이겨야지 힘으로 맞서려 해서는 아니 됩니다."

"꾀로 어떻게 그들을 이긴단 말인가?"

그 같은 참군좌모의 말에 단이가 좀 누그러진 기세로 물었다.

"송강의 무리는 군량과 말먹이 풀뿐만 아니라 진중에 필요한 물품을 모두 완주에 쌓아 두고 거기서 날라다 씁니다. 듣기로 완주는 지키는 송나라 군사의 인마가 약하다고 하니 원수께서는 그쪽으로 눈을 돌리시는 게 좋을 듯합니다. 믿을 만한 사람을 몰래 균주와 공주로 보내 그곳을 지키는 우리 장수들과 시일을 약정한 뒤 그들에게 두 길로 나누어 완주성을 들이치게 하십시오. 그때 여기서도 날랜 병사를 가려 미생 장군에게 주고 완주 북쪽을 들이쳐 그 공으로 이번의 죄를 씻을 수 있도록 하면 좋겠습니다. 그리하여 완주성이 위급하게 되면 송강의 무리는 반드시 그곳을 구하러 달려가게 될 것입니다. 우리는 그 틈을 놓치지 않고 다시 가려 뽑은 군사로 양쪽에서 들이치면 송강을 사로잡는 일은 어렵지 않습니다."

참군좌모가 그렇게 술술 계책을 내놓았다. 단이는 원래 무식한 시골뜨기라 병법을 알 리가 없었다. 그저 참군좌모의 말이 그럴듯해 그 계책을 따르기로 했다.

단이는 곧 균주와 공주에 사람을 보내는 한편 이만의 인마를 가려 뽑아 미생과 궐저, 옹비 세 장수에게 주었다. 어둠을 틈타 깃발도 거두고 북소리도 내지 말고 몰래 서문으로 나가 완주를 치라는 명과 함께였다.

그때 송강은 답답한 마음으로 산남성을 칠 계획을 찾느라 여념이 없었다. 문득 수군 두령 이준이 들어와 말했다.

"수군의 배들은 모두 성 서북쪽 한강과 양수(襄水) 두 곳에 모아 두었습니다. 아우는 특히 그 일을 아뢰러 왔습니다."

송강은 그런 이준을 장막 안에 앉히고 술을 내어 몇 잔 대접했다. 한참 술잔을 주고받는데 염탐을 나갔던 군사가 들어와 알렸다.

"성안에서 몰래 인마를 일으켜 완주 쪽으로 떠났습니다."

몹시 놀란 송강은 급히 오용을 불러 의논하였다.

"진 안무와 화영 등은 모두 용기와 지략을 갖춘 분들이라 완주를 잃는 걱정은 안 하셔도 됩니다. 오히려 이 기회에 꼭 이 산남성을 깨뜨리도록 하십시다."

오용은 대뜸 그렇게 말하고 다시 송강의 귀에다 한참이나 수군거렸다. 오용의 말을 들은 송강은 몹시 기뻐하며 곧 그대로 시행하였다. 먼저 이준과 보군 두령 포욱 등 스무남은 명의 장수에게 밀계와 함께 이천의 보군을 내주며 밤중에 가만히 진채를 떠나게 했다.

적장 미생이 인마를 이끌고 완주에 이르자 길옆에 숨어 있던 완주의 군졸이 성안에 들어가 그 일을 알렸다. 진 안무는 화영과 임충에게 군사 이만을 거느리고 성 밖으로 나가 적을 맞게 했다. 두 장수가 군사를 거느리고 성을 나서는데 또 염탐을 나갔던 군사가 급하게 말을 달려와 알렸다.

"미생은 균주에 있는 적병들을 불러내 지금 균주 인마 삼만이 이미 성 북쪽 십 리 밖에 이르렀습니다."

그 말을 들은 진 안무는 다시 여방과 곽성에게 이만 인마를 주어 북문으로 나가 적을 막게 하였다. 그로부터 한 시진도 못 돼 또 급한 전갈이 들어왔다.

"공주에 자리 잡고 있던 적장 계삼사, 예접 등이 십만의 인마를 거느리고 서문으로 쳐들어옵니다."

그 말을 듣자 놀란 성안 사람들은 서로 얼굴만 쳐다보며 걱정을 했다.

"성안의 장수는 선찬과 학사문 둘뿐이고 군사도 머릿수는 만여 명이 되지만 거의가 늙고 쇠약한 자들이다. 그런데 무슨 수로 성을 지킬 수 있겠는가?"

그때 성수서생 소양이 나와 진 안무를 보고 말했다.

"안무께서는 너무 걱정하지 마십시오. 이 소(蕭) 아무개에게 한 가지 계책이 있습니다."

그러고는 조용조용하게 가슴속에 있는 계책을 털어놓았다. 진 안무를 비롯한 여러 장수들은 소양의 계책을 듣자 모두 머리를 끄덕였다.

진 안무는 그 계책에 따라 선찬과 학사문에게 굳세고 날랜 군사 오천을 뽑아 서문 안에 매복해 있다가 적이 물러설 때 추격하라 이르고 내보냈다. 이어 진 안무는 또 늙고 쇠약한 군사들을 모아 놓고 따로 명을 내렸다.

"너희들은 힘들여 성을 지키지 말고 깃발을 눕혀 두고 있거라. 그러다가 서문 성루 위에서 포향이 울리면 한꺼번에 깃발을 일으켜 세우되 성 밖으로는 나가지 말고 성안에서만 뛰어다니며 허장성세를 하도록 하라."

그 모든 배치가 끝나자 진 안무는 다시 군사들을 시켜 서문 성루 위에 크게 술상을 차려 놓게 하였다. 그리고 나전을 성문 위로 불러 즐겁게 술을 마시며 성문을 활짝 열어 놓은 채 적병이 오기를 기다렸다.

진관과 후몽, 나전 등이 권커니 잣거니 술잔을 나누며 한참을 기다리는데 적장 계삼사와 예접이 편장 십여 명을 거느리고 기세 좋게 성 밑까지 밀고 들어왔다. 적장들이 성을 살펴보니 성문은 활짝 열려 있고 성루 위에서는 조정에서 내려온 벼슬아치 세 사람과 선비 차림을 한 사람 하나가 꽃과 비단 속에 앉아 풍악을 들으면서 술을 마시고 있었다. 사방 성벽 위에는 깃발도 사람도 그림자조차 비치지 않았다.

계삼사가 의심이 들어 함부로 쳐들어가지 못하는데 예접이 곁에서 그런 의심을 거들었다.

"성안에는 뭔가 틀림없이 준비된 게 있는 듯하오. 자칫하면 저 놈의 꾀에 빠질 터이니 어서 군사를 물립시다."

계삼사는 그 말을 받아들여 장졸들에게 얼른 물러나라는 명을 내렸다. 그때 문득 성문 위에서 포향이 울리더니 함성과 북소리가 천지를 뒤흔들었다. 이어 성벽 안에서는 수많은 깃발이 세워져 이리저리 엇갈리며 움직이는 게 보였다.

적병들은 이미 저희 장수가 하는 말을 듣고 놀라 있는 데다 다시 성안의 움직임이 그러하자 싸워 보지도 않고 어지러워지기 시작했다. 그때 성안에서 선찬과 학사문이 군사를 이끌고 치고 나오니 적병은 여지없이 무너졌다. 죽은 자가 만 명을 넘었고 깃발이며 병장기, 말, 갑옷을 버리고 간 것도 무수히 많았다. 게다가 적장 계삼사와 예접은 어지럽게 싸우는 가운데 죽고, 나머지 적병들은 산산이 흩어져 버렸다. 선찬과 학사문이 적을 쫓고 군사를 거두어 성안으로 들어가니 진 안무를 비롯한 사람들은 벌써 원수부로 돌아간 뒤였다.

한편 성 북쪽에서 싸우고 있던 화영과 임충도 크게 적을 무찔러 적장 궐저와 옹비를 죽이고 적병을 멀리 내쫓았다. 다만 적장 미생을 놓친 게 애석할 뿐이었다.

그런데 그들이 군사를 거두어 성안으로 돌아가려 할 때였다. 또다른 적병이 두 길로 쳐들어왔다는 소식이 들어왔는데 그 한 갈래는 소양이 묘책을 써서 물리쳤으나 남쪽으로 나간 여방과 곽성은 승패가 어찌 되었는지 아직 모른다는 내용이었다.

그 소식을 들은 화영과 임충은 장졸들에게 명을 내려 남쪽으로 달려갔다. 그때 여방과 곽성은 한창 적병과 싸우는 중이었다. 거기에 임충과 화영이 군사를 휘몰아 가서 도우니 적병은 견디지 못하고 쫓겨 달아났다.

그날 세 갈래로 쳐들어온 적병 중에서 죽은 자만도 합쳐 삼만이 넘었고 다친 자는 헤아릴 수 없이 많았다. 적병의 시체가 온 들판을 덮고 그들이 흘린 피는 개울을 이룰 정도였다.

성안으로 돌아간 임충, 화영, 여방, 곽성은 선찬, 학사문과 함께 원수부로 가서 싸움에 이긴 소식을 전했다. 진관, 후몽, 나전 세 사람은 몹시 기뻐하며 소양의 묘한 계책과 화영을 비롯한 여러 장수들의 호걸스러움을 칭찬해 마지않았다.

진 안무는 크게 잔치를 열어 여러 장수들을 대접하고 삼군에게도 술과 밥을 배불리 먹였다. 또 소양과 임충 등의 공은 장부에 올려 뒷날의 근거가 되게 하였다.

한편 적장 단이는 미생을 비롯한 저희 편 장수들이 군사들을 거느리고 성을 떠난 뒤 네 성문을 굳게 닫아걸고 지키기만 하였다. 그런데 바로 그다음 날이었다. 단이는 성루 위에서 송나라 군사의 진채를 바라보았다. 때는 보름이 가까운 팔월 중순이라 밝은 달이 대낮처럼 훤하게 비치고 있었다. 그 아래 송나라 군사의 깃발이 어지러이 움직이며 북쪽으로 천천히 빠져나가는 걸 보고 단이가 참군좌모에게 말하였다.

"송강이 완주가 위태로운 걸 알고 군사를 물리는 모양이군."

그러자 좌모가 혼자 다 아는 척 말하였다.

"그러면 그렇지, 잘됐습니다. 속히 철기를 성 밖으로 보내 물러가는 적을 들이치도록 하십시오."

단이는 이번에도 좌모가 시키는 대로 따랐다. 전빈, 전의 두 장수에게 군사 이만을 뽑아 주고 성을 나가 송나라 군사의 뒤를 치게 하였다. 명을 받은 두 장수는 신이 나서 달려 나갔다.

이어 단이는 성의 서쪽을 살펴보았다. 달빛 아래 잔잔한 강물 위에 뜬 송나라 군사의 배들이 눈에 들어왔다. 사오백 척은 되어 보이는 군량을 실은 배들로 수군은 하나도 보이지 않고 사공만 예닐곱씩 붙어 노를 저을 뿐이었다.

단이는 이전부터 노략질에 이골이 난 자라 수많은 곡식을 실은 배들을 보자 욕심이 생겼다. 그는 곧 성 서쪽의 수문을 열어 놓게 하고 수군 총관 제능에게 싸움배 오백 척을 주며 성을 나가 송나라 군사의 배들을 뺏어 오게 했다.

제능이 싸움배를 몰고 나가자 그들을 본 송나라 군사는 허둥지둥 배를 기슭에 대고 언덕 위로 뛰어 달아났다.

제능은 그게 속임수인지도 모르고 배를 저어 다가갔다. 그러자 송나라 군사 쪽의 뱃전에서 징 소리가 한 번 크게 울리더니 백 척도 넘는 쪽배들이 나는 듯 저어 왔다. 배마다 두 사람은 노를 젓고 예닐곱은 방패, 표창, 박도, 비수 따위를 든 채 앞쪽으로 노려보고 있었다.

제능은 저희 수군을 시켜 화포와 화전을 쏘아 대게 하였다. 그러자 쪽배를 타고 있던 송나라 군사는 당해 낼 수 없다는 듯 고함을 지르며 모두 물속으로 뛰어들었다.

가볍게 송나라 군사를 물리친 적병들은 송나라 군사의 군량이 실린 배를 빼앗았다. 제능은 저희 수군에게 빼앗은 배를 성안으로 끌고 들어가게 했다. 배 한 척이 막 성안으로 들어섰을 무렵 성안으로부터 장령이 전해져 왔다.

"빼앗은 배는 그 안을 살펴본 뒤에 성안으로 들여놓아라."

이에 제능은 군사들을 시켜 먼저 성안으로 들어간 배부터 뒤져 보게 했다. 여남은 명 군사들이 배 위에 올라가 선창을 열어 보려 하니 마치 널빤지를 덮어씌운 것처럼 선창 문이 전혀 열리지 않았다.

"틀림없이 적들의 간사한 계책에 빠졌구나!"

놀란 제능이 그렇게 소리치며 얼른 도끼와 끌을 가져오게 해 선창을 덮고 있는 널빤지를 쪼개게 했다. 그리고 한편으로는 성 밖의 군사들에게 큰 소리로 명을 내렸다.

"성 밖에 있는 배들은 들여놓지 않도록 하라!"

그런데 미처 그 말이 끝나기도 전이었다. 성 밖에 있던 서너 척의 배가 사공도 없는데 물결에 밀리는지 바람을 받아서 그런지 절로 미끄러져 들어왔다.

제능은 송나라 군사의 계책에 빠진 줄 알고 급히 배에서 내려 언덕으로 뛰어오르려 했다. 그때 물속에서 여남은 명의 사람들이 불쑥불쑥 솟아 나오는데 저마다 입에는 단도 한 자루씩 물고 있었다. 그들은 바로 이준과 장씨 형제, 완씨 삼 형제, 그리고 동씨 형제였다.

놀란 적군들이 급히 창칼을 들어 그들을 찌르려 하자 이준이 갑자기 휘파람을 불었다. 그 휘파람 소리를 신호 삼아 송나라 군사의 배 밑바닥에 숨어 있던 보군 두령들이 널빤지를 열어젖히고 한꺼번에 뛰쳐나왔다. 포욱, 항충, 이곤, 이규, 노지심, 무송, 양웅, 석수, 해진, 해보, 공왕, 정득손, 추연, 추윤, 왕정륙, 백승, 선정규, 시천, 석용, 능진 등 이십여 명의 두령들이었다.

잇따른 승리

그 두령들 뒤로 보군 천여 명까지 한꺼번에 뛰어나와 언덕으로 기어오르니 적군은 당해 낼 수가 없었다. 졸개들은 사방으로 뿔뿔이 흩어져 도망치고 적장 제능은 동위에게 찔려 죽었다. 싸움배에 타고 있던 적의 수군들도 이준을 비롯한 두령들에게 태반이나 죽어 피가 강물을 붉게 물들였다.

이준과 여러 수군 두령들이 수문을 빼앗자 포욱을 비롯한 보군 두령들이 능진을 에워싸고 굉천자모포를 쏘아 대며 밀고 들었다. 그들이 여러 길로 치고 들면서 사람을 죽이고 불을 지르니 성안은 금세 아수라장이 되었다. 형제가 서로 부르고 부자가 서로 찾는데 통곡 소리가 하늘에 가득하였다.

단이는 변이 났다는 말을 듣자 급히 군사를 이끌고 와서 무송,

유당, 양웅, 석수, 왕정륙 들을 맞아 싸웠으나 왕정륙의 칼에 다리를 찔려 사로잡히고 말았다. 노지심과 이규를 앞세운 열 명의 두령들은 북문을 들이쳐서 성문을 지키던 장졸을 죽인 뒤 성문을 열고 적교를 내려놓았다.

송강은 성에서 나는 굉천자모포 소리를 듣자 인마를 되돌렸다. 그러자 자연히 송나라 군사를 뒤쫓아 나온 적장 전빈과 전의의 군사들과 마주치게 되었다. 하지만 될 싸움이 아니었다. 적장 전빈은 변상에게 죽고 적장 전의는 마령의 칼을 맞아 말에서 떨어진 뒤 인마에게 짓밟혀 죽고 말았다. 삼만의 졸개도 태반이나 죽고 나머지는 저마다 살길을 찾아 흩어졌다.

손안, 변상, 마령 등은 기세를 타고 군사를 휘몰아 곧장 북문으로 쳐들어갔다. 나머지 장수들도 저마다 앞을 가로막는 적병을 무찔러 이내 성은 송나라 군사의 손에 들어왔다.

성이 떨어졌을 때는 벌써 새벽이 가까웠다. 성안으로 들어온 송강은 군사들에게 명을 내려 먼저 불부터 끄게 하고 죄 없는 백성을 죽이지 못하도록 하였다. 그리고 날이 밝자 방문을 내걸어 백성들의 놀란 마음을 진정시켰다.

이어 여러 두령들이 적장의 목을 가지고 와서 공을 아뢰었다. 먼저 왕정륙이 단이를 묶어 끌고 오자 송강은 그를 진 안무에게 보내 처리하게 했다. 단이를 돕던 좌모는 어지러운 싸움 속에서 죽고 여러 편장과 아장들도 대부분은 죽었다. 항복한 적병만 해도 만 명이 넘는 큰 승리였다.

송강은 소와 말을 잡아 삼군의 장졸들을 배불리 먹이고 이준을 비롯한 여러 장수들의 공을 장부에 올렸다. 그리고 마령을 진 안무에게 보내 싸움에 이긴 소식을 전하게 하는 한편 적병의 움직임도 알아보게 했다.

명을 받고 떠난 마령은 서너 시진 만에 되돌아와 알렸다.

"진 안무께서는 우리가 이겼다는 소식을 들으시고 몹시 기뻐하면서 조정에 사자를 보내 그 소식을 아뢰게 하였습니다."

이어 마령은 소양이 묘한 계책을 내어 적을 물리친 일을 이야기했다. 송강이 듣고 놀라 말했다.

"그러다가 적에게 실상이 드러나면 어떻게 하려고 그런 짓을 했는가? 역시 선비가 낸 꾀라는 게 그 정도로구나."

싸움에 이기는 것보다는 장졸을 아끼는 마음이 더 큰 송강으로서는 그럴 수도 있는 일이었다.

성을 되찾은 데 따른 여러 일들을 처리한 뒤에 송강은 성안의 창고를 열어 싸움으로 피해를 입은 백성들에게 양식을 나눠 주었다. 그런 뒤 오용을 불러 다시 형남군을 칠 계책을 의논하고 있는데 문득 진 안무로부터 추밀원에서 내려보낸 서찰이 왔다. 그 서찰에는 서경에 자리 잡고 있는 역적들이 사방으로 몰려다니며 동경 관아의 고을들을 노략질하니 우선 서경부터 치라는 조정의 명이 들어 있었다.

진 안무는 또 따로이 사사로운 글을 보냈는데 거기에는 추밀원이 한 웃기는 짓들이 적혀 있었다. 송강과 오용은 추밀원의 뜻을 듣고도 모르는 척할 수는 없었다. 오용과 깊이 의논한 끝에 군사를 나누어 형남도 치고 서경도 치기로 했다. 그때 노준의가 나와 말했다.

"하북의 싸움에서 항복해 온 장수들이 군사를 거느리고 서경으로 가서 싸우기를 청하고 있습니다."

그 말을 들은 송강은 몹시 기뻐하며 장수 스물넷과 인마 오만을 갈라 부선봉 노준의에게 주었다. 그 스물네 명의 장수는 부군사 주무에다 양지, 서령, 삭초, 손립, 선정규, 위정국, 진달, 양춘, 연청, 해진, 해보, 추연, 추윤, 설영, 이충, 목춘, 시은과 하북에서 항복해 온 장수 교도청, 마령, 손안, 변상, 산사기, 당빈이었다.

노준의는 그날로 송강과 작별한 뒤 인마를 거느리고 서경으로 떠났다. 송강도 형남을 칠 채비를 갖췄다. 송강은 사진, 목홍, 구붕, 등비에게 이만 군사를 남겨 주고 산남성을 지키게 하였다. 떠날 무렵 송강이 사진에게 당부했다.

"만약 적이 오면 성만 굳게 지키고 있도록 하게."

그리고 자신은 남은 장수들과 팔만의 군사들을 거느리고 형남으로 밀고 들었다.

송강은 장졸을 거느리고 형남으로 가는데 매일 육십 리를 가고는 하루를 쉬었다. 가는 도중에 군사들로 하여금 백성들을 터럭만큼도 해치지 못하게 했음은 말할 나위도 없다.

그럭저럭 송강의 대군은 어느새 기산 근처에 이르렀다. 기산은 형남 북쪽에 있는 요해처로서 역적 방경의 장수 이회(李懷)가 삼만의 군사를 거느리고 지키는 곳이었다. 이회는 바로 점쟁이 이조의 조카인데 왕경으로부터 받은 벼슬은 선무사였다. 그는 송강의 대군이 산남군을 깨뜨리고 단이를 사로잡아 갔다는 소식을 듣자 곧 남풍에 사람을 보내 왕경과 이조에게 급한 소식을 알렸다.

"송나라 군사의 세력이 커서 이미 우리 편의 큰 고을 두 개를 잃었습니다. 이제 형남으로 쳐들어오고 있는데 노준의는 또 군사를 갈라 서경으로 밀고 든다 합니다."

이조는 그 전갈을 받자 깜짝 놀라 왕경에게로 달려갔다. 왕경을 모시던 내시가 안으로 들어가더니 곧 왕경의 칙지란 것을 전했다.

"대왕께서 나오실 것이니 잠시 기다리라고 하십니다."

그 말에 이조는 두 시진이나 기다렸으나 안에서는 아무런 움직임이 없었다. 알아보니 왕경은 아내인 단삼랑과 다투는 중이었다.

"대왕께서는 무슨 일로 낭랑(娘娘)과 다투시오?"

이조가 그렇게 묻자 근시가 귀에 대고 나직이 말했다.

"대왕께서는 낭랑을 싫어하시어 오랫동안 낭랑의 궁에 드시지 않으셨습니다. 그 때문에 노여움을 사신 것 같습니다."

할 수 없이 이조가 한참을 기다리고 있으니 내시가 나와서 말했다.

"대왕께서는 군사께서 그냥 여기 계시냐고 묻습니다."

"아직 기다리고 있소."

속이 틀어진 이조가 그렇게 대답했다. 그러자 얼마 안 되어 왕경이 몇몇 내시와 궁녀를 거느리고 대전으로 나왔다. 이조는 왕경이 자리를 잡고 앉기를 기다려 아뢰었다.

"신의 조카 이회가 알려 오기를 송강이 용맹스러운 장수와 날랜 군사를 내어 완주와 산남 두 성을 깨뜨렸다고 합니다. 지금은 군사를 두 길로 나누어 서경과 형남을 치려고 떠났다 하니 대왕께서도 얼른 군사를 내시어 그 두 곳을 구원하셔야겠습니다."

그 말을 들은 왕경은 성부터 먼저 냈다.

"송강의 무리는 물가에 살던 좀도둑들인데 어찌 그렇게 날뛴단 말인가."

그렇게 소리소리 지르고는 곧 명을 내려 도독 두학(杜學)에게 장수 열두 명과 인마 이만을 거느리고 서경을 구원하게 하는 한편 통군대장 사저(謝宁)에게도 장수 열두 명에 인마 이만을 주어 형남을 구원하게 했다.

명을 받은 두 장수는 인마를 가려 뽑고 병장기를 그러모아 싸우러 나갈 채비를 했다. 역적의 추밀원과 전운사도 각기 맡은 바대로 군량이며 말먹이 풀을 마련해 그들 두 장수의 뒤를 댔다. 모든 채비가 끝난 두학과 사저는 왕경에게 작별하고 각기 맡은 곳으로 떠나갔다. 한편 송강은 기산 북쪽 십 리 밖에 진채를 얽고 적을 칠 준비를 시작했다. 적의 움직임을 염탐하러 간 군사들이 돌아와 알아 온 바를 전했다. 송강은 오용을 불러 계책을 의논한 뒤 여러 장수를 보고 말했다.

"듣기로 이회가 거느리고 있는 장정은 모두 용맹하고 기산은 또 험해 형남의 요새라고 하오. 비록 우리 장졸이 적의 두 배가 된다고는 하나 적이 험한 곳을 차지하고 우리는 산 아래 있어 오히려 우리가 갇힌 거나 다름없소. 뿐만 아니라 이회란 자가 워낙 간사하고 꾀 많은 놈이라 하니 여러 형제들은 형세를 잘 살펴 싸우도록 해야 할 것이오. 적을 업신여겨서는 절대 아니 되오."

그러고는 오용과 의논한 대로 군령을 내렸다.

"모든 군사들을 진채 안으로 들여놓고 진채 문을 닫아걸게 하시오. 길을 깨끗이 하되 감히 나가려는 자가 있으면 죽일 것이며 소리를 높이는 자 또한 죽일 것이오. 군문에서는 두 가지 말이 있을 수 없소. 딴소리를 하거나 명을 따르지 않는 자는 모두 죽을 것이외다!"

그 같은 명이 전해지자 장졸들은 모두 숙연해졌다. 송강은 또 대종을 수군 두령 이준 등에게 보내 군량을 실은 배들을 잘 보존하여 뭍에 있는 진채로 들이게 하였다.

그렇게 자기편 진중을 단속한 송강은 곧 사자를 적장 이회에게 보내 전서(戰書)를 전하게 하고 다음 날 결판을 정하자고 약조를 받았다. 이어 송강은 진명, 동평, 호연작, 서령, 장청, 경영, 김정, 황월에게 이만 군사를 주며 나가 싸우게 하고 초정, 욱보사, 단경주, 석용에게는 이천 보군을 주어 나무를 베고 길을 넓히게 했다.

다음 날이 되었다. 송강은 새벽같이 밥을 지어 군사들을 배불리 먹이고 말들에게도 넉넉히 여물을 주었다. 그리고 동이 트기를 기다려 인마를 몰아 싸움터로 나섰다.

이회는 마강, 마경, 원랑, 등규, 등감 등을 부장으로 삼고 이만의 인마를 거느려 밀고 내려왔다. 그 다섯 부장들은 적장들 중에서도 가장 용맹이 뛰어난 자들로 왕경은 그들에게 호위장군(虎威將軍)이란 칭호를 내린 터였다.

곧 진명을 비롯한 송나라 군사의 장수들이 거느린 인마는 적장 이회가 거느린 군사와 마주치게 되었다. 적은 산 북쪽 기슭의 평평한 양지에 진을 치고 산 위에도 숱한 인마를 감추어 싸움을 뒷받침하게 하였다.

양쪽 진채에서 깃발이 휘날리고 함성이 드높은 가운데 서로 활과 쇠뇌를 쏘아붙여 상대의 기세를 꺾으려 들었다. 이어 북소리 요란하고 울긋불긋한 깃발이 나부끼는 가운데 적진의 문기가 열리더니 적장 원랑이 말을 달려 나왔다.

원랑은 구리 투구에 수놓은 비단 전포를 입고 검은 가죽으로 지은 갑옷을 걸친 채 털이 곱슬곱슬한 오추마에 높이 앉아 있었다. 붉은 얼굴엔 누른 수염이 덮였고 키는 아홉 자가 넘었다. 두 손에 번쩍이는 강철 채찍 하나씩을 들었는데 왼손에 든 것은 열다섯 근이요, 오른손에 든 것은 열여섯 근이었다.

"물가에 살던 좀도둑들아, 뒈질 놈이 있거든 어서 나오너라."

적장 원랑이 송나라 군사 쪽을 향해 그렇게 큰 소리로 외쳤다. 그러자 송나라 군사 쪽에서는 하북 싸움에서 항복해 온 김정과 황월이 첫 공을 세우려고 함께 말을 달려 나갔다.

"나라의 은혜를 저버린 역적 놈아, 너 따위가 뭐라고 그리 큰 소리냐?"

두 장수는 그렇게 맞받으며 뛰쳐나가는데 김정은 한 자루 큰 칼을 휘두르고 황월은 혼철로 만든 창을 꼬나들었다. 원랑이 두 손의 강철 채찍을 휘둘러 그들을 맡자 세 필 말은 그대로 한 덩이가 되어 어울렸다.

싸운 지 한 서른 합을 넘겼을까, 적장 원랑이 강철 채찍으로 두 사람의 병기를 막으며 말 머리를 돌려 달아나려 했다. 김정과 황월이 말 배를 차며 그런 원랑을 바짝 뒤쫓았다.

그런데 달아나던 원랑이 갑자기 말 머리를 돌리는 바람에 뒤쫓던 김정이 오히려 앞장을 서게 되었다. 김정이 칼을 들어 내려찍으니 원랑이 왼손에 든 강철 채찍을 쳐들어 막았다. 날카로운 쇳소리와 함께 김정의 칼날이 강철 채찍에 맞아 이가 빠졌다. 그때 다시 원랑이 오른손에 든 강철 채찍으로 김정을 후려쳤다. 김정은 미처 칼을 거두지도 못하고 투구를 쓴 채 머리가 박살나 말에서 떨어졌다.

그때 황월이 달려와 창으로 원랑의 가슴을 힘껏 찔렀다. 그러나 눈치 빠른 원랑은 몸을 뒤집어 피하니 창은 그의 오른쪽 옆구리께로 빗나갔다. 원랑이 강철 채찍을 둘 다 왼손으로 옮겨 쥐고 오른손으로 재빨리 황월의 창대를 잡아챘다.

그 뜻밖의 변화에 황월은 미처 몸을 피하지 못하고 원랑의 품안으로 끌려들었다. 원랑이 다시 창대를 놓고 그런 황월의 허리춤을 잡아 땅바닥에 내동댕이쳤다. 그러자 적진에서 군사들이 달려 나와 황월을 사로잡은 뒤 저희 진채로 끌고 가 버렸다.

벽력화 진명은 눈앞에서 김정과 황월이 하나는 죽고 하나는 사로잡혀 가는 걸 보자 화가 머리 꼭대기까지 솟았다. 가만히 있지 못하고 말을 박차 나오더니 가시 방망이를 휘두르며 원랑에게 덮쳐 갔다. 원랑도 강철 채찍을 휘둘러 그런 진명을 맞받아쳤다.

두 사람이 쉰 합을 넘게 싸웠을 때 송나라 군사 쪽에서 다시 여장 경영이 방천화극을 비껴들고 은총마를 몰아 진명을 도우러

나왔다. 갑옷, 투구가 아무래도 여자티가 나는지 적장 등규가 말을 달려 나오며 소리쳤다.

"계집년이 다 싸움터로 나오는 걸 보니 송강의 무리는 역시 좀도둑에 지나지 않구나."

그러고는 한바탕 너털웃음을 터뜨리더니 삼첨양인도를 휘두르며 경영을 맞았다.

등규와 경영이 어울려 싸운 지 열 합을 넘겼을 때였다. 경영이 갑자기 화극으로 등규의 칼을 퉁겨 내고 말 머리를 돌려 자기편 진채 쪽으로 달아났다. 기세가 오른 등규는 버럭 소리를 지르며 바람같이 말을 달려 경영을 뒤쫓았다.

달아나던 경영이 안장에 걸어 놓은 비단 주머니에서 가만히 돌을 꺼냈다. 경영이 가는 허리를 틀어 팔매질을 하자 돌을 얼굴에 맞은 등규는 피를 흘리면서 말에서 굴러떨어졌다. 그걸 본 경영은 말 머리를 돌려 달려가 한 창에 등규를 찔러 죽였다.

등감은 여자 장수가 형을 죽인 걸 보자 눈이 뒤집혀 달려 나왔다. 등감이 강철 채찍을 들어 경영을 덮치자 송나라 군사 쪽에서는 호연작이 쌍채찍을 휘두르며 달려 나갔다. 여러 장수들이 바라보니 등감과 호연작은 무예가 비슷한 데다 차림새 역시 닮아 있었다.

호연작은 뿔 달린 투구에 검은 비단 전포와 검은 가죽 갑옷을 걸치고 역시 검은 말을 타고 있었다. 등감은 뿔이 엇갈린 투구에 붉은 비단 전포, 검은 갑옷을 걸치고 누른 말을 탔다. 두 사람이 서로 다른 것은 등감의 채찍이 하나인 것에 비해 호연작은 쌍채찍이라는 것 정도였다.

두 사람은 서로 엇갈려 돌며 쉰 합이 넘도록 싸웠으나 좀체 승부가 나지 않았다. 그사이 저편의 진명과 원랑도 벌써 백오십 합을 넘게 맞붙고 있었다. 적장의 우두머리 이회는 높은 언덕에서 내려보다가 여장군이 돌팔매질로 등규를 죽이자 즉시 징을 쳐 군사를 거두었다. 그 바람에 원랑과 등감도 싸움을 그만두고 돌아갔다. 진명과 호연작은 적장들의 용맹과 무예가 뛰어난 걸 보고 더 뒤쫓지 않았다. 호연작과 진명이 자기 진으로 돌아가자 적병은 진세를 거두고 산 위로 올라갔다. 진명을 비롯한 송나라 군사의 장수들도 군사를 거두어 진채로 돌아갔다. 그들이 송강에게 김정과 황월이 용맹스러운 적장들에게 죽고 경영이 나서지 않았더라면 송나라 군사의 예기까지 꺾일 뻔했다고 알리자 송강은 매우 걱정스러운 얼굴이 되었다. 다시 오학구를 불러 계책을 의논하였다.

"일이 이 지경이니 어떻게 형남으로 밀고 들 수 있겠소?"

그러자 오학구가 손짓을 해 가며 송강에게만 가만히 한 가지 계책을 일러 주었다. 송강은 오용의 말을 좇아 노지심, 무송, 초정, 이규, 번서, 포욱, 항충, 이곤, 정천수, 송만, 두천, 공왕, 정득손, 석용 등 열네 두령을 불러들였다.

"자네들은 능진과 더불어 보군 오천을 거느리고 떠나도록 하게. 모두 옷차림을 가볍게 하고 어두운 밤을 틈타 단도와 방패, 비수 등을 지닌 채 오솔길로 가야 하네. 그렇게 산 뒤편으로 가 있다가 때가 되면 움직이도록 하게."

이에 장수들은 송강이 시키는 대로 군사를 이끌고 떠났다. 이튿날 아침이 되었다. 적장 이회가 졸개를 시켜 전서를 보내왔다.

"적은 틀림없이 간사스러운 계책으로 우리를 속이려 들 것입니다. 노지심을 비롯한 형제들이 이미 적진 깊숙이 들어가 숨어 있으니 곧 싸울 채비를 하도록 하시지요."

오용의 그 같은 말에 송강은 곧 그날 싸우자는 답서를 보내고 준비에 들어갔다. 진명, 동평, 호연작, 서령, 장청, 경영은 이만의 인마를 거느리고 전군이 되었다. 방패와 창을 든 군졸들은 가운데 서고 활과 쇠뇌를 든 군졸들은 밖에 섰으며 싸움 수레는 앞에 세우고 마군들은 양쪽 날개에 세운 형태였다. 황신, 손립, 왕영, 호삼랑 등은 일만의 인마들을 정비하여 송나라 군사의 진채에서 기다리게 하고 이응, 시진, 한도, 팽기 등도 역시 일만의 인마를 데리고 진채에서 기다리게 하며 변화에 대처하게 했다. 그 두 갈래 군마는 전군에서 포향이 들리면 그 즉시 동서 두 길로 쳐 나오도록 명을 받았다.

관승, 주동, 뇌횡, 손신, 고대수, 장청, 손이랑은 마보군 이만을 거느리고 큰 진채 뒤에 자리 잡고 있다가 적의 원병이 오면 막기로 되어 있었다. 그 모든 배치가 끝나자 송강은 오용, 공손승과 함께 직접 싸움을 독려하기로 하고 나머지 장수들은 남아 영채를 지키게 했다.

그날 진시쯤 되어 높은 사다리에 올라가 사방을 살핀 오용은 근처의 산세가 험한 것을 보고 군사를 두 마장쯤 물려 세웠다. 땅이 넓어야 동서 양 길로 치고 나올 군사들에게 유리한 까닭이었다.

송나라 군사가 그렇게 좋은 대로 진세를 벌였을 무렵 적장 이회가 원랑, 등감, 마강, 마경 등 네 명의 호랑이 같은 장수와 군사이만 오천을 거느리고 나왔다. 등감은 장대에 단 황월의 목을 앞세운 채 오천의 갑옷 입은 마군을 끌고 달려 나왔다. 그 군졸들은 모두 투구를 깊숙이 눌러쓰고 새 갑옷을 걸쳐 밖으로 드러나는 것은 두 눈뿐이었다. 말도 모두 갑옷을 걸치고 말 투구를 씌워 네 발굽만 나와 있을 뿐이었다. 그들이 그렇게 갑옷으로 몸을 두른 것은 어제 경영의 돌팔매에 장수 하나를 잃은 터라 바로 그런 돌과 화살을 막기 위해서였다.

그 오천의 철기는 두 무리의 활과 쇠뇌를 든 군사들과 한 무리의 긴 창을 든 군사들을 앞세우고 달려왔다. 나머지 군사들은 두 길로 나누어 그런 그들을 뒤따랐다.

송강은 그 같은 적병의 기세를 막아 낼 길이 없어 급히 군사를 뒤로 물리면서 포향을 울리게 하였다. 맨 앞장이 된 싸움 수레를 밀던 송나라 군사 수백 명이 적병의 화살에 다쳤으나 그래도 수레가 길을 막아 적의 철기가 더는 밀고 들어오지 못했다. 송나라 군사 쪽에서도 수레 뒤에 마군이 있었으나 역시 앞으로 나가 싸울 수가 없었다.

그때 산 뒤에서 연주포가 울리더니 미리 가 있던 노지심을 비롯한 보군 두령들이 군사를 거느리고 산 위로 밀고 올라갔다. 그때 산채를 지키고 있던 적병은 오천 명의 늙고 힘없는 군사에 편장 하나뿐이었다. 노지심은 힘들이지 않고 그들을 모조리 죽여 버린 뒤 적의 산채를 빼앗아 버렸다.

이회는 산 뒤에서 일이 벌어진 걸 알고 급히 군사를 물리려 했다. 그러나 황신을 비롯한 네 장수와 이응을 비롯한 네 장수가 양쪽에서 밀고 나와 길을 막았다.

송강이 때를 놓치지 않고 총포로 철기를 쏘게 했다. 그러자 안 그래도 우왕좌왕하고 있던 적군은 여지없이 무너졌다. 거기다가 노지심, 이규를 앞세운 열네 명의 보군 두령이 군사를 거느리고 산 위로부터 밀고 내려오니 싸움은 그걸로 판가름이 났다. 적병은 사방으로 흩어져 제 한목숨 건지기 바쁘고 그사이에 적장 원랑은 화포에 맞아 죽었다. 적장 이회는 노지심에게 맞아 죽었고 마경, 등감도 어지러운 싸움 속에서 죽고 말았다. 살아서 달아난 적장은 마강뿐이었다. 적병은 그 싸움에서 수많은 말과 투구, 갑옷을 잃었을 뿐 아니라 군사도 삼만에서 태반이 죽었다. 적의 시체가 산 아래위를 뒤덮을 듯 널려 있었다.

송나라 군사도 피해가 전혀 없는 것은 아니었다. 송강이 군사를 점고해 보니 죽은 자가 천 명을 넘었다. 이윽고 날이 저물어 송강은 기산 북쪽에 진채를 세우게 하고 그날 밤을 쉬었다.

다음 날 송강은 장졸을 거느리고 산 위에 올라가 금은과 군량을 거두어들인 다음 적의 영채를 불살라 버리고 삼군 장정들을 배불리 먹였다. 노지심을 비롯한 장수 열다섯과 경영의 공은 장부에 올려 뒷날을 기약하게 했다.

기산을 넘어 형남성 십오 리 밖에 진채를 내린 송강은 군사 오용과 더불어 성을 칠 계책을 의논했다. 그러나 그 전에 먼저 이야기 되어야 할 것은 노준의가 이끌고 간 송나라 군사이다.

노준의가 이끈 군사들은 서경으로 가는 도중 산을 만나면 길을 닦고 강을 만나면 다리를 놓으면서 기세 좋게 밀고 들어갔다. 보풍(寶豊)을 비롯한 몇 고을의 적장 무순(武順) 등은 향을 사르고 등불을 밝혀 송나라 군사에게 자기들이 지키던 성을 갖다 바쳤다. 노준의는 좋은 말로 그들을 어루어 주고 전과 같이 그 성을 지키게 하자 적장들은 모두 눈물을 흘리면서 잘못을 뉘우치고 바른길로 갈 것을 다짐했다.

그렇게 되자 노준의는 남쪽을 근심할 게 없어 똑바로 서경을 향해 밀고 들었다. 며칠 안 돼 대군은 서경성 근처에 이르렀고 노준의는 성 남쪽 삼십 리 밖에 있는 이궐산(伊闕山)에 진채를 냈다.

사람을 풀어 알아보니 서경성은 왕경에게서 엉터리 선무사 직함을 받은 공단이 통군(統軍) 해승과 용맹한 장수 몇 명을 거느리고 함께 지키고 있었다.

그중에서도 해승은 일찍부터 진법을 배워 그 계책이 매우 깊고 빼어났다.

"해승이 병법을 잘 안다고 하니 반드시 그쪽에서 싸우려 들 것입니다. 따라서 우리는 진세를 벌여 놓고 있다가 적병이 오거든 천천히 맞받아치도록 합시다."

노준의가 성을 칠 계책을 의논해 오자 주무가 그렇게 말했다. 노준의도 주무와 뜻이 같았다.

"군사의 말씀이 옳은 듯싶소."

그러고는 곧 인마를 풀어 산 남쪽 평평한 곳에 순환팔괘진(循

環八卦陣)을 쳤다.

얼마 기다리지 않아 적군이 세 갈래로 나뉘어 왔다. 중군은 붉은 기를 들었고 좌군은 푸른 기를 들었으며 우군은 다시 붉은 기를 들고 있었다. 그 삼군을 이끌고 싸움터에 이른 해승은 송나라 군사가 펼쳐 놓은 진세를 살펴본 뒤에 자신도 좌군과 우군에게 명을 내려 진세를 벌였다. 그런 다음 높은 사다리에 올라가 다시 한번 송나라 군사의 진채를 자세히 살피고 난 해승이 진 앞으로 말을 몰고 나가 소리쳤다.

"네놈들이 순환팔괘진을 쳐 놓고 누구를 속이려 드느냐? 네놈들은 내가 친 진을 알겠느냐?"

노준의는 해승이 진법으로 겨루려 함을 알고 주무와 함께 역시 높은 사다리에 올라가 적병의 높은 진채를 바라보았다. 세 사람이 한 덩이가 되고 그 세 덩이가 다시 한 뭉치를 이루고 그 다섯 뭉치가 한 부대를 이루는 형국인데 겉은 모나고 안은 둥글며 큰 진으로 작은 진을 둘러싸 서로 맞물린 진세였다. 찬찬히 살피고 난 주무가 노준의에게 일러 주었다.

"저것은 이 약사(藥師)의 육화진법(六花陣法)입니다. 약사는 제갈무후의 팔진법을 바탕으로 하여 육화진을 만들어 냈습니다. 적장은 우리가 저들의 진법을 모른다고 생각하는 모양이지만 이제 큰코다치게 될 겁니다. 저놈들이야말로 팔팔이 육십사로 변하는 우리의 팔괘진을 알 리 없으니 무후의 팔진법으로 저 육화진을 충분히 깨뜨릴 수 있습니다."

그 말에 힘을 얻은 노준의가 진 앞으로 나가 큰 소리로 꾸짖었다.

"네놈의 육화진이 신기한 게 뭐냐."

그러자 해승이 거만하게 받았다.

"그렇다면 네가 이 진법을 깨뜨릴 수 있겠느냐?"

해승의 외침을 노준의가 껄껄 웃으며 받았다.

"그따위 하잘것없는 진을 누가 깨뜨리지 못하겠느냐?"

그러고는 진 안으로 들어가자 주무가 장대 위에서 신호기를 흔들어 진세를 팔진법으로 고쳤다. 그리고 양지, 손안, 변상에게 갑옷을 입은 마군 일천 기를 거느리고 적진을 치게 했다.

"오늘은 금(金)에 속한 날이라 우리 진에서는 정남쪽에 있는 군사를 내몰아 일제히 쳐들어가야 합니다."

그 같은 주무의 당부에 따라 출전한 양지를 비롯한 세 장수는 그대로 적의 서쪽 문기를 헤치고 쳐들어갔다. 한편 다른 쪽에서는 노준의가 마령을 비롯한 장졸을 휘몰아 적군의 정면을 치니 적진은 그대로 무너졌다.

그런데 적의 진은 깨뜨렸으나 뜻밖의 일이 벌어졌다. 양지와 손안, 변상은 적진 속에서 달아나는 적장 해승과 마주쳤는데, 손안과 변상이 공을 세울 마음이 급해 너무 깊이 적진 속으로 뛰어든 것이었다.

그들 세 장수와 일천의 마군이 이궐산 밑에 이르렀을 때 갑자기 산 뒤에 숨어 기다리던 적장이 마군 일만을 이끌고 뛰쳐나왔다. 거기서 양지가 이끄는 송나라 군사와 적병 사이에 한바탕 어지러운 싸움이 벌어졌다. 해승은 그 틈에 몸을 빼어 남은 군사를 이끌고 성안으로 돌아갔다.

손안이 용맹을 떨쳐 적장을 둘이나 죽였지만 적병의 수가 워낙 많아 마군 천여 기로는 당해 낼 수가 없었다. 적병에게 몰리다가 자기들도 모르는 사이에 어떤 깊은 골짜기로 빠져 들었다.

그 골짜기는 사방이 깎아지른 듯한 절벽이고 들고날 곳은 골짜기 어귀뿐이었다. 그런데 뒤쫓던 적병들이 통나무와 바위를 날라 그 어귀를 막아 버리니 송나라 군사는 꼼짝없이 갇히고 말았다. 그래 놓고 성안으로 들어간 적병은 공단에게 그 일을 알렸다. 공단이 곧 이천 군사를 보내 막힌 골짜기 어귀를 지키게 하자 양지와 손안을 비롯한 송나라 군사의 장졸은 날개가 돋쳤다 해도 빠져나갈 수 없게 되었다.

한편 노준의는 해승의 육화진을 깨뜨리고 싸움에 크게 이겼다. 그렇게 된 데는 마령이 술법을 피워 많은 적병을 죽이고 여러 장수들도 용맹을 다해 싸운 덕분이었다. 그날 송나라 군사는 적의 용맹한 장수 셋을 죽이고 적병을 쫓아 용문관을 빼앗았다. 얻은 적의 목이 만 개가 넘었으며 말과 투구, 갑옷 따위는 헤아릴 수 없을 정도로 많았다.

그런데 싸움에 진 적병이 모두 성안으로 도망쳐 가 버린 뒤 노준의가 인마를 점고해 보니 앞장서 나갔던 양지, 손안, 변상과 그들이 거느린 일천의 인마가 보이지 않았다. 노준의는 곧 해진, 해보, 추연, 추윤에게 각기 일천 인마를 주어 양지 등을 찾아보게 했다. 그러나 네 갈래 인마가 해 질 무렵까지 찾아도 양지가 이끈 일천 마군은 종적이 없었다.

다음 날 노준의는 대군을 움직이지 않게 하고 다시 해진 등을 내보내 양지의 인마를 찾아보게 했다. 해보는 한 떼의 군사들을 거느리고 갖은 애를 써서 이궐산 동쪽의 가장 높은 봉우리에 올라갔다. 거기서 사방을 살펴보니 서쪽 깊은 골짜기에 한 떼의 인마가 어렴풋이 보이는데 원체 숲이 빽빽하게 가리어 어디 군마인지 알아볼 수가 없었다. 또 거리가 너무 멀어 불러도 알아듣기 어려웠다.

해보는 군사들을 거느리고 산을 내려가 근처 백성들에게 물어보려 했다. 그러나 백성들이 모두 피난을 가서 누구도 찾을 수가 없었다.

해보가 겨우 농부 하나를 찾아낸 것은 그 산속 가장 깊은 골짜기의 작은 평지였다. 농부들은 해보의 인마를 보고 겁이 나 허둥지둥 달아나려 했다.

"우리는 역적을 치러 온 조정의 군사들이오."

해보가 군사들을 시켜 농부들에게 그렇게 일러 주었다. 그들은 관병이란 말에 더욱 겁을 먹는 눈치였다.

"우리는 송 선봉 밑에 있는 군사들이오."

해보가 다시 좋은 말로 그렇게 자기를 밝히자 그제야 농부들이 되물었다.

"그렇다면 요나라 오랑캐들을 죽이고 역적 전호를 사로잡은 그 송 선봉이란 말입니까? 그러면서도 그 땅에 사는 백성들은 전혀 해치지 않는……."

"바로 그렇소."

해보가 그렇게 대답했다. 그제야 농부들이 무릎을 꿇어 절을 올리며 말했다.

"장군들께서 닭 한 마리 개 한 마리 함부로 다치지 않은 걸 보고 이미 알았습니다. 지난해 온 관병은 역적을 치러 왔다면서 그 흉악스럽기가 도둑 떼나 다름없었지요. 그래서 우리는 여기까지 피해 온 것입니다. 오늘 장군 같은 분들이 오셨으니 저희들은 다시 해를 보는 듯한 기쁨을 느낍니다."

이에 해보는 양지를 비롯한 일천의 인마가 어디에 있는지 모른다는 것과 함께 얼마 전에 본 봉우리 서쪽 계곡이 어딘가를 물었다. 농부들이 입을 모아 대답했다.

"그 골짜기는 요홍곡(繆箜谷)이라 합니다. 들어가는 길 하나밖에 없지요."

그러고는 해보의 인마를 그 골짜기 입구까지 데려다 주었다. 때마침 추연과 추윤이 이끄는 두 갈래 인마가 그곳에 이르러 그들은 모든 군사들을 합친 뒤 적병을 쫓아내고 골짜기 입구를 막고 있던 통나무와 바위들을 걷어냈다. 해보와 추연, 추윤이 군사들을 이끌고 골짜기 안으로 들어가니 때는 깊은 가을인데 골짜기는 여간 깊고 험하지가 않았다. 그들이 양지가 이끄는 일천 인마와 만난 것은 사정이 한창 절박한 때였다. 양지, 손안, 변상과 그들이 거느린 군사들은 말과 사람이 다 지쳐서 죽기만을 기다리고 있었다. 해보가 거느린 군사들이 오자 그들은 기뻐 뛰며 환성을 질러 댔다.

해보는 가지고 간 마른 음식으로 양지의 군사들을 먹인 뒤 그들과 함께 요홍곡에서 빠져나왔다.

해보가 농부들을 데리고 본채로 돌아가서 노준의를 보게 하니 노준의는 그들에게 은냥과 양식을 내어 주며 칭찬하였다. 농부들은 수십 번 머리를 조아려 감사하며 돌아갔다. 얼마 안 돼 해진이 이끌고 나간 인마도 되돌아와 노준의의 진채는 걱정이 사라졌다. 다음 날이었다. 노준의가 다시 주무와 함께 서경성을 칠 인마를 나누고 있는데 갑자기 급한 파발마가 달려와 알렸다.

"왕경이 저희 도독 두학에게 열두 명의 장수와 이만의 인마를 주어 서경을 구원하게 했다고 합니다. 이미 적병은 삼십 리 밖에 와 있습니다."

그 말을 들은 노준의는 주무, 양지, 손립, 선정규, 위정국에게 교도청, 마령과 함께 이만의 군사로 본채 앞에 진세를 벌여 놓고 있다가 성안에서 나오는 적병을 막게 하고 해진, 해보, 설영, 목춘에게는 오천 인마를 데리고 산 위의 진채를 지키게 했다.

그런 다음 자신은 나머지 장수들과 병졸 삼만 오천을 거느리고 두학과 싸우려고 나서는데 낭자 연청이 나와 말했다.

"오늘 싸움에서는 주인께서 몸소 나서서는 아니 됩니다."

"그게 무슨 소린가?"

노준의가 그렇게 묻자 연청이 대답했다.

"제가 어젯밤 꿈에 아주 상서롭지 못한 징조를 보았습니다."

"꿈속의 일을 어떻게 믿겠나? 내 이미 나라에 몸을 바쳤으니 이롭고 해로움을 따질 처지가 아니네."

노준의가 대수롭지 않게 듣고 그렇게 받자 연청이 한층 더 간

곡하게 말했다.

“만약 주인께서 기어이 나가시겠다면 제게 보군 오백만 주십시오. 제가 할 일이 있습니다.”

그러자 노준의가 껄껄 웃으며 말했다.

“여보게 소을, 할 일이란 게 뭔가?”

“주인께서는 상관하지 마십시오. 그저 저에게만 맡겨 주시면 좋겠습니다.”

그제야 노준의는 연청의 청을 들어주었다.

“군사는 내주지. 자네가 무얼 하는지 한번 두고 보겠네.”

그러고는 그 자리에서 보군 오백을 뽑아 연청에게 주었다. 연청이 그들을 데리고 어디론가 가는 걸 보고 노준의는 그저 빙긋이 웃을 뿐이었다.

노준의는 장졸들을 이끌고 대채를 떠나 평천교(平泉橋)를 지났다. 그 평천에는 기이한 돌들이 많아 당나라 시절에 이덕유(李德裕)가 집 짓고 살던 곳이었다. 그런데 노준의가 그곳에 이르러 보니 연청은 데려간 군사들을 시켜 근처 숲에서 나무를 찍고 있었다. 노준의는 속으로 웃음이 나왔으나 싸우는 일이 급해 연청에게 그 까닭을 물을 수 없었다.

이윽고 용문관을 지난 노준의의 인마는 그 서쪽 십 리 밖에 진세를 벌이고 적병을 기다렸다. 한 시진도 안 돼 적병이 그곳에 이르렀다. 양편의 군사들이 마주치자 북소리와 함성이 크게 울렸다. 적병의 진중에서 편장 위학이 큰 칼을 빼 들고 말을 박차 달려 나왔다. 송나라 군사 쪽에서는 산사기가 창을 비껴들고 역시 말을 달려 나갔다.

두 장수는 한마디 말도 건네는 법 없이 바로 싸움에 들어갔다. 두 말이 어울리며 싸우기를 서른 합이나 되었을까? 산사기가 창을 들어 적장 위학의 말 뒷다리를 찔렀다. 말은 아픈 나머지 뒤로 주저앉고 적장 위학은 말 아래로 굴러떨어졌다. 산사기는 그런 위학을 한 창에 찔러 죽였다.

그러자 적진에서 풍태란 장수가 성을 이기지 못하고 두 자루 쇠몽둥이를 휘두르며 달려 나왔다. 산사기가 그를 맞아 다시 둘 사이에 싸움이 벌어졌다. 싸움이 한 열 합쯤 되었을 때 변상이 산사기를 도우려고 달려 나왔다. 아무래도 산사기가 풍태에게 몰리는 것 같아서였다.

그때 풍태가 한소리 큰 외침과 함께 쇠몽둥이 하나로 산사기를 후려쳐 말에서 떨어뜨리더니 다시 다른 손의 쇠몽둥이로 산사기를 내리쳐 죽여 버렸다. 그러고는 말 머리를 돌려 변상을 맞을 채비를 했다.

하지만 변상의 용맹도 예사가 아니었다. 풍태의 말 머리가 가까이 다가왔는가 싶을 때 갑자기 한소리 큰 외침과 함께 창을 들어 풍태의 가슴을 찔러 버렸다. 피하지 못한 풍태가 그 창을 맞고 말에서 떨어져 죽었다. 잠깐 사이에 양편에서 하나씩 장수 셋이 잇따라 죽어 나가자 양군은 저마다 고함을 질러 댔다.

적의 우두머리 장수 두학은 저희 편 장수가 둘이나 죽자 화가 머리끝까지 차올랐다. 스스로 길이가 두 발이나 되는 긴 창을 휘두르며 말을 달려 나왔다. 송나라 군사 쪽에서도 부선봉인 노준의가 직접 말을 달려 나가 양쪽 우두머리 장수 간의 싸움이 벌어졌다. 두학과 노준의의 싸움은 쉰 합이 넘어도 승패가 가려지지 않았다. 두학의 창 솜씨는 실로 놀라운 바가 있었다.

손안은 노준의가 얼른 두학을 이기지 못하는 걸 보고 싸움을 도우려고 칼을 휘두르며 달려 나갔다. 그러자 적진에서는 탁무(卓茂)가 가시 돋친 방망이를 휘두르며 마주 달려 나가 손안을 막았다. 두 사람이 어우른 지 네댓 합도 되지 않아 손안이 용맹을 떨쳐 탁무를 칼로 내려쳤다. 피하지 못한 탁무의 목이 말 위에서 굴러떨어졌다.

탁무를 떨쳐 버린 손안은 말 머리를 돌려 두학에게로 덤벼들었다. 두학은 탁무가 죽는 것을 보면서도 손을 쓰지 못하고 있다가 뒤이어 달려온 손안의 칼에 맞아 오른팔을 잘리고 말에서 굴러떨어졌다. 노준의가 다시 창을 내질러 그런 두학의 숨통을 끊어 놓고 말았다.

승세를 탄 노준의가 군사를 휘몰아치고 드니 적병은 그대로 뭉그러졌다. 그때 문득 서남쪽으로 난 오솔길로부터 한 떼의 마군이 내달아 왔다.

그 마군들을 이끌고 앞장서 달려오는 장수는 얼굴이 시커멓고 못생기기 짝이 없었다. 게다가 흐트러진 머리칼에 무쇠로 만든 보관을 쓰고 붉은 전포에 붉은 말을 타고 있어 기세가 여간 험해 보이지 않았다.

노준의는 그들의 차림새를 보아 적병이 틀림없다고 생각했다. 그대로 군사를 휘몰아 마주쳐 나아갔다.

그런데 알 수 없는 것은 그 적장이 하는 짓이었다. 그는 마주 싸우려고는 하지 않고 입으로 무언가를 중얼거리더니 칼을 들어 정남쪽으로 한번 베었다.

그러자 눈 깜짝할 사이에 적장의 입에서는 불줄기가 뿜어져 나왔다. 불은 잠깐 사이에 하늘과 땅을 가득 메우고 송나라 군사 쪽으로 타들어 왔다.

노준의는 그 불길을 피할 틈이 없었다. 허둥지둥 물러서니 송나라 군사들도 덩달아 무너졌다. 징과 북과 말을 내팽개치고 저마다 사방으로 달아나기에 바빴다. 미처 달아나지 못한 군사들은 머리와 얼굴이 그을리어 죽은 자만도 오천 명이 넘었다.

여러 장수들은 노준의를 보호하여 평천교로 달아났다. 그러나 군사들이 다투어 다리 위로 뛰어오르는 바람에 다리가 무게를 이기지 못하고 무너져 버렸다. 그때 다행히도 연청이 미리 찍어 둔 나무가 있어 쉽게 다리를 놓을 수가 있었다. 군사들이 겨우 다리를 건너고 보니 살아남은 것은 이만뿐이었다.

노준의는 변상과 더불어 맨 뒤로 처져 다리 근처에 이르렀다. 그때 뒤쫓아온 적장이 입으로 불을 뿜었다. 온몸에 불이 붙은 변상이 말에서 떨어지자 적병들이 달려들어 죽여 버렸다. 노준의는 그런 변상을 구해 낼 틈도 없이 겨우 목숨을 건져 연청이 새로 놓은 다리를 건널 수 있었다.

적장은 그래도 계속 송나라 군사를 뒤쫓았다. 먼저 달아난 송나라 군사의 졸개들이 교도청에게로 가서 그 일을 알렸다. 교도청은 검을 들고 홀로 말에 올라 적장에게로 달려갔다.

교도청이 오는 것을 본 적장이 다시 검을 들어 남쪽 방향을 베니 불은 더 세차게 타올랐다. 교도청도 가만히 있지 않았다. 손을 비비며 주문을 외다가 칼을 들어 북쪽을 가리키며 삼매신수법(三昧神水法)을 썼다.

그러자 수많은 갈래의 검은 기운이 일더니 폭포를 이루어 하늘에서 떨어졌다. 이어 그 물길은 구슬 같은 물방울이 되어 적장 위로 쏟아지며 그가 내뿜는 불길을 꺼 버렸다.

적장은 자신의 요술이 깨졌음을 보자 그대로 말 머리를 돌려 달아나려 했다. 그러나 타고 있던 말이 물가의 돌을 잘못 디뎌 삐끗하는 바람에 적장은 말 위에서 굴러떨어지고 말았다. 교도청이 말을 달려가 그런 적장을 두 토막으로 만들어 놓았다. 그때 적의 마군 오천 중에서 떨어져 상한 자만도 오백을 넘었다.

"항복하면 모두 목은 붙여 주겠다!"

교도청이 칼을 빼 들고 큰 소리로 외치자 적병들은 그의 법술에 겁을 먹은 나머지 창칼을 내던지고 말에서 내려 목숨만을 빌었다. 교도청은 좋은 말로 그들을 달랜 뒤 죽은 적장은 목을 베고 항복해 온 적장들은 함께 거느린 채 노준의에게로 돌아갔다.

교도청이 싸움에 이기고 돌아오자 노준의는 그를 치하하고 아울러 연청의 공로도 높이 기렸다. 교도청에게 죽은 적장의 이름이 구멸(寇滅)이란 것을 알게 된 것은 항복해 온 적병에게 물어서였다. 구멸은 요사한 불로 사람을 태워 죽이는 데다 생김새가 추악하여 독염귀왕(毒焰鬼王)이라고 불리기도 했다. 그는 원래 왕경을 도와 반역을 일으켰으나 이 년 동안 어디론가 가 있다가 근

간에야 남풍으로 돌아와 왕경에게 말했다.

"송나라 군사의 기세가 높다니 제가 가서 그놈들을 쓸어버리겠습니다."

그러자 왕경은 반갑게 그 청을 들어주어 그리로 보낸 것이었다.

공단과 해승은 자기들을 도우러 달려온 구원병이 패한 것을 보자 감히 나와 싸울 엄두를 내지 못했다. 굳게 성문을 닫아걸고 다만 지킬 뿐이었다.

"저 성이 몹시 높고 든든하여 급하게 깨뜨릴 수는 없을 듯합니다. 제가 작은 술법을 부려 선봉께서 공을 세우는 데 보탬이 되고자 합니다. 두 분 선봉께서 제게 베푸신 두터운 은덕에 적으나마 보답이 되었으면 좋겠습니다."

성을 둘러본 교도청이 노준의를 보고 말했다. 노준의가 반가워하며 물었다.

"그 법술이 무엇이오?"

그러자 교도청이 노준의의 귀에 대고 무어라고 일러 주었다. 듣고 난 노준의는 몹시 기뻐하며 즉시 장졸들을 불러 성을 칠 채비를 하게 하는 한편 산사기의 빈소를 마련하게 하고 몸소 정성들여 장례를 치렀다.

그럭저럭 날이 저물고 밤이 되었다. 이경쯤 되어 교도청이 장막을 나서더니 칼을 빼 들고 법술을 펼쳤다. 잠깐 사이에 안개가 일어 서경 부근을 자욱하게 에워쌌다.

성을 지키던 적병들은 눈앞을 볼 수 없게 되어 서로를 도울 처지가 못 되었다. 송나라 군사는 그 같은 안개와 어둠을 틈타 사다리 달린 수레를 성벽에 걸치고 성벽 위로 기어올랐다. 송나라 군사가 어지간히 성 위로 올라갔다 싶을 때 갑자기 한소리 포향이 울리며 짙은 안개가 걷혔다. 사방 성 위에 기어올라가 있던 송나라 군사가 각기 몸에 지녔던 불씨로 횃불을 밝혔다. 그러자 성 아래위가 대낮같이 환하게 밝아졌다.

성을 지키던 적병들은 그 같은 뜻밖의 사태에 놀란 나머지 손발조차 제대로 움직이지 못했다. 송나라 군사가 그런 적병을 창칼로 찍고 성벽 위에서 밀어내니 떨어져 죽은 자만도 그 수를 헤아리기 어려울 지경이었다.

공단과 해승은 그 갑작스러운 변괴를 알자 군사를 휘몰아 달려왔으나 이미 때는 늦은 뒤였다. 사방의 성문이 모두 송나라 군사의 손으로 들어가 노준의가 열린 성문으로 대군을 몰고 들이닥쳤다. 그렇게 되면 싸움이 제대로 될 수가 없었다. 공단과 해승은 어지럽게 싸우는 군사들 틈에서 죽고 나머지 편장들은 모두 항복하였는데, 그때 함께 항복한 군사만도 삼만이 넘었다. 적이 항복해 오자 송나라 군사는 그걸로 싸움을 그치고 백성들은 터럭 하나 다치지 않았다.

날이 밝자 노준의는 방문을 내걸어 백성들을 안심시키고 교도청의 공을 장부에 올리는 한편 삼군 장졸들에게도 술과 밥을 배불리 먹였다. 그리고 마령을 송강에게로 보내 서경을 빼앗은 소식을 전하게 했다.

다가오는 결전

명을 받고 송강의 진채로 갔던 마령이 저녁 무렵 돌아와 노준의에게 그곳 소식을 알렸다.

"송 선봉께서는 형남을 들이치면서 매일같이 적병과 싸우고 계십니다. 근래에는 남풍에서 오는 적의 구원병을 크게 쳐부수고 적장 사저를 사로잡았다고 합니다. 그러나 너무나도 군무에 지치시어 병이 나신 까닭에 요즘 며칠은 오 군사께서 대군을 맡고 계십니다."

노준의는 송강이 몸져누웠다는 소식을 듣자 마음이 어두워졌다. 대강 일을 마무리한 뒤 서경을 교도청과 마령에게 맡기고 자신은 주무를 비롯한 장수 스무 명과 함께 형남으로 달려갔다.

노준의의 인마는 며칠 안 돼 형남성 북쪽에 자리 잡은 송강의 진채에 이르렀다. 노준의가 장막 안으로 들어가 송강을 찾아보니 그새 송강은 신의 안도전의 치료로 병세가 많이 좋아져 있었다. 노준의는 그걸 보고 몹시 기뻐하며 그동안에 있었던 싸움 이야기를 한바탕 펼쳤다.

그때 갑자기 군졸 하나가 달려와 알렸다.

"당빈이 소양 등을 보호해 우리 진채에서 삼십 리쯤 떨어진 곳으로 갔다가 형남의 적장 미생과 마강이 거느린 적병 일만과 오솔길에서 마주쳤습니다. 그놈들은 선봉께서 몸져누워 있는 틈을 타서 우리 진채를 급습하려 하다가 저희와 맞닥뜨리게 된 것입니다. 당빈은 두 적장과 싸웠으나 원체 저희 편이 머릿수가 모자란 데다 미생이 어찌나 용맹한지 당해 내지 못했습니다. 결국 당빈은 미생에게 죽고 소양과 배선, 김대견은 사로잡혀 갔습니다. 적장들은 이곳 본채를 치려 했으나 노 선봉께서 대군을 거느리고 오셨다는 소식을 듣자 소양 등만 이끌고 달아나 버린 것입니다."

그 말을 들은 송강은 깜짝 놀랐다.

"소양을 비롯한 형제들의 목숨은 이제 끝이 났구나."

그러면서 목 놓아 우는 바람에 나아가던 병이 덧나게 되었다. 소식을 들은 장수들이 달려와 그런 송강을 위로했다. 그때 노준의가 송강에게 물었다.

"소양과 배선, 김대견 같은 형제들은 어디로 가던 길이었습니까?"

"소양은 내가 앓는다는 소문을 듣고 진 안무의 허락을 받아 문병을 왔더랬소. 그런데 떠날 때 진 안무께서 김대견과 배선을 완주로 보내달라는 전갈을 보냈더구려. 아마도 거기에 비문을 새기고 문장을 꾸밀 일이 있었던 모양이오. 그래서 나는 오늘 당빈에게 군사 천 명을 주며 그 세 사람을 보호해 완주로 호송하게 한 것이오. 그런데 이렇게 도적들에게 잡혀갔다니 그들이 어찌 살아날 수 있겠소."

송강이 눈물을 흘리며 그렇게 대답하고 아울러 노준의에게 당부했다.

"아우는 오용을 도와 형남성을 들이치고 미생과 마강을 사로잡아 원수를 갚아 주게."

노준의는 그런 송강의 말에 따라 성 북쪽에 진채를 세우고 있는 진중으로 갔다. 오학구와 인사를 나눈 뒤 노준의는 곧 소양과 배선, 김대견이 적에게 사로잡혀 간 일을 알렸다. 오용이 몹시 놀라며 말했다.

"큰일났소! 그 세 사람의 목숨은 끝난 거나 다름없소."

그러고는 그 자리에서 여러 장수들을 불러 성을 에워싸고 힘을 다해 들이치도록 했다. 장수들은 오용의 명에 따라 사방에서 성을 쳤다. 오용은 또 군졸들에게 명을 내려 높은 사닥다리에 올라가 성안에 대고 소리치게 했다.

"얼른 소양과 김대견과 배선을 내놓아라. 꾸물거리다가 성이 깨지면 너희들은 아무도 살아남지 못할 것이다."

그때 성을 지키는 적장 양영은 왕경으로부터 유수(留守) 벼슬을 받은 자였다. 높고 낮은 여러 장수들과 함께 성을 지키는데 미생과 마강이 싸움에 지고 도망쳐 와 합세하고 있었다.

그날 미생과 마강이 소양과 김대견, 배선을 사로잡았을 때는 아직 송나라 군사가 성을 에워싸고 있지 않았다. 미생은 저희 편인 성안 적병들로 하여금 성문을 열게 하고 들어가 소양을 비롯한 세 사람을 통수부에 바치고 공을 청했다.

양영은 성수서생 소양의 이름을 여러 번 들은 적이 있는 터라 졸개를 시켜 포승을 풀어 주고 항복을 권하였다. 소양, 배선, 김대견 셋은 그를 쏘아보며 큰 소리로 꾸짖었다.

"이 못돼먹은 역적 놈아. 너희들이 우리를 어떻게 보고 이따위 수작이냐? 역적 놈은 잔소리 말고 우리 세 사람을 한칼에 죽여다오. 이 여섯 개의 무릎뼈 중 반 개라도 땅에 닿으리라고는 생각하지 마라. 송 선봉께서 성을 깨뜨리고 너희들 쥐 같은 무리를 사로잡는 날에는 우리를 대신해 네놈들을 천 토막 만 토막 낼 것이다!"

그러자 양영이 성이 나 펄펄 뛰며 졸개들을 보고 소리쳤다.

"어서 저 개 같은 놈들을 꿇어앉혀라."

그 말에 졸개들이 세 사람에게 몽둥이질을 해 댔다. 그러나 세 사람은 넘어질지언정 무릎은 꿇으려 하지 않았다. 그들 셋이 쉴 새 없이 욕을 퍼붓자 양영도 항복 받을 생각을 버렸다.

"네놈들은 한칼에 죽여 달라고 하지만 나는 그리하지 못하겠다. 오히려 네놈들을 천천히 말려 죽일 테다!"

그렇게 말하고는 군졸들에게 명을 내렸다.

"저 세 마리 개새끼들에게 칼을 씌워 진문 밖에 세워 둬라. 다리를 때려 정강이를 부러뜨려 놓으면 절로 무릎을 꿇게 될 게다."

졸개들은 그 말대로 소양을 비롯한 세 사람에게 칼을 씌운 다음 옷을 벗겨 매달고 때렸다.

성안 군사들과 백성들이 모두 양영의 통수부 앞에 와서 사로잡힌 송나라 군사 쪽의 인물들을 구경했다. 그런데 그 백성들 중에서 한 사내다운 장부가 있어 소양 등이 당하는 걸 보고 분노를 억누르지 못했다. 그는 소가수(蕭嘉穗)란 이로서 통수부 남쪽 거리의 종이 가게 옆에 살고 있었다.

소가수의 고조부 소담(蕭憺)은 자를 승달(僧達)이라 하며 남북조 시대에 형남의 자사(刺史)를 지낸 사람이었다. 그런데 장마가 져서 강물이 강둑을 허물자 몸소 군사들과 관리들을 이끌고 비를 맞으며 강둑을 막았다. 비가 너무 쏟아지고 물이 더욱 거세게 밀려오자 군사들과 관리들이 그에게 잠시 피신할 것을 권했다.

"옛적에 왕존(王尊)은 몸으로 강물을 막으려 했거늘 내 어찌 물러서겠느냐!"

소담이 그렇게 외치자 신기하게도 물이 줄고 제방은 잘 견뎌냈다고 한다. 뿐만 아니라 그해엔 곡식이 어찌나 잘됐던지 한 대궁에 이삭이 여섯 개씩이나 달려 그는 마침 태어난 손자에게 가수(嘉穗)란 이름을 지어 주었다. 이삭이 많이 달린 일을 기리는 이름이었다.

그 뒤 다른 곳에 가서 살던 소가수는 어른이 돼 우연히 형남에 들르게 되었는데, 형남 사람들이 그 조상의 은덕을 흠모하여 그도 높이 대접해 주었다.

소가수는 마음이 툭 트이고 뜻이 높은 데다 도량까지 넓었다.

또 힘이 남다르게 세고 무예에도 정통하였으며 간도 컸다. 그는 마음을 털어놓을 사람만 만나면 그 높고 낮음, 귀하고 천함을 가리지 않고 사귀었다.

왕경이 난을 일으켜 형남성을 치러 왔을 때 소가수는 성을 지키는 장수에게 역적을 막을 계책을 바친 적이 있었다. 그러나 그 장수가 계책을 써 주지 않는 바람에 성은 왕경의 반군에게 떨어지고 만 것이었다.

성을 차지한 왕경의 졸개들은 백성들에게 성안에 들어갈 수는 있어도 나가지는 못한다고 명을 내렸다. 그 바람에 소가수도 성을 빠져나오지 못하고 성안에서 매일같이 역적들을 쳐 없앨 방법들을 궁리했다. 그러나 홀로는 어찌해 볼 수가 없자 아무 일도 이룬 바 없이 날을 보내고 있었던 것이다.

그러던 중에 그날 역적들이 소양을 비롯한 세 사람을 옷을 벗겨 매달고 치는 것을 보자 소가수는 더욱 끓어오르는 화를 억누르기 어려웠다. 게다가 송나라 군사는 또 성안에 대고 고함을 질러 대 성안의 군사들과 백성들이 두려움에 떨자 그는 속으로 궁리했다.

'바로 이때다. 이번에 잘해야 성안의 숱한 목숨들을 살릴 수가 있다!'

이윽고 생각을 정한 소가수는 급히 자기 집으로 달려갔다. 그때는 이미 해가 뉘엿할 무렵이었다. 소가수는 급히 심부름꾼 아이를 불러 먹을 갈게 하고 옆집 종이 가게에 가서 두꺼운 종이 몇 장을 사다 놓았다. 그리고 밤이 되기를 기다리다가 등불 아래서 붓에 먹을 듬뿍 찍어 그 종이에다 큰 글씨로 썼다.

성안에는 모두 송나라의 착한 백성들만 있어 마음으로는 결코 역적들을 기꺼이 돕지 않을 것이다. 송 선봉은 조정에서 내려보낸 훌륭한 장수로서 거란의 오랑캐들을 죽이고 전호를 사로잡았으며 이르는 곳마다 당해 내는 자가 없었다. 게다가 그 밑에는 백일곱 명의 훌륭한 장수가 있어 팔다리같이 돕고 있다.

지금 진문 밖에 매달린 세 사람이 의리를 지켜 무릎을 꿇지 않는 것만 보아도 송 선봉이 얼마나 영웅답고 충의스러운지 잘 알 수가 있을 것이다. 만약 역적들이 저 세 사람을 죽인다면 군사가 많지 않은 이 성은 곧 깨지고 성안의 백성들은 돌과 옥이 함께 타듯 모두 죽게 되고 만다. 그러므로 성안의 군사와 백성들 중에서 스스로의 목숨을 지키고자 하는 이들이 있다면 나를 따라 역적들을 잡으라!

소가수는 그런 내용을 종이 몇 장에 똑같이 쓰고 난 뒤 몰래 성안의 동정을 살펴보았다. 집집마다 겁먹은 백성들이 우는 소리밖에 들리지 않았다.

"민심이 이러하니 내 계책이 반드시 이루어지리라!"

소가수는 그렇게 중얼거리며 날 밝기를 기다렸다가 집을 나와 글을 통수부 앞 길거리에 뿌렸다. 이윽고 날이 훤히 밝자 군사들과 백성들이 그 글이 적힌 종이쪽을 주워 들고 여기저기 모여 서서 읽었다. 그때 적병의 졸개 하나가 그 종이 한 장을 얻어 급히 적장 양영에게 바쳤다.

깜짝 놀란 양영은 군사들에게 엄하게 명을 내려 진채와 병영을 단단히 지키면서 성안에 들어온 첩자를 붙들게 했다. 그러나 소가수는 조금도 겁을 먹지 않고 몸에 칼을 감춘 채 사람들 틈에 끼여 그 종이에 쓰인 것을 두 번이나 크게 읽었다. 소가수의 그 같은 대담함에 모여 있던 사람들은 서로 놀라 바라볼 뿐 입을 열지 못했다.

그때 양영의 명을 받은 선령관(宣令官)이 졸개 대여섯과 함께 각 영채로 돌아다니며 명을 전하다가 소가수가 있는 곳에 이르렀다. 소가수는 다짜고짜로 큰 외침과 함께 감추고 있던 칼로 선령관의 말 다리를 찍었다. 그리고 선령관이 말에서 굴러떨어지자 단칼에 그의 목을 잘라 왼손에 들고 오른손에 칼을 높이 쳐들며 소리쳤다.

"스스로 목숨을 지키고자 하는 이들은 이 소가수를 따라 역적을 치러 갑시다!"

통수부 앞에 있던 역적의 졸개들은 평소부터 소가수를 잘 알고 있었다. 그가 무쇠 같은 사내임을 믿고 잠깐 동안에 오륙백 명이나 그를 따라나섰다.

소가수는 역적의 졸개들이 자기편이 되어 몰려드는 것을 보자 다시 목청을 높여 소리쳤다.

"백성들 중에도 담량(膽量)이 있는 분은 모두 나서서 도우시오!"

그런 그의 목소리가 수백 발짝 저편까지 울려 퍼지니 다시 잠깐 동안에 그를 따르는 백성들이 사방에서 몽둥이나 괭이, 책상

다리 같은 것을 꼬나쥐고 오륙천 명이나 몰려왔다.

소가수를 앞세운 군사들과 백성들은 연신 고함을 지르며 통수부로 밀고 들었다. 양영이란 자가 평소 졸개들과 백성들을 학대해 툭하면 채찍질을 한 게 소가수의 일을 더욱 쉽게 했다. 졸개들뿐만 아니라 양영을 호위하던 장수들까지도 뼈에 사무친 원한이 있어 변란이 일어난 걸 보자 이내 소가수의 무리에 끼어들었다.

그들은 먼저 통수부로 몰려 들어가 양영은 말할 것도 없고 그의 집안 식구들을 늙고 젊고를 가리지 않고 모조리 죽여 버렸다. 소가수가 다시 사람들을 이끌고 통수부를 나왔을 때는 이미 그를 따르는 자가 이만도 넘었다.

소가수는 소양, 배선, 김대견을 풀어놓고 칼을 벗긴 다음 장정 셋을 골라 그들을 업게 했다. 그런 다음 양영의 목을 앞세우고 북문으로 달려가 문을 지키던 마장을 죽이고 성문을 열었다.

그때 오용은 북문 쪽에서 성을 치는 장졸들을 독려하고 있었다. 갑자기 고함 소리가 나고 이어 성문이 열리자 역적들이 쳐나오는 줄만 알고 급히 군사들을 서너 마장 물려 세웠다.

그러나 뛰어나온 것은 양영의 목을 쥔 소가수와 소양 등을 업은 장정 서넛이었다. 그들이 적교를 내리고 달려 나오는 것을 보자 오용은 놀란 눈으로 바라보고만 있었다. 소양이 그런 오용에게 큰 소리로 알렸다.

"형님, 이분 장사께서 백성들을 이끌고 적장을 죽인 다음 우리를 구해 주셨습니다."

오용이 그 말을 듣고 기쁘면서도 놀라워하고 있는데 소가수가 다가와 말했다.

"급하게 일을 꾸미다 보니 예를 올리지 못했습니다. 군사께서는 어서 인마를 거느리고 성안으로 들어가십시오."

적교 곁에 있던 군사들과 백성들도 일제히 외쳤다.

"군사께서는 어서 성안으로 드십시오!"

오용은 여러 종류의 사람들이 뒤섞인 것을 보고 장수들에게 명을 내렸다.

"인마를 거느리고 성안으로 들어가되 만일 사람을 죽이는 자가 있으면 그 대오까지 목을 베겠다."

그렇게 되자 북쪽 성벽 위에서 지키던 적의 졸개들은 이미 일이 틀어진 것을 알고 모두 창칼을 던진 뒤 내려와 항복했다. 동서남 세 군데를 지키던 졸개들도 그 소식을 듣자 장수들을 묶어 놓고 성문을 활짝 열어 송나라 군사를 받아들였다.

적장 중에서 유일하게 빠져나간 것은 미생이었다. 그는 자신의 용맹함 때문에 졸개들이 함부로 덤벼들지 못하는 틈을 타 서문을 빠져나간 뒤 겹겹으로 에워싼 송나라 군사를 뚫고 멀리 달아났다.

오용이 사람을 보내 송강에게 성을 빼앗은 소식을 알렸다. 잘 풀리지 않는 싸움에 형제들까지 사로잡혀 그 걱정으로 병이 덧났던 송강은 그 기쁜 소식에 병이 거짓말처럼 가벼워졌다. 송강은 기뻐 어찌할 줄 모르며 여러 장수들과 함께 영채를 거두어 형남성 안으로 들어갔다.

성안으로 들어간 송강은 원수부에 올라 성안 백성들을 위로하고 자신의 장졸들에게도 상을 주었다. 그리고 소가수를 불러 이름을 물은 뒤 높은 자리에 앉히고 머리를 조아려 절을 했다.

"장사의 호기에 찬 거사로 역적들을 죽이고 성안 백성들의 목숨이 보전되었으며 우리는 칼에 피도 묻히지 않고 역적에게 빼앗긴 성을 되찾게 되었습니다. 게다가 나의 세 형제까지 구해 주셨으니 무어라 감사드려야 할지 모르겠습니다. 우선 이 송강의 절부터 받으십시오."

소가수가 황급히 답례하며 말하였다.

"모든 것은 제 힘으로 된 것이 아니라 성안 백성들이 애쓴 덕입니다."

그 같은 소가수의 겸양에 송강은 더욱 그를 높게 여겼다.

이어 송강과 여러 장수들의 인사가 끝나자 성안의 군사들이 적장들을 끌고 왔다. 송강이 항복하는 자에게 모두 죄를 사면하자, 형남성 안에서 새로이 항복한 장졸이 몇 만을 넘었다. 그때 이준을 비롯한 수군 두령들도 한강에 배를 묶어 놓고 송강을 찾아와 뵈었다.

송강은 술상을 차려 소가수를 잘 대접하면서 몸소 잔을 들어 권했다.

"형께서는 재주와 덕망이 남다르니 이 송 아무개가 조정에 돌아가면 천자께 아뢰어 반드시 높게 등용하도록 하겠습니다."

그러자 소가수가 조용히 대답했다.

"그러실 것 없습니다. 제가 이번에 거사한 것은 결코 부귀나 공명을 탐내서가 아닙니다. 저는 어려서는 굴레 벗은 말처럼 제

멋대로 돌아다녔고 자라서는 고향을 빛나게도 하지 못한 한낱 이름 없는 사내올시다. 아첨하는 자들이 활개를 치고 어진 선비들은 묻혀 있는 이런 시대에는 수후(隨侯, 한대의 이름난 세객 수하), 변화(卞和) 같은 재주가 있고 허유(許由), 백이(伯夷)같이 깨끗한 사람도 조정에 알려지기는 틀렸습니다. 저도 큰 뜻을 품은 영웅들이 죽고 사는 것을 돌아보지 않고 천하를 위해 애쓰는 것을 더러 보긴 했습니다. 그러나 자기 한 몸과 처자만을 지키려는 인간들이 있어 작은 잘못에도 그걸 물어뜯고 모함하는 바람에 가산도 목숨도 다 잃어버리는 수가 많더군요. 저는 이대로 살겠습니다. 저처럼 아무런 벼슬도 하지 않는 사람은 마치 한가로운 구름이나 들판의 학 같으니 어느 하늘인들 날지 못하겠습니까?"

그 같은 소가수의 말을 들은 송강은 감탄해 마지않았다. 그 자리에 있던 공손승, 노지심, 무송, 연청, 이준, 동위, 동맹, 대종, 시진, 번서, 주무, 장경 같은 두령들도 모두 소가수의 말에 고개를 끄덕이며 그 뜻을 속으로 새겨보았다. 그날 밤 술자리가 끝나자 소가수는 그들에게 작별하고 원수부를 나갔다. 송강은 이튿날 아침 대종을 불러 첩보를 알리게 한 뒤에 몸소 소가수의 집으로 찾아가 보았다. 그러나 소가수는 벌써 어디론가 가 버린 뒤였다.

"소가수는 오늘 새벽에 거문고와 칼과 책 보따리를 꾸리고 저와 작별했는데 어디로 갔는지 알 수 없습니다."

옆집 종이 가게 주인이 그렇게 송강에게 말했다.

송강이 원수부로 돌아가 소가수가 어디론가 떠나 버렸다는 말을 하자 듣는 장수들치고 탄식하지 않는 이가 없었다. 밤에 대종이 돌아와 송강에게 알렸다.

“진 안무와 후 참모는 나전, 임충, 화영 등에게 완주와 산남 지방의 아직 되찾지 못한 고을들을 치게 하였다고 합니다. 장수들이 이미 그 고을들을 되찾고 조정에서 새로 보낸 벼슬아치들도 내려와서 진 안무는 그들에게 넘겨주고 여러 장수들과 함께 곧 이곳에 이를 것입니다.”

송강은 오용과 의논한 끝에 진 안무가 도착하면 그곳 형남은 진안무에게 맡기기로 하고 자기들은 대군을 거느리고 역적의 괴수를 치기로 작정했다. 그리고 형남에서 대엿새 쉬는 사이에 송강의 병은 완전히 나았다.

그러던 어느 날 진 안무가 거느린 인마가 형남에 이르렀다는 전갈이 들어왔다. 송강을 비롯한 장수들은 성 밖까지 나아가 그들을 성안으로 맞아들였다. 예를 마친 뒤 진 안무는 삼군의 장졸들에게 후한 상을 내리고 술과 밥을 배불리 먹였다.

이어 산남을 지키던 사진의 인마도 고을의 정사를 조정에서 새로 내려온 벼슬아치에게 물려주고 형남으로 왔다. 송강은 형남을 진 안무에게 맡긴 뒤 대군을 이끌고 물과 뭍으로 나아가 역적의 소혈이 있는 남풍으로 밀고 들었다.

그때는 양산박 시절부터의 백여덟 명 호걸들이 다 모여 있는데다, 하북에서 항복해 온 열한 명의 장수가 보태져 장수만도 백열아홉이요, 인마는 이십만을 넘었다. 그 기세로 밀고 드니 송나라 군사는 싸움마다 이겨 나중에는 적병들이 싸워 보지도 않고 항복해 오기에 이르렀다. 송강은 고을들을 되찾는 대로 진 안무에게 알리니 진관은 나전에게 장졸들을 이끌고 가서 되찾은 고을들을 지키게 하였다.

송강이 거느리는 물과 뭍의 대부대는 막힘없이 나아가 역적의 소혈인 남풍 근처에 이르렀다. 그때 탐마가 달려와 알렸다.

"왕경이 이조를 통군대원수로 삼고 수군과 보군 오만을 일으켰습니다. 뿐만 아니라 운안, 동천, 안덕 세 곳에도 각기 인마 이만을 일으키게 해 그곳의 병마도감 유이경(劉以敬), 상관의(上官義) 등에게 맡기니 용맹한 장수가 열 명이요, 군사는 십일만이나 된다고 합니다. 그들이 왕경의 독려를 받으며 지금 우리와 맞싸우러 오고 있습니다."

듣고 난 송강이 오용에게 물었다.

"역적들이 근거지의 모든 군사를 들이밀고 나오는 것을 보니 틀림없이 죽기로써 싸워 볼 생각인 듯하네. 어떻게 해야 역적들을 이길 수 있겠나?"

오용이 잠깐 생각하다 말했다.

"병법에 '여러 곳에서 적을 헷갈리게 하라[多方以誤之].'는 구절이 있습니다. 지금 우리 군사들은 모두 한곳에 모여 있습니다만 앞으로는 여러 갈래로 나누어 싸우게 해 적으로 하여금 서로를 돌볼 수 없게 해야 합니다."

이에 송강은 오용의 계책대로 장졸들을 여러 갈래로 나누었다. 박천조 이응과 소선풍 시진은 송강의 명을 받아 마보군 두령 선정규, 위정국, 시은, 설영, 목춘, 이충과 군사 오천을 이끌고 군량과 말먹이 풀이며 여러 가지 군수물, 화포 수레 따위와 함께 대군의 뒤편에 배치되어 있었다. 그런데 대군을 뒤따르던 그들이 용문산 남쪽에 이르렀을 때였다. 그들은 그곳에서 한 마을을 보게 되었는데, 그 마을은 사방에 높은 흙 언덕이 성벽처럼 둘러쳐 있고 삼면으로 드나드는 길이 나 있었다. 마을 사람들은 모두 피난을 갔는지 수백 채 초가집과 기와집이 텅 빈 채였다.

그날 밤 동북풍이 거세게 일며 검은 구름이 하늘을 뒤덮자 이응과 시진은 군량과 말먹이 풀이 비에 젖을까 봐 군사들을 시켜 빈집에 문짝을 떼어 내고 수레들을 집 안에 들여놓게 했다. 그러고는 군사들에게 밥을 지어 먹인 뒤 쉬고 있는데 뜻밖에도 병대충 설영이 첩자 하나를 잡아 가지고 왔다. 군사들을 거느리고 마을을 돌아보다가 사로잡은 것이었다.

"저놈을 족치니 적장 미생이 날랜 군사 일만을 거느리고 오늘 밤 이경에 와서 우리의 군량과 말먹이 풀에 불을 지르기로 되어 있다고 합니다. 지금 미생은 졸개들을 거느리고 용문산 속에 매복해 있습니다."

원래 그 용문산은 양쪽에 벼랑이 우뚝 솟아 서로 마주 보고 있어 그 사이에는 배나 겨우 드나들 수 있을 만큼 좁은 데다 숲이 우거져 있었다. 설영의 말을 들은 이응이 시진을 보고 말했다.

"내가 마을 앞에 나가 기다리고 있다가 그놈들을 쳐부수어 갑옷 한 조각 찾아 돌아가지 못하게 만들겠소."

그러자 시진이 고개를 저으며 말했다.

"그 미생이란 놈은 매우 용맹한 데다 인마까지 우리가 적소. 힘으로 맞서기는 어려울 것이오. 대신 화포 대여섯 대와 나무 수레 백여 채를 버리는 것으로 적을 막는 것이 좋겠소. 먼저 그 첩자를 죽여 당빈의 원수부터 갚은 다음 군사들에게 군량과 말먹이 풀, 화포, 수레 등을 끌고 가게 합시다. 그때 아우는 삼천 인마에 활과 쇠뇌를 들려 군량 수레를 지켜 주시오. 날이 저물면 모두 등성이를 넘어 남쪽으로 가되 수레 백열 채는 마을 서남쪽 바람받이에 앉은 집들의 처마 밑에 갖다 놓았으면 좋겠소. 그런 다음 그 빈 수레 백십여 대는 대여섯 곳에 나누어 모아 놓고 군량은 조금씩만 싣도록 하시오. 화포도 거기 감춰 두고 불붙기 쉬운 것들을 칠한 나뭇단도 함께 쌓아 두는 게 좋을 거요. 그런 다음 시은, 설영, 목춘, 이충에게 이천 인마를 거느리고 동쪽 등성이 아래 길목에 가서 매복하게 하고 선정규에게는 일천 인마를 거느리고 마을 안쪽 길 어귀에 매복하게 하시오."

이어 시진은 낮은 목소리로 자신의 계책을 자세히 일러 준 뒤 신화장군 위정국과 함께 불씨와 화기를 든 보군 삼백 명을 거느리고 산에 올라가 빽빽한 숲속에 몸을 숨겼다.

이경까지 기다리니 과연 들은 대로 미생이 두 편장과 함께 만여 명의 인마들을 데리고 왔다. 사람들은 가벼운 차림이었고 말은 방울을 떼었으며 깃발도 북도 감추고 남쪽 등성이로 난 좁은 골짜기로 밀고 드는 것이었다. 적병이 당도하자 선정규가 먼저 군사들에게 횃불을 붙이게 하고 나가 싸웠다. 그러나 선정규는 미생과 네댓 합도 싸우기 전에 힘에 부친 듯 말 머리를 돌려 달아나기 시작했다. 미생은 용맹스럽기는 해도 계략이 없는 자라 군사들을 이끌고 그대로 마을 안으로 뒤따라왔다.

설영과 시은은 남쪽에 횃불이 보이자 이충과 목춘에게 각기 일천 인마를 거느리고 마을 안쪽으로 달려가서 길목을 지키게 하였다. 이에 적은 함성을 지르며 마을로 들어와 바람받이인 동북쪽으로 몰려갔다. 적병들이 살펴보니 집들은 다 비어 있고 송나라 군사의 군량과 말먹이 풀은 보이지 않았다. 미생은 군사를 풀어 사방으로 돌아다니며 군량과 말먹이 풀을 찾아보게 했다. 그러다 보니 마을 서남쪽에 백여 대의 군량 수레가 있고 군사 오륙백 명이 그것을 지키다가 그들이 나타나자 보고 놀라 고함치며 달아났다.

"곡식과 말먹이 풀이 얼마 안 되는구나."

미생은 그렇게 중얼거리면서 군졸에게 횃불을 밝히게 했다. 보니 늘여 세운 수레들 중에는 군데군데 비단을 실은 수레가 두어 대씩 끼여 있는데 적병들은 그걸 보자마자 달려들어 서로 차지하려고 법석을 떨었다.

이상한 느낌이 든 미생은 그런 졸개들을 말리려 했다. 그때 산 위에서 불화살과 횃불이 이리저리 날아와 초가집들과 나무 수레에 불이 붙었다.

놀란 적병들이 그제야 아우성을 치며 달아나려는데 다시 화포에 불이 붙어 벽력같은 소리를 내며 터졌다. 미처 달아나지 못한 졸개들은 그 화포에 맞아 죽고 다른 졸개들도 사방에서 치솟는 불길에 휩싸여 버리고 말았다.

불길은 점점 더 거세지고 잇따라 터지는 포성은 하늘이 무너지고 땅이 꺼지는 것 같았다. 잠깐 동안에 백여 채의 초가집은

불바다로 변했다. 미생은 화포에 맞아 죽고 적병들도 태반이 화포에 죽었으며, 머리가 터지고 얼굴이 찢어진 자도 헤아릴 수 없이 많았다.

그 틈을 놓치지 않고 선정규, 시은 등이 세 길로 적을 덮쳤다. 그 통에 미생의 두 편장도 죽고 이끌고 온 일만의 군사 중에서 겨우 천여 명만이 산등성이를 넘고 달아나 목숨을 건졌다.

날이 밝자 시진이 이끄는 장졸은 이응의 군사와 합쳐 군량과 말먹이 풀을 본채로 날랐다.

큰 싸움을 뒷받침할 군량과 말먹이 풀에 화포와 수레까지 두루 넉넉하게 갖춰지자 송강은 중군장에 삼군의 인마를 모두 벌여 세우고 마지막 단속을 했다. 마군은 마구와 갑옷, 투구를 갖추고 보군은 창칼을 들고 늘어섰는데 깃발은 바람에 힘차게 휘날리고 희게 번쩍이는 창칼의 날은 천 리에 흰 눈이 날리는 듯하였다.

송강이 중군의 장막을 나서자 여러 장수들이 손을 모으고 줄지어 서 있었다. 포향이 울리고 북과 징 소리가 요란한데 각 영채의 두령들이 차례로 와서 송강의 명이 떨어지기를 기다렸다. 이윽고 선령관이 송강의 장령을 전하자 두령들은 머리를 조아려 절을 하고 양편으로 갈라섰다. 남색 깃발을 든 군사가 무릎을 꿇고 앉자 선령관이 먼저 군졸들에게 두루 해당되는 명을 내렸다.

"다 같이 함성을 질러야 할 때 함께 소리치지 않거나, 대오를 어지럽히거나 비꼬며 군령을 어기거나 싸움에서 뒤돌아서서 달아나는 자들은 모두 중형에 처하리라!"

이어 좌우에 각기 늘어선 기패관(旗牌官) 스무 명에게는 송강이 몸소 나서서 명을 내렸다.

"그대들은 각 영채로 가서 싸움을 독려하되 싸움에서 앞서 나아가지 않고 뒤로 물러나며 명을 어기는 자들은 그 자리에서 잡아 처벌하라."

명을 받은 기패관들이 물러가자 크게 나팔 소리가 울리고 기수와 기패관들은 각기 대오로 돌아가 싸움터로 나가기를 기다렸다.

송강이 다시 명을 내려 물과 뭍에서 싸우는 여러 장수들에게 싸울 곳을 정해 주었다. 이어 북소리를 신호로 대오를 가지런히 한 뒤 다음 신호에 따라 깃발들이 올려지고 세 번째 신호로 각 부대가 출발하였다. 실로 기세가 하늘을 찌를 듯한 대군의 출진이었다.

한편 역적의 괴수 왕경도 군사들을 배치해 송나라 군사와 맞서게 했다. 문인세숭(聞人世崇)을 비롯한 수군 장졸은 이미 맡은 곳으로 떠나갔고 운안주에서 병마도감 노릇을 하는 유이경은 정선봉(正先鋒)이 됐다. 동천에서 병마도감 노릇을 하던 상관의는 부선봉이 됐고 남풍의 통군 이웅(李雄)과 필선(畢先)은 왼쪽 길의 염탐을 맡았으며 안덕의 통군 유원과 반충은 오른쪽 길의 염탐을 맡았다. 통군대장 노릇을 하던 단오(段五)는 대군의 뒤를 맡았고 어영사 노릇을 하던 구상은 단오 밑에서 단오를 돕게 했다. 추밀 노릇을 하던 방한(方翰)은 중군의 나래가 되었다.

왕경은 중군을 차지하고 앉아 저희 멋대로 주고받은 벼슬로 상서(尙書), 어영금오(御營金吾), 위가장군(衛駕將軍), 교위 따위를 거느리고 있었는데 그들은 또 각기 그 아래 편장, 아장을 수십 명씩 데리고 있었다. 점쟁이 이조는 원수가 되어 대오를 직접 감독하였다. 말에게는 마갑을 씌우고 군사들에게는 쇠 갑옷을 입게 한 뒤 활과 쇠뇌를 들리니 자못 기세가 엄숙했다.

북소리가 크게 세 번 울리며 왕경의 대군이 움직이기 시작했다. 그들이 십 리쯤 나아갔을 때 앞에서 뿌옇게 먼지가 일며 앞장서 염탐을 나온 송강의 인마가 다가왔다. 방울 소리를 내며 오는 그 서른 기를 보니 군사들은 저마다 푸른 두건을 쓰고 푸른 전포를 입었으며 은고리 달린 긴 창과 가벼운 활을 들었다. 말은 모두 붉은 수술로 치장하고 옆구리에는 방울을 달았으며 꿩의 깃털로 요란하게 장식하고 있었다.

맨 앞에 선 장수는 도군 황제의 칙명에 따라 원래의 관직을 회복한 호기장군(虎騎將軍) 몰우전 장청이었다. 금빛 나는 투구에 수놓은 푸른 전포를 입은 장청도 그 차림이 늠름하기 짝이 없었다. 그가 탄 말 곁에는 황제로부터 정효의인(貞孝宜人)으로 봉함을 받은 경시족 경영이 섰는데, 그녀 또한 구슬 박은 자금봉관에 수놓은 자주색 비단 전포 차림으로 우아하기 그지없었다. 장청의 오른편에는 황제로부터 의복정배군(義僕正排軍) 칭호를 받은 섭청이었다. 그들은 곧장 이조의 바로 군전(軍前)까지 접근해 와서 정찰을 끝내고는 재빨리 자기 진으로 되돌아갔다.

섭청은 이조(李助)가 이끄는 군사들의 진채 앞까지 이르러 적정을 살폈다. 그러다가 서로간의 거리가 백 걸음 남짓일 만큼 가까워지자 얼른 말 머리를 돌려세웠다.

적군의 전군 선봉 유이경과 상관의가 말을 채찍질하며 졸개들을 휘몰아 밀고 나왔다. 장청이 말을 박차며 달려 나가 흰 이화창(梨花鎗)을 꼬나들고 밀려드는 두 적장과 맞섰다. 경영이 방천화극을 휘두르며 말을 달려 나가 장청을 도왔다.

그렇게 네 장수가 어울려 싸우기를 여남은 합이나 했을까, 장청과 경영이 적장의 병기를 쳐내고는 갑자기 말 머리를 돌려 달아나기 시작했다. 유이경과 상관의는 기세가 올라 군사들을 몰고 그런 장청과 경영을 뒤쫓으려 했다. 좌우의 졸개들이 큰 소리로 말렸다.

"선봉께서는 추격하지 마십시오. 저 두 사람의 말안장 뒤에는 비단 주머니가 매달려 있고 그 비단 주머니 안에는 돌멩이가 가득 들어 있는데, 그 돌로 팔매질을 하면 빗나가는 법이 없습니다."

유이경과 상관의는 그 말을 듣고 말고삐를 당겨 말을 세웠다. 그때 용문산 뒤쪽에서 북소리와 함성이 크게 울려 퍼지더니 곧 오백 명가량의 보졸들이 몰려나왔다. 앞장서 달려 나오는 것은 네 명의 보군 두령으로 흑선풍 이규, 혼세마왕 번서, 팔비나타 항충, 비천대성 이곤이 그들이었다.

보졸들은 산기슭에서 한 줄로 길게 늘어서더니 양쪽으로 둥그렇게 방패를 세워 울을 둘렀다. 유이경과 상관의는 그대로 졸개들을 휘몰아 그런 이규의 보졸들을 덮쳤다. 그런데 어찌 된 셈인지 이규는 제대로 맞서 보지도 않고 군사를 두 길로 나누더니 방패를 거꾸로 든 채 산그늘을 돌아 달아나 버렸다.

그때 다시 왕경과 이조가 이끄는 대군이 그곳에 이르렀다. 더욱 기세가 오른 적군은 대군을 풀어 그런 송나라 군사의 보졸들을 뒤쫓았다. 그러나 이규와 번서가 이끄는 군사들은 나는 듯 산 위로 기어오르더니 봉우리 너머 수풀 속으로 자취 없이 사라져 버렸다.

이에 이조는 뒤쫓던 군사를 거두고 명을 내려 평평한 들판에다 크게 진세를 벌이게 했다. 그런데 그때 갑자기 산 뒤쪽에서 한소리 포향이 울리더니 산 남쪽으로 한 갈래 군마가 쏟아져 내려왔다. 그들은 세 장수를 에워싸고 있었는데 가운데 선 것은 왜각호 왕영이요, 왼편은 소울지 손신, 오른편은 채원자 장청이었다. 그들은 오천의 마보군을 휘몰아 거침없이 왕경의 진채 앞으로 치고 들었다.

왕경은 장수들을 내보내 그들과 맞서게 했다. 그때 다시 산 뒤에서 한소리 포향이 울리더니 이번에는 산 북쪽에서 한 떼의 인마가 쏟아져 나왔다. 세 여장수가 이끄는 인마로 가운데 선 것은 일장청 호삼랑이요, 왼편에는 모대충 고대수, 오른편에는 모야차 손이랑이었다.

(10권에서 계속)

수호지 9

피 흘려 닦아가는 충의의 길

개정 신판 1쇄 인쇄 2021년 6월 1일
개정 신판 1쇄 발행 2021년 6월 15일

지은이 이문열

발행인 양원석 **편집장** 최두은 **책임편집** 정효진
디자인 김유진, 김미선 **표지 일러스트** 김미정
영업마케팅 양정길, 강효경, 정다은

펴낸 곳 ㈜알에이치코리아
주소 서울시 금천구 가산디지털2로 53, 20층(가산동, 한라시그마밸리)
편집문의 02-6443-8847 **도서문의** 02-6443-8800
홈페이지 http://rhk.co.kr
등록 2004년 1월 15일 제2-3726호

copyright © 이문열

ISBN 978-89-255-8847-6 (04820)
978-89-255-8856-8 (세트)

※ 이 책은 ㈜알에이치코리아가 저작권자와의 계약에 따라 발행한 것이므로
본사의 서면 허락 없이는 어떠한 형태나 수단으로도 이 책의 내용을 이용하지 못합니다.

※ 잘못된 책은 구입하신 서점에서 바꾸어 드립니다.

※ 책값은 뒤표지에 있습니다.